Accusé à tort

*

Un refuge dans la tempête

LENA DIAZ

# Accusé à tort

*Traduction française de*
ISABEL WOLFF-PERRY

BLACK ROSE

HARLEQUIN

*Collection :* BLACK ROSE

*Ce roman a déjà été publié en 2020*

*Titre original :*
CONFLICTING EVIDENCE



**HARPERCOLLINS FRANCE**
83-85, boulevard Vincent-Auriol, 75646 PARIS CEDEX 13
Service Clients — https://www.harlequin.fr/contenu/contactez-nous
ISBN 978-2-2805-2403-2 — ISSN 1950-2753

Édité par HarperCollins France.
Composition et mise en pages Nord Compo.
Imprimé en octobre 2025 par ScandBook UAB en Lituanie
en utilisant 100% d'électricité renouvelable.
Dépôt légal : novembre 2025.

FSC www.fsc.org
MIXTE
Papier | Pour une gestion forestière responsable
FSC® C021394

Pour limiter l'empreinte environnementale de ses livres, HarperCollins France s'engage à n'utiliser que du papier fabriqué à partir de bois provenant de forêts gérées durablement et de manière responsable.

# 1

Les empreintes laissées dans la terre devant la propriété abandonnée des Sterling ne firent que conforter l'adjoint à l'US Marshal Colin McKenzie dans ses soupçons : le pyromane qui avait failli le détruire dix années auparavant était de retour

Et Colin allait renvoyer Brian Sterling là d'où il n'aurait jamais dû sortir : en prison.

Encore fallait-il qu'il l'attrape...

Tirant son Glock de son holster, il passa en revue la forêt dense qui entourait la propriété. Bien qu'elle ne fût qu'à une demi-heure de voiture de Gatlinburg, dans le Tennessee, elle était aussi escarpée qu'isolée. Le soleil déversait ses derniers rayons sur la maison de maître, haute de deux étages, portant des ombres sur le porche affaissé. L'ensemble, plutôt coquet autrefois, donnait des signes de déliquescence. La peinture des façades était écaillée, le garde-fou ne tenait plus qu'à un fil et la fenêtre panoramique – qui, Colin s'en souvenait très bien, offrait une vue imprenable sur les Smoky Mountains – était brisée en un endroit.

Du temps où les enfants Sterling et les frères McKenzie étudiaient au lycée de Gatlinburg-Pittburg, une clôture à trois niveaux marquait la frontière entre une pelouse impeccablement tondue et les herbes sauvages.

À présent, la plupart des poteaux penchaient lamentablement. Les autres, vaincus par les tempêtes, fréquentes dans la région, jonchaient le sol.

Ce délabrement reflétait tout ce que les Sterling avaient perdu par la faute d'un fils dont l'égoïsme avait mis à mal les projets de son entourage.

Y compris ceux de Colin.

Il resserra son emprise sur son arme et s'accroupit pour ne pas se faire repérer en remontant l'allée de graviers qui menait à la maison. Les fenêtres étaient dépourvues de rideaux, certaines n'avaient même plus de volets, ce qui lui permit de voir l'intérieur.

Un intérieur étonnamment propre et rangé, d'ailleurs. Peut-être les Sterling payaient-ils quelqu'un pour y faire le ménage de temps en temps. Dommage qu'ils ne se soient pas autant préoccupés de l'extérieur.

Un tour complet de la bâtisse rassura Colin sur un point : Brian n'était pas embusqué quelque part, prêt à lui tirer dessus. Une fois ce point établi, il se rendit dans la remise, puis dans l'écurie où, de toute évidence, personne n'avait mis les pieds depuis un bon moment.

Maudissant la chaleur écrasante, il se débarrassa de la sueur qui perlait sur son front et regagna le jardin situé à l'avant. À aucun moment, durant son circuit, il n'avait cessé de viser les arbres qui entouraient la propriété. Brian l'épiait-il en ce moment même ? Sinon, qui avait laissé ces empreintes ? Il était peu probable qu'un randonneur se soit égaré jusqu'ici, le parc national des Great Smoky Mountains et le sentier des Appalaches se trouvant à des kilomètres. De plus, la route escarpée qu'il fallait emprunter pour arriver ici ne menait qu'à la propriété des Sterling – ainsi qu'à une autre habitation, située quelques centaines de mètres en amont. Un détail que Brian ignorait, Colin n'ayant acheté ce terrain pour y faire construire que des années après le départ des Sterling pour Memphis.

D'après ses informations, le déménagement avait coûté au père de Brian la moitié de sa clientèle. Était-il parvenu à reconstituer sa carrière de conseiller financier à Memphis ? Sa femme y avait-elle trouvé une paroisse aussi chaleureuse que celle de Gatlinburg ? Et leur fille ? Était-elle heureuse ? Avait-elle réussi à oublier les gens d'ici – des gens qu'elle avait aimés et qui l'avaient aimée en retour ?

Colin se crispa encore davantage. Il n'avait de réponse à aucune de ces questions. Une seule chose lui paraissait certaine – les Sterling avaient tout sacrifié pour s'installer à six heures de voiture de leur ville d'origine, dans le simple but de se rapprocher du pénitencier fédéral où leur fils purgeait une peine de quinze ans.

Du moins *avait* purgé, puisqu'il avait pris la tangente, moins de vingt-quatre heures auparavant.

Colin ne s'était pas réellement attendu à ce que le fuyard se risque à venir jusqu'à Gatlinburg, vu que son visage faisait la une de tous les journaux. D'un autre côté, Brian n'était pas du style à réfléchir, ni à ses actes, ni à l'impact qu'ils pouvaient avoir sur les autres. Âgé de vingt-neuf ans au moment de son évasion du fourgon qui le transportait au tribunal, il avait tué un policier, faisant une veuve et un jeune orphelin, et devenant du même coup la cible de l'ensemble de la communauté policière du Tennessee.

Bien qu'il ne vît rien bouger dans la forêt environnante et que le seul bruit qu'il entendît fût celui de ses propres pas, Colin retourna à son pick-up pour le dissimuler derrière des buissons, à une centaine de mètres de la route. De là, il revint vers un chêne particulièrement touffu dans lequel, en plus d'avoir une vue imprenable sur la maison, il serait à l'abri d'éventuels regards et à l'ombre. Une fois installé sur une épaisse branche, il s'appuya sur le tronc, les jambes étendues devant lui.

Il ne lui restait plus qu'à attendre.

# 2

Peyton Sterling réussit à faire remonter son vieux 4x4 Ford sur l'allée cahoteuse menant à la propriété. Dès que sa maison lui apparut, elle détourna le regard.

*Concentre-toi sur le garage. Ne regarde rien d'autre.*

L'exercice se révéla impossible, et Peyton ne put réprimer une grimace. Plus de trois mois après son retour à Gatlinburg, la vue des parterres de fleurs étouffés par les mauvaises herbes et de la bâtisse décrépite où elle avait vécu avec les siens continuait à lui briser le cœur.

L'assurance et le modeste héritage qu'elle avait touchés l'ayant maintenue à flot jusqu'à présent, elle avait pu faire faire quelques travaux destinés à rendre l'endroit un peu plus fonctionnel – comme équiper la lourde porte du garage d'une télécommande. Il lui avait également fallu piocher dans ses économies afin de rénover la cuisine – une nécessité, pour son entreprise encore balbutiante, un investissement en quelque sorte. Malheureusement, elle n'avait pas les moyens de faire réparer le reste, et s'en charger personnellement n'était pas envisageable : douée comme elle l'était, elle aurait sûrement inondé tout l'intérieur en essayant de dégripper un robinet. Même si elle avait su bricoler, elle était bien trop fatiguée, quand elle rentrait le soir, pour faire autre chose que manger un morceau et se mettre au lit. Elle se levait avant l'aube pour préparer les viennoiseries qu'elle proposait dans son petit café, et la routine reprenait son cours. Bref, elle n'avait ni le temps, ni l'énergie, ni les moyens financiers de s'attaquer au gros œuvre.

Enfin, demain on serait samedi, le seul jour où Peyton bénéficiait de l'aide de ses deux employées. Tandis que Joan et Melissa seraient occupées dans la cuisine, elle pourrait faire un semblant de grasse matinée, ce qui ne signifiait pas pour autant qu'elle pourrait rester oisive : en plus des lessives, du ménage et des commandes, elle devait s'occuper des livres proposés aux consommateurs dans le café. En fait, elle travaillait encore plus dur pendant ce qu'elle s'obstinait à considérer comme son jour de congé.

Elle poussa un gros soupir, puis rentra son 4x4 dans le garage avant d'extraire son corps las du véhicule. Si les courbatures avaient suffi à assurer la rentabilité d'une entreprise, Peyton's Place aurait été un véritable succès. Hélas, les affaires marchaient moins bien qu'elle ne l'avait espéré, et il lui arrivait d'envisager de tout arrêter, ce qu'elle aurait probablement fait si elle ne s'était pas sentie responsable de l'avenir de Joan et de Melissa.

Elle accrocha son sac à une patère, près de la porte puis, au lieu de pénétrer dans la salle de séjour, sur sa gauche, passa une main sur l'îlot de marbre de la cuisine. En toute honnêteté, ce n'était pas seulement dans le but d'approvisionner son café en viennoiseries fraîches qu'elle avait fait rénover cette partie de la maison, mais parce que la pièce revêtait une importance particulière à ses yeux.

Le luxueux réfrigérateur en acier inoxydable, les fours encastrés dans le mur, les finitions haut de gamme... tout cela faisait de ce lieu son refuge. Peyton y avait des souvenirs infiniment précieux, surtout maintenant.

*Oh ! maman. Comme tu me manques...*

En fait, les seuls vrais moments de bonheur dont Peyton se souvenait étaient ceux durant lesquels elle cuisinait avec sa mère. Quand elles ne préparaient pas des S'mores dans la cheminée de la salle de séjour, elles faisaient de la pâtisserie dans cette pièce. Pour une raison inconnue, pétrir de la pâte ou confectionner un glaçage à partir de rien avait toujours aidé Peyton à oublier les disputes, les sempiternels ennuis de son frère, et même les excentricités d'une mère versatile.

Oui, quand elle était aux fourneaux, Peyton oubliait tous ses soucis, comme par magie.

Aujourd'hui encore, la seule odeur du pain cuisant dans le four la ramenait à ses années de lycée, à l'époque où elle était jeune et amoureuse – sans doute la période la plus heureuse de sa vie, le bon temps où sa famille et Peyton elle-même étaient encore relativement préservées. Des jours révolus et qui ne reviendraient jamais, un drame ayant mis un terme à cette félicité.

Peyton avait tout perdu cette nuit-là. Du moins c'était ce qu'elle avait pensé jusqu'à ce qu'une chaussée rendue glissante par la pluie lui prouve qu'elle avait encore quelque chose d'infiniment plus précieux à perdre.

*Maman, je t'aime. Si tu savais comme tu me manques...*

Sentant ses épaules s'affaisser, elle pivota sur elle-même et se tourna vers la salle de séjour. Le moment était venu de monter dans sa chambre pour se doucher et se mettre en pyjama, mais l'obscurité dans laquelle était plongée la pièce voisine lui plombait le moral. Le séjour avait-il toujours été aussi sombre, ou était-ce l'absence de vie qui lui donnait cet aspect lugubre ? Les seuls êtres vivants, dans cet espace étaient dorénavant les souris et les écureuils qui y avaient élu domicile après le départ de leurs prédécesseurs pour Memphis.

Peyton avait perdu le compte du nombre de créatures en tous genres qu'elle avait chassées ou transportées à l'extérieur après leur avoir tendu des pièges. Pourtant, à en juger par les divers grattements qui résonnaient parfois dans les cloisons, il lui restait à se débarrasser de quelques acharnés. Elle ferma les yeux, dans l'espoir de retrouver un peu de la sérénité éprouvée un peu plus tôt dans sa pièce de prédilection. Elle tenta de se souvenir de l'odeur vanillée des bougies que sa mère disposait un peu partout, quand il faisait vraiment trop chaud pour faire un feu de cheminée, par exemple. Elle parvint à se remémorer le sourire maternel, et même le bruissement que faisait le tissu du tablier blanc fraîchement repassé que sa mère nouait chaque matin autour de sa taille.

— Salut, Peyton !

Elle sursauta, rouvrit les yeux et, instinctivement, s'empara du balai qu'elle gardait à portée de main pour chasser les éventuels rongeurs.

Presque aussitôt, elle s'immobilisa. Un homme d'une maigreur maladive, aux cheveux d'un blond un peu plus cendré que les siens venait de surgir de l'ombre et se tenait devant l'entrée de la cuisine.

Peyton en resta bouche bée. Son visiteur risqua un sourire penaud qui n'atténua en rien son air hagard.

— Ça fait un moment, sœurette !

— Br... Brian ? demanda-t-elle dans un murmure étranglé. Qu'est-ce que tu... C'est toi ? C'est vraiment toi ?

Un nouveau bruit l'amena à se retourner, au moment précis où un deuxième homme émergeait de la buanderie.

Peyton porta une main tremblante à sa gorge.

*Lui...* Avec ses cheveux sombres coupés court, comme autrefois, et des épaules plus larges encore que lors de leur dernière rencontre. Encore plus grand, aussi, semblait-il. Si grand et imposant que la cuisine parut rétrécir à son arrivée.

Il portait un pantalon gris et une chemise blanche à manches longues en dépit de la chaleur. Les cicatrices rosâtres qui recouvraient ses mains ne laissaient aucun doute sur la raison qui l'amenait à se couvrir les bras.

Peyton crut que son cœur avait cessé de battre et sentit sa gorge se nouer.

— Colin ?

Le prénom qu'elle avait tant chéri et s'était interdit de prononcer pendant des années franchit le seuil de ses lèvres en un mélange de souffrance et de culpabilité.

Il ne lui accorda pas un regard. Tirant un revolver du holster accroché à sa taille, il mit son frère en joue :

— Brian Sterling, vous êtes en état d'arrestation pour le meurtre de l'officier Owen Jennings, survenu au cours de votre évasion.

Peyton étouffa un petit cri. Colin voulait arrêter Brian ? Non, ce n'était pas possible ! Ça n'allait pas recommencer !

Elle vit le sang se retirer du visage émacié de son frère. Ses yeux gris – les mêmes que ceux qu'elle voyait chaque matin en se regardant dans le miroir – se posèrent sur elle en une supplication muette. Il l'avait regardée avec ce même air désemparé, depuis l'arrière de la voiture de police, tandis qu'une grange finissait de brûler au loin. Et ces mêmes yeux s'étaient brouillés de larmes, de l'autre côté de l'épaisse vitre qui les séparait, le jour où Peyton était allée le voir en prison pour lui annoncer la mort de leur mère.

Elle resta figée sur place, le balai toujours en main. Tout comme dix ans auparavant, elle était obligée de faire un choix – inhumain – entre l'homme qu'elle aimait et son propre frère.

Sans réfléchir, Peyton abattit le manche du balai sur l'avant-bras de Colin qui lâcha son arme.

— Fuis, Brian ! Fuis, cria-t-elle, éperdue.

Il ne se le fit pas répéter : faisant volte-face, il se précipita vers la porte d'entrée.

Colin ramassa prestement son arme, foudroya Peyton du regard, puis se lança à la poursuite du fugitif.

# 3

Les mains croisées sur les genoux, Peyton attendait d'être fixée sur son sort. L'agent qui lui avait assigné son siège était en conciliabule avec ses collègues, à l'autre bout de l'immense bureau paysager. On aurait dit que toute la police de Gatlinburg s'y était rassemblée ; l'endroit vibrait d'un mélange d'excitation et de colère. Après s'être penchés sur des cartes, les officiers avaient pris leurs lampes torches et semblaient prêts à pourchasser Brian comme ils l'auraient fait pour un chien enragé.

Ce spectacle donna à Peyton l'envie de hurler, de secouer tous ces braves gens pour leur répéter ce qu'ils avaient refusé d'entendre dix ans auparavant. Son frère était innocent du crime dont on l'avait accusé à l'époque. Aujourd'hui, malheureusement, elle ne pouvait nier l'évidence : elle avait vu Brian dans sa cuisine, alors qu'il avait encore cinq années de prison à effectuer. Les autorités avaient donc raison sur un point : il s'était échappé. En revanche, ils se trompaient sur leur deuxième accusation, bien plus grave. En aucun cas, Brian n'avait pu exécuter un officier de la police de Memphis.

Si des troubles du comportement l'avaient obligé à consulter des thérapeutes dès l'âge de dix ans, il n'en était pas moins d'un naturel doux et sensible, souvent victime de la cruauté de ses camarades de classe, à cause de sa maladresse et de son introversion. Par ailleurs, il adorait les animaux, au point de s'être fait réprimander par leurs parents de nombreuses fois pour avoir ramené des chats ou des chiens errants à la maison.

C'était pour toutes ces raisons – et principalement pour la dernière – que Peyton ne pourrait jamais le croire coupable d'un meurtre. À ses yeux, en aucun cas il n'aurait pu abattre un représentant de l'ordre de sang-froid.

— Tu connaissais les intentions de ton frère et tu voulais être là pour l'aider, en cas de besoin ? C'est pour cela que tu es rentrée à Gatlinburg ?

Peyton se retourna pour soutenir le regard accusateur de Colin McKenzie et dut s'avouer que sa voix grave lui faisait toujours autant d'effet.

L'adolescent qui avait tant fait fantasmer les filles du lycée était devenu un très bel homme. Malheureusement, en cet instant, la perfection de ses traits était gâchée par la lueur amère que renvoyaient ses yeux bleu nuit.

— Je comprends que tu me poses la question, mais la réponse est non. La raison pour laquelle je suis retournée à Gatlinburg n'a rien à voir avec Brian. Même s'il a été condamné à tort, sous aucun prétexte je ne l'aurais aidé à s'échapper de prison.

— En revanche, tu n'as pas hésité à lui donner un coup de main, alors qu'un représentant de la loi venait de le mettre en état d'arrestation, lui renvoya Colin d'un ton amer.

Peyton serra les poings.

— Vu sous cet angle, je ne peux que comprendre ce que tu me reproches. Mais, de mon point de vue à moi, mon frère qui est, je le répète, innocent, était menacé par un homme armé. Je n'ai fait que le protéger.

Colin remonta sa manche gauche de quelques centimètres, dévoilant ainsi le bas d'un avant-bras constellé de cicatrices rose pâle.

— J'ai sorti deux personnes d'une grange à laquelle ton cher frère venait de mettre le feu, alors s'il y a un adjectif que je n'emploierais pas pour parler de lui, c'est « innocent ».

Sentant les larmes lui monter aux yeux, Peyton se mordit la langue pour les refouler.

— Je suis désolée, Colin. Sincèrement. Je regrette que tu

aies été blessé, mais ça ne change rien au fait que Brian n'a pas allumé ce feu.

— Tu as envie de goûter à la prison, toi aussi ? lui lança-t-il en rabaissant sa manche d'un geste sec.

— Quoi ? demanda-t-elle, interloquée.

— Tu t'es mise dans une position délicate, Peyton. Si je t'arrête officiellement, et que le District Attorney décide d'engager des poursuites, tu risques de te retrouver derrière les barreaux pour avoir aidé un criminel.

— Je ne voulais pas...

— Pourquoi l'as-tu aidé à fuir ?

Peyton déploya les bras en un geste d'impuissance.

— Je te l'ai dit ! Pour le protéger. Ça a été instinctif. J'ai dû faire un choix entre un membre de ma famille et...

Elle ne termina pas sa phrase. Colin s'en chargea pour elle :

— C'était lui ou moi, et cette fois encore, c'est lui que tu as choisi.

L'amertume qu'elle perçut dans sa voix lui brisa le cœur. Elle n'y pouvait pas grand-chose : elle n'avait rien à dire, ni pour sa défense ni pour ressouder les liens qui les avaient unis.

— Donne-moi une bonne raison de ne pas t'arrêter.

Peyton secoua lentement la tête sans pouvoir contenir ses larmes, cette fois.

— J'en suis incapable, Colin. Avec le recul, je me rends compte que j'ai eu tort de réagir ainsi, seulement ce fut un réflexe. Au point que, si c'était à recommencer, je ferais probablement la même chose. Protéger les miens... est une seconde nature, chez moi. Tu ne peux pas comprendre ça ?

Il se crispa visiblement et sembla sur le point de riposter. Pour finir, il jura entre ses dents, puis se détourna et alla rejoindre les officiers rassemblés devant la baie vitrée.

Peyton inspira profondément dans l'espoir de faire cesser ses pleurs. Elle ne parvenait pas à détacher son regard de Colin. Ses yeux caressaient son profil comme ses doigts l'avaient fait autrefois. Elle connaissait par cœur son visage ciselé pour avoir embrassé ses lèvres fines. Il n'avait pas beaucoup changé et semblait entretenir une barbe de trois jours. Pourtant, alors qu'elle avait adoré le jeune garçon, elle ne savait trop que penser de l'homme qu'il était devenu. Il n'était plus qu'un étranger, susceptible de détruire l'équilibre précaire de sa nouvelle vie. Pire encore, elle ne pouvait lui fournir aucune raison de n'en rien faire.

Il acquiesça machinalement en réponse à la question d'un de ses collègues, avant de revenir vers Peyton.

— Lève-toi, lui ordonna-t-il d'un ton sec.

Gênée, elle rougit violemment, lissa son chemisier pour le remettre en place, puis tendit ses deux bras devant elle.

— Qu'est-ce que tu fais ? lui demanda Colin, manifestement perplexe.

— J'anticipe. S'il te plaît, ne me demande pas de mettre les mains derrière mon dos pour que tu puisses me passer les menottes. La situation est assez humiliante comme ça sans que tu en rajoutes.

Comme il ne réagissait pas, elle laissa retomber ses bras.

— Tu ne m'arrêtes pas ?

— Ça ne dépend que de toi, Peyton. Donne-moi ce que je veux, et on avisera.

Peyton ne put réprimer un sursaut. La formulation lui avait rappelé leurs moments d'intimité. La bouche brûlante de Colin contre sa nuque, sa langue traçant un sillon entre ses seins, son sourire malicieux tandis qu'il faisait passer ses doigts contre son ventre, sous la ceinture de son jean.

— Ne me regarde pas comme ça, dit-il, d'une voix étranglée.

Elle frissonna et repoussa fermement ses pensées érotiques. Puis, décidant que le mieux était de feindre l'innocence, elle lui renvoya :

— Comme ça... comment ?

Les yeux de Colin s'étrécirent.

— Comme si tu te souvenais du couple presque parfait que nous avons formé.

Peyton déglutit péniblement.

C'était exactement ça.

— Le passé, ce que nous avons partagé, toi et moi, tout cela est mort le jour où tu as quitté Gatlinburg sans même me dire au revoir. On a grandi ensemble, on s'est fréquentés pendant quatre ans, on a vécu tout ce que pouvait vivre un jeune couple, et tu n'as jamais répondu ni à mes coups de fils ni à mes messages. Ah si, j'oubliais. J'ai eu un texto de toi, et il était suffisamment clair pour me dissuader de refaire le chemin à l'envers.

Sentant son visage s'enflammer, Peyton jeta un regard discret autour d'elle, puis se laissa retomber sur sa chaise pour mettre un peu d'espace entre Colin et elle. Fort heureusement, personne ne faisait pas attention à eux car, en cet instant, tous étaient occupés à planifier la traque du danger public qu'était devenu son frère.

Les derniers mots de Colin la firent soudain régir : des coups de fil ? Des messages ? D'où Colin sortait-il cela ? Il ne l'avait jamais appelée !

— Colin, attends une minute. Je ne comprends pas. De quoi tu p...

Il ne lui laissa pas le temps de terminer sa phrase.

— Je te propose un marché. Ta coopération contre la vie de ton frère.

Peyton en resta momentanément sans voix. Ce n'était pas le Colin de sa jeunesse, qu'elle avait devant elle ! À moins qu'elle se soit trompée sur son compte... ou qu'elle l'ait rendu intraitable par ses propres agissements.

— Tu es sérieux, là ? Tu menaces de tuer Brian si je ne coopère pas ?

Il se tendit davantage. Cette fois, c'était une franche colère qu'elle lisait dans ses yeux.

— N'inversons pas les rôles, si tu veux bien. Parce que, à la différence de ton frère, je ne suis pas un meurtrier, moi. Je n'ai pas dit que j'allais faire du mal à Brian, mais regarde un peu autour de toi. Le danger ne viendra pas de moi mais de toutes les personnes présentes dans cette salle. Elles sont déterminées à le poursuivre et, une fois que les traqueurs seront là, Brian n'aura quasiment plus aucune chance de s'en sortir.

— Des traqueurs... Aucune chance ? Qu'est-ce que tu es en train de me dire, là ? balbutia Peyton, épouvantée.

— Ton frère a tué un représentant de l'ordre, il...

— Non, l'interrompit-elle. C'est faux. Il n'a pas pu faire une chose pareille.

Colin fit claquer sa langue pour marquer son agacement et, contournant le bureau, poussa une deuxième chaise à côté de celle de Peyton. Il y prit place, si près que leurs genoux se touchaient presque.

— Je répète, poursuivit-il. Les traqueurs et leurs chiens vont se lancer à la poursuite de Brian et de ses acolytes.

Puis, baissant la voix, il ajouta :

— Des policiers et des agents fédéraux font la queue dans les comtés voisins pour aider les autorités en place dans leurs recherches. Et je peux t'assurer qu'ils retrouveront Brian. On ne laisse pas un tueur de flics s'en tirer à bon compte, dans la région, tu le sais aussi bien que moi.

— Cesse de l'appeler comme ça. Brian n'est pas...

Elle laissa échapper un soupir saccadé. Avant de conclure :

— Je t'en supplie, Colin, arrête.

Elle vit quelque chose changer dans son regard. Il se détourna et inspira profondément, comme pour s'obliger à conserver son calme. Lorsqu'il se tourna vers elle, une partie de sa colère semblait avoir laissé place à un sentiment d'urgence.

— Ce que j'essaie de t'expliquer, c'est que Brian est en danger de mort. S'il n'est la cible de personne en particulier, chacun a conscience qu'il a abattu un policier et n'hésitera pas à en tuer un deuxième.

Peyton ouvrit la bouche pour protester ; il l'en empêcha d'un geste de la main.

— Qu'il soit personnellement responsable ou non de ce décès

n'a aucune importance. Le résultat est là : un représentant de l'ordre a été tué pendant l'évasion de Brian et de trois autres malfaiteurs. Aux yeux de la loi, tous quatre sont coupables de meurtre aggravé.

Par réflexe, Peyton tendit la main vers lui. À sa grande surprise, il la prit et enroula ses doigts autour des siens.

En dépit de sa contrariété, ou peut-être justement à cause de cela, Colin McKenzie lui tenait la main.

Comme par miracle, Peyton parvint à recoller quelques morceaux de son monde en plein chaos.

Il en avait toujours été ainsi : un regard de sa part, la chaleur de son contact suffisaient à la calmer. Même aujourd'hui, alors que Colin était une des raisons du trouble qui l'habitait.

Étrange, non ?

— Attends, murmura-t-elle. Que signifie meurtre aggravé, exactement ? Que... que Brian risque la peine de mort ?

Il hocha la tête et resserra son emprise sur ses doigts.

— Non ! Qu'est-ce que je vais faire ? gémit Peyton.

— La seule chose que tu puisses faire pour l'instant est m'aider à lui sauver la vie. Tu t'inquiéteras du procès et de ses éventuelles suites plus tard. La communauté policière est sur les dents. Le simple fait de porter l'uniforme donne à chacun le sentiment d'être la cible de celui qui a déjà tué l'un de ses semblables. Et, dans ces cas-là, on a la gâchette plus facile que d'habitude.

Colin avait raison. L'ambiance était électrique. D'ici peu, tous ces gens se lanceraient à la poursuite de Brian, dopés par un mélange sulfureux de peur et d'adrénaline. Et comme ils étaient lourdement armés, le danger qui menaçait Brian était encore plus grand qu'elle ne l'avait supposé.

— Et en quoi consiste ton marché, exactement ?

— Je vais être franc, Peyton : je ne peux pas te garantir la sécurité de Brian. Cela dit, il a de meilleures chances de s'en sortir vivant si c'est moi qui l'arrête.

— Toi ? Pourtant...

— Pourtant, j'ai toutes les raisons de lui en vouloir ? C'est vrai, mais autrefois je considérais tes parents comme ma propre famille, et je préférerais donner à leur fils une petite chance d'être jugé plutôt que le voir tomber sous une rafale de balles. C'est pourquoi je te propose de collaborer en m'aidant à réfléchir à l'endroit où il pourrait se cacher. Si tu acceptes, je mets ton arrestation en suspens.

Devant cette menace implicite, Peyton lui retira sa main.

— En suspens ? Qu'entends-tu par là au juste, demanda-t-elle d'un ton sec.

Il se renversa sur son siège, le visage de marbre.

— Disons que je me réserve le droit de t'arrêter pour le tour que tu m'as joué cet après-midi, et que, si tu me refuses ton aide, je te ferai mettre en prison.

— En clair, tu m'obliges à choisir entre mon frère et toi ?

Il haussa un sourcil.

— Quel intérêt cela aurait-il ? Nous savons l'un comme l'autre de quelle manière ça finirait, non ?

Peyton eut un mouvement de recul. Le chagrin inavoué qui sous-tendait les propos de Colin lui était insupportable. Plus que sa rancune, c'était son amertume qui la tourmentait. Le jeune garçon adorable et à l'écoute de son entourage s'était transformé en un homme acariâtre et révolté.

Enroulant ses bras autour de sa propre taille, elle se plia en deux et ferma les yeux pour ne plus voir la laideur de ce qui l'entourait.

Elle ne pouvait plus compter sur son amour de jeunesse et devait trouver la force intérieure d'agir seule. Si elle se laissait dominer par ses émotions, elle se noierait dans une mare d'angoisse et finirait par se détester, ce qui ne rendrait service à personne.

— Peyton ?

*Respire. Respire tout doucement. Calme-toi.*

— Peyton ? Ça ne va pas ? Tu veux que je fasse venir un secouriste ?

L'inquiétude réelle qu'elle perçut dans son intonation voix lui fit rouvrir les yeux. Colin l'observait avec attention, et elle comprit qu'en dépit de tout il éprouvait toujours une certaine tendresse pour elle. Peut-être même lui restait-il un soupçon d'indulgence qui l'inciterait à aider Brian.

Se redressant, elle prit une profonde inspiration.

— Non, je… Ça va aller, merci, répondit-elle.

Bien que manifestement sceptique, il hocha la tête et désigna les petits groupes d'officiers rassemblés dans la salle.

— Je vois deux possibilités, Peyton. Soit tu décides d'attendre de voir si les membres de ces escouades de fortune tirent à vue, et c'est risqué ; soit tu fais équipe avec moi, dans l'espoir de voir Brian comparaître vivant. À toi de choisir, mais tu dois prendre une décision. Immédiatement.

— Et si j'accepte de collaborer avec toi, à quoi est-ce que je m'engage, concrètement ? Et comment procède-t-on ?

— Vu que ta maison a été la scène d'un crime et qu'elle est passée au peigne fin, tu viens t'installer chez moi et tu réponds à mes questions. Il faudra tout me rapporter, Peyton. Les moindres choses que Brian a pu te confier au fil des ans, lors de tes visites, le contenu des mails ou des lettres que vous avez échangés, tout ! On dressera la liste des endroits qu'il a évoqués et où il voudrait éventuellement retourner, ainsi que celle des gens vers qui il pourrait se tourner pour obtenir de l'aide. Ensuite, on s'organisera pour lui tendre un piège.

Un piège pour Brian… alors qu'elle était piégée elle-même. Peyton ne put réprimer un frisson.

— Autrement dit, si je ne collabore pas, mon frère risque d'être tué, et moi, d'aller en prison. Si je collabore, il risque gros, mais tu fais tout ton possible pour assurer sa survie. Et, en admettant qu'il se tire de ce pétrin, il est passible de la peine capitale. De mon côté, je ne suis pas sûre d'échapper à la prison non plus. C'est bien ça, Colin, hein ? Tu parles d'un marché !

Il soupira avec lassitude et parut presque défait, subitement.

— C'est ça ou rien. Je ne peux pas faire mieux.

— Bon, c'est d'accord.

Colin écarquilla les yeux.

— Comme ça ? Sans discuter ?

— Je ne suis pas idiote ; je vois bien que tu as raison et que mon frère est en danger de mort. Comme je ne lui serai d'aucune utilité derrière les barreaux, je vais miser sur le fait que le Colin que j'ai connu, intègre et bienveillant, sommeille toujours en toi. Marché conclu, donc.

# 4

Après s'être entretenu avec d'autres officiers, Colin revint se poster derrière le bureau.

— Réunion en salle de conférences, d'ici quelques minutes, annonça-t-il à Peyton. La police a des questions à te poser. On nous préviendra quand tout sera prêt.

— La police ? À t'entendre, on croirait que tu n'en fais pas partie.

— Je n'ai pas jugé utile de me présenter officiellement, vu nos... relations antérieures.

Il tira un badge de sa poche et le lui montra.

— Colin McKenzie, adjoint à l'US Marshal, pour vous servir, madame.

Peyton passa outre la raillerie. Elle se serait rebellée si elle n'avait pas craint d'enfoncer son frère encore davantage et si, au fond, elle n'avait tiré une certaine fierté du petit cercle de métal avec son étoile à cinq branches et son inscription US Marshal au milieu. Colin avait réalisé son rêve et perpétué la tradition familiale en épousant cette carrière comme l'avaient fait avant lui sa mère, qui avait été procureur, et son père, ancien juge fédéral. Celui que l'on surnommait le « Redoutable McKenzie » devait être fier de son troisième fils.

— J'ignorais que Gatlinburg disposait d'une unité d'US Marshals.

— Il n'y en a pas, dit-il en rangeant son insigne. La plus proche se trouve à Knoxville, mais ce n'est pas là non plus que je travaille. La plupart du temps, je suis en détachement dans tout l'état et, la semaine dernière, on m'a attribué une nouvelle mission ici. Elle consiste à pourchasser des fugitifs dont les mandats d'arrêt présentent un caractère exceptionnel. Des affaires classées, le plus souvent.

Cela expliquait que Peyton ne l'ait pas croisé en ville, depuis son retour – chose qu'elle avait à la fois espérée et redoutée.

— Et tu as été désigné pour traquer Brian ?

— Pas exactement, non. Une équipe de marshals a été dépêchée de Memphis, tout de suite après son évasion et celle de ses comparses. La seule raison pour laquelle je suis mêlé à cette affaire est que Brian a été repéré dans la région et que je suis allé jeter un coup d'œil chez toi, au cas où ton frère aurait décidé de rentrer au bercail. J'avoue avoir été surpris de constater que c'était exactement ce qu'il avait fait.

— Pas autant que moi, murmura Peyton.

— Ton intervention lui a permis de s'échapper, lui rappela-t-il, la mâchoire crispée.

— Je...

— Oups... Pardon.

Un silence gêné suivit l'échange. Il ne fut rompu que lorsqu'un planton ouvrit la porte de la salle de conférences et leur fit signe.

— C'est bon. Landry, le chef de la police locale t'attend.

Colin fit passer Peyton devant lui en expliquant :

— Ça grouille de monde, ici. Vu que la moindre information doit être relayée au plus vite, les chefs d'équipe sont tous venus avec leurs enquêteurs. C'est pour cela qu'on nous installe dans la salle de conférences plutôt que dans une salle d'interrogatoire normale.

Peyton essuya ses mains devenues moites sur le haut de son jean et avança vers la porte. Elle n'avait pas fait dix pas que Colin l'arrêtait d'une main sur l'épaule.

— Tu sais où se cache Brian ?

— Non. Je te jure que non.

— D'accord. Nous discuterons de tout cela plus tard, en privé, et nous essaierons d'y voir plus clair. En attendant, s'il te vient une idée et qu'on te pose la question, dis la vérité. Que nous ayons passé un marché ou pas ne change rien au problème : mentir te desservirait encore davantage.

— Tu oublies que je ne veux pas qu'il arrive malheur à mon frère, Colin. Si je parle, c'est ce qui risque de se produire, non ?

— Dis la vérité, répéta-t-il. À la seconde même où tu auras une idée, même fantasque, je partirai à sa recherche. Et je m'efforcerai de le protéger. Tu as ma parole, Peyton.

— Pourquoi ? Je ne comprends pas. Et ne me répète pas que tu agis par égard pour mes parents, s'il te plaît.

Il haussa les sourcils.

— Bien que tout soit fini entre nous, je t'ai aimée, Peyton. Rien que pour ce que nous avons représenté l'un pour l'autre, je me sens obligé d'assurer ta sécurité et celle de Brian. Ce n'est pas compliqué, tout de même !

— Avec tout ce qui s'est passé, si. Tu es une bien meilleure personne que moi, Colin. À ta place, je ne ferais certainement pas preuve d'une telle mansuétude.

Il s'apprêtait manifestement à lui répondre lorsque l'agent qui les avait hélés leur fit à nouveau signe.

Peyton ne bougea pas d'un pouce.

— Tu crois que je devrais demander un avocat ? murmura-t-elle.

— Ce serait probablement plus sage, oui.

Elle pensa à ses maigres finances et aux exorbitants frais de justice de Brian, qui avaient quasiment ruiné toute leur famille. Elle mettrait des années à s'acquitter de sa part et elle ne pouvait envisager de s'endetter encore davantage.

— Non, je préfère m'en passer.

Colin se rembrunit.

— Si c'est une question de moyens, je peux...

— Non ! se récria-t-elle. Enfin, merci tout de même. C'est très gentil de ta part, surtout si on considère...

Elle laissa sa phrase en suspens, puis baissa les yeux vers les cicatrices qui barraient les mains de Colin.

Il avait eu beau lui expliquer qu'il faisait tout cela parce qu'ils s'étaient aimés jadis, en aucun cas elle ne se résoudrait à accepter son offre. Non qu'il fût dans le besoin – l'argent n'avait jamais été un problème pour les McKenzie – mais, par principe, elle ne voulait pas profiter de sa générosité.

Il l'étudia un moment, comme s'il hésitait à discuter, puis haussa les épaules et la poussa doucement vers la salle de conférences.

Peyton dut faire un effort pour ne pas tourner les talons et repartir en courant lorsque la douzaine de personnes qui l'attendait à l'intérieur la regarda approcher en silence. Tous avaient un bloc-notes ou une tablette électronique à portée de main, et tous l'examinaient comme un scientifique aurait observé un insecte particulièrement nuisible au microscope.

— Installez-vous, leur ordonna un homme d'âge moyen au visage parcheminé en désignant les deux chaises vacantes qui faisaient face à son bureau.

Tous deux s'exécutèrent, et l'homme sourit poliment mais froidement à Peyton.

— Je suis Landry, le chef de la police locale, dit-il. De toute évidence, vous connaissez déjà l'adjoint à l'US Marshal McKenzie. Toutes les autres personnes présentes sont soit des officiers soit des inspecteurs travaillant sous mes ordres. Pour commencer, mademoiselle Sterling, je tiens à préciser que vous n'êtes pas en état d'arrestation. Je vais vous poser un certain nombre de questions auxquelles, j'espère, vous aurez l'obligeance de répondre. Vous êtes libre de vous en aller à tout moment. Est-ce bien compris ?

Peyton tourna la tête vers la porte sans faire mine de bouger. Elle comprenait parfaitement ce qui se passait, car le système juridique ne lui était pas étranger. En ne l'arrêtant pas, Landry évitait de lui rappeler ses droits et de lui proposer un avocat.

Landry avait une pile de dossiers à sa droite. Il se saisit du premier et le déposa devant lui. Lorsqu'il l'ouvrit, Peyton vit qu'il contenait des photos en couleurs qu'il aligna méthodiquement sur son bureau, la renvoyant à de funestes souvenirs.

Les vestiges calcinés d'un bâtiment autour duquel les pompiers continuaient à s'affairer.

La salle des fêtes du lycée.

Les petits groupes de jeunes interrogés par la police.

L'ambulance qui avait transporté Colin à l'hôpital…

Elle le sentit se crisper sur le siège voisin.

— Bien ! À présent, un petit récapitulatif pour ceux qui n'auraient pas l'affaire Sterling en tête.

Landry tira un document du dossier et fit courir son index sur une liste :

— Brian, le fils de Molly et Benjamin Sterling est soupçonné d'avoir été à l'origine de cinq incendies criminels, dans sa jeunesse. S'il n'a jamais été condamné, c'est parce qu'il n'y a pas eu de victimes, que les dégâts étaient minimes et que ses parents ont accepté de dédommager les propriétaires des bâtiments concernés, en plus de le faire suivre par un thérapeute. À l'âge de dix-neuf ans, en revanche…

Landry fronça les sourcils et tourna la page comme s'il cherchait une autre information.

— Attendez, il y a une erreur, là. Brian était encore au lycée à dix-neuf ans ?

Peyton baissa la tête. Les incendies cités par Landry n'avaient pas été mentionnés au cours du procès et étaient une nouveauté pour elle. Sans doute faisaient-ils partie d'un casier scellé, eu égard à la jeunesse du délinquant. Ses parents et son frère lui avaient caché cette information. Dans quel but ? Pour qu'elle ne doute pas de l'innocence de Brian ? Si ses antécédents avaient eu le moindre rapport avec les accusations portées contre lui à l'âge de dix-neuf ans, le juge aurait levé les scellés avant le procès. Ses parents auraient dû l'estimer suffisamment intelligente pour le comprendre et savoir qu'elle soutiendrait son frère quoi qu'il arrive. Elle le connaissait mieux que personne, elle l'aimait, et ce casier qu'on lui jetait à la figure devant une assemblée de policiers déterminée à lui faire du mal ne changerait rien à l'affaire.

Elle inspira pour se donner du courage et se força à répondre à la question de Landry.

— Brian avait... des difficultés, à l'école. Il a redoublé une fois, de sorte que nous sommes retrouvés en terminale, bien qu'il soit mon aîné d'un an.

— Merci, mademoiselle Sterling. D'après le document que j'ai sous les yeux, le lycée de Gatlinburg-Pittman a organisé un bal, quelques semaines avant la remise des diplômes, dans un lieu appelé la Grange, un complexe hôtelier équipé d'une salle des fêtes, sur un site préservé, à l'orée du parc national des Great Smoky Mountains. Vers la fin de la soirée, Brian a versé un combustible sur les vestiges de la grange originale, désormais inutilisée, et y a mis le feu.

— C'est faux.

Landry leva les yeux vers Peyton.

— Je vous demande pardon ?

— Mon frère n'a pas allumé ce feu.

— Douze jurés l'ont pourtant jugé coupable et condamné à quinze ans de prison, lui fit remarquer Landry.

— Oui, et il arrive que les jurys condamnent des innocents, lui renvoya Peyton. Vous avez bien entendu parler de gens innocentés par une analyse de leur ADN après avoir passé plusieurs années derrière les barreaux, non ?

Landry se renversa sur son siège et jeta un coup d'œil à Colin avant de répondre :

— Je ne peux tenir compte que des faits, mademoiselle Sterling. Votre frère est un pyromane. Il y avait deux personnes dans cette grange désaffectée et...

— Justement ! Nul n'était censé s'y trouver. Des panneaux en interdisaient l'entrée.

— Cela ne change rien aux faits : deux jeunes amoureux

ont échappé à la vigilance des adultes désignés pour surveiller la fête.

La mère de Peyton faisait partie de ces chaperons.

*Oh ! maman, pourquoi n'as-tu pas fait plus attention à ce qui se passait ?*

— Et quand votre frère a allumé ce feu... Il leva une main pour empêcher Peyton de protester. Quand la bâtisse s'est enflammée, que le jeune couple a commencé à étouffer et s'est retrouvé pris dans les flammes, l'adjoint à l'US Marshal McKenzie, qui était alors en terminale dans ce même lycée, s'est porté à leur secours, ce qui, comme vous le savez, lui a valu de sévères blessures.

Peyton déglutit péniblement.

— J'en suis consciente, oui.

Colin étendit ses avant-bras sur la table, et dit :

— Merci pour petit rappel historique, chef Landry. Ce que les personnes présentes dans cette salle doivent savoir tient en quelques mots : Brian Sterling est un pyromane qui se désintéresse totalement de la vie de ses semblables.

Peyton se raidit.

— Il est dangereux, et armé, poursuivit imperturbablement Colin. Il faudra l'approcher avec prudence. S'il se sent coincé, il est susceptible d'allumer un nouveau feu pour s'échapper. À présent, chef Landry, je crois que vous souhaitez interroger mademoiselle Sterling.

Prenant l'intervention de Colin au mot, Landry se lança dans la description de l'évasion de Brian et de trois autres prisonniers, tout en bombardant Peyton de questions. À un moment, il précisa que Benjamin Sterling avait été interrogé, lui aussi, immédiatement après l'évasion de son fils, dans laquelle il avait nié toute implication.

Peyton n'en fut pas surprise : son père avait toujours critiqué Brian, alors qu'elle et sa mère prenaient immanquablement son parti. Le simple fait que les autorités aient soupçonné Benjamin Sterling d'avoir aidé son fils à fuir était ridicule.

— En outre, votre père a prétendu ignorer où vous étiez et ne pas savoir non plus comment vous joindre. Il ne s'est même pas donné la peine de nous signaler que vous étiez rentrée à Gatlinburg. Vous avez une idée de la raison pour laquelle il a délibérément menti aux forces de l'ordre ?

Elle referma sa main sur le pied du bureau avant de répondre :

— Je suppose qu'il voulait me protéger. Si la police avait débarqué dans mon café ou chez moi, les commentaires seraient allés bon train, ce qui aurait nui à ma petite entreprise et à la vie que j'essaie de me construire grâce à elle.

Elle n'ajouta pas que, aux yeux de Benjamin Sterling, il n'y avait rien de plus précieux que sa propre réputation.

Bien qu'apparemment sceptique, le chef se replongea dans les notes étalées devant lui.

— Toujours d'après mes documents, il semblerait que votre mère soit récemment décédée...

Peyton sentit le regard de Colin se poser sur elle. Il avait paru surpris d'apprendre qu'elle tenait un café, et l'annonce de la mort de sa mère le choquait manifestement. Si elle déplorait qu'il l'ait appris de cette manière, lui raconter les circonstances de l'accident n'était pas possible dans l'instant.

— Oui, et ça n'a aucun rapport avec Brian. Je refuse catégoriquement que nous évoquions ma mère dans cette salle.

Elle fut surprise de voir Landry acquiescer et passer à la suite – les détails de l'évasion ; la raison de cette réunion.

D'après Landry, Brian avait convaincu son avocat de lui décrocher une audience au tribunal de Memphis, auprès duquel il entendait se plaindre des conditions prétendument déplorables dans lesquelles il était détenu. Peyton, très au fait des pratiques des avocats pour avoir aidé ses parents à payer ce genre d'interventions, doutait fort que son frère soit maltraité. Sa dernière réclamation avait porté sur son désir de pouvoir sortir de sa cellule, de temps à autre.

— Et vous continuez à affirmer que vous ignoriez tout des projets d'évasion de votre frère ?

Peyton croisa les mains.

— Je persiste, oui, monsieur Landry. Comme je l'ai dit et répété, j'ignorais qu'il ne se trouvait plus en prison quand je l'ai vu surgir dans ma cuisine. Même là, j'ai eu du mal à y croire. Sur le moment, je me suis dit que son avocat avait réussi à obtenir une remise de peine ou à le faire mettre en liberté conditionnelle, et que Brian voulait me faire une surprise. Encore une fois, jusqu'à cet instant, je n'avais pas vu mon frère depuis trois bons mois.

— De sorte que vous ignoriez que, peu après son évasion et celle de ses comparses, ils se sont confrontés au policier Owen Jennings, que l'un d'entre eux a abattu...

— Je suis de tout cœur avec l'officier Jennings et sa famille. Pour le reste, oui, je l'ignorais, et je ne comprends toujours pas ni comment ils ont réussi à s'évader, ni comment l'individu qui a tiré a pu se procurer une arme.

— Comment *votre frère* a pu se procurer une arme, vous voulez dire ? rectifia Landry. L'adjoint de l'US Marshal McKenzie m'a confié qu'il vous emmenait souvent, tous les deux, au champ de tir pour vous entraîner. Nous savons donc que Brian est capable de manipuler une arme.

Peyton jeta un bref coup d'œil à Colin, avant de s'adresser à Landry.

— Avez-vous la preuve que Brian a tué l'officier Jennings et que le tir n'a pas pu venir d'un des autres fugitifs ?

— Non, dit Colin, jetant à Landry un regard appuyé. Il n'a rien dit de semblable. La caméra fixée au tableau de bord de la voiture de Jennings a enregistré le moment où la balle l'a atteint et, immédiatement après, on voit les quatre évadés s'enfuir. Il nous reste à déterminer qui est l'auteur du tir.

Landry soupira bruyamment.

— Marshal adjoint McKenzie, vous êtes ici par pure courtoisie, eu égard au rôle que vous avez joué lors de l'incendie criminel de la grange, et parce que vous avez localisé Sterling dans l'espoir de l'arrêter. Une tentative qui, malheureusement, a échoué. Par conséquent, je vous serais reconnaissant de ne pas intervenir dans cette audience.

— À condition que vous vous en teniez à ce qui a un rapport direct avec cette affaire.

Landry ne dut pas s'offusquer outre mesure de la remontrance de Colin, car il lui sourit.

Peyton en déduisit qu'ils devaient être amis ou, au moins, s'estimer.

— Nous allons donc passer à la question de votre alibi, mademoiselle Sterling. Où étiez-vous hier matin entre 10 et 11 heures ?

— Un alibi, moi ? Pourquoi ?

— Parce que nous voudrions savoir qui a pu - et peut encore - aider ces quatre prisonniers à s'évader lors de leur transfert, à Memphis, hier matin.

— Vous pensez sérieusement que j'aurais pu faire ça ?

— Peyton, lui souffla Colin. Réponds à la question, tout simplement.

— Une chose est certaine, je ne pouvais pas être à Memphis, c'est-à-dire à six heures de voiture de chez moi, en même temps qu'à mon magasin, ici, à Gatlinburg.

— Votre magasin ? Je croyais que vous teniez un café, lui fit remarquer Landry.

— C'est exact. Je suis propriétaire d'un café où l'on vend également de petits cadeaux dont des livres, et que j'ai appelé Peyton's Place. C'est un endroit récent, situé à proximité du restaurant Hofbrauhaus.

— Quelqu'un pourrait-il témoigner de votre présence à Peyton's Place, hier ?

— Oui, Joan, une de mes employées. Elle vous confirmera que j'étais là-bas hier comme chaque jour ou presque. Seulement vous ne pourrez pas la joindre aujourd'hui. Nous fermons à 18 heures et n'ouvrons pas avant 9 heures du matin.

— Ça ne peut pas attendre. Vous comprenez sans doute

que nous devons vérifier vos dires au plus vite. Je peux avoir le nom de famille et l'adresse de cette... Joan ?

— Fairmont. Joan Fairmont, et il faudrait que je l'appelle pour la prévenir.

— En l'appelant, vous détruiriez sa crédibilité de témoin. Un de mes hommes se rendra chez elle dès que vous m'aurez indiqué son adresse.

Peyton hésita.

— Je ne voudrais pas leur causer une frayeur. Si elles voient un policier frapper à leur porte, elles...

De nouveau, Landry l'interrompit.

— *Leur* causer une frayeur ?

— J'ai deux employées, expliqua Peyton. Elles partagent un petit appartement.

Landry fit signe à l'un des inspecteurs de prendre note.

— Pourquoi seraient-elles effrayées par l'arrivée d'un de mes subordonnés ? Elles ont quelque chose à cacher ?

Peyton sentit son visage s'enflammer.

— Non, bien sûr que non. Simplement, il se trouve qu'elles... qu'elles ont toutes les deux un casier judiciaire. Rien de grave, elles se sont connues alors qu'elles étaient à la rue, et se sont fait prendre en train de voler dans une épicerie, un jour où elles avaient faim. Toutes deux ont passé quelques semaines derrière les barreaux de la prison locale.

— Tiens donc ! Employez-vous d'autres repris de justice, mademoiselle Sterling ? Parce que, si c'est le cas, il serait bon que nous en soyons avertis.

Elle se força à répondre d'un ton calme.

— Je ne considère pas Joan et Melissa comme des criminelles. Ce n'est pas un crime, d'être pauvre et d'avoir faim ! Elles ont remboursé au commerçant le peu de nourriture qu'elles lui avaient volé dans l'unique but de ne pas tomber d'inanition. En outre, elles travaillent dur, toutes les deux, pour remonter la pente.

— Je n'en doute pas, et je vous prie de me pardonner mon indélicatesse.

La contrition évidente de Landry l'apaisa quelque peu, et elle accepta ses excuses d'un bref hochement de tête.

— Vous avez d'autres employés ?

Là encore, Peyton hésita à répondre.

— Mademoiselle Sterling ?

Elle se tourna vers Colin dont le visage fermé ne lui fut d'aucune aide.

— En pratique, non. M. Hardy vient faire des petits travaux de bricolage de temps en temps chez moi, en échange d'un peu de nourriture. Et il... Je crois qu'il a eu maille à partir avec la justice, lui aussi.

Colin fixa un point sur le mur, à l'extrémité de la pièce. Sa colère était presque palpable.

— Et vous avez l'adresse de ce monsieur, afin que nous puissions lui rendre visite, à lui aussi ?

— Je ne crois pas qu'il en ait une. Je lui ai proposé d'occuper la pièce où nous stockons nos produits, mais il préfère dormir à la belle étoile, semble-t-il.

— Et à quelle fréquence vient-il chez vous ?

— Presque chaque jour. Cela dit, il est inutile de le déranger : Joan vous confirmera que j'étais bel et bien au magasin.

Peyton donna l'adresse de ses protégées avant d'ajouter :

— S'il vous plaît, demandez à la personne qui va aller les voir de les ménager. Elles ont déjà beaucoup souffert et sont des employées et des amies formidables.

— Rassurez-vous, elle s'efforcera de les interroger sans les traumatiser.

Peyton, qui se sentait un peu traumatisée elle-même, ne le crut qu'à moitié. Elle referma ses bras autour de sa taille en se demandant combien de temps allait encore durer ce supplice.

— Une dernière question, mademoiselle Sterling.

*Enfin !*

— Vous avez affirmé que vous n'aviez pas vu votre frère

depuis plus de trois mois, avant qu'il ne surgisse dans votre cuisine, hier. Avez-vous la moindre idée de l'endroit où il pourrait se cacher, attendu que nous avons installé des barrages à travers tout le comté ?

Elle secoua la tête.

— Non. Je n'en sais rien du tout. Il n'a plus d'amis dans la région et, l'ancienne demeure de mes parents mise à part, je ne vois pas où il aurait pu se rendre.

— Si vous pensez à une autre éventualité, vous m'en informerez ?

— Bien entendu ! répondit-elle, même si elle en doutait fort.

S'il s'avérait que Brian avait exécuté un policier, oui, évidemment ! D'un autre côté, comme il avait déjà été condamné à tort, elle ne faisait plus confiance à la justice.

Landry héla un des inspecteurs assis quelques rangs derrière elle. Aussitôt, l'homme se leva pour lui apporter la tablette sur laquelle il avait pianoté tout au long de la réunion.

Le chef de la police inspecta l'appareil et le retourna avant de le faire glisser vers Peyton.

— L'officier Redding a consigné votre déclaration ; tout ce que vous m'avez dit pendant notre petite conversation.

S'il s'était agi d'une « petite conversation », Peyton n'osait imaginer à quoi ressemblait un véritable interrogatoire.

— Lisez votre déposition. Si vous êtes d'accord avec ce qui est noté, signez au bas du dossier. Dans le cas contraire, faites revenir McKenzie et Redding. Voilà, mademoiselle Sterling. Mettez-vous à l'aise pendant que nous vérifions votre alibi. Vous n'avez pas votre téléphone sur vous, n'est-ce pas ? Encore une fois, je ne veux pas que vous contactiez vos employées.

— Je ne l'ai pas, non. Il est sûrement dans mon sac à main... Et je ne me souviens pas de l'endroit où je l'ai laissé, ajouta-t-elle, prise de panique à l'idée de l'avoir perdu.

— Je l'ai enfermé dans le tiroir de mon bureau, intervint Colin. Il me semble que ton téléphone était glissé dans la poche latérale.

— Merci, dit-elle, soulagée.

— Tout est donc réglé, déclara Landry avant de se lever.

La salle se vidait lentement lorsque Peyton interpella Landry :

— Vous semblez être entièrement concentré sur mon frère, dans cette triste affaire. Pourtant, trois autres personnes y sont mêlées, si j'ai bien compris !

— Je peux vous assurer que nous nous intéressons tout autant aux autres évadés, dont nous interrogeons l'entourage. À ce propos, j'aurais dû vous demander – par acquit de conscience – si vous avez déjà rencontré Damon Patterson, Vincent Snyder ou Tyler King.

— Aucun de ces noms ne m'est familier, non. Pourquoi ? Ce sont ceux des autres fugitifs ? À votre avis, ils sont toujours avec mon frère ou ils ont jugé préférable de se séparer ?

— Merci encore pour votre collaboration, mademoiselle Sterling, lui répondit-il en souriant.

Là-dessus, il tourna les talons et sortit en refermant la porte derrière lui.

Peyton s'empara de la tablette, douloureusement consciente que le chef de la police n'avait pas répondu à sa question.

— Et maintenant ? demanda-t-elle à Colin, sans le regarder.

— Maintenant ? On attend, et on espère que ton alibi tiendra la route.

— Ne t'inquiète pas pour cela. Joan et Melissa confirmeront mes dires. Je ne suis pas allée à Memphis hier. Tu me crois, non ?

Cette fois, elle se tourna vers lui. Il la considéra longuement, puis se leva et se dirigea vers la porte.

— Colin ? Tu me crois ou non ?

— Je vais me chercher une bouteille d'eau. Tu veux quelque chose ?

Elle le regarda s'éloigner en secouant tristement la tête.

# 5

La police avait obtenu un mandat de perquisition, et si Peyton fut humiliée de voir sa maison passée au crible, elle le fut encore davantage en assistant, dans sa propre chambre, à la fouille du sac qu'elle venait de préparer.

Les bras croisés et les sourcils froncés, elle regarda la femme en uniforme froisser les vêtements qu'elle avait soigneusement pliés. À un moment, la policière se saisit d'un string rouge qu'elle brandit devant elle. Est-ce qu'elle s'imaginait que Peyton allait cacher un revolver dans ses sous-vêtements et attaquer Colin dans son sommeil ?

— Je ne crois pas que ce soit votre style, grommela Peyton, incapable de supporter plus longtemps cette mascarade.

— Je ne fais que mon travail, mademoiselle Sterling, lui répondit sèchement l'autre.

— Il y a un problème ? s'enquit Colin, pénétrant dans la chambre.

Peyton reprit vivement son string et le cacha derrière son dos.

— Pas du tout. L'officier...

— Simmons, compléta l'intéressée, manifestement amusée par la situation.

— L'officier Simmons me complimentait sur mes goûts en matière de lingerie. Pas vrai ?

La policière leva les yeux au plafond d'un air excédé.

— Je vous souhaite une bonne soirée, mademoiselle Sterling, dit-elle en quittant la chambre.

— Quelque chose m'a échappé ? s'enquit Colin, une fois qu'ils furent seuls.

Peyton remit ses affaires en place et se tourna vers lui.

— Je suis quasiment certaine que ta charmante Mme Simmons a pris un malin plaisir à chiffonner mes affaires et qu'elle a travaillé aussi lentement qu'elle le pouvait, au seul prétexte que...

— Que tu as désarmé un US Marshal et laissé s'échapper celui qu'on soupçonne fortement d'avoir tué un de ses collègues ? acheva Colin pour elle.

Peyton se figea sur place, les joues en feu.

— Tu as raison, Colin. J'ai tellement l'habitude de défendre Brian que j'ai vu les choses uniquement sous cet angle.

Il s'avança vers le lit, tira sur la fermeture du sac et le soupesa rapidement.

— Elle a peut-être trouvé bizarre que tu mettes la moitié de ta garde-robe dans ton bagage. Ça te vaudrait un surplus, dans un aéroport.

— N'exagère pas, mon sac n'est pas si lourd ! Si j'ai pris trop de choses pour une seule nuit, c'est parce que j'ai toujours peur d'en oublier.

— Ce n'est pas plus mal, car tu ne pourras probablement pas revenir ici avant plusieurs jours. Bon, allons-y, si tu veux bien.

— Je peux porter mon... Eh, attends une minute, qu'entends-tu par plusieurs jours ? J'ai des lessives et du ménage à faire, je dois m'occuper des livres pour la boutique, et j'en passe. Je ne peux pas mettre ma vie en suspens !

— Considère ça comme des vacances ! Tu n'auras à t'occuper de rien, si ce n'est m'aider à deviner où se cache ton frère.

— Je dois retourner au café dimanche et lundi, qui sont les jours de congé de Joan. Melissa ne peut pas tenir la boutique toute seule. Nous sommes en pleine saison touristique, et mes clients s'attendent à trouver chez moi des pâtisseries fraîches du dimanche au vendredi. Si je n'en ai pas, je perds de l'argent. J'ai déjà un mal fou à faire tourner mon entreprise, et je ne peux pas me permettre de...

— Si c'est une question d'argent, je peux...

— Non, Colin. On en a déjà parlé, et crois bien que j'apprécie ton offre, Mais, dimanche matin à l'aube, je dois être devant mes fourneaux. Et ensuite, dans mon magasin.

Colin reposa le sac sur le lit.

— À moins que ton frère et ses comparses soient de retour en prison ou qu'on les sache à bonne distance de Gatlinburg, tu ne rentreras pas, non. Et il n'est pas question non plus que tu t'installes en ville.

— Colin...

— Brian est déjà venu ici, il y a de grandes chances pour qu'il revienne. D'après mes confrères, nos quatre fugitifs ont été vus ensemble. L'un d'entre eux est un dangereux récidiviste, en cheville avec des gangs. Tant que je ne serai pas certain que tu ne coures aucun danger, tu ne rentreras pas chez toi, un point c'est tout.

Peyton écarquilla les yeux. Son frère s'était acoquiné avec un criminel ? Timoré comme il l'était ?

*Fais attention à toi, Brian. Par pitié, ne te fais pas tuer !*

Comme Colin l'observait, elle se força à sourire.

— Je n'avais pas pensé à cela, et je comprends ton inquiétude. Je vais demander aux filles si elles peuvent faire des heures supplémentaires pendant quelques jours.

Intérieurement, Peyton grimaça. Encore des dépenses imprévues, en admettant que ses employées soient libres.

— Bien ! Puisqu'elles ont confirmé mon alibi, je peux les contacter, non ?

— Bien sûr ! Dès demain.

— Parfait, dit-elle, s'apercevant que, de toute manière, il était trop tard pour appeler ses amies ce soir.

— Je vais tout de même emporter mes ingrédients et mes ustensiles, de façon à pouvoir préparer de quoi approvisionner le café. Je pourrai toujours demander à Joan de venir chercher nos produits. Ça ne pose pas de problème ? Que je m'installe dans ta cuisine, je veux dire.

— Aucun, au contraire. Toutefois, je suggère que nous passions d'abord chez moi, afin de voir si je n'ai pas déjà ce dont tu as besoin. Ça nous évitera de trimballer inutilement ton matériel

— Et pourquoi ne pas le prendre tout de suite ?

— Parce que ta cuisine est toujours sous scellés. C'est une chose de t'autoriser à emporter quelques vêtements et des affaires de toilettes, et c'en est une autre de sortir d'ici des gamelles et je ne sais quoi d'autre.

Le mandat de perquisition... Peyton l'avait presque oublié. En secouant la tête, elle s'enfonça dans le couloir, Colin sur les talons. À la hauteur de la salle de séjour, elle dut s'écarter pour céder le passage à un technicien chargé d'un ordinateur portable enfermé dans un sac transparent.

— Hé, attendez ! C'est à moi, ça ! Tout ce qui concerne mon entreprise est consigné dans cet ordinateur. Je vais en avoir besoin demain, pour mes factures.

Elle fit mine d'attraper le sac ; Colin l'attira à lui pour l'en empêcher, puis fit signe au technicien de continuer son chemin.

— Qu'est-ce que tu fais ? protesta Peyton, se dégageant.

— Je t'évite une arrestation pour entrave à la justice. Allez, viens. Sortons d'ici.

Elle s'exécuta en marmonnant quelque chose sur ce qu'elle pensait de la justice, des scellés et des perquisitions. Mais, lorsqu'elle vit l'agent Simmons se prélasser sur son divan, elle s'arrêta de nouveau.

— Qu'est-ce que vous fichez là, vous ? Vous ne devriez pas être en train de compter mes petites culottes ?

Les yeux de la policière s'écarquillèrent.

Colin toussota, puis s'éclaircit la voix.

— Désolé, dit-il à la femme en uniforme.

— Pourquoi tu t'excuses, au juste ? Et pourquoi elle...

Colin l'attrapa fermement par le bras et la guida vers la sortie. Il ne ralentit l'allure que lorsqu'ils furent devant la portière d'un énorme pick-up. L'engin, particulièrement haut, était entouré de camionnettes blanches, garées à la va-vite sur le triste amas de mauvaises herbes et de poussière qu'était devenu le jardin maternel.

Peyton ne put retenir un cri en voyant un autre technicien passer, un album de photos de famille sous le bras.

— Eh ! Rendez-moi ça ! Qu'est-ce que... Oh !

Colin la souleva sans ménagement et la déposa sur le siège du passager. Il tendit ensuite la main vers la ceinture de sécurité.

Elle la lui arracha et l'attacha.

— Je suis assez grande pour boucler ma ceinture toute seule. Par ailleurs, j'aurais pu grimper dans ce monstre sans ton aide.

— Sûrement pas. Tu es bien trop courte sur pattes.

Peyton se raidit sous l'insulte. Colin referma sa portière plus violemment que nécessaire.

Les bras croisés, les mâchoires serrées, elle regarda à travers le pare-brise les policiers qui achevaient de la dépouiller de ses maigres possessions. Colin ne tarda pas à grimper dans le pick-up, avec une facilité si vexante qu'elle lui en voulut presque d'avoir de grandes jambes. Une fois qu'il eut jeté son sac sur le siège qui les séparait, il resta là, sans faire mine de démarrer, comme s'il attendait quelque chose.

Peyton serra encore davantage les dents, bien décidée à garder le silence.

Un coup de tonnerre résonna au-dessus d'eux, suivi d'un éclair foudroyant. Il y avait de l'orage dans l'air.

— J'espère que la pluie va inonder la route et faire glisser ces camionnettes ridicules dans un ravin, marmonna Peyton.

— Eh bien, voilà ! s'exclama Colin, d'un ton presque bonhomme. Maintenant, nous pouvons y aller.

Peyton se hérissa.

— Tu penses me connaître par cœur, hein, c'est ça ? lui renvoya-t-elle avec hargne.

— Non, répondit Colin, le visage fermé. Ce n'est pas du tout mon impression. Pour tout t'avouer, j'en suis même à me demander si je t'ai jamais connue.

Ces paroles ne firent que rappeler à Peyton la distance qui les séparait désormais.

Après avoir fait marche arrière dans l'allée, Colin s'engagea sur la petite route qui surmontait la maison des Sterling.

Ils allaient donc gravir la montagne plutôt que descendre vers la vallée, comme Peyton s'y attendait.

Elle vit défiler des parcelles de terrain inconnues. Lorsqu'elle vivait encore chez ses parents, ce tronçon de route était une impasse, et elle ne s'était pas rendu compte qu'il se prolongeait désormais en amont.

— C'est un raccourci ? s'enquit-elle.

— Non, répondit Colin, abordant un virage puis prenant une nouvelle côte, encore plus abrupte.

— Colin, où...

Elle n'avait pas terminé sa phrase qu'une rangée de piquets blancs lui apparurent, presque lumineux sous les spots et alignés à perte de vue. Un peu plus loin, elle vit d'autres éclairages, disposés de part et d'autre d'une immense allée pavée, au bout de laquelle se dressait une maison paysanne à deux étages, agrémentée d'un porche et, merveille des merveilles, d'une balancelle.

Elle sourit tristement au souvenir de la balancelle dont elle avait toujours rêvé, petite, sans jamais l'obtenir.

— C'est magnifique ! J'adore cette balancelle, s'exclama Peyton, plus pour elle-même que pour Colin, qui acquiesça.

Au bout de quelques secondes, elle demanda :

— Qui habite cette demeure ? Un membre de la police qui va encore m'interroger sur Brian, je présume !

En guise de réponse, Colin s'engagea dans l'allée. Quand ils eurent atteint la porte du garage, il appuya sur un bouton encastré dans le plafond du pick-up, et la porte se souleva.

— Attends. C'est *ta* maison ?

— Je l'ai fait construire il y a quelques années, répondit-il en pénétrant dans un garage prévu pour trois véhicules, et qui hébergeait déjà une luxueuse voiture de sport.

— Je croyais que tu avais un chalet sur Skyline Drive, dit Peyton, de plus en plus perplexe.

Colin se tourna vers elle, l'air surpris.

— Comment connais-tu l'existence de ce chalet ? Je ne l'ai acheté qu'un an après ton départ, dit-il en coupant le moteur.

Comme elle n'avait aucune envie d'avouer qu'elle avait accablé une de ses amies de questions sur Colin, après son départ forcé pour Memphis, elle resta évasive.

— J'ai dû en entendre parler par une connaissance de mes parents. En revanche, j'ignorais que tu avais fait construire à quelques kilomètres de chez moi. Pourquoi as-tu choisi cet endroit en particulier ?

— Le terrain était à vendre, et le coin m'était familier, répondit-il au terme d'une courte hésitation. En outre, je savais que je ne serais pas gêné par les voisins

— Ce qui t'a amené à faire construire un cottage de deux étages, entouré de piquets blancs à perte de vue, et avec une balancelle, de surcroît ! Tu te rends compte qu'il est en tout point similaire à celui que nous rêvions d'habiter un jour ?

Colin se crispa visiblement.

— J'ai toujours aimé ce style d'architecture. N'y vois rien d'autre.

Peyton eut un mouvement de recul qu'elle déplora aussitôt. Pourquoi ne parvenait-elle pas à feindre l'indifférence la plus totale ?

— Peyton..., commença Colin, l'air de regretter ses propos.

Elle attrapa son sac de voyage, son sac à main et, sans lui laisser le temps de réagir, sauta au bas du pick-up.

Si elle atterrit moins légèrement qu'elle l'aurait souhaité, elle ne se retrouva pas non plus face contre le bitume immaculé du garage – une petite victoire en soi.

Colin la fit pénétrer dans la maison en silence.

Tout comme chez elle, le garage ouvrait sur une buanderie. La ressemblance s'arrêtait là, néanmoins, car ils longèrent ensuite un immense couloir dont toutes les portes étaient closes. Une ouverture les ramena à l'avant de la maison, puis au pied d'un escalier menant à une immense salle de séjour. Pour finir, ils s'arrêtèrent dans la cuisine, qui laissa Peyton bouche bée – et malade d'envie. Ce qu'elle avait considéré comme une rénovation high-tech dans sa propre cuisine lui apparaissait comme du bricolage, comparé à ce qu'elle avait devant elle. L'endroit n'était séparé de la pièce voisine que par un îlot de marbre devant lequel quatre tabourets de cuir noir étaient alignés, de façon à faire face à une autre pièce où Peyton ne vit ni table ni chaises, ce qui l'amena à se demander si Colin prenait ses repas devant l'îlot ou sur un simple plateau, devant la télévision, comme elle avait l'habitude de le faire.

Le plafond qui montait jusqu'au deuxième étage était percé de Velux offrant une vue extraordinaire sur les étoiles. Dans la journée, la pièce devait être baignée par les rayons du soleil – exactement comme Colin et Peyton en avait rêvé à l'époque où ils projetaient de passer le restant de leurs jours ensemble.

Il ouvrit une porte et alluma la lumière

— Ce n'est pas tout, il faut que tu voies le garde-manger, ça te rassurera, toi qui craignais de ne pas avoir suffisamment d'ingrédients pour travailler. Ma mère tient à ce qu'il soit garni pour les fêtes de famille. Et comme elle est excellente pâtissière, elle aussi, tu devrais trouver là tout ce dont tu as besoin.

Peyton entra dans une arrière-cuisine plus spacieuse que sa propre chambre. Différentes variétés de farine, de sucre et d'épices étaient alignées sur une étagère – un véritable paradis, pour elle. Même si son entreprise avait été très florissante, elle n'aurait rien pu s'offrir de semblable. Elle se fit soudain l'effet d'un parent pauvre, ce qui la perturba d'autant plus que l'opulence des McKenzie ne l'avait jamais dérangée jusqu'à présent. Aujourd'hui, cette différence sociale lui apparaissait comme une barrière supplémentaire entre Colin et elle.

— Super ! Vraiment super, s'exclama-t-elle. Bien entendu, je remplacerai tous les produits que j'aurai utilisés.

— Ce ne sera pas néces...

Elle l'interrompit vivement.

— Sinon, je ne pourrai pas travailler ici, et je te rappelle que je dois avoir ce qu'il faut pour satisfaire mes clients dimanche matin.

Colin fronça les sourcils, mais ne discuta pas.

— Tu n'as pas faim ? Et pas d'objection, s'il te plaît. Tu es mon invitée.

*Son invitée.*

Quelle tristesse ! Dix ans auparavant, Colin et elle s'apprêtaient à affronter le monde ensemble. Elle se voyait déjà travaillant avec lui au service de la justice. Elle serait rentrée chaque soir pour s'occuper de leurs enfants – deux, de préférence des garçons avec des yeux bleus et les cheveux sombres de leur père. Et, le soir venu, elle se serait lovée contre lui, dans leur lit king size, et ils auraient fait l'amour jusqu'à l'aube...

— Merci, dit-elle dans un murmure. Mais je me sens incapable d'avaler quoi que ce soit, dans l'immédiat. Je suis épuisée. La journée a été longue.

Colin parut sur le point de faire un commentaire. Pourtant, pivotant sur lui-même, il retourna vers le salon et ne s'arrêta qu'au pied de l'escalier.

— Les chambres d'amis sont à l'étage. Choisis celle que tu veux.

Peyton leva la tête pour admirer les lieux.

Une maison moderne. Splendide, bien qu'un peu plus masculine et contemporaine qu'elle ne l'aurait souhaité. Bref, leur rêve s'était matérialisé – sans elle —, ce qui lui était presque insupportable.

— C'est magnifique, Colin. Ta maison est... parfaite, dit-elle avant d'ajouter, un sourire nostalgique aux lèvres :

— Tu n'es pas allé jusqu'à faire construire une écurie, au bout de ton terrain, pour y héberger une jument alezane, tout de même, si ?

Il secoua lentement la tête de droite à gauche, et son regard se fit lointain. Se remémorait-il leurs nombreuses promenades à dos de poneys au pied des collines ? Ou les jours où ils avaient, chacun à son tour, monté l'alezane que le père de Peyton lui avait offert pour son seizième anniversaire – et qu'elle avait dû revendre pour payer la défense de Brian.

— Non, dit Colin. Je n'ai qu'un atelier. C'est toi qui adorais les chevaux, quand nous étions jeunes. Pas moi !

— Je vois, murmura-t-elle, prenant une profonde inspiration pour refouler une soudaine envie de pleurer. Pourquoi Colin se montrait-il si froid ?

— Fais comme chez toi, dit-il, une note de tension dans la voix. Je vais me coucher.

Il ouvrit une porte à la droite de l'escalier, à quelques pas de l'entrée principale.

Il n'aurait pas dû se donner la peine de la refermer : son attitude parlait pour lui. Peyton était exclue de son univers.

# 6

Colin se laissa lourdement tomber sur son lit et se prit la tête entre les mains. Amener Peyton ici lui était apparu comme une excellente idée, au départ. Dans son désir de lui faire avouer la vérité, il s'était imaginé que, s'ils se terraient tous les deux chez lui, il finirait par obtenir d'elle qu'elle lui dise où se cachait Brian.

En outre, contrairement à celle de Peyton, sa maison était dotée d'un système de sécurité. Elle serait donc moins exposée ici qu'ailleurs, surtout si son frère était accompagné de ses trois comparses.

Toutefois, ce n'est qu'en voyant la surprise de Peyton devant la maison de leurs rêves, qu'il avait compris sa véritable motivation.

La vengeance.

Il en était malade et se méprisait pour cela. Il n'avait pas décidé de construire la maison de leurs rêves pour remuer le couteau dans la plaie, non – ses raisons étaient encore plus navrantes : il avait tant aimé Peyton qu'il s'était convaincu que ce projet les rapprocherait malgré tout. Dans son délire, il avait même cru pouvoir la convaincre de revenir à Gatlinburg afin de retrouver avec lui ce qui les avait unis autrefois. Mais, bien sûr, cela ne s'était pas produit.

Dès la fin des travaux, il s'était rendu chez les parents de Peyton, à Memphis dans l'espoir de revoir sa bien-aimée. Benjamin Sterling lui avait répondu qu'il était trop tard et que sa fille s'était mariée. Le cœur en berne, Colin avait alors pris une chambre dans le premier hôtel venu, où il avait noyé son chagrin dans le whisky. Si ses frères ne l'en avaient pas empêché, il aurait probablement sombré dans l'alcoolisme.

Quelque temps plus tard, il avait refait le trajet, dans le but de féliciter Peyton pour son mariage.

Six heures de route… pour s'apercevoir qu'il ne connaissait pas le nom d'épouse de son ex.

Le courage de retourner voir Benjamin Sterling lui avait manqué, et il s'était remis à boire. Et, cette fois encore, ses frères l'avaient empêché de s'apitoyer sur son sort. Puis, petit à petit, Colin avait remonté la pente jusqu'à finalement décider de vivre décemment sans Peyton.

Il avait fini par y parvenir, d'ailleurs – du moins c'était ce qu'il avait pensé… jusqu'à ce matin, jusqu'au moment où Peyton avait choisi son frère plutôt que lui.

Une fois encore.

Tout comme ce jour funeste, près de la grange, lorsque la police avait emmené Brian, tandis que Colin gisait à l'arrière d'une ambulance. Elle avait eu le choix, ce jour-là, entre accompagner son frère et assister Colin jusqu'à sa prise en charge par l'hôpital.

Elle avait préféré Brian et, l'audience du tribunal mise à part, Colin ne l'avait revue que ce matin. Elle avait rouvert toutes ses vieilles blessures en préférant un pyromane tueur de flic à l'homme avec qui elle avait autrefois envisagé de passer sa vie.

Et l'amertume avait refait surface, plongeant Colin dans un mélange de colère, de frustration et de chagrin tels qu'il avait voulu faire souffrir celle qu'il avait tant aimée. D'où son marché idiot avec Peyton ; d'où sa présence chez lui.

Hélas, confronté à son émerveillement lorsque la demeure lui était apparue et à sa joie en voyant la balancelle, Colin s'était aperçu qu'il s'était conduit comme le dernier des imbéciles. Il n'aurait jamais dû amener Peyton dans cette maison.

Pire encore, ce soir, il avait constaté que son amour de

jeunesse le mettait toujours en émoi ; qu'après toutes ces années, et contre toute logique, il tenait toujours à Peyton… et il la désirait. Il voulait sentir sa peau nue contre la sienne, voir ses cheveux soyeux déployés sur l'oreiller, l'entendre prononcer son nom lorsqu'elle jouissait sous lui.

Il fut parcouru d'un frisson et, les poings serrés, se força à respirer lentement, sans obtenir le résultat escompté.

Entendant le tonnerre gronder, il s'avança vers la fenêtre et regarda la rangée d'arbres qui délimitait son domaine. Un éclair déchira le ciel, le vent et la pluie se mirent à secouer les arbres qui plièrent comme des roseaux. Il eut un sourire amer. Cette tempête n'était rien, comparée à celle qui faisait rage en lui.

Il n'était qu'un lâche, au fond, comme le montrait le fait qu'il se soit réfugié dans sa chambre. Il avait voulu s'échapper, mettre un peu de distance entre Peyton et lui, avant de faire une bêtise.

Comme l'embrasser.

Si elle était toujours en bas, il devait aller lui demander pardon et l'emmener ailleurs. Il lui paraissait injuste qu'elle soit obligée de séjourner avec lui dans cette maison où tout la ramenait à leurs projets de jeunesse.

En jurant, il s'avança vers la porte et posa la main sur la poignée. Pourtant, il ne put se résoudre à la tourner. Il avait besoin de temps pour refouler la multitude de souvenirs que Peyton avait réveillés en lui par sa simple présence.

*En fait, ce dont j'ai vraiment besoin c'est un verre de whisky.*

Colin ferma les yeux et posa le front sur la porte. Cela ne l'aida guère à refouler ses souvenirs.

Peyton, le jour de son seizième anniversaire. Ses yeux gris brillant d'excitation alors qu'elle montait la jument alezane qu'elle avait tant appelée de ses vœux…

Son sourire, le jour où elle avait revêtu une robe noire particulièrement moulante qui avait mis Colin dans tous ses états…

Elle encore, une semaine avant la remise des diplômes,

allongée nue sur une couverture et laissant Colin la réchauffer après une douche glacée sous une cascade.

Peyton, Peyton, Peyton... Ses plus chers souvenirs commençaient et finissaient avec elle.

Cela avait été le cas jusqu'à ce qu'une soirée funeste les sépare à jamais.

Bien que dix années aient passé depuis l'incendie de la grange, les cicatrices qui barraient les mains de Colin se remirent à pulser au rythme de son cœur meurtri.

Il fit courir ses doigts contre la porte en se demandant ce qu'il allait bien pouvoir faire.

# 7

Le tonnerre continuait à gronder, et les nuages obscurcissaient tellement le ciel qu'on se serait cru en pleine nuit, plutôt qu'au petit matin. Malgré les conseils de sa mère selon laquelle il était dangereux de se doucher pendant un orage, Colin avait fait sa toilette. S'il suivait les instructions maternelles, il n'aurait pas l'occasion de se laver avant le milieu de la semaine, car la météo ne faisait pas mine de s'arranger.

Il boutonnait sa chemise lorsqu'il se rendit compte que le grondement qu'il entendait n'était pas celui du tonnerre. Gagnant la fenêtre avant de sa chambre, il vit une jeep blanche remonter la route à toute allure, ses essuie-glaces débarrassant avec peine le pare-brise des trombes d'eau qui le fouettaient.

La portière de la jeep étant ornée de rayures vertes et de l'emblème d'un parc national, Colin en déduisit qu'un de ses frères était venu lui rendre visite. Il eut une grimace de contrariété. Il ne voulait pas que sa famille sache que Peyton était chez lui car cela entraînerait une nouvelle intrusion dans sa vie.

On frappa discrètement à sa porte.

— Colin ?

Et lui qui avait espéré que Peyton dormait encore !

— Colin ? Tu as de la vis...

Il ouvrit la porte et lança :

— Bonjour, Peyton !

Elle était sexy en diable, dans son petit pull sans manches sur un pantalon corsaire assorti qui laissait voir beaucoup trop de sa peau dorée pour le confort de Colin. Il sentit sa bouche s'assécher et s'efforça de ne pas accorder un regard à son décolleté.

Elle recula d'un pas, puis se passa les mains sur les jambes de son pantalon, ce qu'elle faisait souvent autrefois, quand elle était angoissée.

— Bonjour. Désolée de te déranger. Je voulais te prévenir que tu vas avoir de la compagnie. Un véhicule officiel du parc national remonte l'allée. Tu crois que...

Elle s'éclaircit la voix avant de terminer sa phrase.

— ... que Brian a été retrouvé ?

— Ça m'étonnerait. Les recherches ont dû être interrompues pendant la nuit à cause de l'orage et elles ne reprendront probablement pas tant qu'il y aura de la foudre, c'est-à-dire pas avant un bon moment, à mon avis.

Un coup de klaxon se fit entendre au dehors, et Colin se tourna vers le couloir du fond.

— Il faut que j'aille ouvrir le garage et...

— Oh ! désolée ! s'exclama-t-elle avant de le laisser passer.

Colin passa devant la cage d'escalier et dit, sans se retourner :

— J'ignore de qui il s'agit, mais je vais essayer de nous en débarrasser au plus vite. Quelle idée de rendre visite aux gens à une heure aussi matinale !

— Hum... Il est tout de même 9 heures. Tu te lèves toujours aussi tard ?

Colin consulta sa montre. La matinée était effectivement bien avancée, et il faisait si sombre au dehors qu'il n'avait pas été réveillé, comme d'habitude, par les rayons du soleil.

— Je reviens tout de suite, dit-il en s'engageant dans le couloir.

Un second coup de klaxon retentit, et il se mit à courir. Une fois l'alarme désamorcée, il attendit de voir auquel de ses frères il allait être confronté.

Lorsqu'il connut la réponse, il réprima un grognement. Il s'agissait de Duncan, le troisième fils de la lignée, qui était encore plus têtu que lui. Si jamais il devinait la présence de Peyton, il ne repartirait que sous la menace.

Dès que la jeep fut garée dans l'espace libre entre la voiture et le pick-up de Colin, Duncan coupa le moteur et descendit de son véhicule, la mine sombre.

— Il paraît que notre pyromane local est monté en grade en tuant un policier et qu'il est de retour chez nous. Tu as besoin d'un coup de main pour attraper ce salopard ?

— Bonjour quand même ! Et pour répondre à ta question, non, merci. Ce ne sera pas utile. La moitié des forces de police de l'État est à ses trousses. Ça t'obligerait à prendre un congé, d'ailleurs, et à propos de boulot, je suis en train de me mettre en retard, et toi aussi j'imagine. Bref, il faut que j'y aille.

Les yeux de Duncan s'étrécirent.

— On est samedi.

— Et alors ? Il m'arrive de travailler le samedi.

— Depuis quand ?

— Depuis qu'on a besoin de moi ce jour-là.

Colin s'avança vers la jeep.

— Ta petite auto de ranger est en train d'inonder mon garage, alors si ça ne te fait rien...

Duncan leva les yeux au plafond et se planta devant Colin pour le jauger de la tête aux pieds. De toute évidence, il n'était pas convaincu.

— Tu travailles en jean, d'habitude ?

— Le samedi, oui.

— D'accord. Et ton gilet pare-balles, il est où ? Avec ton arme, je suppose !

Colin prit un air étonné, tapota sa chemise, et baissa les yeux vers sa hanche.

— Bon sang ! s'exclama-t-il. Tu as raison, il faut que je retourne le chercher. Il se passe trop de choses en ce moment, je suis complètement perturbé.

— Trop de choses ? Tu peux être un peu plus précis ?

— La traque de prisonniers en cavale est un peu ma spécialité, c'est pourquoi il faut absolument que je me mette en route. Si tu veux bien déplacer ta jeep...

— Pour que tu puisses aller travailler.

— Gagné !

— Un samedi.

— Tout à fait.

— À 9 heures du matin, en jean et sans aucune protection... Excuse-moi si j'ai peine à te croire. Trouve quelque chose d'un peu plus crédible, frangin.

— Tu sais que tu es pénible ? lui renvoya Colin, croisant les bras.

— Remi me trouve charmant.

— Parce que l'amour rend aveugle. Elle comprendra la vérité quand vous serez mariés, la pauvre.

— À propos de vérité...

— D'accord, je me rends, dit Colin en soupirant. Je me suis réveillé en retard, et je voulais m'éviter une remarque désobligeante de ta part à ce sujet. En fait, je vais à mon bureau pour consulter mes dossiers et, comme je serai pratiquement seul, j'ai pensé que je pouvais me dispenser de mon uniforme.

— Je vois. Et ces fugitifs ? Ceux qui se sont échappés avec Brian Sterling, j'entends. On a rattrapé l'un d'entre eux ?

Colin prit appui contre le mur et croisa de nouveau les bras.

— Pas encore, non, pourquoi ? Tu as eu de leurs nouvelles ?

— Rien de très intéressant. Le jour de leur évasion, nos lascars ont été aperçus tous les quatre, à quelques heures de route d'ici. Depuis, apparemment, quelqu'un a cru voir Brian dans les parages, et nous n'en savons pas davantage. Nous envoyons des patrouilles supplémentaires qui travaillent quand elles le peuvent, vu le temps. Et, bien entendu, le parc est fermé. Adam en a dirigé l'évacuation, et il a fait sortir les derniers campeurs quelques heures avant l'orage. Et toi ?

— Rien de neuf non plus. Si ce n'est que je suis tombé sur Brian, hier matin.

La réaction de Duncan fut immédiate.

— J'en étais sûr, tonna-t-il. Je savais que ce petit fumier reviendrait te chercher des noises. Où l'as-tu vu ? Que s'est-il passé ?

— Tu ne devrais pas être au travail, toi aussi ?

— Mon chef est compréhensif. J'ai tout mon temps. Allez, raconte.

— Ça va être rapide. En gros, dès que j'ai entendu parler de l'évasion de Brian Sterling, je me suis rendu à l'ancien domicile de ses parents, au cas où il aurait voulu se réfugier dans un endroit familier. Bien que ça m'ait semblé peu probable, ça valait le coup d'essayer. Il a été aussi surpris que moi de me trouver là, et il a réussi à m'échapper.

— Mince ! Du coup, tes supérieurs t'ont mis sur l'affaire ?

— Pas officiellement, non. Comme Brian a allumé un incendie dans lequel j'ai été blessé, il y aurait conflit d'intérêts.

— C'est bien ce que je disais, tu es sur l'affaire.

— Si tu veux, oui. J'ai même pris quelques jours de congé. Je n'ai eu aucun mal à les obtenir, dans la mesure où Landry, le chef de la police locale, ainsi que le marshal chargé de retrouver les fugitifs se sont montrés plus qu'accommodants. Ils ont même accepté de me tenir au courant de l'évolution des recherches, en échange de quelques informations sur Brian et son passé.

— S'il est toujours dans la région, il est coincé. Il y avait un barrage sur toutes les routes principales que j'ai empruntées ce matin. Sterling n'aura donc qu'une possibilité : gagner les montagnes et s'y terrer pour gagner du temps. Or, si ma mémoire est bonne, il n'a jamais été très porté sur la vie au grand air, et je suis prêt à parier que, tôt ou tard, il s'introduira dans une habitation pour y voler de quoi s'alimenter. Ce qui faciliterait les recherches, d'une certaine manière...

Duncan haussa un sourcil avant d'ajouter :

— À moins que ses comparses soient plus aguerris que lui et qu'ils aient pensé à emporter des provisions.

— J'en doute. D'après leurs dossiers ce sont des citadins, eux aussi.

— Je me demande pourquoi ils sont venus par ici.

— Aucune idée, répondit Colin.

En réalité, il croyait le savoir : bien qu'un peu plus âgé que sa sœur, Brian avait toujours compté sur elle pour le protéger. Alors, soit il était venu dans l'intention de lui demander de l'aide, soit elle avait été prévenue de son arrivée et l'attendait lorsque Colin les avait surpris.

Il y eut un nouvel éclair au dehors, si puissant que tout le garage en fut illuminé. Duncan jeta un coup d'œil par la lucarne.

— Tu as l'intention de me faire entrer, oui ou non ? Il fait un temps de chien !

— Tu en as vu d'autres, non ? Cela dit, il arrive que ma route se transforme en une véritable rivière. Tu devrais penser à redescendre en ville avant que ça n'arrive.

— Ma jeep est très fiable. Aucun risque que je me retrouve dans le ravin. Tu essaies de te débarrasser de moi, hein, avoue !

— Je pense surtout qu'il espérait te cacher ma présence ici.

Colin se retourna en soupirant. Peyton se tenait dans l'embrasure de la porte, ses cheveux blonds tombant en boucles désordonnées sur ses épaules, l'air tourmenté. Elle lui jeta un regard accusateur avant de tourner les talons et de disparaître.

Duncan en resta bouche bée.

— Je n'ai pas rêvé, là ! C'était bien la personne à laquelle je pense ?

— Tu me croirais, si je te répondais par la négative ?

— Elle a vu ta maison et la balancelle ?

— Évidemment, puisqu'elle est à l'intérieur, répondit Colin.

Duncan lui posa une main sur l'épaule.

— Où est ta réserve de whisky, que je vide les bouteilles dans l'évier ?

— Ce n'est pas drôle, gronda Colin.

Il repoussa son frère, puis, le voyant tirer son portable de sa poche, il demanda :

— Qu'est-ce que tu fais ?

— J'appelle les renforts. Ian ne sera pas joignable, comme d'habitude. Il y a combien de temps que nous n'avons pas vu notre petit frère ? Six mois ? Enfin... Adam en revanche viendra, toutes affaires cessantes. Peut-être même devrais-je lui demander d'inviter papa et maman. Ils seront ravis d'être mis au courant de ce qui se passe ici, et je...

Colin lui arracha son téléphone.

— C'est bon, tu as gagné. Tu peux entrer, et essaie de te tenir convenablement, pour une fois.

Duncan porta une main à son cœur.

— Tu me fais de la peine, frangin. Je me tiens toujours comme il faut !

Sur ces belles paroles, il gratifia Colin d'un sourire malicieux et pénétra dans la maison.

# 8

En aucun cas, Peyton n'aurait écouté la conversation de Colin et Duncan à leur insu si elle avait eu la moindre idée de la tournure que prenait la traque de Brian. Tout ce qu'elle y avait gagné était la preuve que Colin préférait mentir à son propre frère plutôt que lui avouer sa présence chez lui.

Elle préparait un café dans la cuisine lorsqu'elle les entendit entrer. Bien qu'elle se sentît observée, elle continua à s'affairer sans se retourner. Discernant des chuchotements, elle supposa que Colin informait Duncan des événements de ces dernières vingt-quatre heures et qu'il lui expliquait les raisons de la présence de son ex sous son toit.

Après avoir sorti trois tasses, elle mit une goutte de lait au fond de celle de Duncan, du sucre dans la sienne, puis les remplit toutes les trois de café. Et, comme elle ne pouvait faire traîner les choses beaucoup plus longtemps, elle prit son courage à deux mains et alla déposer le tout sur l'îlot de quartz blanc derrière lequel se tenaient les frères McKenzie.

Elle fit glisser une tasse devant chacun d'entre eux et dit :

— Je vous l'ai préparé comme vous l'aimiez quand nous étions au lycée.

— Merci, fit Duncan. Ça sent bigrement bon !

Colin trempa ses lèvres dans le breuvage, hocha la tête avec un large sourire, et Peyton fut atterrée de constater que son approbation lui faisait infiniment plaisir.

Pourtant, si Duncan sembla satisfait, lui aussi, cela ne lui fit pas le même effet.

— C'est tout à fait ce qu'il me fallait en cette matinée pluvieuse, dit-il. Merci, Peyton.

— Quelqu'un a faim ? Je n'ai pas eu le temps de préparer une pâte et de la laisser lever, mais je peux vous faire des croissants avec les ingrédients de Colin, si ça vous tente.

— Des croissants ! s'exclama Duncan. Comme ceux que confectionnait ta mère ? J'en ai déjà l'eau à la bouche.

Colin jeta un regard appuyé à Peyton, sans doute pour lui rappeler qu'elle ne lui avait toujours pas expliqué les circonstances du décès de sa mère. Il devrait attendre, car elle n'était pas pressée d'avoir cette conversation avec lui.

S'efforçant de ne rien laisser transparaître de son chagrin, elle se tourna vers Duncan.

— Presque. Même si, comme je te l'ai dit, ma pâte n'est pas prête. Enfin, je vais essayer de faire quelque chose d'approchant. Colin, tu as du bacon, des œufs et du fromage ? lui demanda-t-elle, se résignant enfin à croiser son regard.

Il hocha lentement la tête et l'étudia attentivement, comme s'il craignait qu'elle ne s'effondre brusquement. À son grand soulagement toutefois, il ne lui posa aucune question.

— Dans ce cas, nous allons manger des croissants salés. J'en ferai suffisamment pour que vous puissiez terminer par du sucré, si ça vous fait envie.

— Ne te crois pas obligée de nous préparer à manger, intervint Colin.

— Ça me fait plaisir.

Elle n'ajouta pas que s'affairer en cuisine était une excellente manière d'éviter les sujets qu'elle n'avait pas envie d'aborder. Colin ne fut pas dupe apparemment, car il poussa un énorme soupir et enchaîna :

— Parfait. Si tu y tiens tant que ça, nous allons te donner un coup de main. Duncan, rends-toi utile. Va dans le garde-manger et rapporte ce dont Peyton a besoin. Pendant ce temps-là, je m'occupe de sortir les plaques et le mixer.

— Tu veux vraiment m'aider ? s'enquit-elle, surprise.

— J'y tiens, oui, répondit-il en sortant deux plaques en acier inoxydable d'un tiroir, puis en se penchant de nouveau pour en tirer un tablier blanc qu'il agita devant lui. Approche.

Elle s'exécuta et maintint ses cheveux en l'air tandis que Colin lui nouait les attaches du tablier autour du cou.

— Comment se fait-il que tu aies ça chez toi ? demanda-t-elle, s'efforçant de dissimuler son trouble.

Colin la fit pivoter pour nouer les deux derniers cordons autour de sa taille.

— J'en ai quelques-uns en réserve pour ma mère, expliqua-t-il à mi-voix.

*Sa mère. Toujours vivante, elle.*

Peyton dut lutter contre l'envie de pleurer, mais elle se ressaisit bien vite.

— Merci, dit-elle, lorsque Colin eut terminé.

— De rien. Tout le plaisir était pour moi.

Peyton leva les yeux vers lui et, l'espace d'un instant, se prit à regretter de ne pouvoir se réfugier dans ses bras pour y trouver du réconfort.

— Et voilà ! s'exclama Duncan, revenant du garde-manger les mains pleines.

Peyton toussota et s'éloigna vivement de Colin.

— Pose tout ça là, Duncan, je sors ce dont j'ai besoin du réfrigérateur.

— Alors ? Qu'est-ce que nous pouvons faire ? demanda Colin en s'approchant de l'îlot.

Les deux hommes l'interrogèrent du regard, et elle sourit intérieurement.

Cette dînette improvisée lui rappelait une multitude de bons souvenirs de l'époque où, adolescents, ils passaient davantage de temps les uns chez les autres que dans leur propre foyer.

Et puis, un été, la voix de Colin était devenue plus grave,

tandis que Peyton voyait son propre corps se transformer. Colin et elle avaient commencé à se regarder différemment, et leur relation avait changé.

— Bien. Allons-y, alors. Il y a un rouleau à pâtisserie, dans la maison ?

L'heure suivante se déroula dans une ambiance festive. Lorsque tous trois eurent déjeuné et remis la cuisine en ordre, Peyton avait tant ri que ses côtes la faisaient souffrir. Duncan avait un sens de l'humour hors du commun et une gouaille sans pareille. Colin avait souri tout le long du repas et ri de bon cœur aux plaisanteries de son frère qu'il ne cessait pourtant de taquiner. C'est ce que Peyton avait toujours aimé, chez les frères McKenzie – le lien fort qui les unissait, leur faculté à passer de bons moments ensemble. Par contraste, Brian était un être taciturne, versatile, presque fragile, pas le genre de frère avec qui elle pouvait chahuter.

Duncan s'essuya les mains avec une serviette en papier qu'il jeta aussitôt.

— Bien ! Nous avons parlé de ma fiancée, de nos parents, d'Adam, en revanche, toi, Peyton, tu ne nous as pas dit grand-chose. Ta famille va bien ? Brian mis à part, j'entends.

Elle jeta un coup d'œil à Colin qui continuait à l'interroger du regard.

— On ne devrait pas plutôt se concerter sur la manière de retrouver Brian avant qu'un policier nerveux de la gâchette ne lui tombe dessus ? lui demanda-t-elle.

Il fut manifestement surpris par sa tentative maladroite pour changer de sujet.

— Si, bien sûr. On peut même s'y mettre tout de suite, si ça te convient. Je vais chercher ma tablette, et on s'installera dans la salle de séjour.

— Bien ! s'exclama Duncan. En clair, il est temps que je vous laisse.

— Ah, ça y est ? Tu as enfin compris le message ? dit Colin en levant les yeux au plafond.

Duncan le gratifia d'un sourire complice, et les deux frères se levèrent pour se dire au revoir. Puis Duncan s'avança vers Peyton.

— Vous me raccompagnez jusqu'à mon carrosse, jolie demoiselle ?

— Qu'est-ce qui te prend ? demanda Colin d'un ton méfiant.

— Rien, pourquoi ? Je n'ai pas le droit de me faire escorter par une vieille copine ? Allez, viens, Peyton. N'écoutons pas ce rabat-joie.

Là-dessus, il lui prit la main et l'entraîna dans son sillage. Elle sourit à Colin d'un air faussement résigné. Tout, dans la posture de ce dernier, trahissait son mécontentement.

Duncan ne ralentit pas l'allure tant qu'ils n'eurent pas atteint le garage. Une fois devant sa jeep, il surprit Peyton en l'étreignant brièvement.

— J'ai été content de te revoir, ma belle, même dans ces circonstances pour le moins particulières.

— Moi aussi, murmura-t-elle. Merci d'avoir été aussi gentil avec moi. Je... Je n'en espérais pas tant.

Il lui sourit et emprisonna sa main gauche dans la sienne.

— Tu ne portes pas d'alliance, à ce que je vois. Tu es toujours célibataire ?

— Oui, ce qui n'a aucune importance, puisque tu es pris dit-elle d'un ton taquin. Félicitations, au fait !

— Remi va t'adorer, lui dit-il. D'ailleurs, je tiens à préciser que toute ma famille t'a conservé son affection.

À court de mots, Peyton battit des paupières.

— Je ne prétends pas comprendre les choix que tu as faits il y a dix ans, poursuivit Duncan. Je pense simplement que tu n'as aucune idée de l'enfer que mon frère a vécu après ton départ, sans quoi tu aurais été là pour le soutenir.

— Duncan...

Il ne la laissa pas terminer.

— Tu lui as fait beaucoup de mal, et j'irais même plus loin, Peyton. Il y avait bien longtemps que je ne l'avais pas vu d'humeur aussi joyeuse que ce matin. Je t'accorde que je suis de bonne compagnie, mais ce n'est pas moi qui lui ai rendu le sourire, non. Vous êtes vraiment liés par quelque chose de spécial, depuis toujours, et j'espère sincèrement que ça fonctionnera entre vous, cette fois-ci. Colin a droit au bonheur.

Peyton dévisagea Duncan, les yeux ronds.

— Tu... Tu as mal compris. Si je suis ici, c'est pour Brian, pour essayer de lui sauver la vie, rien d'autre.

Duncan secoua la tête, une moue sceptique aux lèvres.

— Je sais que mon frère est un type super, mais si tu t'imagines qu'il aurait aidé n'importe qui se trouvant dans ta situation, tu te trompes. Allez, sur ce, je te laisse.

Les bras noués autour de sa taille, Peyton regarda Duncan faire marche arrière pour aller affronter les éléments. Elle ne savait que penser de son petit discours. Pourquoi lui avait-il dit qu'elle ignorait tout de l'enfer que Colin avait traversé après son départ ? Et pourquoi avait-il insinué qu'il avait terriblement besoin d'elle ?

Le père de Peyton lui aurait-il menti ?

Lorsque le garage fut refermé, elle s'aperçut que Colin se tenait sur le seuil, juste derrière elle.

— Tout va bien ? s'enquit-il.

*Non.*

À tel point qu'elle eut envie de se précipiter vers lui pour lui dire qu'elle n'avait jamais cessé de l'aimer. La seule chose qui l'en empêcha fut son incertitude quant à sa réaction : lui ouvrirait-il les bras ou, au contraire, se détournerait-il – ce qu'elle aurait difficilement supporté dans l'instant – ? En outre, il lui avait clairement signifié qu'il n'y avait plus d'avenir possible entre eux.

Se pouvait-il qu'il ait dit cela dans le seul but de se protéger ? Comment le savoir ?

— Peyton ? insista-t-il, sûrement agacé par son silence. Tu sembles contrariée. Duncan t'a dit quelque chose ?

— Non, non bien sûr ! Ce sont les événements de ces

dernières vingt-quatre heures qui m'ont perturbée. Je n'arrive pas à reprendre pied. Ça t'ennuierait qu'on remette mon interrogatoire à plus tard ? Nous ne sommes plus à quelques heures près, d'autant qu'avec cet orage les recherches ne risquent pas d'avancer.

Colin hésita une seconde avant d'acquiescer.

— Pas de problème. Tu as raison, quelques heures de plus ou de moins ne changeront rien. En revanche, si le temps s'arrange dans la soirée, comme prévu, les traqueurs se remettront au travail, tu peux leur faire confiance.

— D'accord, merci Colin, dit-elle d'une voix étranglée avant de courir se réfugier à l'intérieur de la maison pour s'isoler.

# 9

L'atmosphère enjouée de la matinée fit bientôt place à une tension palpable, probablement parce que Peyton s'interrogeait toujours sur le sens des paroles de Duncan. Colin sentait que quelque chose la tourmentait et, comme elle s'acharnait à nier l'évidence, il se renferma sur lui-même.

*Pourrais—je aider mon frère tout en aimant Colin et sans blesser l'un ou l'autre ?*

Dans l'après-midi, Colin s'enferma dans son bureau tandis que Peyton se remettait aux fourneaux. Son ardeur était telle qu'elle profita d'une accalmie des conditions météo pour demander à Joan de venir chercher les produits qu'elle avait préparés. Une fois le café pourvu, elle n'aurait pas à cuisiner pendant deux jours.

Avant de contacter son employée, néanmoins, elle passa un coup de fil à son père pour prendre de ses nouvelles et lui dire où en était la traque de Brian. Ce dernier point l'amena à avouer qu'elle tenait ses informations de Colin, chez qui elle résidait provisoirement. Benjamin Sterling réagit si mal à cette annonce qu'elle en vint à regretter de l'avoir appelé. Fort heureusement, sa conversation avec Joan lui rendit sa bonne humeur : son amie serait ravie de faire des heures supplémentaires, tout comme Melissa, souvent à court d'argent.

Devant un tel enthousiasme, Peyton se promit d'augmenter les salaires de ses deux employées, voire de leur donner une prime – et tant pis si pour cela elle devait piocher dans ses maigres économies.

Quand la première de ses employées arriva, Colin désactiva l'alarme puis monta la garde, mettant la pauvre Joan si mal à l'aise qu'elle ne resta que le temps de charger sa voiture.

Peyton n'avait pas particulièrement envie de parler à Colin, toujours sombre, et encore moins d'endurer un nouvel interrogatoire. Malheureusement, la tempête prenant fin, elle dut se résigner à cette confrontation.

Quelques heures plus tard, elle se dit que Landry avait été clément avec elle, comparé à Colin qui l'avait harcelé de ses questions.

Après lui avoir demandé plusieurs fois la même chose en formulant différemment son point de vue ou en prenant des détours pour revenir à son point de départ, il rédigea d'abondantes notes sur ce que Brian avait pu lui dire ou lui écrire par SMS ou par mail. Peyton dut également lui donner le nom de toutes les personnes dont son frère s'était rapproché en prison. Comme si cela ne suffisait pas, il exigea ensuite la liste de toutes celles à qui Brian avait rendu visite ou adressé la parole, en remontant à l'époque où ils étaient gamins. Peyton dut lui énumérer les endroits qu'avait fréquentés Brian avant son incarcération, lui dire avec qui il s'y était rendu et à quelle fréquence, et ainsi de suite.

De temps à autre, Colin se retirait dans son bureau pour appeler Landry ou ses collègues chargés de retrouver Brian. Peyton n'apprécia guère cet échange d'informations. Après tout, si Colin et elle finissaient par deviner où se cachait son frère, elle voulait que ce soit Colin qui le capture, plutôt qu'un représentant de la loi, stressé par les circonstances. D'un autre côté, Colin savait ce qu'il faisait, et elle devait croire en ses compétences. Il parviendrait à ses fins – sauver la vie de Brian, en l'occurrence.

Malgré ses angoisses, Peyton en vint à bénir les moments

où son hôte s'enfermait dans son bureau, lui donnant ainsi un peu de répit.

Le soleil était couché depuis longtemps quand ils firent une pause pour dîner. Tout comme le matin, ils préparèrent le repas et remirent la cuisine en ordre ensemble. Ce fut un plaisir car ils formaient une bonne équipe, tous les deux. Ils dînèrent dans un silence d'autant plus apprécié par Peyton qu'il lui épargnait un certain nombre de questions.

Malheureusement, la trêve fut de courte durée et ils se remirent au travail aussitôt après manger.

Peyton s'installa sur le canapé et attendit la suite de l'interrogatoire en songeant que c'était pire que l'Inquisition.

— Voyons, commença Colin après avoir passé l'écran de sa tablette en revue. D'après ce que tu m'as dit, au début de la peine de prison de ton frère, tu lui rendais visite une fois par semaine. Or, tu as cessé d'aller le voir il y a environ un an jusqu'au décès de ta mère. Je peux savoir pourquoi ?

— Parce que nous nous sommes disputés.

— Ce n'est pas une réponse, ça ! Du moins, ça ne me suffit pas.

— La raison de cette brouille est personnelle et n'a absolument rien à voir avec ce qui s'en est suivi, je peux te l'assurer. Nous n'avons jamais discuté de la manière dont il pourrait sortir de sa cellule, sauf en faisant appel – le seul moyen légal puisqu'on ne peut plus être libéré sur parole quand on croupit dans un pénitencier d'État. Au fait, comment a-t-il réussi à s'échapper, exactement ? Je n'en sais toujours rien, et je ne comprends pas. Ça devrait être impossible, non ?

— Dans un monde parfait, oui. Malheureusement, il arrive que, par souci d'économie, le gouvernement confie le transfert de prisonniers à des entreprises privées. Leurs employés sont soit débordés, soit mal formés, soit les deux. Sans parler des fourgons qui sont souvent dans un piètre état. Et, bien que l'enquête ne soit pas terminée, il semblerait que tous ces facteurs aient joué un rôle majeur dans le problème qui nous occupe. Nos évadés ont réussi à forcer un cadenas défectueux et ont profité d'un arrêt à la pompe à essence pour filer.

— Ouah ! C'est complètement fou et pas très rassurant. J'espère que ça n'arrive pas souvent !

— C'est effectivement rare, Peyton, toutefois il y a des exceptions. C'est une véritable chance que le parking de la station-service ait été désert, sans quoi il y aurait eu d'autres victimes. Ton frère et ses comparses ont commencé leur cavale à pied. Ensuite, ils ont volé la voiture d'un conducteur assez négligent pour l'avoir laissée ouverte avec la clé sur le contact.

— C'est ce qui a coûté la vie à l'officier Jennings ? Il les a vus voler une voiture et a voulu les arrêter ?

Colin soupira bruyamment.

— Comment fais-tu, Peyton ? C'est moi qui suis censé poser les questions, pas l'inverse !

— Mais personne ne me dit rien, tu comprends ? lança-t-elle. C'est agaçant, à la fin !

— Ça l'est pour tout le monde, figure-toi. Il reste un certain nombre de points à éclaircir. Par exemple, nous aimerions bien savoir comment nos fuyards se sont procuré l'arme qui a tué Jennings.

— Pas par mon intermédiaire, en tout cas ! Je n'en possède aucune. Je tire probablement mieux que la moyenne des gens parce que tu m'as appris à le faire quand nous sortions ensemble mais, encore une fois, je n'ai pas d'arme, et je n'en ai jamais eu.

— Ce qui nous ramène au sujet de ta brouille avec Brian. J'aimerais vraiment savoir ce qui s'est passé.

— Et tu ne me laisseras pas tranquille tant que je ne t'aurai pas répondu, je suppose.

— Gagné.

Peyton inspira profondément et se résigna à répondre.

— Bien. Puisque tu y tiens... nous nous sommes disputés à ton sujet.

Colin la dévisagea, bouche bée.

— Pardon ?

— Pour Brian, tu es la cause de tout ce qui lui est arrivé.

Il se crispa visiblement.

— Et toi, qu'en penses-tu ?

— Tu es la personne la plus honnête que je connaisse. Certes, j'aurais préféré que tu t'abstiennes de témoigner contre mon frère, mais je ne t'en veux pas. Tu as juré de dire la vérité, et je suis convaincue que tu as rapporté les faits tels que tu les as vus ou ressentis. Je ne te reproche rien, Colin.

— Merci, murmura-t-il, ça me va droit au cœur.

— Je suis sincère, insista-t-elle. De toute façon, je ne pouvais plus supporter le comportement de Brian. Je passais mon temps à essayer de le convaincre de faire des études ou d'apprendre un métier en prison, pour qu'il ait un bagage à la sortie. Le jour où nous nous sommes disputés, j'étais épuisée, à bout de nerfs... et j'ai explosé, voilà tout. Brian n'a pas compris. Il a dû se sentir trahi. J'avais toujours été son alliée, jusque-là, tu comprends ?

Elle haussa les épaules avant d'ajouter :

— Il se peut que notre brouille ait joué un rôle dans son évasion, qu'il ait eu l'impression de ne plus rien avoir à perdre, après tout. La prison lui a été particulièrement pénible. Il a fait plusieurs dépressions et a été sous traitement pendant des mois. Tu m'as fait remarquer qu'il ne lui restait que cinq ans à tirer. Cinq ans, c'était une éternité, à ses yeux. Il ne s'est jamais habitué à sa condition de détenu.

— Et tes parents, il ne les considérait pas comme ses alliés, eux aussi ?

Peyton noua ses bras autour de sa taille et répondit :

— Au début, ils allaient le voir chaque semaine. Malheureusement, il y a deux ans, ils se sont disputés. Cela n'avait rien d'exceptionnel, si on tient compte du fait qu'ils voyaient un conseiller conjugal depuis toujours ou presque. Cette fois-là, cependant, ça a vraiment bardé et les choses ont changé. Entre mon père et ma mère d'une part ; entre eux et

Brian de l'autre. Mon père s'est rendu au parloir une dernière fois, tout seul et ça a été fini. Ma mère s'est mise à y aller seule, refusant que je l'accompagne. Je n'ai jamais compris pourquoi.

— En résumé, il y a eu cette dispute, ton père a cessé de voir son fils, ta mère a insisté pour le voir en tête à tête, et personne ne t'a expliqué ce qui s'était passé ?

— Brian était au cœur du problème, une fois encore, admit Peyton dans un soupir. C'est presque certain. Maman a toujours pris son parti, contrairement à mon père qui l'enfonçait constamment. Ses incartades lui faisaient honte. Il craignait pour sa réputation, d'où ses tentatives désespérées pour lui éviter la prison. Si l'innocence de son fils avait été prouvée, le nom des Sterling n'aurait pas été entaché. Voilà. Je n'en sais pas davantage, si ce n'est que cette dispute devait porter sur un sujet épineux qui aurait donné à mon père le sentiment d'être franchement déshonoré.

— Tu veux dire que Brian aurait enfin avoué qu'il était l'auteur de l'incendie ?

Peyton hésita un instant, puis haussa les épaules.

— Ça m'étonnerait. D'un autre côté, ça aurait obligé mon père à reconnaître qu'il s'était trompé. Pour l'instant, il peut garder la tête haute et insister sur le fait que les Sterling sont d'honnêtes gens, victimes d'une injustice tragique. Si on lui prouvait le contraire, il serait… anéanti. Quoi qu'il en soit, c'est ce qui a définitivement séparé mes parents. Ma mère a décrété qu'elle ne retournerait pas voir leur conseiller conjugal tant que mon père refuserait de rendre visite à Brian. Mon père n'a rien voulu entendre, et ils se sont retrouvés dans une impasse.

L'interrogatoire se poursuivit. En digne fils de procureur, Colin lui posa plusieurs fois les mêmes questions en les formulant différemment, tant et si bien que Peyton finit par demander grâce.

— Pourquoi ne pas me soumettre carrément à la torture ? Ça serait moins pénible !

— Comment ça ? demanda-t-il, l'air sincèrement étonné.

— Tu plaisantes ? Nous tournons en rond depuis des heures, tu me demandes toujours la même chose et tu obtiens immanquablement la même réponse. Je ne vois pas où ça nous mène.

Colin se tourna vers les fenêtres, consulta sa montre et dit :

— Tu as raison. J'en ai peut-être fait un peu trop.

— Non, vraiment ? dit-elle d'un ton railleur.

— Une petite dernière ?

— En comptant celle que tu viens de poser ?

— Non, avoua-t-il en souriant.

— OK. La dernière des dernières, alors !

— Allons-y. Dernière question.

— Et dernière réponse.

— Tu avais cessé d'aller voir ton frère, et pourtant tu es retournée au parloir, il y a trois mois. Je peux savoir pourquoi ?

Peyton ferma les yeux en soupirant bruyamment.

— C'est la dernière, promis ?

— Promis. À moins, bien sûr, que ta dernière réponse me renvoie à ma question initiale.

— Bien sûr. Bon, si tu y tiens, j'y suis retournée à cause... À cause de ce qui est arrivé à maman.

La gorge nouée, elle ajouta :

— C'est le sujet que j'essaie d'éviter depuis le départ. Il fallait que j'annonce le décès de maman à Brian. Elle... a eu un accident de voiture. Il pleuvait, elle a perdu le contrôle de son véhicule dans un virage et a heurté un arbre. Apparemment, elle est morte sur le coup. Dieu merci, elle n'a pas eu le temps de sentir les flammes.

S'apercevant aussitôt de son indélicatesse, elle baissa les yeux vers les mains de Colin.

— Désolée. Je n'aurais pas dû...

— Ce n'est pas grave. Toutes mes condoléances, Peyton.

Elle cilla à plusieurs reprises, puis hocha la tête.

— Ton père en est sorti indemne ? s'enquit Colin d'une voix douce.

— Il n'était pas avec elle, et il se porte aussi bien que possible, vu les circonstances.

— Il vit à Memphis ? Tout seul ?

— Maintenant, oui.

— Comment ça, maintenant ? Ce n'était pas le cas avant ?

— Je croyais qu'on en avait terminé avec les questions, dit-elle en soupirant. Enfin, puisque tu insistes, allons-y ! Je ne vivais plus chez mon père depuis des années quand… quand les circonstances ont changé, ce qui m'a obligée à retourner chez lui. Après la mort de maman. Il a eu besoin d'espace et… et

— Et il t'a mise dehors ? continua Colin d'un ton réprobateur.

Peyton accusa le coup : un tel scénario n'aurait pas été envisageable pour les McKenzie qui formaient une famille soudée. Prenant sur elle, elle releva le menton et se récria :

— Il essayait de se remettre d'une tragédie, tout de même !

— Toi aussi, il me semble, riposta Colin.

— Je ne te permets pas de juger mon père ou mes proches.

— Bon. Je ne comprends pas sa réaction, ce qui ne m'empêche pas d'être navré pour toi, Peyton. Je sais que tu étais très proche de ta mère. Elle était un peu spéciale et nous n'avions pas d'affinités particulières, mais je la respectais parce qu'elle t'aimait.

Peyton n'en était pas si sûre. De tout temps, elle s'était demandé si le cœur de sa mère était assez grand pour aimer qui que ce soit d'autre que son fils adoré.

— Merci, murmura-t-elle avec un sourire forcé. Pour ta peine, je vais t'apporter une précision supplémentaire. Quand papa m'a… demandé de partir, je n'étais pas complètement démunie, et il savait que je ne manquerais de rien. J'ai touché un modeste héritage, en plus de l'argent de l'assurance, et la maison de Gatlinburg est payée. C'est la seule chose qui n'a pas été vendue. Le fait de ne pas être locataire m'a permis de réunir les fonds nécessaires à la création de mon entreprise et d'être enfin ma propre patronne.

— Tu as travaillé dans quelles sociétés avant ?

— Oh ! Ici et là, pour faire bouillir la marmite.

— Tu voulais faire carrière dans la justice, pourtant, non ?

— Quand toute ta famille est obligée de se cotiser pour payer un avocat, tu renonces à faire des études. Je ne me plains pas, cela dit. C'est moi qui ai choisi d'aller travailler sitôt sortie du lycée. Il fallait que je me montre solidaire.

— Tu n'avais que dix-huit ans, Peyton. C'est beaucoup trop tôt pour sacrifier ton avenir et oublier tes rêves !

— J'ai estimé que c'était mon devoir. Par ailleurs, je n'ai pas le sentiment d'avoir sacrifié mon avenir. Je m'en suis bâti un nouveau en ouvrant mon petit café. Et si, pour l'instant, ce n'est pas facile, je suis certaine que ça finira par m'apporter une certaine stabilité. En outre, tu sais à quel point j'aime faire de la pâtisserie.

— Vraiment ? Tu en es sûre ?

— Pardon ?

— Je te demande si ça te plaît tant que ça, Peyton. Tu as passé ta vie à te sacrifier pour les autres. Brian, d'abord, dont tu as été la deuxième mère et à cause de qui tu as dû abandonner l'idée d'entrer à l'université. En outre, je te soupçonne d'avoir monté ton entreprise parce que ça te permettait d'embaucher deux femmes qui ne trouveraient d'emploi nulle part ailleurs.

— À t'entendre, c'est un péché que d'aider son prochain, dit Peyton en serrant les poings.

— Ça l'est quand ça t'oblige à te sacrifier. Tu prétends avoir des difficultés financières, pourtant, d'après l'enquête de Landry, ton affaire marche assez bien pour que tu sois à flot. Vu la quantité de pain que tu as préparée et donnée à Joan, ça ne m'étonne pas. Tout n'était pas pour le café, si ? Je suis prêt à parier que, si j'appelais le refuge pour les sans-abri, on m'annoncerait que Peyton's Place fait d'importants dons de nourriture, au quotidien.

— Pas le foyer, la Soupe populaire, rectifia Peyton.

— C'est bien ce que je disais. C'est merveilleux, Peyton.

Vraiment ! Certains pourraient tirer des leçons de ta générosité. Ce que j'aimerais que tu m'expliques, cependant, c'est pourquoi.

— Pourquoi je tends la main aux autres ?

— Pourquoi tu t'occupes de tout le monde, sauf de toi. Tu ne vis pas ta vie, Peyton ! Tu t'éreintes pour autrui. Alors encore une fois, pourquoi ?

— Tu ne comprendrais pas, répondit-elle, les yeux baissés vers les mains meurtries de Colin.

— Explique-moi, s'il te plaît.

— Quelqu'un met le feu à une grange désaffectée, et qui se précipite à l'intérieur pour sauver des vies ? Colin McKenzie. Tu sais à quel point il est rare d'être aussi altruiste ?

— Je ne suis pas...

— Altruiste ? Si, Colin. C'est bien simple, il y a deux clans. Celui des McKenzie et celui des Sterling. Comme tous les membres de ta merveilleuse famille, tu t'es mis au service de la société. En face, il y a nous. Mon père a passé sa vie à réparer les bêtises de Brian – et d'après ce qu'a dit Landry, Brian en a fait bien plus que je ne le pensais. Quant à ma mère – paix à son âme —, elle n'était pas « spéciale », comme tu dis ; elle vivait sur une autre planète. J'ajoute qu'elle faisait une nette différence entre ses enfants, d'où ses constantes disputes avec mon père.

Sentant une larme couler sur sa joue, Peyton l'essuya d'un geste rageur.

— Maman n'avait jamais une minute à me consacrer. C'est pour ça que je me suis mis à la pâtisserie. Pas par goût personnel, non. Parce qu'elle adorait ça, elle aussi. Dans la cuisine, au moins, elle était fière de moi. Et je...

— Arrête, Peyton. Je ne te demande pas de...

— Laisse-moi terminer. Je ne reproche rien à mes parents. Nous commettons tous des erreurs, et je suis sûrement la première responsable de ce qui nous est arrivé. J'aurais dû obliger mon frère à se débrouiller sans moi. Il a toujours été différent – spécial, lui aussi. À l'image de notre mère, comme le disait papa à chaque fois qu'il devait mettre la main au porte-monnaie pour réparer un de ses méfaits. Toi, tu tiens de ton père, le redoutable McKenzie, ton amour de la justice et de la vérité. C'est ton héritage. Moi, je suis une Sterling, la fille unique d'une famille dysfonctionnelle, mon frère s'est évadé de prison et... et...

Colin alla s'installer auprès d'elle, sur le canapé, et referma ses mains sur les siennes.

Elle se raccrocha à lui comme si sa vie en dépendait, avant d'essuyer de nouvelles larmes.

— Plus j'en apprends sur cette affaire, plus je crains que Brian soit effectivement à l'origine de ce fichu incendie. Tu me demandes pourquoi je me ruine pour employer deux femmes qui seraient au chômage sans moi ? Eh bien, c'est très simple : je ne veux pas de mon héritage familial. Je suis une Sterling de nom, pas de cœur. Je veux être une personne droite. Digne de respect.

Colin lui ramena doucement les cheveux en arrière et murmura :

— C'est ce que tu es, Peyton. Depuis toujours.

— Ce n'est pas vrai, tu le sais bien. J'aurais dû être là pour toi, après l'incendie de la grange. Et cela quoi qu'en dise mon père – qui est allé jusqu'à m'enfermer dans ma chambre et à me confisquer mon téléphone. J'aurais dû trouver un moyen d'échapper à sa vigilance. Ma place était à tes côtés, Colin. Pas ailleurs. D'après Duncan, tu avais vraiment besoin de moi... et je... je n'étais pas là.

Elle s'effondra contre lui en sanglotant si fort qu'elle parvenait à peine à respirer.

Colin la prit dans ses bras et la porta jusqu'à la chambre d'amis pour la mettre au lit.

— Chut, murmura-t-il après l'avoir bordée. Calme-toi, Peyton. Et ne t'inquiète pas, tout finira par s'arranger.

Il lui déposa un baiser sur le front, et elle s'endormit presque aussitôt.

# 10

Accablé par la culpabilité, Colin faisait les cent pas dans sa chambre, située au rez-de-chaussée. Il était hanté par l'image du visage de Peyton couvert de larmes, par le souvenir de sa voix rendue rauque par le chagrin.

« Je ne veux pas de mon héritage familial. Je veux être une personne droite. Digne de respect. »

Digne de respect ? Peyton s'était toujours dévouée pour les autres en se sacrifiant au passage, c'était même une des raisons pour lesquelles il s'était épris d'elle. Dire que, jusqu'à ce soir, il ne s'était pas rendu compte que sa douceur et sa générosité cachaient une profonde douleur !

« J'aurais dû être là pour toi, après l'incendie. »

Il enfonça ses poings dans ses poches. Lui aussi, il aurait dû être à ses côtés, se battre pour elle et comprendre qu'on l'empêchait de venir à lui. Mais il s'était tellement apitoyé sur son propre sort qu'à aucun instant il n'avait envisagé que Peyton puisse souffrir ou avoir besoin de lui, elle aussi.

Quels mensonges avait pu lui raconter son père pour la maintenir à distance ? Apparemment, il l'avait enfermée sans son téléphone. Dans le but précis de l'éloigner de Colin ? Lui avait-il dit que ses blessures étaient bénignes ou qu'il ne souhaitait pas la voir ? Elle était encore jeune et crédule, à l'époque, tout comme lui, de sorte qu'il n'avait aucun mal à imaginer Benjamin Sterling manipulant sa fille et se servant de son frère pour faire pression sur elle.

Comme Peyton l'avait souligné ce soir, son père avait toujours craint pour sa réputation, celle de sa famille et celle de son entreprise. Il avait dû voir en Colin un ennemi dont le témoignage était susceptible d'envoyer Brian en prison, et avait tout fait pour l'arrêter.

Tout pour présenter une famille soudée autour de son fils, dans l'espoir que Colin serait trop peiné par l'absence de sa petite amie pour accepter de témoigner.

Son plan avait bien failli fonctionner.

À dix-huit ans, l'existence de Colin tournait autour de la jolie blonde aux yeux vif-argent et au sourire enjôleur. Être exclu de sa vie du jour au lendemain l'avait anéanti et, sans le soutien infaillible et l'amour des siens, il ne s'en serait pas remis. Et si son père ne l'avait pas rappelé à son devoir de citoyen, il n'aurait sans doute pas eu la force et la patience d'aller jusqu'au tribunal. Fort de cette leçon de morale, Colin avait fait son devoir, se tenant bien droit à la barre des témoins et tentant de dissimuler son tourment. À peine sorti de là, il s'était effondré, ce qui lui avait valu un nouveau mois d'hôpital.

Ses blessures, alliées à la désertion de Peyton l'avaient entraîné dans une spirale morbide. Pourtant, à aucun moment, il n'avait pensé que la trahison de Brian et la duplicité de Benjamin Sterling avaient eu le même effet sur Peyton.

Pire encore, lorsqu'il avait appris qu'elle s'était mariée, il s'était dit qu'elle était heureuse, sans chercher à en savoir davantage. Vu qu'elle ne portait pas d'alliance et semblait vivre seule, Colin pouvait supposer qu'elle était divorcée ou veuve – d'autres traumatismes éventuels dont il ne s'était pas encore soucié. Et, pendant qu'il se l'imaginait épanouie et à l'abri du besoin, elle trimait pour payer les avocats de son frère.

Seule.

Colin avait fini par se remettre, bien sûr. Pire encore, il s'était convaincu de son bon droit.

*Quelle arrogance !*

Ce n'était d'ailleurs pas son seul tort : le marché qu'il avait passé avec Peyton au commissariat n'était qu'un leurre, les charges contre elle n'étant pas suffisantes pour procéder à une arrestation. Un mensonge en entraînant un autre, Colin avait beaucoup exagéré le danger que courait Brian.

Ses frères d'armes n'étaient pas les brutes qu'il lui avait décrites, au contraire. C'étaient des professionnels, des hommes compétents fermement décidés à rattraper – et non à tuer – quatre évadés, ce qu'il savait depuis le départ.

Au lieu de rassurer Peyton, il l'avait laissée se ronger les sangs, s'était servi de ses craintes pour l'amener à répondre à ses questions.

Il secoua la tête en grimaçant. Cet accès d'autoflagellation ne faisait de bien ni à lui ni à Peyton et, s'il avait conscience de lui devoir des excuses, il ne pouvait décemment pas la réveiller en pleine nuit pour les lui présenter. Vu son état de fatigue, cela aurait été une preuve supplémentaire de son égoïsme.

Toutefois, il devait faire quelque chose de sa culpabilité et dépenser son énergie sous peine d'imploser. Il s'avança vers la fenêtre pour regarder au dehors. Une douce brise soufflait sur la pelouse, faisant briller les brins d'herbe détrempés sous la lune. Une pelouse bien négligée, ces dernières semaines : son tracteur était tombé en panne, et il n'avait pas pris le temps de s'en occuper. La solution était là : suer sang et eau tandis qu'il se débattrait avec ce fichu moteur lui éviterait de se battre avec sa conscience. Pendant qu'il y serait, il s'occuperait aussi de la vidange du véhicule tout-terrain entreposé dans l'atelier. Autant faire quelque chose de constructif puisque, de toute évidence, il ne trouverait pas le sommeil, cette nuit.

Brian ignorant que Colin vivait là et que Peyton résidait provisoirement chez lui, il y avait très peu de risques pour que les fugitifs se soient aventurés dans les montagnes et se trouvent dans les parages. En outre, la policière Simmons était restée chez les Sterling et, si elle avait remarqué quoi que ce soit de suspect, elle en aurait fait part à Colin.

Il s'habilla comme pour aller travailler, s'assura que son

revolver était chargé au cas où un ours rôderait dans sa propriété, puis, après s'être muni d'une lampe torche, sortit par la porte de derrière.

À l'exception du barbecue et de deux chaises longues, cette partie du porche était vide. Aucune empreinte boueuse ne trahissait de passage récent. Colin descendit les trois marches qui le séparaient du jardin et gagna la remise à outils, située à une centaine de mètres de là. Un rapide examen autour de la bâtisse ne fit apparaître que des traces de pattes, sûrement laissées par un rongeur en quête de son prochain repas. Le cadenas était fixé à la porte, comme il se devait, et l'atelier n'avait pas de fenêtres. Colin fit courir le faisceau de sa lampe le long des arbres alignés de part et d'autre de son domaine. Comme il ne vit rien de particulier, il éteignit sa lampe et se laissa guider par les rayons de la lune.

Il était presque arrivé à destination quand il sentit que quelque chose clochait.

# 11

Peyton se leva si précipitamment qu'elle tomba du lit, les jambes emmêlées entre les draps. Elle s'en débarrassa à grand-peine, tout en passant les recoins sombres de la chambre en revue, et poussa un soupir de soulagement. Aucun monstre ne s'apprêtait à lui sauter dessus. Pourtant, elle avait été réveillée en sursaut. Mais par quoi ?

Un rayon de lumière brillait sous la porte. Colin veillait-il toujours ? Constatant qu'il était presque minuit, elle supposa qu'il regardait un film ou la rediffusion d'un de ses matchs de basket-ball préférés. Il avait toujours été fan des Tennessee Vols et avait eu l'intention d'entrer à l'université du Tennessee après le lycée. Son rêve s'était-il réalisé ? Elle n'avait pas pensé à le lui demander.

Peut-être était-il dans la cuisine, en train de se faire un en-cas tardif. Non. Il était plus vraisemblable qu'il soit simplement occupé à chercher un moyen poli de se débarrasser d'elle. Après sa crise d'hystérie, elle ne lui en aurait pas voulu outre mesure.

*Bam !*

Une détonation retentit soudain.

Peyton sursauta, se cogna le mollet contre le tour du lit et jura entre ses dents.

*Bam ! Bam !*

Le bruit se reproduisit par deux fois. Et Peyton le reconnut.

Des coups de feu. En provenance du dehors, derrière la maison.

Peyton hésita un instant. Dans quelques secondes, Colin ferait irruption dans sa chambre pour voir si tout allait bien, c'était certain. Comme il ne se passait rien cependant, elle s'empara de son téléphone dans l'intention de composer son numéro et se souvint qu'elle ne l'avait pas.

Plus maintenant.

Inquiète, elle courut jusqu'au dressing où elle enfila un jean et un chemisier à la hâte. Après avoir chaussé ses tennis, elle sortit en courant, descendit les marches deux par deux, et se retrouva dans la salle de séjour. La télévision était éteinte, et la lumière qu'elle avait entrevue plus tôt provenait du couloir du fond. Elle se dirigea donc vers l'arrière de la maison et sentit son angoisse augmenter en voyant que le bureau était éclairé, lui aussi, bien que la pièce fût déserte. Les autres portes ouvraient sur une salle de bains, un placard et la buanderie ; elle ne vit aucune trace de Colin nulle part.

— Colin ? Tu es là ? Tout va bien ? cria-t-elle, se précipitant vers sa chambre, à l'avant de la maison.

Dans un monde idéal, il en serait sorti et aurait dévisagé Peyton comme si elle avait perdu la raison. Mais comme ce n'était pas le cas, cela signifiait qu'il était dehors au moment où elle avait entendu les détonations. Hélas, la porte était grande ouverte, et elle n'eut pas besoin d'allumer la lumière pour constater que son lit n'était même pas défait.

— Colin ? demanda-t-elle d'une voix rauque.

Son angoisse se transforma alors en franche panique, et elle traversa la maison en courant pour gagner le seul endroit où il pouvait encore se trouver : la cuisine. Qui, comme elle l'avait redouté, était déserte.

*Bam ! Bam !*

Deux nouvelles détonations retentirent, si proches qu'elle sursauta violemment et perdit l'équilibre.

*Pourvu que Brian ne soit pas en train de tirer sur Colin !*

Peyton n'aurait jamais pensé que son frère aussi peu sociable qu'instable fût capable de faire du mal à autrui. D'un autre côté, comme Landry le lui avait rappelé la veille, Brian était presque aussi rompu qu'elle au maniement des armes – grâce à Colin, là encore. Alors ? Brian était-il là, quelque part dans l'ombre, avec pour cible l'homme qui avait été si patient avec lui et l'avait protégé quand ils étaient tous trois adolescents ?

Les hypothèses de Colin l'ayant obligée à se remettre en question et à s'interroger sur la véritable nature de son frère, Peyton commençait à envisager que Brian soit coupable de ce dont on l'avait accusé. Et, si elle voulait, malgré tout, croire à son innocence, elle n'avait aucune confiance en ses compagnons d'évasion. Celui d'entre eux qui avait abattu un policier n'hésiterait certainement pas à tuer un US Marshal.

Prenant son courage à deux mains, elle se releva et alla jeter un coup d'œil par la fenêtre. Un capteur à lumière jaune illuminait vaguement l'avant du porche mais, au-delà, c'était l'obscurité complète. Colin avait-il pris son arme pour sortir voir qui rôdait autour de sa maison ? Ou, pire encore, s'était-il aventuré au dehors sans arme ?

Peyton tira son téléphone de sa poche, composa le 911, expliqua rapidement la situation et demanda à son interlocutrice d'envoyer la police ainsi qu'une ambulance pour le cas où Colin serait blessé.

À nouveau, elle entendit des coups de feu et vit des éclairs jaillir sur la gauche du bois. Il n'y eut pas de riposte, mais il lui sembla qu'un des tirs précédents venait du jardin. Si Colin en était l'auteur, cela signifiait qu'il se trouvait soit à l'intérieur de la grange et tirait d'une fenêtre, soit de l'autre côté de la maison, cloué au sol et incapable de se mettre à l'abri. Il lui fallait donc du renfort, immédiatement, car les secours mettraient un certain temps à arriver, vu la dangerosité de la route qui menait jusqu'ici. Or, Peyton était la seule à pouvoir lui venir en aide. Elle déglutit péniblement et frotta ses mains sur les jambes de son jean en songeant qu'il allait lui falloir une bonne dose de courage.

Du courage… et une arme.

*Réfléchis, Peyton. Réfléchis. Si tu vivais ici, où rangerais-tu une arme et des munitions ? Dans un endroit suffisamment accessible pour parer à l'urgence et assez discret pour qu'un enfant ou un visiteur ne tombe pas dessus par hasard.*

Pivotant sur elle-même, elle courut vers le garde-manger dont elle ouvrit la porte avec une telle force que sa poignée heurta le mur. Après avoir allumé la lumière, elle leva les yeux vers les étagères, au sommet desquelles trônait un coffre en bois. Mais l'étagère était hors de portée d'un enfant, et donc trop haute aussi pour elle.

Elle se mit à faire de grands bonds sur place pour atteindre l'objet, ce qui eut pour résultat de la déséquilibrer.

— Bon sang, Colin, maugréa-t-elle. On n'a pas idée d'être aussi grand !

Elle chercha une échelle des yeux, puis, n'en trouvant pas, se maudit d'avoir perdu du temps. Évidemment ! Colin n'avait pas besoin d'échelle pour atteindre les objets perchés chez lui. Que faire ? Monter sur une chaise ? Non, car il n'y avait pas de salle à manger dans la maison de leurs rêves – et même pas de table dans la cuisine.

Il ne restait plus que les tabourets alignés devant le bar.

Elle se précipita vers l'îlot et tira l'un des tabourets jusqu'au garde-manger.

Trois nouvelles détonations éclatèrent alors, la mettant dans un tel émoi qu'elle escalada le tabouret avec l'agilité d'un singe et put – enfin – s'emparer du coffre tant convoité... pour s'apercevoir presque aussitôt que le couvercle en était verrouillé. Oui, bon. C'était logique, après tout : en sa qualité de marshal, Colin avait soigneusement rangé ses armes.

Dans un coffre au système de fermeture sophistiqué, qui ne s'ouvrait que grâce à une empreinte digitale.

Jurant entre ses dents, Peyton se releva pour s'emparer d'une grosse boîte de conserve posée non loin d'elle. Elle dut l'abattre sur le coffre à plusieurs reprises pour que le bois se fende et craque enfin.

À l'intérieur du coffre, dans un écrin de velours rouge parsemé de copeaux de bois, était posé un Glock 22, de calibre 40, ainsi que deux chargeurs de munitions pleins. Dire qu'elle avait traîné des pieds, dans sa jeunesse, quand Colin l'emmenait sur le champ de tir, parfois avec son frère ! Son ambition étant alors de devenir avocate, elle ne voyait pas l'utilité d'apprendre le maniement d'une arme. L'argument de Colin était toujours le même : il voulait que la femme de sa vie puisse se protéger dans un monde aussi cruel que dangereux.

Peyton enfonça un des magasins dans le revolver et le fit tourner d'un cran. Après avoir glissé le deuxième magasin dans sa poche, elle se leva d'un bond.

— Tu m'as toujours protégée, Colin. À présent, à mon tour ! murmura-t-elle pour elle-même.

# 12

Blotti contre la façade de l'atelier, Colin pointait son Glock en direction des chênes qui bordaient le sud de sa propriété. Bien qu'il n'eût vu personne en venant jusque-là, son instinct l'avait averti d'un danger imminent. Après s'être assuré que l'atelier était vide, il avait commencé à en faire le tour et atteignait l'extrémité du bâtiment quand la première balle avait soulevé la poussière, juste à côté de lui. Depuis, il était coincé là.

Il était impossible d'accéder à l'intérieur de l'atelier, de ce côté du bâtiment et, pour l'instant, le ou les tireurs s'amusaient à ses dépens. Ils visaient le sol ou tiraient juste au-dessus de son crâne, l'obligeant à rester sur place. D'ici peu, ils se fatigueraient de ce jeu sadique et cesseraient de gâcher leurs balles.

Bref, Colin devait faire une nouvelle tentative pour s'éloigner de là.

Il se glissa vers le coin de la bâtisse à tout petits pas et aussi lentement que possible, dans l'espoir que ses agresseurs ne se rendent compte de son avancée que trop tard. Deux centimètres, quatre, six...

*Bam ! Bam !*

En jurant, il s'écarta de la pluie de bois et de poussière qui lui tombait dessus. Un rire sardonique résonna dans l'obscurité. Lui était-il familier ? Était-ce celui de ce lâche de Brian, qui jouait une fois de plus avec la vie des autres ?

Jugeant qu'il ne pouvait attendre plus longtemps, Colin

décida d'agir. Il allait s'enfuir en courant, tirer en rafale pour se couvrir et...

Et ? Si ses agresseurs l'encerclaient ?

Refusant d'envisager le pire, il jeta son chargeur vide, chargea le deuxième, tendit le bras dans la direction d'où était provenue la dernière lueur de départ d'un tir et appuya sur la gâchette jusqu'à ce que le deuxième chargeur soit vide.

*Bam !*

Un hurlement guttural lui parvint. Il enfonça ses dernières munitions dans le Glock, puis se remit à tirer en reculant vers le coin de l'atelier.

*Bam !*

La balle l'atteignit de plein fouet, lui coupant le souffle et l'ébranlant tout entier. Il parvint à tirer encore deux salves avant de plonger au bout de l'atelier. Il atterrit sur le flanc et roula sur le dos, puis, les mains pressées sur le torse, tenta désespérément de faire entrer l'air dans ses poumons.

— Colin ! Colin, non !

*Non*, pensa-t-il, avec accablement en reconnaissant la voix de Peyton.

Elle surgit de l'arrière du porche et commença à courir vers lui, la tête baissée mais très exposée à leurs assaillants.

*Par terre, Rampe !* hurla-t-il – en pensée, car il était incapable de prononcer un mot.

En désespoir de cause, il lui fit signe de se laisser tomber sur le sol, et sentit la tête lui tourner. Il ne respirait plus, tout devenait noir autour de lui et... Non ! Ce n'était pas le moment de perdre connaissance. Peyton devait se mettre à l'abri avant que les tireurs ne la repèrent.

*Du nerf, McKenzie. Respire, respire bon sang !*

De nouveau, il fit signe à Peyton de s'allonger. Elle hésita un instant, puis reprit sa route. Colin s'étendit face contre terre et glissa ses poings refermés sous son ventre, ce qui eut pour effet de décompresser un peu son diaphragme. Une goulée d'air s'infiltra dans sa gorge, il s'en rassasia tout en continuant à lutter contre l'obscurité qui menaçait de l'engloutir. Au bout d'un moment, il parvint à s'asseoir, s'écroula contre l'atelier, puis, se relevant, fit un pas en avant, puis un deuxième.

De nouveau, Peyton ralentit l'allure, pour s'arrêter à une dizaine de mètres de lui. Qu'est-ce qu'elle fabriquait, bon sang ?

— Cours ! lui ordonna-t-il d'une voix faible, avant de reprendre une goulée d'air et de répéter :

— Cours !

*Bam ! Bam !*

Les tirs provenaient toujours de la rangée d'arbres, mais Colin n'aurait su dire à qui ils étaient destinés.

Il souleva son Glock dans l'intention de riposter, juste à temps pour voir Peyton faire demi-tour, une arme au poing.

*Bam ! Bam ! Bam !*

Colin remit son arme dans son holster et courut vers Peyton qui ne cessa de tirer qu'en le voyant. Il la prit par la taille et l'entraîna vers l'atelier au pas de course. Dès qu'ils furent derrière le mur, il poussa un grognement de douleur et se laissa glisser sur le sol, Peyton sur les genoux.

Les détonations avaient cessé, le silence régnait dans le bois. Était-ce bon signe ou non ?

— Tu es complètement folle ! gronda-t-il. Tu aurais pu te faire tuer !

— Toi aussi, rétorqua-t-elle. Tu ne pouvais pas rester à l'abri au lieu de venir me chercher ?

Il la dévisagea les yeux ronds, se releva à grand-peine et attendit qu'elle soit debout, elle aussi, pour lui demander :

— Tu plaisantes ? Tu m'as fait la frayeur de ma vie, Peyton ! Ne me joue plus jamais un tour pareil, sinon, je te jure que...

Au lieu de terminer sa phrase, il l'étreignit avec force.

— Colin, protesta-t-elle dans un souffle. Tu m'empêches de respirer.

— Désolé, dit-il en relâchant son emprise. Encore une fois, tu m'as fait terriblement peur.

Il secoua la tête, se releva, puis se frotta le torse en grimaçant.

— Toi aussi.

Elle lui posa sa main libre sur l'épaule sans lâcher le Glock, mais le doigt sur la crosse plutôt que sur la gâchette, et l'arme pointée vers le sol, comme il lui avait appris à le faire, des années auparavant. Dans d'autres circonstances, il en aurait conçu une certaine fierté.

— Qu'est-ce qui t'est arrivé ? demanda-t-elle. J'ai entendu des détonations, je t'ai vu disparaître au coin de la remise à outils, puis rouler sur le sol.

— J'ai pris une balle en plein torse. Ça m'a coupé le souffle. Les fumiers !

Elle l'examina de la tête aux pieds, bouche bée.

— Tu ne saignes pas, Colin. Par où est entrée la balle ?

— Je portais mon gilet. Simple mesure de précaution, au cas où.

— Un gilet, répéta-t-elle d'une voix étouffée. Dieu soit loué ! Quand je t'ai vu tomber, j'ai cru que...

— Si tu as entendu des coups de feu, pourquoi t'es-tu précipitée à l'extérieur ? demanda-t-il.

Elle le considéra un instant avec stupeur.

— Parce qu'on te tirait dessus, pardi ! Et que tu avais besoin de renforts !

— Tu es une civile, Peyton. Ce n'était pas à toi d'intervenir. Tu te rends compte des risques que tu as pris ?

— Enfin, Colin, tu étais...

— D'où sort cette arme, au fait ? s'enquit-il.

— C'est la tienne, celle qui était dans le garde-manger.

Elle se mordilla la lèvre inférieure avant d'ajouter :

— J'ai dû démolir ton coffre pour en sortir le Glock. Dommage, il était beau et tu as dû le payer cher. Je...

— Je me fiche du coffre, Peyton. C'est toi qui comptes !

Il l'étreignit de nouveau, avec moins de fougue que précédemment pour ménager son torse douloureux.

Un hurlement de sirènes montait de la vallée. Colin se figea, s'éloignant légèrement de Peyton, et demanda :

— Tu as prévenu la police ?

— Comme j'ignorais combien de temps nous pourrions résister à nos agresseurs, j'ai cru bon d'appeler les secours. J'aurais peut-être été mieux avisée de prévenir le planton qui est resté chez moi, seulement...

— Tu as bien fait, Peyton.

Puis, la regardant droit dans les yeux, il lui demanda :

— Il t'est venu à l'esprit que ton frère pourrait être l'un des tireurs ?

Elle se détourna et, le menton tremblant, hocha brièvement la tête. De toute évidence, elle était près de perdre son sang-froid. Elle s'était doutée que Brian pouvait se cacher là, quelque part, dans le bois. Cela ne l'avait pas empêchée d'appeler les secours et de risquer sa vie – non pour protéger son frère cette fois-ci, mais pour l'aider, lui, Colin.

Elle se tordit les mains, prit une inspiration saccadée, puis releva la tête.

— Tu as vu la personne qui te tirait dessus ? Tu sais si...

— Aucune idée, Peyton, répondit-il. Essaie de ne pas trop y penser. Nous connaîtrons bientôt le ou les auteurs de cette agression.

Le son des sirènes s'amplifia – les secours n'étaient plus très loin.

Peyton tendit le Glock à Colin.

— Tiens, reprends-le. Si les flics voient une Sterling avec un revolver en main, ils tireront à vue, c'est sûr.

— Je ne pense pas... Enfin, je te comprends.

Après avoir rangé l'arme dans sa ceinture, il prit le visage de Peyton entre ses mains.

Les rayons de la lune se reflétèrent dans ses yeux gris, écarquillés par la surprise.

Il ne devait pas l'embrasser. Cela constituerait une erreur monumentale, il le savait. Tout comme il se savait incapable de résister à la tentation en cet instant. Peyton avait risqué sa vie pour lui, lui rappelant toutes les raisons pour lesquelles il l'avait aimée – et l'aimait toujours. Peut-être pourraient-ils envisager l'avenir ensemble, une fois cette triste affaire terminée, savait-on jamais ?

Il l'attira à lui, lentement et avec douceur pour qu'elle puisse l'arrêter si elle le voulait. Au lieu de quoi elle ferma les paupières et laissa échapper un petit soupir d'aise.

Colin comprit qu'il avait perdu la partie dès l'instant où leurs lèvres se rencontrèrent. Un courant électrique le parcourut tout entier, réveillant son corps engourdi par une hibernation interminable. Les mains tremblantes, il serra Peyton contre lui pour se délecter de son corps, pour combler tant qu'il le pouvait son désir inassouvi. Vibrant littéralement dans ses bras, elle lui rendit son baiser avec une passion qui n'avait d'égale que la sienne.

Ce moment d'extase fut vite interrompu par des cris et des éclats de voix. Colin vit les flashs des gyrophares luire derrière ses paupières closes, mit fin à l'étreinte à regret, et pivota sur lui-même pour faire face aux policiers ainsi qu'aux pompiers qui couraient dans tous les sens. Le faisceau de lampes torches puissantes fit le tour de l'atelier, les obligeant à se séparer.

Colin soupira et contempla celle qu'il n'avait jamais cessé d'aimer. Elle semblait stupéfaite, ses yeux reflétaient un mélange de surprise, d'émerveillement et d'abandon.

Lorsqu'il la vit se passer la langue sur les lèvres, son désir n'eut plus de limites et se manifesta de la manière la plus banale qui soit.

— Colin, dit-elle, les yeux rivés sur sa bouche. Je regrette...

— Par ici ! cria quelqu'un. Il y a un cadavre derrière les arbres !

— Brian ! s'exclama Peyton, se détachant de Colin pour courir vers l'un des policiers qui s'avançait sur la pelouse.

Colin connaissait Patrick Edwards, une excellente recrue, pour avoir collaboré avec lui à plusieurs occasions. Il le vit baisser sa main vers son holster à l'approche de Peyton.

— C'est bon, Patrick, lui lança-t-il. C'est un témoin. Elle m'a sauvé la vie.

Edwards haussa les sourcils d'un air surpris, mais laissa retomber son bras. Il alla même jusqu'à sourire à Peyton et à la saluer d'un geste du menton lorsqu'elle s'arrêta devant lui et se mit à lui parler de son frère.

À présent que son intermède aussi court que plaisant avec Peyton était terminé, le torse endolori de Colin commençait à se rappeler à son bon souvenir. S'asseyant à même le sol, il ferma les yeux et tenta de respirer le plus lentement possible, sans parvenir à atténuer la douleur qui lui parut même pire qu'au moment de l'impact.

— Je t'ai vu l'embrasser, frangin.

Colin releva tête en grimaçant. Duncan se tenait devant lui, les sourcils froncés et les poings sur les hanches.

— Tiens donc !

— Et je ne suis pas le seul : la moitié des forces de police présentes et quelques pompiers ont profité du spectacle, eux aussi.

— Aide-moi à me relever, au lieu de dire des bêtises, grommela Colin.

Duncan secoua la tête d'un air désabusé.

— Vu que tu te reposes au lieu de te joindre à la mêlée, je suppose que tu es blessé.

— Seulement meurtri. Je portais mon gilet pare-balles.

— Je vois. Ça ne te fait mal que quand tu respires, c'est ça ?

— Gagné, dit Colin, tendant la main à son frère qui, cette fois, l'aida à se remettre sur pied.

Aussitôt, deux jeunes infirmiers se précipitèrent vers lui.

— Monsieur, dit le moins costaud des deux. Rasseyez-vous pour que nous puissions vous examiner. D'après Mlle Sterling, vous avez été touché par une balle et vous avez besoin de soins.

Colin chercha Peyton des yeux, en vain.

— C'est elle qui vous envoie ?

— Elle et l'officier Edwards qui nous a ordonné de venir jusqu'à vous.

Les deux infirmiers se postèrent devant et derrière Colin,

comme s'ils craignaient qu'il ne s'effondre. Il les repoussa un peu plus rudement que nécessaire.

— Bon sang... Je n'ai rien ! Je porte un Kevlar.

Comme ils n'avaient pas l'air de comprendre, il précisa :

— Un gilet pare-balles, si vous préférez.

— Ça ne change rien, monsieur, il faut que nous vous examinions. Vous avez peut-être des côtes cassées ou une lésion au poumon, auquel cas il nous faudra vous transporter à l'hôpital.

— On verra ça, bougonna-t-il avant d'aller taper sur l'épaule de Duncan, quelques mètres plus loin.

— Tu sais où est Peyton ?

— Landry et une partie de son équipe l'emmenaient chez toi quand je suis arrivé. Je suppose qu'ils veulent entendre sa version des événements. Que s'est-il passé au juste ? J'aimerais bien le savoir, moi aussi.

— Une fusillade. Un ou plusieurs types se sont mis à me tirer dessus, sans prévenir. Ils étaient quelque part derrière ces arbres. Je n'ai aucune idée de leur identité et...

— Monsieur, intervint le deuxième infirmier. S'il vous plaît, asseyez-vous, de manière que...

— Une minute, répondirent les deux frères à l'unisson.

Un nouveau brouhaha se faisant entendre, ils se retournèrent et virent un groupe d'hommes sur la pente douce, au sud du jardin. Trois d'entre eux portaient des combinaisons de laboratoire, les autres, des policiers, les guidaient vers la rangée d'arbres autour de laquelle on installait un cordon de sécurité jaune sur lequel était inscrit :

NE PAS FRANCHIR.

— Le légiste est déjà arrivé. Il ne devait pas être bien loin, murmura Colin. Il y a un cadavre, dans le bois. L'un des tireurs. Il faut que j'aille voir s'il s'agit de Brian.

— Ce serait dommage ! ironisa Duncan.

— Écoute-moi bien, vieux, reprit Colin. Il se trouve que je ne suis pas le seul à avoir tiré en direction du bois, ce soir. Peyton a entendu les premières détonations de sa chambre, elle est allée chercher une de mes armes et s'est portée à mon secours. En pleine fusillade, tu te rends compte ? En plus de risquer sa vie, elle a tiré sur mes agresseurs, et cela en sachant que l'un d'entre eux pouvait être son frère.

L'expression de Duncan changea.

— De sorte qu'elle aurait pu...

— ... tuer son propre frère, oui. Pour me sauver la vie. Or, tu le sais aussi bien que moi, personne ne va se bousculer pour la rassurer, et il pourrait s'écouler des heures avant qu'elle sache enfin ce qu'il en est. Je voudrais lui épargner ça.

— Alors ? Que veux-tu que je fasse ? Que je demande à Landry de la laisser tranquille pour l'instant ?

— Plutôt que tu me débarrasses de ces deux-là, répondit Colin en désignant les infirmiers qui attendaient toujours qu'il soit assis. Ils sont bien gentils, mais...

— Ça marche.

— Merci, frangin. Je te revaudrai ça.

— Compte sur moi pour t'y faire penser, rétorqua Duncan avant de s'approcher des infirmiers avec un bon sourire.

— Approchez, jeunes gens, leur lança-t-il, je vais vous expliquer la fonction et les effets d'un Kevlar.

Colin se dirigea vers les arbres au pas de course. Chaque foulée était une telle torture pour ses côtes qu'il en vint à se demander s'il n'avait pas effectivement une fracture ou deux. Tant pis. Cela devrait attendre.

Bien qu'il n'eût pas son badge avec lui, il fut reconnu par plusieurs policiers qui le laissèrent passer sous le cordon de sécurité.

De puissants générateurs à piles ayant été installés dans cette partie du bois, on se serait cru en milieu de journée alors que les premières lueurs de l'aube pointaient à l'est. Comme il était plus grand que la moyenne, Colin réussit à voir le corps par-dessus la tête des autres hommes présents, ce qui ne lui donna aucune indication sur l'identité du défunt, car son visage était tourné de l'autre côté.

Reculant de quelques pas, il réfléchit à l'endroit où l'homme était tombé. S'il avait eu une vue directe sur l'atelier contre lequel Colin s'était retrouvé coincé, les chênes, plantés en rang serré formaient une cloison épaisse sur sa droite, obstruant complètement la vue sur le reste du jardin.

En aucune manière, Peyton n'aurait pu tuer l'inconnu... Qui était donc tombé sous l'une des balles tirées par Colin ?

Quand il vit enfin le visage de l'homme, il sentit son cœur se serrer. Deux yeux gris trop familiers le regardaient sans le voir.

Cette fois, il pouvait dire adieu à tout espoir de ranimer la flamme entre Peyton et lui, car elle ne pourrait jamais lui pardonner.

# 13

Un coude posé sur le bras du canapé, Peyton écoutait distraitement les questions du chef de la police locale. Ces interrogatoires faisaient presque partie de la routine, dorénavant : Landry l'impressionnait beaucoup moins que lors de leur première rencontre, et les heures que Colin avait passées à la questionner l'avaient aguerrie, en quelque sorte.

Son interlocuteur se montra plus agressif que la veille dans son questionnement. Mais peut-être était-ce pour réaffirmer son autorité, parce qu'au lieu de s'asseoir, comme il le lui avait ordonné en arrivant, Peyton était montée mettre le soutien-gorge qu'elle avait négligé d'enfiler dans sa panique. Il était hors de question qu'elle s'expose aux regards d'une demi-douzaine de policiers, nue sous l'étoffe fine de son chemisier blanc.

— Mademoiselle Sterling ? dois-je répéter ma question ? À moins que vous souhaitiez boire quelque chose ? La soirée a été particulièrement éprouvante et...

Elle cligna des paupières et revint à la réalité. Landry semblait plus inquiet qu'irrité par son manque de concentration. Peut-être cachait-il un bon fond derrière son ton bourru. Ses subordonnés semblaient l'apprécier et, avec son visage bonhomme, il rappelait à Peyton son grand-père paternel.

Lorsqu'elle s'aperçut qu'elle venait de comparer le chef de la police au grand-père qu'elle avait tant pleuré, elle comprit qu'elle était à bout de forces.

S'asseyant en tailleur, elle laissa son regard vagabonder

au-dessus du groupe de policiers assis devant elle avec leurs tablettes et leurs blocs-notes.

Où était passé Colin ? Était-il parti dans le bois pour essayer de voir qui l'avait attaqué ? Et, surtout, avait-il découvert l'identité de la victime ?

Non. Peyton devait éviter de se poser la question. À chaque fois qu'elle le faisait, elle se mettait à trembler et un nœud se formait dans sa gorge.

Elle releva la tête, bien décidée à ne pas s'effondrer, à se raccrocher à l'idée que Brian était toujours vivant.

En fait, il se pouvait que Colin ne soit plus là. Peyton avait demandé à un policier de lui envoyer les infirmiers, et comme elle n'avait aucune connaissance des gilets pare-balles, elle ignorait la nature des blessures dont Colin était susceptible de souffrir. Cela dit, elle l'avait trouvé bien faible et supposait que son torse passerait par toutes les couleurs de l'arc-en-ciel dans les semaines à venir.

— Mademoiselle Sterling ? reprit Landry, l'arrachant de nouveau à ses réflexions. Vous avez entendu ma question ?

Elle toussota avec gêne avant d'avouer :

— Non, désolée, je n'écoutais pas vraiment... Pouvez-vous me dire où se trouve l'adjoint McKenzie ? Il a été blessé. Même s'il portait un gilet pare-balles, il souffrait terriblement. Savez-vous s'il est en route pour l'hôpital ?

Landry haussa un sourcil broussailleux.

— McKenzie ? Je crois que l'officier Edwards lui a envoyé des urgentistes. Ne vous inquiétez pas, je suis à peu près certain qu'il n'a rien de grave. Vous disiez donc que vous étiez allée chercher une arme dans le garde-manger et...

— Vous êtes *à peu près certain* que je n'ai aucune raison de m'inquiéter pour Colin ? Donc vous n'en savez rien !

Landry se tourna vers un de ses subordonnés avec impatience et lui dit :

— Allez vous renseigner sur l'état de McKenzie. Edwards devrait être à même de vous aider.

— Et mon… mon frère ? s'enquit timidement Peyton.

Sa voix s'étant brisée, elle dut s'interrompre avant de poursuivre :

— Il faut que je sache si on a… retrouvé Brian Sterling, si quelqu'un l'a vu dans les parages, ce soir.

— Peyton ?

Reconnaissant la voix de Colin, elle se retourna vivement. Il se tenait près de l'îlot qui séparait la cuisine du séjour.

— Colin ! s'exclama-t-elle en se levant d'un bond, prête à courir vers lui.

Landry la rattrapa par le bras.

— Nous n'en avons pas terminé, mademoiselle Sterling !

— Si, dit-elle d'un ton ferme avant de se dégager, puis de traverser la salle de séjour.

Elle allait se jeter dans les bras de Colin quand elle remarqua son expression lugubre.

— Oh ! Colin. Tu es pâle comme un linge. Tu as mal ? Qu'ont dit les infirmiers ? Ils auraient dû t'emmener à l'hôpital ! Tu veux que j'aille te chercher un antalgique ? J'en ai dans mon…

— Il faut que je te parle, Peyton, l'interrompit-il d'une voix sombre. En tête-à-tête, dans mon bureau.

Sur ce, il lui prit la main et l'aurait entraînée dans son sillage si Landry ne s'était pas interposé :

— McKenzie, je suis en train d'interroger Mlle Sterling au cas où vous ne l'auriez pas remarqué. Et j'ai quelques questions à vous poser, à vous aussi.

— Cela attendra, répondit Colin d'un ton qui n'admettait pas de réplique.

Landry le fusilla du regard, mais les laissa passer.

Colin leur fit traverser le rez-de-chaussée à une telle allure que Peyton dut trottiner pour pouvoir le suivre.

Elle ne l'avait encore jamais vu dans un tel état. Son visage de marbre et ses mâchoires serrées en disaient long sur son état de nerfs. Elle sentit une peur indicible s'installer en elle et résista péniblement à l'envie de s'enfuir, d'aller n'importe où, loin… Là où elle n'aurait pas à entendre ce que Colin s'apprêtait à lui annoncer.

Il poussa la porte de son antre et l'attira à l'intérieur. Un énorme bureau aux pieds en fer forgé trônait devant la fenêtre, avec deux bergères qui se faisaient face ; un fauteuil de cuir noir était disposé contre une étagère chargée de livres du côté gauche de la pièce. Après avoir fermé la porte à clé, Colin le désigna d'un geste de la main.

— Assieds-toi, Peyton.

— Je ne…, commença-t-elle.

— S'il te plaît.

À contrecœur, Peyton prit place sur le rebord du siège, puis croisa les mains. Colin s'installa près d'elle, recouvrit ses mains des siennes et, du bout du pouce, entreprit de caresser doucement leurs doigts enlacés. Ses paupières étaient presque closes, sa pomme d'Adam montait et descendait dans sa gorge comme s'il cherchait comment formuler la phrase qui allait détruire l'univers de Peyton.

Malgré ses belles résolutions, elle laissa une larme lui échapper et couler sur sa joue.

— C'était le corps de Brian, c'est ça ? demanda-t-elle dans un murmure à peine audible. Vas-y, dis-le ! Je suis folle d'inquiétude, je n'en peux plus de ce suspense.

Lorsque Colin releva la tête, elle faillit éclater en sanglots : un chagrin immense se lisait dans les profondeurs de son regard bleu.

— Oh ! non, gémit-elle, atterrée. Brian… Non !

— Je suis allé dans le bois. Il fallait que je voie le corps de mes propres yeux, tu comprends ?

— Alors Brian est…

— Non. Ce n'est pas ton frère qui est mort, ce soir, Peyton. C'est ton père, et c'est moi qui l'ai tué.

# 14

Colin prit appui contre l'un des poteaux du porche pour regarder le soleil se lever au-dessus des montagnes, tandis que Peyton descendait vers la vallée dans sa vieille Ford.

Quelques minutes plus tard, Duncan arrêtait sa jeep devant le garage. Une fois qu'il en fut descendu, il s'avança et posa un pied sur la première marche de l'escalier.

— C'est bien Peyton que j'ai croisée en chemin ?

— Oui. Qu'est-ce que tu fais ici ? On est mercredi, frangin. Ça t'arrive de travailler de temps en temps ?

— Je pourrais te poser la même question.

— Je suis toujours en congé.

— Et moi, je m'ennuyais à mourir, au bureau. Je n'ai rien à faire, tant que le parc reste fermé. À propos, tes collègues vont bientôt se décider à faire leur boulot et à rattraper Brian et ses comparses, pour que la vie reprenne son cours normal ?

— Je doute que les choses redeviennent normales un jour, marmonna Colin.

— Qu'est-ce que tu as dit ?

— Rien.

— Tu es bien maussade, ce matin, constata Duncan. Puis, désignant la route du doigt, il ajouta : Je ne me souviens pas d'avoir vu sa voiture dans ton garage quand je suis passé, le lendemain de la fusillade.

— Landry a fini par admettre que Brian n'était pas idiot au point de retourner dans la maison de ses parents. Il a envoyé

Simmons pour qu'elle remette les lieux en état, et deux de ses hommes ont monté la voiture de Peyton jusqu'ici, pour qu'elle puisse rentrer chez elle quand elle le voudrait.

— Il est sacrément accommodant, notre Landry, tout d'un coup !

— Je te rappelle que Peyton a appelé le 911 en sachant que son frère faisait peut-être partie de mes agresseurs ; elle n'a pas hésité non plus à risquer sa vie pour sauver la mienne. Ça l'a fait remonter dans l'estime d'un bon nombre de représentants de la loi, Landry compris. Et puis, elle a bien droit à un peu de ménagement… N'oublie pas qu'elle a perdu son père, dans la fusillade.

— Vous en avez discuté ? Comment prend-elle la chose ?

— Elle prétend qu'elle ne m'en veut pas.

— Comment ça, elle prétend ? Tu ne la crois pas ?

En guise de réponse, Colin haussa les épaules.

Peyton et lui s'étaient à peine adressé la parole, depuis qu'il lui avait annoncé la nouvelle. Elle était terriblement affectée et, à chaque fois qu'il avait tenté de lui parler, elle avait fondu en larmes.

— Tu ne la crois pas, conclut Duncan, confronté à son silence. Est-ce qu'on sait au moins ce que le vieux Sterling faisait là ?

De nouveau, Colin haussa les épaules.

— Pas vraiment. La seule chose dont on est sûr pour l'instant, grâce aux tests, c'est que ce n'était pas lui le tireur.

— Le tireur ? Il n'y en avait qu'un ?

— Il semblerait, oui, même si je ne l'ai pas encore dit à Peyton. Il n'y avait que deux sortes de traces de pas, celles de Sterling et celles d'un d'autre homme.

— Ce qui fait de Sterling junior notre tireur embusqué.

— C'est plus que probable, en effet.

— Ça nous donne au moins une indication sur la raison de ce guet-apens, reprit Duncan. D'après ce que j'ai compris, Brian te tient pour responsable de son incarcération et du fait que les US Marshals ont l'audace de continuer à le rechercher.

S'il n'avait pas visé Peyton, on pourrait supposer qu'il a voulu se venger. Mais je les croyais très proches l'un de l'autre.

— Il n'a pas tiré sur elle. La trajectoire des balles a été reconstituée, et il apparaît que tous les tirs en provenance de la rangée d'arbres visaient l'atelier contre lequel je m'étais réfugié. Quand Peyton a tiré dans cette direction, Brian a dû croire que je ripostais. Si ça se trouve, il n'a même pas vu sa sœur. C'était moi, la cible. Personne d'autre.

Duncan tapa du pied et hocha la tête, l'air songeur.

— Je vais te proposer un autre scénario et tu me diras ce que tu en penses : Brian et sa bande de dégénérés se séparent ; chacun part de son côté en essayant de contourner les barrages. Pourtant, Brian n'arrive pas à sortir du périmètre surveillé. Ça le contrarie, il se débrouille pour voler un téléphone et, ensuite, il agit comme il l'a toujours fait quand les choses ne se passent pas comme il le voudrait : il appelle son père au secours. Tous les deux concoctent leur vengeance contre toi, et ils montent jusqu'ici dans le but de te tuer.

— C'est à peu près la conclusion à laquelle j'étais arrivé, moi aussi. Une seule chose me chiffonne : le fait que Sterling ait fait alliance avec son fils. J'ai du mal à me le représenter en criminel assoiffé de sang, pourtant je ne vois pas d'autre explication.

Duncan leva une main.

— Attends un instant, tu as fait construire cette maison bien après le départ des Sterling pour Memphis, or les coordonnées d'un US Marshal ne sont pas publiques. Comment Brian a-t-il su que tu vivais ici ?

Colin fit mine de croiser les bras, puis, sentant ses côtes le faire souffrir, il y renonça. Duncan le dévisagea, et son expression dut le trahir car son frère se mit à fulminer :

— C'est Peyton qui le lui a dit, hein ? La traîtresse ! J'ai bien envie de la faire arrêter sur-le-champ. D'ailleurs, j'y vais de ce pas ! lança-t-il en se tournant vers sa jeep.

— Du calme, Duncan. Elle n'a fait que passer un coup de

fil à son père, ce n'est pas un crime, que je sache ! Elle voulait prendre de ses nouvelles et lui donner des siennes. Comment aurait-elle pu se douter qu'il viendrait jusqu'ici avec Brian ?

Duncan fit volte-face, les sourcils froncés.

— Ils ont essayé de te tuer, vieux !

— Laisse tomber, je te dis. Et cesse de t'en prendre à Peyton. Elle n'est pas du genre à faire du mal à qui que ce soit. Du moins pas délibérément, tu le sais aussi bien que moi.

Duncan désigna la route d'un grand geste de la main.

— Elle est en train de te quitter pour la deuxième fois. Ça ne va pas te faire de mal, ça, peut-être ? grommela-t-il avec humeur.

— Je suis assez grand pour me protéger, Duncan. Et, encore une fois, laisse-la tranquille. Elle traverse une période difficile. Sa mère est morte il y a trois mois, son frère est en cavale et son père vient d'être tué. Ça fait beaucoup pour une seule femme, tu ne trouves pas ?

Duncan secoua la tête en grimaçant.

— J'ai toutes les raisons de la détester, pourtant, je n'y arrive pas. Elle reste une amie d'enfance, malgré tout ! Maman parle souvent de l'époque où nous étions ados, et elle ne manque jamais de dire à quel point elle regrette que Peyton ne soit pas parmi nous.

Il déploya les mains en un geste d'impuissance avant d'ajouter :

— Je suis même fichu de l'accompagner avec toi aux obsèques de son père pour lui apporter mon soutien.

— Il n'y aura pas d'obsèques à proprement parler. Dès que le corps lui sera rendu, Peyton le fera acheminer à Memphis où elle organisera une cérémonie privée – c'est-à-dire pour elle seule. Attendu les circonstances, cela lui semble plus approprié. Elle est partie en me disant qu'elle rentrait chez elle pour vider le réfrigérateur et faire ses bagages. De là, elle se rendra directement à Memphis pour fermer la maison de son père et chercher un nouveau logement.

Duncan l'examina un instant, puis grimpa sur le porche.

— Alors c'est vraiment fini entre vous ? Elle ne reviendra pas à Gatlinburg ?

Colin secoua lentement la tête.

— Du coup, je tombe plutôt mal avec mon modeste cadeau, poursuivit Duncan en sortant un petit emballage de sa poche et en le lançant à Colin.

Celui-ci examina l'objet, puis jeta un coup d'œil incrédule à son frère.

— Des préservatifs ? Tu m'as apporté un paquet de préservatifs ?

— Bah oui, que veux-tu ? Quand deux anciens amants survivent à une fusillade, on peut supposer que... Bref, je pensais te rendre service, je me suis trompé, apparemment.

— On dirait, oui, renchérit Colin en glissant machinalement l'emballage dans la poche de son jean.

— Je ferais bien de te confisquer ton whisky, ajouta Duncan.

— Tu ne tiens plus à la vie ?

Duncan prit appui contre le poteau faisant face à Colin et lui sourit.

— Bon sang. Je n'arrive pas à croire que Peyton quitte définitivement Gatlinburg. Et son café ?

— Elle veut en faire don à ses employées, avec un peu d'argent, pour les aider à maintenir l'entreprise à flot. Et si elle n'a pas encore de projets pour la suite, une chose est certaine : elle veut repartir de zéro.

— Hum... Ça ne me dit rien de bon, tout ça. J'ai bien envie d'aller récupérer ton whisky quand même.

— Arrête avec ça, Duncan. Je vais très bien, je te dis.

Colin mentait, bien sûr, mais il n'allait pas avouer son désespoir à son frère.

Et puis, ce n'était pas terminé. Cela ne le serait que lorsque Brian Sterling aurait regagné sa cellule.

Après... Après, Colin n'aurait plus qu'à affronter l'avenir, d'une manière ou d'une autre.

— Bon ! Je suppose que tu vas reprendre ton travail et te remettre à parcourir l'État, maintenant que Peyton n'est plus là et que tes collègues ratissent la montagne dans l'espoir de récupérer nos fugitifs.

— Perdu, frangin. Ce... Cet attentat m'a motivé. Je suis plus déterminé que jamais à rattraper Brian. Je n'ai pas dit mon dernier mot, loin de là.

— Sans vouloir te froisser, pourquoi réussirais-tu là où nos forces de police, tes collègues et les miens ont échoué ?

Colin consulta sa montre pour la troisième fois depuis l'arrivée de son frère.

— J'ai un avantage sur eux.

— On peut savoir de quoi il s'agit ?

— D'un pisteur GPS glissé à l'intérieur du véhicule de la sœur d'un des évadés.

Duncan se redressa.

— Pigé. Cette montre que tu n'arrêtes pas de consulter n'en est pas une, conclut-il.

— Non.

— De même, Peyton n'est pas rentrée chez elle pour vider le réfrigérateur, je me trompe ?

— Elle n'a même pas ralenti quand elle est passée devant sa propriété. Elle se dirige vers le nord pour descendre en ville, au moment où je te parle.

Duncan lui jeta un regard accusateur et lança :

— Tu semblais convaincu qu'elle n'était pas de mèche avec son frère. Alors pourquoi avoir mis un pisteur dans sa voiture ?

— Elle est innocente, Duncan. Mais sa famille a été décimée, et elle est bouleversée. Suffisamment, je crois, pour essayer de retrouver son frère sans notre aide, avant de repartir de Gatlinburg. Elle pense bien faire en essayant de lui sauver la vie et, si elle le trouve, je veux être là...

— Pour remettre Brian à l'ombre, acheva Duncan.

— Surtout pour la protéger, elle. J'ai enregistré mon numéro de téléphone sur son portable, afin qu'elle puisse m'appeler en cas de besoin. Malheureusement, je ne pense pas qu'elle croie un seul instant que son frère puisse s'en prendre à elle, si jamais elle le croise. Moi, bien sûr, je crains le pire.

Sur ces mots, il descendit les marches aussi vite que ses côtes endolories le lui permettaient.

— Je t'appellerai plus tard pour te dire ce qu'il en est.

— Et moi je te conseille fortement de laisser Landry ou tes collègues s'occuper de ça.

Colin se retourna pour demander :

— Et je leur dis quoi, au juste ? Que j'ai posé un pisteur GPS dans la voiture de mon ex à son insu ? Et que j'aimerais qu'ils la suivent au cas où elle irait retrouver son évadé de frère ? Ils me prendraient pour un déséquilibré, non ?

— Vu sous cet angle, il est effectivement préférable que tu gardes ce détail pour toi.

— OK. Je te tiens au courant, dit Colin avant de s'avancer vers le garage.

Duncan se hâta de lui emboîter le pas.

— Attends. Tu ne crois tout de même pas que je vais te laisser te débrouiller tout seul ! On ne sait jamais, les choses pourraient mal tourner… C'est généralement ce qui se passe, avec les Sterling, non ?

Colin composa le code de son garage et attendit que la porte se soulève pour dire :

— Ton horrible jeep me barre la route.

— Horrible ? Avoue plutôt que tu aimerais avoir la même !

— C'est exactement ça, frangin, rétorqua Colin en levant les yeux au ciel.

— Très bien ! Je vais la déplacer, mais ne t'avise pas de partir sans moi. Et qu'est-ce que je dis à mon supérieur ?

— La vérité. Que tu pars à la chasse.

# 15

Pour la énième fois, Peyton palpa les poches de son jean et s'assura de leur contenu.

*Calme-toi. S'il est en train de t'observer, ton attitude va lui paraître suspecte*, se dit-elle à l'approche du terrain de football.

S'obligeant à laisser retomber ses mains, elle inspira profondément à plusieurs reprises, puis alla s'asseoir sur le gradin du bas. Le ciment lui parut plus dur que dans son souvenir, sûrement parce qu'elle ne remarquait pas ce genre de détail, à dix-huit ans, fascinée comme elle l'était par Colin McKenzie.

Elle examina la clôture qui séparait les gradins du terrain, puis, au-delà, l'épaisse forêt entourant le tout. La clôture avait vu des jours meilleurs : les rambardes rouillées étaient détachées de la structure en plusieurs endroits ; en d'autres, elles formaient carrément un V, à croire que les joueurs s'en étaient servi comme d'un marchepied. En revanche, la partie derrière laquelle Peyton se trouvait était intacte, d'où sa décision de s'installer en cet endroit précis.

*Allez, Brian. Il faut que tu sois ici, sinon je ne sais pas où te chercher.*

Après avoir décidé de se mettre en quête de son frère, elle avait passé la journée à sillonner la ville, jetant un coup d'œil dans la vitrine des restaurants, à l'intérieur des magasins, et passant en revue les files d'attente des cinémas. Elle avait même perdu une heure à l'aquarium, son refuge et celui de Brian quand l'ambiance se faisait trop pesante dans la maison familiale.

Mais nulle part elle n'avait aperçu la tignasse blonde de Brian ou ses yeux gris si semblables aux siens et à ceux de leur père.

*Oh ! Papa...*

Non. Peyton ne devait pas se laisser submerger par le chagrin. Ses parents étant morts tous les deux, s'il arrivait malheur à Brian, elle n'aurait plus de famille du tout.

Au bout de quelques heures de recherches vaines, elle avait soudain pensé que, si Brian ne s'était pas réfugié dans un de ses lieux de prédilection, c'était sans doute parce qu'il y avait aperçu la police à un moment ou à un autre. Il avait dû choisir un endroit où personne n'aurait l'idée d'aller le chercher parce qu'il le détestait : le terrain de football du lycée de Gatlinburg-Pittman, où il avait été ridiculisé et molesté pendant quatre ans.

Pour Peyton, au contraire, ce stade avait été un lieu magique, car c'était là que Colin et elle étaient tombés amoureux l'un de l'autre. Ils s'étaient connus gamins, à une époque où elle était plus grande que lui et le poursuivait sans répit dans la cour de récréation.

Ils étaient vite devenus inséparables. Ensemble, ils avaient parcouru les bois, grimpé aux arbres, séché quelques cours, et été punis par leurs parents quand leurs escapades étaient découvertes. Ils aimaient attraper des lucioles ; un jour, Colin avait glissé une grenouille dans le T-shirt de Peyton, ce dont elle s'était vengée en jetant un seau d'eau glacée sur son pantalon. Elle était devenue une habituée de la maison des McKenzie où elle passait plus de temps que chez ses propres parents, pendant que Brian restait en marge. Il n'avait jamais été à l'aise avec les McKenzie, trop expansifs pour un garçon timide et réservé comme lui, qui ne sortait qu'à contrecœur, préférant végéter dans sa chambre et passer la journée à jouer sur sa console.

Il n'en avait jamais voulu à Peyton de sa relation avec Colin, l'important à ses yeux étant qu'elle lui consacre également une partie de son temps. C'est pourquoi, bien qu'elle n'ait eu aucun goût pour les jeux électroniques, elle s'y était mise, elle aussi. Et plus tard, quand Brian avait eu du mal à suivre les cours en classe, elle l'avait épaulé pour combler le vide laissé par une mère qui, bien qu'adulant son fils, préférait faire de la pâtisserie ou disposer des bougies parfumées un peu partout dans la maison plutôt que lui apprendre à résoudre des problèmes.

Et puis tout avait changé. L'été précédant leur entrée au lycée, Colin McKenzie, alors âgé de quinze ans, s'était transformé. L'adolescent maigrelet, à qui il arrivait de trébucher à cause de ses pieds trop grands, était devenu un jeune homme confiant et musclé. Une barbe sombre avait poussé sur sa mâchoire et, avec sa carrure d'athlète, il était devenu la coqueluche de toutes les filles du lycée.

Les pauvres...

Colin n'avait d'yeux que pour Peyton qui trouvait sa nouvelle voix très sensuelle.

Ils avaient échangé bien des baisers, derrière ces gradins, mais le premier avait eu lieu près d'une cascade, en un endroit féerique, sur l'autre versant de la montagne. Ce jour-là avait été le plus beau de la vie de Peyton

Pendant ce temps, Brian partait à la dérive, et elle ne s'était aperçue de rien.

Elle voulait passer le plus de temps possible avec son petit ami qui, de son côté, se sentait coupable de l'accaparer ainsi. Conscient de la tension qui régnait chez les Sterling, Colin insistait pour que Brian les accompagne dans certaines de leurs sorties : un film au cinéma, un dîner au restaurant et une heure ou deux d'entraînement au champ de tir.

Et si, depuis lors, Brian avait pris Colin en grippe, sans lui, sa scolarité aurait été encore plus éprouvante.

Durant ses quatre années de lycée, il ne s'était fait que deux amis, les seuls à être encore plus rejetés que lui-même. Le fait qu'ils le considèrent comme le meneur de leur petite bande lui avait donné confiance, au point qu'il avait mené le trio sur le chemin de la délinquance. Leurs larcins minables, leurs graffitis et autres actes de vandalisme avaient coûté des milliers de dollars, au fil des ans. Et, si Landry disait vrai, Brian avait fait bien pire que tout ça.

*Tu as vraiment allumé des incendies quand tu étais gamin, Brian ? C'est toi qui as mis le feu à la grange, le soir du bal ? Si oui, tu as failli tuer deux personnes, Colin a été gravement blessé et, à présent, tu lui reproches les conséquences de tes actes ?*

Bien qu'elle n'y fût pour rien, Peyton se sentait en partie responsable de la situation de son frère.

— Je suis désolée, Brian, gémit-elle.

— De quoi ?

Elle sursauta et releva la tête.

Deux yeux vif-argent pétillaient de malice devant elle.

— Brian ?

Se levant d'un bond, elle se jeta contre lui.

— Tu m'as fait tellement peur. Je suis désolée, tout cela est ma faute.

Elle l'étreignit, fit glisser ses bras le long de son dos et tressaillit en sentant les contours d'un revolver dans sa poche arrière.

Quand il voulut s'éloigner, elle se raccrocha à lui, avec une telle vigueur qu'il faillit en perdre l'équilibre.

— Ouah ! Du calme, sœurette. Laisse-moi respirer !

Elle s'exécuta, recula d'un pas et sourit malgré elle.

— Tu m'as tellement manqué, Brian. Pardon, pardon.

— Pourquoi tu t'excuses au juste ? demanda-t-il en penchant la tête sur le côté.

Peyton déploya un bras en direction des gradins, du terrain, du lycée lui-même.

— Pour tout ça. C'est ici que tes problèmes ont commencé et… et je n'ai pas été assez présente. J'étais trop absorbée par…

— … Colin ? termina-t-il pour elle avec un sourire de guingois. Trois personnes, ça fait une de trop, sœurette. Je t'accorde que Colin était beau mec, mais il n'était pas mon genre.

Elle fit des yeux ronds, éclata de rire et se le reprocha aussitôt : cela lui paraissait déplacé dans cette situation.

Brian la prit par la main pour la faire s'asseoir avec lui un peu plus loin et dit :

— L'école n'a jamais été mon truc, Peyton. Je ne vois pas ce que tu aurais pu faire pour ralentir ma chute. Tes super pouvoirs ne vont pas jusque-là. Par contre, je garde un excellent souvenir de tes cookies aux pépites de chocolat.

Elle voulut sourire, mais le cœur n'y était pas.

— Si seulement je pouvais remonter le temps, dit-elle. Revenir à... Je ne sais pas, moi, au jour du bal du lycée, je...

— Tais-toi. Je n'ai pas envie de parler de ça, l'interrompit Brian.

— Pourtant, on y est allés ensemble, et je t'avais promis de te trouver des cavalières. Colin était en vadrouille avec sa famille, je ne pensais pas qu'il serait de retour à temps pour venir me rejoindre. D'ailleurs, quand je l'ai vu arriver, j'aurais dû le renvoyer et lui dire que c'était notre soirée, à toi et à moi.

— Fais-moi confiance, ça n'aurait rien changé, grommela-t-il.

— Peut-être que si nous étions restés ensemble ou que je t'avais demandé d'aider maman dans sa tâche de chaperon...

— Pff ! Désigner maman pour surveiller des adolescents pendant une soirée. Tu parles d'une idée !

— Pourquoi dis-tu cela ? lui demanda Peyton, les sourcils froncés.

Il lui jeta un regard en biais, puis haussa les épaules.

— Parce qu'elle était complètement déjantée, jamais en phase avec ce qui se passait autour d'elle. Elle était bien trop occupée à faire rôtir ses fichus cookies dans la cheminée pour s'occuper de nous. Il y a pourtant une limite à la quantité de guimauve qu'on peut avaler, c'est écœurant, à la longue, non ? Et puis, tu connais beaucoup de gens qui se servent d'une cheminée en plein été, toi ? Elle était bizarre, tout de même, tu n'es pas d'accord avec moi ?

— Je préfère la considérer comme une excentrique. Quoi

qu'il en soit, je ne vois pas l'utilité de la dénigrer maintenant qu'elle n'est plus là.

— Chacun est libre de ses idées, dit Brian d'un ton boudeur.

— Enfin ! se récria Peyton. Je croyais que tu l'adorais. Tu as toujours été son préféré.

Il passa les mains sur les jambes de son jean, et Peyton sourit intérieurement. Elle n'avait pas remarqué qu'il avait cette habitude, lui aussi.

— Maman m'aimait bien parce que nous avions les mêmes goûts. Elle se reconnaissait en moi, ça lui donnait l'impression d'être moins hors normes, tu vois ?

Peyton ne voyait pas du tout ce qu'il voulait dire, ce qui ne l'empêcha pas d'acquiescer.

— C'était l'inverse avec papa, reprit Brian. Nous n'avions rien en commun. Il ne pouvait pas me supporter et tu étais sa chouchoute. Voilà. Un partout, la balle au centre, comme on dit.

Si Peyton fut vaguement surprise par la froideur avec laquelle il évoquait leur père, elle préféra penser que c'était pure fanfaronnade de sa part. Comme un mécanisme de défense de la part de cet homme qui avait toujours aimé un père incapable de lui rendre son affection. En outre, il n'était pas encore au courant de ce qui s'était passé, la police n'ayant pas transmis toutes les informations à la presse.

Tant pis. Brian apprendrait bien assez tôt la mort de leur père. Pour sa part, elle n'était pas prête à la lui annoncer.

Elle tourna la tête vers le bois qui bordait l'extrémité du terrain et demanda :

— Et les types avec qui tu t'es échappé ? Où sont-ils en ce moment ? Pas dans ce bois, en train de m'épier, j'espère !

— Non, Peyton. Je ferai en sorte qu'il ne t'arrive rien. Tu m'as toujours sauvé la mise, et je considère que je te dois ma protection, même si tu as fait alliance avec l'ennemi. À propos, où se planque ton petit ami ?

Elle eut un mouvement de recul.

— Mon petit ami ? Planqué ?

— Allez, Peyton, avoue. Tu es l'appât, hein ? Pendant qu'on papote, il attend son heure. Il veut me capturer pour me remettre à l'ombre, je me trompe ?

Elle sentit les battements de son cœur s'accélérer.

Le ton léger et le sourire en coin de Brian ne dissimulaient en rien une amertume de mauvais augure.

— Je suis venue seule, Brian. Colin ne sait pas que je suis ici.

Brian haussa les sourcils.

— Tu t'es enfuie en douce ? Ton petit frère te manquait, et tu es venu l'embrasser, c'est tout ?

Elle se leva, croisa les bras et s'approcha de la clôture dans l'espoir que Brian la suivrait.

— Oui, tu m'as manqué. Je me fais un sang d'encre pour toi !

Il se leva pour aller la rejoindre.

— Tu t'es toujours inquiétée pour moi..., commença-t-il avec un sourire apparemment sincère, qui lui rappela le garçon qu'elle avait connu autrefois. Seulement ce n'est plus ton boulot. Il est temps que je me débrouille seul, et que je règle certains détails.

— D... Des détails ?

— McKenzie junior, pour commencer.

— Je ne veux pas que tu t'en prennes à Colin ! protesta-t-elle, atterrée.

— Ça, je m'en doute, rétorqua-t-il.

Il fit claquer sa langue et ajouta :

— J'ai ma fierté, figure-toi. Je te protégerai, je t'en donne ma parole. Mais j'ai bien peur que tu passes par un nouveau deuil, dans les jours à venir.

Il s'appuya contre la rambarde qui grinça bruyamment.

Peyton s'approcha de lui malgré la nausée qu'elle sentait monter et la colère qui s'était emparée d'elle.

Il voulait faire du mal à Colin ? Très bien ! Elle allait mettre son plan à exécution. Elle devait arrêter Brian dans son entreprise, coûte que coûte. Avant cela, néanmoins, elle voulait comprendre un certain nombre de choses.

— Pourquoi lui en veux-tu à ce point ?

— Quelle question ! C'est à cause de son témoignage, que j'ai pris quinze ans. Quinze ans, Peyton ! Lui et son père ont fait pression sur le juge, sinon ma peine aurait été moins sévère.

— Colin n'est pas le seul à t'avoir vu traîner près de la grange et t'enfuir dès qu'elle a commencé à brûler. D'autres jeunes ont confirmé son témoignage. Comment expliques-tu ça ?

Il se pencha vers elle, ses yeux lançant des éclairs.

— Tu veux la vérité ? Alors accroche-toi. Oui, je suis allé dans la grange, ce soir-là.

— Oh ! Brian, gémit Peyton.

— Mais ce n'est pas moi qui y ai mis le feu. D'accord, j'ai vu le bidon d'essence. Un crétin l'avait en partie renversé sur une balle de foin, et j'ai eu peur qu'un autre écervelé ait la mauvaise idée d'aller fumer une cigarette à l'intérieur, sans se douter que ça pourrait suffire à embraser tout le bâtiment.

Il s'enfonça le pouce dans le torse à plusieurs reprises en annonçant :

— C'est *moi* qui me suis comporté en adulte, sur ce coup-là. J'ai voulu éviter le pire en emportant le bidon à l'extérieur de la grange, j'avais même l'intention de prévenir les gens et de les tenir à distance. Quand je suis revenu, l'incendie s'était déclaré.

Il secoua la tête, fit la moue d'un air désabusé.

— Et c'est ton cher Colin qui a eu droit aux éloges pour avoir sauvé la vie de deux abrutis qui n'avaient rien à faire à l'intérieur de cette foutue grange. Voilà. Ça te suffit ?

— Enfin, Brian... Si c'est vraiment ainsi que les choses se sont passées, ça change tout ! Ça explique qu'on t'ait vu courir, ce bidon d'essence en main. Tu en as parlé à ton avocat, je suppose ?

Brian partit d'un rire sans joie.

— Nos chers parents m'ont prié de me taire.

Peyton porta une main tremblante à sa gorge.

— Qu'est-ce que tu racontes, Brian ? Ça n'a aucun sens, ce que tu viens de dire, là !

— Non. Je dois t'avouer qu'avec le recul je suis plutôt d'accord avec toi. Mais, à dix-neuf ans, j'étais naïf, du moins assez pour entendre ce que je prenais pour de la raison. D'après papa et maman, dire la vérité revenait à avouer que je me trouvais sur le lieu du crime, et ils semblaient convaincus que personne ne me croirait. Pour eux, si je voulais être acquitté, le mieux était que mon avocat discrédite les témoins. Aucune expertise n'ayant prouvé que j'étais l'auteur de cet incendie, on n'aurait aucun mal à obtenir du jury le bénéfice du doute.

Il referma une main autour du piquet, avec une telle force que ses articulations blanchirent.

— Tu as vu le résultat ? poursuivit-il. Le jury n'a pas eu l'ombre d'un doute. Et qui s'est retrouvé sur le bûcher pour un crime qu'il n'avait pas commis ? Brian Sterling, bien sûr. Pire encore, ce n'était pas la dernière fois, vu que je n'ai pas tué ce flic et que je risque la peine de mort pour crime aggravé et association de malfaiteurs. Sur ce, il faut que j'y aille avant de me faire repérer.

— Non, attends.

— Quoi ? dit-il, se renfrognant.

Peyton devait occuper Brian si elle voulait mettre son plan à exécution. Comment le retenir mieux qu'en lui annonçant la mort de leur père ?

— Il y a eu une fusillade, sur la propriété de Colin et...

— Il paraît, oui, dit-il en détournant la tête.

— Alors tu es au courant ? Pour papa, je veux dire. Il a... Il a été tué dans l'échauffourée. Il est tombé sous une balle tirée par Colin en représailles.

— Des représailles... Ce cher vieux papa... C'est exactement ce qu'il faisait là. Il était venu prendre sa revanche pour tout ce que ton mec m'a fait subir. Pas de bol, pour une fois qu'il voulait faire quelque chose pour moi...

— Brian, comment peux-tu parler de notre père en des termes aussi durs ?

De nouveau, il prit appui sur la clôture, et la rambarde

supérieure fléchit sous son poids. Son regard exprimait presque de la pitié lorsqu'il répondit :

— Ma pauvre fille, tu es toujours aussi crédule, hein ! Les années ne t'ont pas changée, à ce niveau-là. Papa avait deux priorités, dans la vie : lui-même et la réputation des Sterling. Rien d'autre. À ton avis, pourquoi a-t-il toujours mis la main au porte-monnaie pour me sauver la mise ? Uniquement dans le but de préserver les apparences. Et comme je le savais très bien, je l'ai appelé et je lui ai demandé de venir me rejoindre.

— Te rejoindre ? Chez Colin ? répéta Peyton d'une voix faible. Alors tu étais là, toi aussi ?

Une lueur indéfinissable s'alluma dans ses yeux, puis il gonfla les joues et soupira bruyamment.

— Je lui avais promis de disparaître définitivement en échange d'une certaine somme d'argent, avoua Brian. C'était tentant, pour lui, non ? Seulement il est venu les mains vides et a voulu me faire la morale. À croire qu'il voulait s'acheter une conscience, sur ses vieux jours.

C'en était trop. Peyton ne parvenait plus à assimiler les révélations de son frère. Elle ne l'écoutait que d'une oreille distraite, tout en se concentrant sur son plan.

Elle fouilla sa poche arrière puis, croisant les doigts, posa ses mains jointes sur la rambarde voisine de celle que tenait Brian. Comme il ne baissait pas les yeux, elle fit glisser sa main gauche sur la rambarde avant de poser la droite sur celle de Brian et de se pencher en avant pour qu'il ne voie pas ce qu'elle était en train de faire.

Brian se pencha lui aussi et demanda :

— Qu'est-ce que tu cherches ? Tu as perdu quelque chose ?

Dernière étape : *clic, clic.*

Peyton fit un bond en arrière, trébucha et se rattrapa à la clôture qui vacilla sur toute sa longueur.

Brian écarquilla les yeux, puis fit mine de s'avancer vers Peyton. S'apercevant qu'il était coincé, il tira d'un coup sec qui le rapprocha encore de la clôture.

— Qu'est-ce que...

Sa perplexité fit place à une fureur sans nom lorsqu'il vit que son poignet était enserré dans une menotte dont la jumelle était arrimée à la rambarde.

— Sale comploteuse ! hurla-t-il. Enlève-moi ça tout de suite !

— Désolée, lui répondit Peyton, je ne peux pas te laisser partir. Il est temps que tu affrontes la réalité. Et puis, de toute manière, je n'ai pas la clé.

Elle sortit son téléphone de sa poche avant d'ajouter :

— Encore une fois, pardonne-moi, mais je suis obligée de...

— Ne fais pas ça, gronda-t-il.

D'un doigt mal assuré, Peyton activa la touche d'un des numéros préprogrammés.

S'ensuivit un épisode abominable pendant lequel elle assista, le cœur serré, aux tentatives désespérées de son frère pour se dégager.

— Brian, par pitié, arrête, gémit-elle. Je fais ça pour t'aider !

— Tu es aussi faux cul que les autres, lui renvoya-t-il. Une seule chose t'importe : *ton Colin*.

Après avoir prononcé ces derniers mots comme il aurait recraché du venin, il recommença à s'acharner sur la rambarde qui finit par céder, l'entraînant dans sa chute.

— US Marshal. Les mains en l'air, tous les deux !

Peyton reconnut la voix de Colin, se figea sur place et s'exécuta lentement.

Brian, en revanche, loin de s'avouer vaincu, tenta une dernière fois de se libérer.

— Plus un geste, Brian ! cria Colin.

Brian dégagea la menotte de la rambarde brisée d'un geste brusque, avant de s'accroupir à mi-chemin entre Colin et Peyton qu'il foudroya du regard.

Et puis, à son grand effroi, celle-ci le vit fouiller la poche pour y chercher son revolver.

Cette fois, le doute n'était plus permis : il voulait tuer Colin, la tuer, elle, ou les éliminer tous les deux.

— Peyton ! hurla Colin en courant vers elle. À terre, vite !

Brian profita de cette interruption pour se redresser et prendre la fuite.

Peyton tenta d'obéir à l'ordre de Colin, en vain : elle était comme paralysée.

— Peyton ! réitéra Colin, tandis que Brian disparaissait derrière les gradins.

Il s'arrêta près d'elle, l'arme dirigée vers le ciel.

Des pas précipités se firent entendre derrière eux, Peyton se retourna et eut la surprise de voir Duncan. L'arme au poing, il continua à courir jusqu'au bout des gradins, scruta les alentours et disparut.

Colin dévisagea longuement Peyton avant de rengainer son revolver.

— Il fallait t'écarter, dit-il d'un ton de reproche. Brian aurait pu t'abattre, et j'étais trop loin pour te protéger !

— Tu te trompes, murmura-t-elle. Il n'aurait pas...

— Après tout ce qu'il a fait, je ne vois pas ce qui l'en aurait empêché ! protesta Colin avec véhémence.

— Je n'ai pas terminé ma phrase, lui fit-elle remarquer en relevant le bas de son T-shirt. En fait, Brian ne *pouvait* pas me tuer.

Sur ces mots, elle tira le revolver de la ceinture de son jean et le tendit précautionneusement à Colin.

— Brian avait cette petite chose dans une de ses poches, quand il est arrivé, expliqua-t-elle. Je la lui ai volée en lui disant bonjour. Je ne suis même pas sûre qu'il s'en soit aperçu. Si ça se trouve, il pense l'avoir perdue.

Le visage de Colin perdit toute couleur.

— Tu as pris un revolver chargé à ton frère ? Et tu l'as menotté à la rambarde, là où elle est cassée ?

— Je pensais que cette section était assez solide pour résister. Apparemment, je me suis trompée.

Elle haussa les épaules et, au lieu de sourire comme elle l'aurait voulu, éclata en sanglots.

Colin tremblait de tous ses membres, lorsqu'il l'attira à lui. Il étouffa un cri, et elle fit mine de se dégager.

— Tes côtes, je ne veux pas...

— Oublie-les, reste là, ma douce.

*Ma douce...* Ces mots tendres, les premiers en dix longues années, allèrent droit au cœur de Peyton qui se jeta contre Colin en pleurant sans retenue.

— Chut, ça va s'arranger, murmura-t-il, posant son menton sur le haut de son crâne.

— Et Duncan ? Il a besoin de renforts ! s'exclama-t-elle soudain. Suppose que...

— Nous y avons pensé, lui répondit Colin. Quand j'ai compris que tu venais ici, sur ce stade difficile à sécuriser, j'ai appelé Landry et mes collègues. Au moment où je te parle, au moins six d'entre eux sont à la recherche de ton frère. Et il en arrive d'autres. Ne t'en fais pas pour Duncan, il ne risque rien.

Peyton s'essuya les joues et demanda :

— Je ne comprends pas comment tu as fait pour arriver si vite. Je t'ai appelé il y a moins de cinq minutes.

Colin fronça les sourcils, tira son téléphone de sa poche et en consulta l'écran.

— Ah, oui. Seulement mon portable est en mode vibration, et j'étais tellement concentré sur ce qui se passait entre ton frère et toi que je ne l'ai pas senti vibrer.

Peyton se raidit.

— Attends. Tu nous surveillais ? Tu as cru que je m'étais rangée du côté de mon frère ?

— Tu sais très bien que ce n'est pas cela, Peyton.

— Je n'en sais rien du tout ! riposta-t-elle, les poings serrés. Avoue plutôt que tu me suivais !

— Tu m'as dit que tu rentrais chez toi pour préparer tes valises et vider le réfrigérateur, or au lieu de t'arrêter devant ta propriété, tu as poursuivi ton chemin vers la vallée.

Peyton le dévisagea sans comprendre.

— Et comment sais-tu cela ? Tu as mis un pisteur dans ma voiture ou quoi ?

Comme il ne répondait pas, elle reprit :

— Je plaisantais, bien sûr. Normalement, tu devrais nier avec véhémence.

Colin semblant toujours peu disposé à lui répondre, elle fit des yeux ronds.

— Tu ne nies pas, donc c'est ce que tu as fait ! J'ai risqué ma vie pour toi, et tu ne me fais toujours pas confiance ?

— Là n'est pas la question, Peyton, dit-il en tentant de l'apaiser. Tu as toute ma confiance… mais tu as aussi un frère délinquant que tu adores. Je me suis dit que, si tu devinais où il s'était réfugié, tu courrais vers lui. Je voulais m'assurer que tu n'étais pas en danger, j'allais…

Colin fut interrompu par l'approche de Duncan, à bout de souffle. Ce dernier s'arrêta à quelques mètres d'eux et les examina tour à tour.

— Que se passe-t-il ?

Peyton plissa les yeux.

— Il se passe que Colin a posé un pisteur GPS dans ma voiture. Tu étais au courant ? Bah oui, bien sûr, suis-je bête ? Vous êtes venus jusqu'ici ensemble, hein, c'est ça ?

— Duncan, tu avais quelque chose à me dire ? s'enquit Colin, manifestement exaspéré.

Duncan jeta à Peyton un coup d'œil contrit avant de répondre à son cadet.

— Tes collègues ont pris le relais ; aux dernières nouvelles, Brian se dirige vers l'ouest, à travers le bois. On va devoir passer aux recherches aériennes.

Peyton se redressa pour annoncer, d'une voix forte :

— Apparemment, tout est entre vos mains, les garçons ! Super, vraiment super ! Maintenant, si vous voulez bien m'excuser, j'ai à faire à Memphis.

Colin s'avança vers elle.

— Attends, Peyton. J'ai à te parler.

— Je ne veux rien entendre. Tu as mis un pisteur dans ma voiture, tout de même !

— Et, toi, tu m'as menti.

— Tu l'avais installé avant ! J'ajoute que je ne t'ai pas menti. J'ai décidé de venir ici au dernier moment, nuance.

— Tu n'as pas mieux, comme explication ?

— Si. Je voulais te protéger, Colin. Je me suis dit que si j'arrivais à retrouver mon frère avant de quitter la ville, on parviendrait peut-être à une solution. D'ailleurs, je t'ai appelé, non ?

Colin rougit violemment.

— Me protéger, moi ? En t'offrant en pâture à un pyromane ?

— Pyromane, pyromane... C'est toi qui le dis !

— Non, ça a été établi par un jury. Tu as oublié ce détail, peut-être ?

En guise de réponse, Peyton croisa fermement les bras.

— Bon sang, je n'en reviens pas, grommela Colin. La fusillade de l'autre soir ne t'a pas servi de leçon ? Tu aurais très bien pu tomber sous les balles, toi aussi !

Indignée, elle tourna les talons pour regagner sa voiture.

— Peyton, reviens ici tout de suite !

— Pourquoi ? lança-t-elle par-dessus son épaule. Vous me mettez en état d'arrestation, US Marshal McKenzie ?

— Vous savez pertinemment que ce n'est pas le cas, mademoiselle Sterling. Et cela ne vous dispense pas de faire une déposition en bonne et due forme sur ce qui s'est passé ici. En outre, il faut que nous ayons une petite conversation, vous et moi.

— Pas question. J'appellerai Landry, et je déposerai par téléphone.

— Peyton...

Elle n'entendit pas la suite car elle avait déjà regagné son véhicule dont elle claqua la portière. Par défi, elle appuya ensuite sur l'accélérateur de toutes ses forces et sortit du parking en faisant crisser ses pneus.

Elle tint bon sur une dizaine de kilomètres, avant de se

rendre à l'évidence : elle était aveuglée par ses propres larmes et devait s'arrêter. Après avoir coupé le contact, elle prit de profondes inspirations et tenta désespérément de se ressaisir. Son attitude envers Colin avait été inadmissible ; ce flot de ressentiment ne lui était pas destiné.

Il était destiné à Brian.

À leur mère qui, dans son inconstance, passait d'une véritable passion pour son frère à l'indifférence la plus totale.

À son père, pour avoir ignoré le fils qui avait tant besoin de son affection, quand il était enfant.

À elle-même, enfin, qui n'avait pas apprécié à sa juste valeur la seule personne de son entourage qui soit vraiment respectable : Colin. Elle n'avait pas été là pour l'assister dans les moments difficiles, alors que, de son côté, il lui avait apporté un soutien infaillible.

Une lueur lointaine l'amena à relever la tête et, dans le rétroviseur, elle vit un pick-up bleu familier se garer derrière sa Ford.

*Colin.*

Il sortit presque aussitôt du véhicule.

Peyton ravala un sanglot, ouvrit sa portière et courut vers lui. Au moment de se jeter dans ses bras, cependant, elle se souvint qu'il était blessé et garda ses distances.

— Pardon, Colin. Pardon. Pour tout ce que je t'ai dit.

Il parcourut les derniers mètres qui les séparaient, et l'attira à lui avec fougue.

— Tes côtes, murmura-t-elle, refermant une main sur le col de son T-shirt. Tu devrais faire att…

— Cesse de t'en faire pour moi, Peyton, dit-il avant de lui caresser le dos avec une douceur infinie, et sans faire mine de relâcher son emprise.

Bien qu'elle n'eût aucune envie de se dégager, Peyton se força à reculer d'un pas.

Refermant ensuite un bras autour de sa propre taille, elle prit appui sur le capot de sa voiture.

— Je n'arrive pas à croire que tu sois venu me rejoindre.

— En fait, je suis venu récupérer quelque chose, dit-il, un sourire mi-figue, mi-raisin aux lèvres.

Se baissant, il passa un bras sous le pare-chocs, puis se redressa pour montrer à Peyton un petit disque en métal sur lequel clignotait une ampoule rouge miniature.

— Le pisteur, expliqua-t-il avant de remettre l'objet dans sa poche. Je me suis dit que, lorsque tu comprendrais qu'il était toujours en place, tu m'en voudrais encore davantage.

Il fit courir son regard sur le bois, de part et d'autre de la route, sur le qui-vive, en bon US Marshal qu'il était. Quand il baissa de nouveau la tête vers Peyton, ses yeux sombres exprimaient une certaine inquiétude, alliée à un autre sentiment, indéfinissable.

— Je te dois des excuses, ma douce. Je me suis conduit comme le dern...

Peyton lui posa un index sur les lèvres pour le faire taire.

— Chut. C'est bon, Colin. Je comprends ce qui t'a amené à faire ça. J'ai détruit la confiance qui régnait entre nous, il y a dix ans et, pour faire bonne mesure, j'ai aidé un prisonnier à s'évader de chez moi, alors que tu aurais pu l'arrêter sur-le-champ.

Elle fit courir ses doigts sur le torse de Colin en prenant bien garde à contourner ses côtes.

— Sans mon intervention, tu n'aurais pas été blessé... Mon père serait toujours vivant, et tu n'aurais pas eu à risquer ta vie pour me tirer des griffes de mon propre frère.

Colin prit son visage entre ses mains et la força à le regarder.

— Arrêtons-nous là, Peyton. Au lieu de nous faire des reproches l'un à l'autre, je suggère que nous tombions d'accord sur le fait que les circonstances sont pour le moins extraordinaires et que nul n'est parfait. Nous avons tous les deux commis des erreurs et nous en avons conscience, ce n'est déjà pas si mal.

Il plongea son regard dans celui de Peyton qu'il dévisagea avec attention.

— Tu es vraiment d'aplomb pour faire ce que tu avais prévu ? Tu es sûre de vouloir rentrer à Memphis maintenant, toute seule ? Je pourrais…

Elle tourna la tête pour lui déposer un baiser au creux du poignet, puis se dégagea doucement.

— Ça ira, Colin, dit-elle. Ne t'inquiète pas. Je me sens déjà mieux. Je craignais que tu me tournes définitivement le dos, après la scène de tout à l'heure.

Elle lui sourit et reprit :

— Il faut vraiment que je me rende à Memphis. Je dois dire adieu à mon père, régler ses affaires, et avec un peu de chance, tout cela sera bientôt terminé, d'une manière ou d'une autre. À ce moment-là, peut-être pourrons-nous discuter sérieusement, nous expliquer comme nous aurions dû le faire il y a dix ans. On verra bien où ça nous mènera…

— Peyton…, murmura Colin.

— Et sois très prudent. Brian ne s'est pas encore avoué vaincu, il t'en veut à mort et tient à se venger.

— Ça, ce n'est pas nouveau !

— Sérieusement, Colin. Promets-moi de faire attention à toi.

— Promis, répondit-il avec un sourire qu'il espérait sans doute rassurant.

— J'ai d'autres choses à te dire, ajouta-t-elle en repoussant ses cheveux en arrière. En rapport avec ton enquête, j'entends. Certains détails me chiffonnent dans ce que Brian m'a jeté au visage. Des révélations… ou un délire de sa part ; je ne saurais dire, mais je ne peux pas t'expliquer ça dans l'immédiat. Je t'appellerai et on échangera par téléphone. D'ici quelques heures, peut-être, au profit d'une pause sur la route. Ça te convient ?

— Parfaitement. Cela dit, tu n'es pas obligée de partir. Tu pourrais revenir…

— Non. Pas après tout ce qui s'est passé ici, à Gatlinburg. C'est un peu comme si cette ville était devenue le siège de toute ma souffrance. Tu comprends ?

Elle ravala le sanglot qui lui était monté à la gorge avant de conclure :

— Il me faut du temps, je dois réfléchir. Allez, prends soin de toi.

Colin posa un bras sur le toit de sa voiture et se fit violence pour ne pas suivre Peyton qui s'éloignait de lui pour la deuxième fois de la journée.

Il brûlait de la prendre dans ses bras, de la supplier de rester. Cela n'aurait pas été loyal de sa part néanmoins. Elle avait besoin de temps pour réfléchir, et il se devait de le lui accorder, bon gré mal gré.

Voyant le soleil décliner à l'horizon, il se demanda s'il ne se couchait pas sur les dernières chances, pour Peyton et lui-même, d'oublier leurs erreurs passées.

Son téléphone vibra dans sa poche. Lorsqu'il vit le nom de son correspondant, il remonta dans son pick-up dont il ferma la portière.

— Salut, Duncan. Dis-moi que tu l'as retrouvé, parce que je commence à saturer, là.

— Et toi, tu as retrouvé Peyton ?

Il s'était apprêté à démarrer, mais le ton de voix de son frère le fit hésiter.

— Oui, et nous avons pris le temps de discuter un peu, avant qu'elle ne se remette en route. Pourquoi cette question ?

— Elle était seule ? Personne n'était caché dans sa voiture ? s'enquit Duncan d'une voix pressante.

Colin donna un coup de poing rageur dans le volant.

— Tu essaies de me dire que Brian a encore réussi à s'enfuir, c'est ça ? Quant à Peyton, ne t'inquiète pas pour elle. Je me suis tenu devant la vitre arrière de sa voiture tout au long de notre conversation et je peux t'assurer qu'elle est repartie seule. Parle-moi plutôt de son danger public de frère. Quand je pense qu'il nous a encore échappé !

— Fais demi-tour et reviens au lycée.

— Que se passe-t-il ? s'enquit Colin, alarmé.

— La police est à peu près certaine d'avoir retrouvé les trois autres évadés, à deux ou trois kilomètres du lycée, dans la partie la plus dense du bois.

— À peu près certaine ? Qu'est-ce que ça signifie ? demanda Colin, commençant à rebrousser chemin.

— Ils étaient attachés à la base d'un chêne. On les a inondés d'un combustible quelconque et on y a mis le feu. Ils sont difficilement identifiables. La police pense que ce sont eux à cause des initiales gravées dans l'arbre qui leur faisait face : DP, VS, TK, c'est-à-dire Damon Patterson, Vincent Snyder et Tyler King.

Colin frissonna d'horreur. Brian Sterling ne se contentait plus de mettre le feu à des bâtiments sans se préoccuper des conséquences. Il était passé à l'étape supérieure.

— Le salaud ! lança-t-il. Je ne l'aurais pas cru capable d'une telle abomination. Heureusement que Peyton est repartie, finalement. Je préfère la savoir dans un autre état que celui où vit ce malade.

— Malade ou complètement détaché du monde normal, oui. Ça le décrit d'autant mieux que tu ne sais pas tout ! Tu te souviens que tes collègues étaient là quand je suis revenu bredouille de ma course-poursuite ?

— Oui. Continue.

— Eh bien, ils n'ont pas pu lui tirer dessus parce qu'il y avait des habitations aux alentours. Brian leur a échappé grâce à une voiture probablement volée qu'il avait laissée là, c'est-à-dire tout près de l'endroit où les corps ont été retrouvés.

Colin resserra son emprise sur le volant.

— Le légiste est en route ? demanda-t-il.

— Il devrait arriver d'ici quelques minutes.

— Moi aussi.

# 16

Son téléphone portable en main, Peyton examinait les documents et les albums photos éparpillés sur la table de la salle à manger paternelle.

Le coup de fil qu'elle devait impérativement passer attendrait bien un quart d'heure supplémentaire. Le temps, pour elle, d'assimiler l'horreur de ce qu'elle avait découvert, et d'être prête à livrer les derniers misérables secrets familiaux – ce qui demandait une dose de courage d'autant plus importante que la personne à qui elle devait se confier était la seule au monde dont l'opinion comptait vraiment.

Après avoir réarrangé une pile de factures médicales, elle prit place dans un fauteuil confortable.

Depuis la cérémonie en mémoire de son père, une semaine plus tôt, elle avait trié tous ses vêtements et ces quelques albums photos, ainsi que divers documents. Ils lui avaient révélé un passé qu'elle n'aurait jamais imaginé, même dans ses pires cauchemars.

Elle comprenait, à présent, l'insistance de son père à monter seul au grenier pour en redescendre les cartons, quand elle était venue l'aider à faire le tri dans les affaires de sa mère : il avait voulu cacher à Peyton leur contenu, s'épargner une dernière atteinte à la réputation des Sterling.

Elle se remit à feuilleter un vieil album entièrement consacré à Molly, sa mère, de son enfance aux premières années de son mariage.

Sa première surprise avait été de découvrir des photos de Molly bébé, alors qu'elle était censée avoir été élevée par plusieurs familles d'accueil et n'avoir aucune idée de ses véritables origines. À en juger par les visages souriants des nombreuses personnes qui l'encadraient, c'était un mensonge. Au fil des pages, on la voyait grandir, apparemment bien entourée, puis venait la coupure, très nette : la petite fille joyeuse et insouciante se transformait en une adolescente revêche.

L'avant-dernière page de l'album montrait une maison de briques au pied d'une colline verdoyante. Une multitude de gens dont Peyton avait vu les visages dans les pages précédentes posaient sur le perron. Au centre se tenait une femme blonde aux yeux bleus, en robe de mariée, au bras d'un homme mince au regard gris argent.

Benjamin et Molly Sterling, incroyablement jeunes, et plus épanouis que Peyton les avait jamais vus. Bref, de toute évidence, Molly avait menti à ses enfants sur toute la ligne.

Et Peyton n'avait eu qu'à tourner la page pour comprendre la raison de ce mensonge, sous la forme d'une coupure de presse dont l'encre avait pâli avec les années et qui lui avait sauté aux yeux :

*Incendie à la résidence universitaire. Trois victimes à déplorer.*

En dessous, la photo de six jeunes rescapées en chemise de nuit, s'accrochant l'une à l'autre et manifestement choquées. Toutes pleuraient, sauf une certaine Molly Andrews, qui souriait au photographe tandis que les pompiers terminaient leur travail.

L'article disait en substance que les jeunes femmes photographiées avaient eu une chance folle d'échapper au sinistre qui s'était déclaré tôt le matin, probablement dans la cuisine.

La dénommée Molly Andrews, de Chattanooga, dans le Tennessee, avait affirmé que l'une des victimes oubliait fréquemment d'éteindre la gazinière. Peut-être un torchon avait-il pris feu ?

Et si la Molly Andrews figurant sur la photo lui avait paru plus jeune que la mariée de la page précédente, Peyton n'avait pas douté un instant qu'il se soit agi de sa mère, bien que cette dernière fût – à sa connaissance – née Tate et vienne de Nashville plutôt que de Chattanooga.

Après avoir mis l'album de côté, Peyton s'était penchée sur une partie des factures également dissimulées dans une boîte en carton, au grenier, sans doute parce qu'elles en révélaient encore davantage sur l'existence de Molly. Le thérapeute qu'elle avait consulté pendant des années n'était pas un conseiller conjugal mais un spécialiste des addictions, des accès de colère irrationnelle et, plus généralement du contrôle des pulsions. Exactement le genre de médecin qui s'était occupé de Brian au début de ses ennuis, en somme.

De plus, un mois avant son accident, Molly avait appris qu'elle était atteinte d'un cancer incurable, avec des tumeurs au foie et au cerveau. Les parents de Peyton ayant refusé toute mesure drastique, Molly s'était contentée d'antalgiques.

*Oh ! papa, maman... Si seulement vous m'en aviez parlé. Je vous aurais soutenus ! C'est le rôle des enfants, dans une famille, non ?*

Dans une famille normale peut-être, mais pas dans celle de Peyton, apparemment.

Le coup de grâce était venu lorsque Peyton avait ouvert la dernière boîte entreposée dans le grenier. Elle contenait des lettres écrites à la main, soigneusement repliées et remises dans leur enveloppe d'origine. Toutes dataient de l'année qui avait suivi l'arrestation de Brian. Les premières avaient été envoyées à Gatlinburg, les suivantes directement à l'adresse de Memphis.

C'était la première fois que Peyton voyait ces lettres.

Des lettres qui lui avaient été envoyées par Colin.

Elle reprit son téléphone. Il était temps, pour elle, d'affronter le passé, de faire toute la lumière sur l'histoire des siens. Elle ne pouvait remettre cela à plus tard : trois familles avaient perdu une fille ou une sœur dans l'incendie du foyer où elles résidaient. D'après Internet, il s'agissait d'un accident, ce que Peyton ne croyait pas une seule seconde.

Ces familles endeuillées avaient droit à la vérité.

Colin décrocha à la première sonnerie.

— Tout va bien, Peyton ?

— Malheureusement, non. Il faut que je te voie. J'ai à te parler.

— Dis-moi où tu es et j'arrive dès que possible.

— Toujours à Memphis, chez mon père. Et c'est moi qui vais venir à toi. J'ai besoin de m'éclaircir les idées. La conduite m'y aide, généralement. En revanche, j'arriverai tard dans la soirée. Ça pose un problème ? Tu as repris le travail ? Je ne voudrais pas que tu arrives au bureau complètement épuisé par ma faute. D'ailleurs, j'ai une meilleure idée : je vais passer la nuit dans ma propre maison et…

— Non, non. J'ai demandé à Landry de laisser quelqu'un dans ta propriété pour la surveiller pendant ton absence. Il vaut mieux que tu reviennes ici.

Le cœur de Peyton se serra. Colin voulait la protéger – de son propre frère. Contre toute attente, car elle aurait juré qu'elle n'en avait plus à verser, elle sentit une larme rouler sur sa joue.

— Entendu, merci. À ce soir !

— Attends, je ne vais pas tenir le coup, moi ! protesta Colin. Six heures à attendre sans savoir de quoi il retourne ? Donne-moi au moins un indice.

— Quel esprit d'à-propos ! murmura-t-elle, pensant au titre de la coupure qu'elle avait découverte. D'accord. En résumé, bien que j'aie passé une bonne partie de ma vie à clamer l'innocence de mon frère, les événements de ces dernières semaines m'ont fait changer d'avis. Brian m'a menti, sauf sur un point, je pense. J'ai une nouvelle théorie sur l'auteur de l'incendie de la grange. Cette personne n'en était pas à son coup d'essai et un de ses méfaits a eu des conséquences mortelles.

— Tu as un nom ? demanda Colin, après une seconde d'hésitation.

— Molly Andrews, également connue sous les noms de Molly Tate, puis de Molly Sterling. Ma mère.

# 17

Colin posa l'album de photos sur les documents que Peyton avait étalés sur sa table basse.

Assise sur un canapé face à lui, elle se tordait nerveusement les mains.

— Ton inquiétude est compréhensible, dit-il en désignant la coupure de journal. Surtout si on considère tout ce que tu viens de m'apprendre. Mais rien, dans cet article, ne prouve qu'il se soit agi d'un acte criminel.

— On m'a toujours dit que la police ne croyait pas aux coïncidences, s'acharna Peyton. Or, ce sinistre en est une, tu ne trouves pas ?

— Parce que ta mère a survécu à un incendie et qu'elle a eu un fils pyromane ?

Peyton acquiesça.

— En toute honnêteté, je ne vois pas ce qu'il y a de flagrant là-dedans. Ta mère n'a aucun antécédent dans ce domaine, pas de casier, rien. J'ai vérifié, après ton appel. Pour les trois noms. Le seul endroit où le sien apparaît est le rapport concernant l'incendie de la résidence universitaire.

— Admettons. Dans ce cas, pourquoi nous a-t-elle menti sur la nature de sa thérapie ? Le médecin qu'elle voyait était un expert des problèmes de pyromanie – il a même été appelé à témoigner à deux reprises dans des cas semblables. Et il y a d'autres détails : sa fascination pour les bougies, par exemple. Elle n'arrêtait pas d'en acheter, et il y en avait toujours plusieurs allumées chez nous. Si tu ajoutes à cela sa passion pour les feux de cheminée, même en plein été, il y a de quoi s'interroger, non ?

— D'accord. Mais je te signale que ma mère adore les bougies, elle aussi.

— Colin...

— Et celles à la vanille dont la tienne était folle me rappellent d'excellents souvenirs d'enfance.

Peyton déploya ses mains devant elle et soupira :

— Cesse de me contredire.

— Je ne te contredis pas ! se récria-t-il. J'essaie simplement de te faire comprendre qu'il y a plusieurs manières de considérer les choses. Si tu tiens à ce que j'enquête sur ta mère, je le ferai bien sûr, mais es-tu certaine de le vouloir ? Si jamais ça vient à se savoir, les rumeurs iront bon train, et sa réputation sera ternie à jamais.

Peyton se frotta les mains sur le haut de son jean, l'air de réfléchir à la question, puis hocha fermement la tête.

— Oui, malgré les risques que cela comporte, j'aimerais que tu essaies d'en savoir davantage. C'est la seule chose à faire.

— Parce que tu penses que cela pourrait blanchir Brian ?

— Non... C'est une possibilité en effet, cependant ce n'est pas la raison pour laquelle je voudrais que tu creuses la question. Que Brian ait allumé l'incendie de la grange ou non ne m'importe plus, au fond. Il a beaucoup changé, à moins que je me sois trompée sur son compte pendant des années, et que je ne m'en aperçoive que maintenant. Il m'a fait peur au stade, Colin. Sa haine envers toi ne connaît pas de limites. Il a essayé de te tuer et, si on ne l'arrête pas, il recommencera. Alors, pour moi, sa place est en prison. Là-bas au moins, il ne pourra nuire à personne. Donc, non, ce n'est pas pour lui que je veux la vérité. C'est pour les proches des victimes de la résidence universitaire. Si ma mère a allumé cet incendie, ils sont en droit de le savoir.

Colin secoua la tête avec incrédulité.

— Tu as vraiment un cœur d'or, Peyton. C'en est... confondant. Il n'y en a pas deux comme toi !

Elle battit des paupières, puis se pinça l'arête du nez.

— Tais-toi, sinon je vais me remettre à pleurer, et je ne voudrais pas en faire une habitude.

Elle gratifia Colin d'un sourire mi-figue, mi-raisin, avant de revenir à la charge :

— Alors, c'est d'accord ? Tu vas essayer d'en apprendre davantage sur le passé de ma mère ?

— Oui. Je vais voir avec mon supérieur s'il peut rendre l'enquête officielle, cela me facilitera l'accès aux informations dont j'ai besoin. Les incendies volontaires ayant fait des victimes sont sous juridiction fédérale. Je devrais arriver à reprendre les choses là où les autorités les ont laissées.

— Merci, Colin. Merci infiniment !

— Je t'en prie. Une dernière chose, toutefois : statistiquement, les incendies volontaires ont un motif – financier, la plupart du temps. Or, dans le cas de la grange, il n'y avait ni assurance ni projet immobilier en route, bref, l'auteur du méfait n'a pas agi par intérêt.

— Tout à fait d'accord avec toi.

— Et quand le pyromane n'est pas motivé par l'appât du gain, le but est de dissimuler un autre crime, un meurtre par exemple. En l'occurrence, personne n'a été tué...

— Parce que tu étais là, lui rappela Peyton.

— Les jeunes que j'ai sortis du brasier n'étaient que des gamins, comme toi et moi, ils n'avaient aucun ennemi. Souviens-toi de ce qui a été évoqué, au procès : la défense a plaidé la difficulté de ton frère à contrôler ses pulsions.

— Comme ma mère, puisque c'était l'une des spécialités de son thérapeute.

— C'était aussi celle du médecin qui s'est occupé de Brian, après l'intervention de ton père pour lui éviter une première condamnation.

— Pour avoir allumé les incendies dont a parlé Landry ?

— Oui.

Peyton se rassit et se frotta les bras comme si elle avait froid, subitement.

— Je savais que Brian avait fait des erreurs, bien sûr. Pourtant, j'ignorais un certain nombre de détails. Je pensais qu'il était suivi pour des problèmes psychologiques. Encore un mensonge à ajouter à tous ceux que mes parents m'ont racontés au fil du temps.

— Ils voulaient sans doute t'épargner, Peyton, vu ton jeune âge à l'époque. Ils craignaient peut-être pour ton équilibre mental.

— C'est possible, en effet, même si je peux te dire qu'il en prend un sérieux coup, mon équilibre mental, en ce moment.

— Dans ce cas, je vais en venir au fait. Toujours selon les statistiques, il est extrêmement rare qu'un pyromane sévisse simplement pour se donner le frisson, de sorte que je ne vois pas comment il pourrait y en avoir deux dans la même famille. Enfin, quatre-vingt-dix pour cent des incendiaires sont des hommes, de type caucasien, souvent aiguillonnés par la colère, et d'une intelligence inférieure à la moyenne. Il semble qu'ils soient incapables de raisonner et de réfléchir aux conséquences de leurs actes. Leur déficit intellectuel contribue à leur manque de contrôle des pulsions. Tu reconnais ta mère ou ton frère dans ce portrait ?

Peyton réfléchit une bonne minute avant de hocher la tête.

— Maman était d'un naturel paisible, sauf quand elle se disputait avec papa et encore, c'est lui qui criait le plus fort. Pour le reste, oui, tout ce que tu viens de dire me semble correspondre à Brian. En tout point ou presque.

— Il se fait tard et tu dois être fatiguée, dit Colin. On devrait peut-être en rester là pour ce soir, qu'en penses-tu ?

Elle étouffa un bâillement, puis sourit.

— Je n'aurais pas bâillé si tu ne m'avais pas rappelé que je suis épuisée. Cela dit, non. Si tu as d'autres informations à me donner, je veux les entendre, parce que, si tu parviens à me prouver que ma mère était innocente, je dormirai beaucoup mieux.

— Je ne pense pas être en mesure de te prouver quoi que ce soit dans l'immédiat, mais rien ne nous empêche de parler de l'incendie. On n'en a jamais vraiment discuté.

Peyton désigna les mains de Colin d'un geste du menton.

— Effectivement, et je ne me sens pas en droit de te demander de revenir sur ce terrible épisode, vu ce que tu as enduré.

— C'est loin, tout ça, Peyton. Et ton questionnement sur la personnalité de ta mère me donne envie de revenir à ce soir-là. Elle devait servir de chaperon, dans la salle des fêtes, c'est bien ça ?

— Oui. Je crois qu'elles étaient huit en tout. Les élèves de terminale étaient venus en nombre, et personne n'était censé sortir. Mais, bien sûr, quelques petits malins ont dérogé à la règle. À leur décharge, les environs étaient superbes, avec tous ces sentiers coupant à travers bois, ces cascades et la multitude de guirlandes qui décoraient le tout. Un petit paradis pour les amoureux, en somme, tu le sais aussi bien que moi...

Colin sourit à ce souvenir.

— Oui. C'était très beau. Et toi aussi, tu étais très belle. Je me souviens que je suis arrivé tard, et qu'après une ou deux danses je t'ai attirée à l'extérieur pour t'embrasser près d'une des cascades.

Peyton secoua la tête avec une tristesse aussitôt démentie par le sourire qui se dessina au coin de ses lèvres.

— C'était ton truc, ça, de m'emmener près des cascades. Avec une nette préférence pour *la nôtre*.

Son sourire s'étant fait nostalgique, Colin devina qu'elle se remémorait leurs serments de l'époque. Acheter ce terrain, y construire la maison de leurs rêves et faire des enfants près de la cascade. Aucun de ces projets n'avait abouti, malheureusement.

— Tu n'étais pas censé venir du tout, ce soir-là, lui rappela-t-elle.

— Non. Mon père a dû écourter notre excursion à cause de

son travail, et j'ai profité de l'occasion pour aller te retrouver à la soirée du lycée.

— Exact, dit-elle, les yeux dans le vide, comme pour se rappeler précisément la scène. On venait de quitter la cascade quand une de mes copines est venue m'annoncer qu'un garçon lui avait fait des avances. Comme elle avait l'air de vouloir me raconter ça en détail, tu es retourné à la salle, et je t'ai promis de t'y retrouver quelques minutes plus tard. Malheureusement...

Sa voix se brisa et elle dut s'éclaircir la voix pour pouvoir poursuivre :

— ... je ne t'ai revu que sur un brancard, en route pour l'hôpital. Ma mère hurlait : elle voulait que je la raccompagne chez nous et il fallait qu'on suive le fourgon de police qui emmenait Brian au commissariat.

Elle jeta à Colin un regard tourmenté avant de poursuivre :

— J'aurais dû refuser tout net. Pardon. Pardon d'avoir commis tant d'erreurs.

Colin savait qu'ils devraient beaucoup dialoguer pour vraiment mettre les choses à plat et comprendre ce qui s'était produit après l'incendie, mais il était tard, et ils étaient trop fatigués pour avoir cette conversation dans l'immédiat.

— Revenons-en à ta mère, si tu veux bien. Nous essayions de voir si elle avait eu l'occasion de mettre le feu à la grange.

Peyton se tordit les mains avant de répondre :

— Oui. N'importe qui aurait pu aller dans la grange, pendant la soirée. Comment veux-tu qu'on sache si maman s'y est rendue ou non ?

Colin réfléchit quelques secondes avant de dire :

— À ma connaissance, il n'y a qu'un moyen de savoir à coup sûr où ta mère était au moment où le bâtiment a pris feu. Seulement, ça ne va pas te plaire.

— Dis tout de même !

— Attends. En réalité, je ne suis pas vraiment sûr de mon fait. Je voudrais approfondir un peu ma théorie et voir ce qu'il en ressort.

— Je vois, fit Peyton, une moue dubitative aux lèvres. Un US Marshal digne de ce nom ne s'avance pas sans preuves, c'est ça ? Si j'étais moins fatiguée, je te cuisinerais jusqu'à ce que tu m'expliques ce que tu as en tête, mais ma curiosité ne suffira pas à me tenir en éveil.

Sur ces belles paroles, elle se leva et se tourna vers lui.

— Tu ne vas pas te coucher, toi aussi ?

— Dans un instant. Je dois éteindre les lumières et jeter un coup d'œil au dehors pour m'assurer que tout va bien.

— Ah ? D'accord. Je...

Elle jeta à Colin un regard interrogateur, avant de demander :

— Je peux te serrer dans mes bras ? Tes ecchymoses...

— Elles ont quasiment disparu. Et, même si ce n'était pas le cas, ça n'aurait aucune importance.

Il se leva pour attirer Peyton à lui. Quel bonheur de la serrer contre son torse, après cette interminable semaine d'absence !

Il ne la relâcha qu'à contrecœur, car il craignait de ne pouvoir résister plus longtemps à l'envie de l'embrasser, ce qui n'aurait fait qu'aggraver sa frustration.

Or, Colin était marqué à jamais par ses cicatrices. Le jeune homme avec qui Peyton avait fait l'amour dix ans auparavant n'était pas l'homme qui se tenait devant elle aujourd'hui.

Et il se pouvait fort qu'ils ne parviennent jamais à surmonter cette triste réalité.

Il attendit qu'elle soit dans sa chambre pour téléphoner à son père. Bien que Duncan ait déjà annoncé à leurs parents que Peyton était de retour, Colin remettait sans cesse à plus tard le moment de les appeler. En aucun cas il ne pourrait leur cacher qu'on avait attenté à sa vie, ce qui entraînerait un certain nombre de questions au terme desquelles ils lui reprocheraient de ne pas les avoir prévenus. Enfin, ils l'interrogeraient sur des sujets plus personnels, qu'il n'était pas prêt à aborder.

D'un autre côté, pour aider Peyton, il devait parler à son père, malgré l'heure tardive.

Lorsqu'il raccrocha, il était aussi épuisé qu'à l'issue d'un triathlon. L'entretien s'était transformé en une conférence au cours de laquelle ses deux parents l'avaient interrogé comme les professionnels qu'ils étaient. Plus encore, afin de se faire pardonner son silence, il avait dû leur promettre d'aller les retrouver dans leur résidence secondaire cinq vendredis d'affilée et de se tenir prêt à accompagner sa mère à l'église, deux dimanches de son choix.

Son appel n'avait pas été vain, néanmoins, car il avait obtenu de son père ce qu'il voulait.

Le plus facile avait été d'évoquer l'évasion de Brian Sterling : comme tout le monde dans la région, les McKenzie savaient que quatre prisonniers s'étaient évadés, qu'ils avaient tué un membre de la police de Memphis et qu'ils étaient toujours en cavale dans la région de Gatlinburg.

En revanche, Landry avait réussi à cacher aux médias les conditions atroces dans lesquelles trois des fugitifs avaient trouvé la mort. Apparemment, le chef de la police espérait pouvoir garder le secret jusqu'à ce qu'on retrouve l'assassin. Colin en avait tiré un certain soulagement : préserver Peyton étant devenu sa priorité, il préférait lui taire ce rebondissement qui ne ferait que la perturber encore davantage.

Il se leva, s'étira et s'apprêtait à contourner la table basse pour gagner sa chambre lorsque l'un des documents attira son attention : le rapport de police sur l'accident dans lequel la mère de Peyton avait péri.

Pensant à l'ironie du sort qui avait voulu qu'elle meure si tôt après avoir appris qu'elle était malade, Colin s'empara du document pour le lire.

Comme il avait plu, cette nuit-là, la chaussée était mouillée. Molly avait perdu le contrôle de son véhicule qui s'était encastré dans un arbre. Le réservoir à essence avait été percé dans le choc, et la voiture avait pris feu. Le corps carbonisé était méconnaissable. Benjamin Sterling avait fait incinérer ce qu'il en restait et, d'après Peyton, tous deux avaient éparpillé les cendres autour de la prison où était détenu Brian, conformément aux souhaits de Molly.

Colin se rassit lentement. S'il était fréquent que des voitures prennent feu dans les films, il en allait différemment dans la réalité. Fort heureusement, les incendies mortels dans des résidences universitaires étaient tout aussi rares. Qu'avait dit Peyton au sujet de sa mère, tout à l'heure ? Ah oui. Qu'elle allumait constamment des bougies et qu'elle utilisait la cheminée même au plus fort de l'été. Une fascination pour les flammes que Peyton trouvait manifestement malsaine.

Un soupçon terrible s'empara de Colin. Il commença par l'écarter au prétexte que sa théorie était ridicule, digne d'un scénario hollywoodien.

*Comme une voiture prenant feu à la suite d'un accident ?*

Colin fouilla les papiers qui jonchaient la table, à la recherche de la police d'assurance à laquelle était agrafé le certificat de décès de Molly Sterling. Le document en main, il courut jusqu'à son bureau.

Vingt minutes plus tard, le rapport d'autopsie de Molly s'affichait sur l'écran de son ordinateur, apportant un nouveau cortège d'interrogations.

Colin dut procéder à un certain nombre de recherches sur Internet et appeler un policier de Memphis pour obtenir le numéro dont il avait besoin. Et il n'attendrait pas le lendemain matin pour passer ce coup de fil. Si son hypothèse folle était fondée, il devait transmettre l'information à ses collègues, ainsi qu'à Landry, au plus vite.

— Qu'est-ce que c'est, bon sang ? grommela une voix ensommeillée, lorsqu'on daigna enfin prendre son appel.

— Docteur Afton, pardonnez-moi de vous réveiller à une heure pareille, seulement il s'agit d'un problème de première importance. Je m'appelle…

— Je vais raccrocher, et ne me rappelez pas. Adressez-vous plutôt au légiste de service.

— Si vous raccrochez, je vous rappellerai, répondit obstinément Colin. Comme je vous l'ai dit...

— Et moi, je vais porter pl...

— Dans le cas d'un décès par combustion, peut-on voir à l'autopsie si la défunte avait des tumeurs cancéreuses aux reins et au cerveau ?

Sa question fut accueillie par un silence si long que Colin vérifia que son interlocuteur était toujours en ligne.

— Docteur Afton ?

— Qui êtes-vous ?

— J'ai essayé de me présenter, dit Colin en soupirant. Adjoint au marshal Colin McKenzie. Nous sommes à la recherche d'un prisonnier évadé, Brian Sterling, et nous...

— Attendez un instant. Vous avez dit Sterling ?

— Tout à fait, oui.

— Il a un lien de parenté avec Molly Sterling ?

— C'est son fils, répondit simplement Colin.

Nouveau silence.

— Docteur Afton ?

Un soupir sonore se fit entendre à l'autre bout de la ligne.

— Je savais bien que ça me retomberait dessus, un jour ou l'autre.

— De quoi parlez-vous ? lui demanda Colin, se redressant sur son siège.

— Donnez-moi cinq minutes, je vous rappelle.

La communication fut interrompue.

# 18

Peyton descendit la dernière marche et s'immobilisa en voyant son vieux cartable posé près du canapé, là où elle l'avait laissé la veille. Il contentait les lettres que Colin lui avait écrites des années auparavant, et elle avait eu l'intention de le monter dans sa chambre en attendant le moment propice pour en parler avec lui.

Colin avait-il regardé à l'intérieur du sac et vu les lettres ?

— Bonjour, dit-il, contournant la cage d'escalier, un café à la main.

— Bonjour. Je te dois des excuses, je crois, dit-elle. J'ai laissé un sacré désordre derrière moi, hier soir. Ça t'a obligé à ranger les papiers qui traînaient sur la table basse.

— Je les ai emportés dans mon bureau, une fois que tu as été couchée. Je voulais les étudier plus en détail sans faire de bruit pour ne pas te déranger. Comme j'ignorais ce qu'il y avait dans ce cartable, je n'y ai pas touché.

Peyton sentit ses joues s'embraser.

— Rien dont je veuille m'occuper dans l'immédiat. Étant donné, je suppose, que tu as bien avancé, on devrait peut-être s'installer dans ton bureau pour que tu me montres ce que tu as découvert, dit-elle, prête à quitter la pièce.

Colin la retint par le bras.

— Tu n'y trouverais pas grand-chose d'intéressant. Allons plutôt faire un tour en voiture.

— Un tour en voiture ? répéta-t-elle, surprise.

— On n'ira pas bien loin. Je vois que tu es douchée et habillée. Ça t'embêterait qu'on parte tout de suite et qu'on s'arrête pour prendre notre petit déjeuner en ville ? Il y a du café dans la cuisine. Emportes-en une tasse avec toi, si tu veux.

— On a… On a retrouvé Brian ? s'enquit-elle d'une voix mal assurée. Tu m'emmènes au commissariat, c'est ça ?

— Hélas, non. Va te servir un café, je t'expliquerai tout ça en route.

— Que de mystères ! À croire que tu crains que je refuse de te suivre si je sais à l'avance où tu veux m'emmener.

Le sourire malicieux dont il la gratifia le rajeunit tellement qu'elle sentit son cœur se serrer.

— C'est exactement ça, mais tu me remercieras plus tard, du moins je l'espère.

— Ouah ! Ça fait rêver, tout ça ! commenta-t-elle d'un ton railleur.

— Donc, c'est d'accord ? On y va ?

— Oui, même si j'ai le sentiment de faire une bêtise.

— Tu m'emmènes où ?

Colin grimaça, avant de jeter un coup d'œil à Peyton, assise sur le siège du passager de son pick-up. Les joues écarlates, elle le fusillait du regard. Il avait bien fait d'attendre qu'elle ait terminé son petit déjeuner avant de lui dire où ils allaient, sans quoi elle le lui aurait sans doute jeté au visage.

Les mâchoires serrées, elle se mit à regarder par la vitre comme pour estimer la vitesse du pick-up. Aussitôt, Colin activa la fermeture automatique des portières.

Peyton leva les yeux au plafond.

— Tu me crois assez idiote pour sauter de la voiture en marche ?

— Idiote, non. En revanche, tu as l'air si furieuse qu'on ne sait jamais.

Il vit ses frêles épaules s'affaisser.

— Furieuse n'est pas le mot, Colin. Je suis... J'ai peur, voilà. Peur qu'ils me détestent. Dix ans ont passé et, après le tort que ma famille a causé à la tienne, après ce que je t'ai fait à toi...

— Du calme, Peyton. Tu ne m'as rien fait du tout, il est temps que tu en prennes conscience.

— Enfin, tu as été grièvement blessé, et je n'étais pas là pour...

— On parlera de ça plus tard, en tête à tête. Ça ne regarde pas mes parents. Et à ce sujet, nous n'allons pas chez eux uniquement pour évoquer le bon vieux temps. Il s'agit de découvrir la vérité, de manière à pouvoir mettre cette histoire derrière nous. Ensuite, nous pourrons enfin avoir une discussion digne de ce nom. D'accord ?

Elle lui posa une main sur la cuisse.

— D'accord. Et merci, Colin. Sans toi, je n'aurais pas survécu à tout ce tumulte.

Il déglutit et tenta de penser à autre chose qu'à la caresse de Peyton. Finalement, n'y tenant plus, il se décala légèrement vers la gauche, et Peyton laissa retomber sa main.

— Ne t'inquiète pas, dit-il. Nous surmonterons ces épreuves ensemble.

Colin venait de s'engager sur l'étroite route menant à la résidence secondaire des McKenzie lorsque Peyton dit :

— Je ne comprends pas en quoi cette visite à tes parents va apporter une réponse à mes questions.

— On ne le surnomme pas le Redoutable McKenzie pour rien !

— Je croyais que tu n'aimais pas qu'on l'appelle comme ça.

— Tout dépend de la personne qui se sert de ce sobriquet et du ton utilisé. Ça peut être désobligeant, bien sûr, mais au sein de la communauté juridique, cela lui confère une certaine autorité. Tes parents lui en ont voulu, pendant le procès de Brian, parce que, même s'il n'était pas chargé du dossier, il était toujours au courant de tout. Les informations lui parvenaient, donc je finissais par y avoir accès, moi aussi, en ma qualité de témoin et de victime.

— Et en quoi cela va-t-il nous aider ? demanda Peyton avec obstination.

— Le dossier de Brian était très important aux yeux de mon père, et cela pour deux raisons : moi, et toi.

— Comment ça, moi ? Qu'est-ce que je viens faire là-dedans ?

Colin ralentit pour aborder un virage particulièrement serré, et attendit d'avoir redressé le volant pour se tourner vers Peyton.

— Tu ne vois vraiment pas ? Je n'étais pas le seul à t'aimer, à l'époque. Mes parents te considéraient comme leur fille. Au début, même après que je leur ai dit que j'avais vu Brian un bidon d'essence à la main, ils ont fait tout leur possible pour prouver son innocence. Parce que Brian était ton frère et qu'ils voulaient t'aider.

Peyton porta une main à sa gorge.

— Je ne le savais pas, murmura-t-elle.

— Ils sont restés discrets sur le sujet. De leur point de vue, ils t'avaient lâchée, abandonnée à ton triste sort. Quand ils ont compris qu'ils ne pouvaient plus rien pour toi, ils se sont occupés de me remettre sur pied et de me préparer pour le procès.

Peyton ferma les yeux et dit, d'une voix brisée :

— Te remettre sur pied... Colin, tu m'as éc...

— Arrête, Peyton. On parlera de nous plus tard. Concentrons-nous plutôt sur notre problème du moment.

Au lieu de discuter, comme il s'y attendait, elle prit la main qu'il lui tendait.

— Ce que j'essayais de te dire, un peu maladroitement, sans doute, c'est que mon père a constitué un dossier sur le procès de Brian. Il ne dispose pas des documents originaux bien sûr, mais il a conservé une copie de tout ce sur quoi il a pu mettre la main. Il est allé jusqu'à engager un détective privé, pour voir s'il trouvait autre chose.

— Moi, j'ai vu le dossier original, en plus de lire les transcriptions du procès, alors que j'y avais assisté, répondit Peyton. Et je ne vois pas comment les notes de ton père, même complétées par celles d'un détective, pourraient nous aider à comprendre ce qui se passait dans la tête de ma mère.

— Les mentions au dos des photos.

— Les quoi ?

Colin prit le dernier virage. La maison apparaissait vaguement au loin, deux étages de rondins perchés sur un des plus hauts pics des Smoky Mountains, à l'ouest de Gatlinburg.

— Celles qui précisent la date et l'heure à laquelle une photo a été prise, expliqua-t-il, appuyant sur l'accélérateur pour venir à bout du dernier raidillon. Mon père a des tonnes de clichés de la soirée, des allées, des cascades et de la grange. Il a demandé au détective d'en racheter autant que possible aux gens qui avaient assisté à ce bal.

Une fois le pick-up garé, Colin reprit :

— Personne n'a jamais soupçonné ta mère, Peyton. À aucun moment. Il n'y avait aucune raison de la croire coupable. De sorte qu'à ma connaissance personne n'a jamais essayé de mettre bout à bout ces photos dans le simple but de prouver où elle se trouvait exactement à différents moments de la soirée.

Peyton se mordilla la lèvre inférieure, les yeux rivés sur la cabine en rondins.

— Tu crois que ces photos seront toutes datées ? Je ne me rappelle pas m'être préoccupée de ce genre de détail au moment de me servir de mon appareil-photo, à l'époque !

Colin pressa sa main frêle dans la sienne, puis la relâcha pour descendre de voiture.

— Tu sous-estimes le Redoutable McKenzie ! répondit-il. Il a prié son détective d'imprimer ces photos à partir de la carte mémoire de chaque appareil et de noter les dates et les heures au dos de chacune d'entre elles. Comme ça, elles sont toutes répertoriées et, normalement, il n'y a aucune erreur.

Pour la première fois depuis ce qui lui semblait une éternité, Peyton le gratifia d'un véritable sourire.

— Merci, Colin. Ce sera un tel soulagement, pour moi, d'être fixée, quoi qu'on apprenne !

De nouveau, elle examina la majestueuse demeure qui se dressait devant eux et se mit à rire.

— Ça n'a pas beaucoup changé, ici, dis donc ! C'est toujours aussi… impressionnant

— Il fallait bien ça, pour une famille de six personnes. Maman a fait rénover la cuisine, il y a peut-être de nouveaux meubles ici et là, mais pour le reste, non, rien n'a changé.

Il sauta à bas du pick-up, puis le contourna pour ouvrir la portière de Peyton. Il lui tendit la main pour l'aider à descendre, mais elle s'agrippa à ses épaules comme à une bouée de sauvetage. Bien que surpris par l'effroi qu'il lut dans ses yeux, il comprit rapidement qu'elle redoutait le moment de revoir ses parents.

— Ne t'inquiète pas, ça va aller, dit-il, dans l'espoir de la rassurer.

Et puis, elle était si petite, par rapport à lui, qu'il ne put s'empêcher de la porter pour la poser sur la terre ferme.

Comme si elle avait lu dans ses pensées, elle lui fit les gros yeux.

— Pas de commentaires désobligeants sur ma taille, s'il te plaît.

— Et pas de commentaires sur la mienne, non plus, lui renvoya-t-il.

Serrant fermement la main de Peyton dans la sienne, il la guida jusqu'à l'entrée.

La porte fut aussitôt ouverte par sa mère qui devait guetter leur arrivée. En souriant, elle prit Peyton dans ses bras.

— Bienvenue, ma fille, dit-elle. Je suis très contente de te voir. Si tu savais à quel point tu nous as manqué !

Les joues de Peyton ruisselaient de larmes lorsque la mère de Colin se décida à relâcher son étreinte.

— Viens, Peyton. Papa nous attend dans son bureau. Débarrassons-nous des questions pratiques, et ensuite nous discuterons de l'adorable boutique que tu as ouverte en ville. J'y suis passée, pas plus tard qu'hier. Tes croissants sont délicieux, un vrai régal !

Colin grimaça intérieurement. Peyton n'avait probablement aucune envie de parler du café dont elle allait faire don à ses amies.

Malheureusement, au lieu de ralentir l'allure, sa mère entraîna une Peyton manifestement perplexe à l'autre bout de la maison.

Il l'encouragea d'un hochement de tête. Elle avait cessé de pleurer, et Colin bénit intérieurement sa mère de l'avoir accueillie avec une telle spontanéité.

Elle s'arrêta devant la porte entrouverte du bureau, un bras autour des épaules de son invitée, et cria :

— William, viens souhaiter la bienvenue à notre fille.

— J'arrive, j'arrive ! répondit William McKenzie, sur le même ton.

Colin s'immobilisa derrière Peyton, sans la toucher, mais suffisamment près d'elle pour qu'elle puisse sentir sa présence et savoir qu'il la soutenait.

Il n'aurait pas dû s'inquiéter pour cela : dès que son père surgit sur le seuil de la pièce, un sourire avenant aux lèvres, Peyton laissa échapper un sanglot et se jeta dans ses bras.

# 19

Malgré elle, Peyton se sentit intimidée, lorsqu'elle prit place dans le bureau du patriarche de la famille McKenzie. Colin se tenait derrière son père et, consciemment ou non, les deux hommes formaient un front uni qui la mit sur la défensive alors même qu'elle savait qu'ils essayaient de l'aider. Elle se força à se concentrer sur le jeu de photos qu'elle passait en revue, une infime partie de ceux qui étaient empilés devant elle et que William McKenzie venait de sortir d'un des nombreux classeurs étalés sur le bureau. À côté de la quantité d'informations accumulées par le père de Colin sur l'affaire Brian Sterling, le dossier de la police faisait figure de simple résumé.

Sur l'une des photos, sa mère portait la robe à l'imprimé sylvestre que Peyton détestait tant. Elle lui avait d'ailleurs dit un jour, pour plaisanter, que le tissu se confondait avec les lambris des murs, et qu'ainsi vêtue on ne la voyait plus. Molly avait pris la mouche : il s'agissait d'une robe neuve et elle l'adorait.

Peyton sourit avec tristesse. Cette robe était vraiment hideuse.

Elle connaissait bien le cliché suivant pour l'avoir vu à maintes reprises au tribunal : on y voyait – indistinctement – une silhouette courir vers le bois, tandis que les premières flammes de l'incendie commençaient à danser sous la fenêtre la plus basse de la grange. Même si la silhouette tournait le dos au photographe, on ne pouvait nier qu'il s'agissait de celle d'un homme – aux cheveux courts, en jean et T-shirt, ce qui correspondait à la description de la plupart des garçons présents.

Malheureusement, celui-ci portait un bidon d'essence.

Pour le ministère public, c'était la preuve incontestable que Brian était l'auteur de l'incendie. Pour la défense, au contraire, cela désignait à l'évidence un autre coupable. Peyton, qui avait étudié le cliché sous tous ses angles, était toujours incapable de dire s'il s'agissait ou non de son frère. Si c'était lui, il courait vers le bois pour éviter l'incendie, comme il l'avait affirmé à Peyton, au stade. Colin se refusait à croire ce qu'il qualifiait d'une tentative désespérée de sa part pour sauver sa peau ; même Peyton devait bien avouer que la raison invoquée par Brian lui paraissait peu vraisemblable.

Elle passa rapidement sur les tirages suivants. On y voyait principalement Peyton, vêtue d'une petite robe moulante, et Colin plus sexy que jamais, bien qu'en jean et chemise tout simples. Ce soir-là, elle l'avait vu porter des manches courtes pour la dernière fois, et elle dut lutter contre l'envie de tracer le contour de ses bras, du bout des doigts.

Après avoir reposé le jeu de photos, elle regarda avec découragement celles qu'il lui restait à examiner, et poussa un soupir de lassitude.

— Tout va bien ? s'enquit Colin.

— C'est... très différent de ce qu'on peut voir à la télévision, répondit-elle en haussant les épaules. Il n'est question nulle part d'empreintes digitales, d'analyse d'ADN, de scène du crime ou autres. Rien n'est noir ou blanc ; tout est en demi-teintes, et il y a une multitude de façons d'interpréter les rares pièces à conviction. S'il y avait des preuves irréfutables, encore, je ne dis pas, mais ici, tout me paraît fondé sur des présomptions.

William McKenzie désigna d'un geste large l'autre extrémité de la pièce, où étaient alignés trois classeurs en merisier.

— Il y a dans ces meubles mes notes personnelles sur les nombreuses affaires que j'ai traitées au cours de ma carrière, Peyton. Et je dirais que presque quatre-vingts pour cent d'entre elles étaient essentiellement basées sur des présomptions. Dans la réalité, on ne dispose pas toujours de vidéos, de photos ou d'empreintes diverses. C'est d'ailleurs pour cela que nous comptons tant sur le bon vieux travail de détection, c'est-à-dire les enquêtes, les entrevues et les témoins.

— Des témoins pas toujours fiables, soit dit en passant, lui fit remarquer Peyton. Il arrive que deux personnes voient la même chose et que leurs points de vue diffèrent complètement. Tout est question d'interprétation, en fait.

— Certes, convint Colin en se redressant. C'est pour cela que la loi exige qu'un témoignage soit corroboré. Dans l'affaire qui nous occupe, cinq personnes ont affirmé avoir vu Brian avec ce bidon en main. Je faisais partie du lot, d'ailleurs. Comme je connaissais ton frère depuis toujours, tu crois vraiment que j'aurais juré sous serment l'avoir vu si j'avais eu le moindre doute ?

Elle secoua lentement la tête.

— Non, bien sûr que non. D'un autre côté, il faisait sombre et…

Colin ne la laissa pas terminer sa phrase.

— Pas là où je l'ai vu, à côté de la grange. Souviens-toi, Peyton. Il y avait des guirlandes lumineuses sur tous les bâtiments et dans les allées. J'ai vu Brian courir, juste avant que l'incendie ne se déclare.

Tous trois gardèrent le silence ; sans doute au souvenir de Colin se précipitant dans le brasier pour s'assurer qu'il n'y avait personne à l'intérieur de la bâtisse. Il y avait trouvé deux jeunes gens déjà inconscients, assommés par la chute d'une poutre enflammée. Malgré le danger, il n'avait pas hésité à leur venir en aide.

Peyton toussota et dit :

— Brian a reconnu s'être emparé de ce bidon, soi-disant pour éviter l'incendie. Cependant, tant qu'à établir la vérité, j'insiste, Colin : tu ne peux pas être sûr qu'il s'agissait bien de lui puisque tu ne l'as vu que de dos.

— Enfin, Peyton, bientôt, tu vas nous dire que j'aurais pu te confondre avec une autre ! protesta Colin.

Sentant ses joues s'embraser, elle détourna la tête pour ne pas croiser le regard de William McKenzie, et s'empressa de changer de sujet.

— Nous sommes ici pour reconstituer les faits et gestes de ma mère, il me semble, pas ceux de Brian, dont nous savons déjà tout ou presque.

— C'est exact, dit Colin, désignant les photos, puis les meubles de classement. Papa et moi avons pensé que tu aimerais commencer par jeter un coup d'œil à l'ensemble des preuves, afin d'avoir une image globale de ce qui s'est passé ce soir-là. Quand on aborde un dossier avec des idées préconçues, on prend le risque de négliger l'indice qui pourrait être la clé du problème. En outre, comme tu viens de nous le faire remarquer, la dernière version de Brian est aux antipodes de la mienne. Pour moi, ce n'est qu'une nouvelle pirouette de sa part, et je ne crois pas un mot de ce qu'il t'a dit.

William McKenzie se leva et demanda :

— Et si je vous laissais discuter de cela tous les deux ? Vous seriez plus à l'aise, non ?

— Rien ne vous oblige à sortir, dit Peyton, vous ne nous dérangez absolument pas, William !

— Merci, répondit-il en souriant. C'est gentil, mais j'ai très envie d'un des délicieux croissants que Margaret a rapportés de ta boutique, hier. Je reviendrai plus tard pour voir où vous en êtes.

Une fois qu'il fut sorti, Peyton regarda Colin d'un air contrit.

— Ce n'est sûrement pas le moment de lui annoncer que Joan achète nos croissants ailleurs, ces temps-ci.

— Effectivement, dit Colin, un sourire complice aux lèvres.

Il regagna l'autre côté du bureau pour en ouvrir un tiroir dont il sortit une loupe miniature.

— Pour les photos, expliqua-t-il. On ne sait jamais, certains détails sont difficilement visibles à l'œil nu, et on découvrira peut-être quelque chose d'important. Dis-moi comment tu souhaites procéder. J'ai l'impression que les classeurs ne t'intéressent pas beaucoup, alors je suggère qu'on se concentre sur les photos, qu'on reconstitue les allées et venues de ta mère, et ensuite, on verra. Ça te convient ?

— Parfaitement. On commence par quoi ?

Colin rouvrit le tiroir et en sortit quelques blocs-notes et une poignée de stylos qu'il étala devant lui.

— On divise pour régner. Un tas pour les tirages où on voit ta mère, l'autre avec ceux où apparaît ton frère. Les photos des lieux du sinistre, comme celles de la grange encore intacte ou de ses environs immédiats, iront sur une troisième pile.

Peyton acquiesça, puis s'empara de la photo considérée par certains comme la preuve tangible de la culpabilité de son frère.

— Qu'est-ce que je fais de celle-là, par exemple ? Elle a été prise près de la grange, mais on n'est pas sûr qu'il s'agisse de Brian.

— Quatrième pile. Comme toutes celles pour lesquelles il nous sera difficile de décider. Et quand il ne nous restera que les tirages les plus intéressants, on se servira des dates imprimées au dos pour les remettre dans l'ordre.

Le tri, particulièrement fastidieux, leur prit plus de deux heures.

Lorsqu'ils eurent terminé, Peyton se leva pour s'étirer, et gagna la fenêtre.

— Désolée de t'avoir fait perdre ton temps, dit-elle. J'aurais dû me douter qu'il y avait peu de chances pour qu'on trouve beaucoup de photos des chaperons.

Colin la rejoignit et prit appui sur l'un des meubles en merisier.

— On n'a pas perdu notre temps, ce travail était essentiel, pour la poursuite de notre enquête.

— Il n'y a rien d'autre ? Comment allons-nous faire pour combler les vides de cette reconstitution ?

— J'ai bien peur que nous soyons obligés de nous attaquer

aux archives de mon père si nous voulons trouver une autre piste.

Peyton laissa échapper un soupir de découragement.

— Il nous faudrait au moins une semaine pour en venir à bout !

— Au bas mot, oui.

— Et comment se fait-il que tu continues à m'assister, si je puis me permettre ? Tu ne risques pas de te faire renvoyer pour absentéisme, à force ?

Colin hésita un instant avant de répondre :

— Pour tout t'avouer, je ne suis plus en congé. On m'a officiellement attribué le dossier de Brian, le jour où tu es retournée à Memphis. Par conséquent, ce que nous faisons en ce moment, fait partie de mon travail.

— Ah, très bien. Je suppose que c'est une bonne chose, mais qu'est-il advenu du conflit d'intérêts dont tu m'as parlé tout au début ? Je croyais que tu ne pouvais pas intervenir à cause de, de...

— De notre relation passée ? acheva-t-il à sa place.

Elle hocha brièvement la tête.

— Mon supérieur a fini par comprendre qu'il ne parviendrait pas à m'empêcher de me mêler de cette affaire, avec ou sans son autorisation. En outre, depuis l'épisode du stade, les choses ont évolué. La capture de Brian est devenue la priorité numéro un pour l'ensemble des représentants de la loi de tous les États environnants.

— La capture de Brian *et* de ses compagnons d'évasion, tu veux dire, corrigea Peyton.

Il hésita nettement avant de répondre :

— Oui.

Elle se planta devant lui, les poings sur les hanches.

— J'ai le sentiment que tu ne me dis pas tout, Colin.

— Il y a toujours un certain nombre de choses qu'on ne partage pas avec les civils, dans une enquête, expliqua-t-il en se redressant.

— Les civils ? Je ne suis pas une simple civile, dans cette affaire, il me semble !

— Ça ne change rien au problème, du point de vue strictement juridique. Tu as déjà eu accès à un certain nombre d'informations dont la plupart des gens n'auraient jamais eu connaissance, Peyton. Je suis sur la corde raide, là, je ne peux pas en dire davantage.

— Comment te débrouilles-tu pour être si logique et raisonnable qu'il est impossible de te contredire ? Je n'arrive même pas à t'en vouloir, c'est dire !

— Et moi qui m'attendais à une querelle en bonne et due forme, répondit-il, un large sourire aux lèvres. Décidément, tu m'étonneras toujours, Peyton.

— Ce sera pour une autre fois. Tu trouveras bien le moyen de me faire sortir de mes gonds à un moment ou à un autre, non ?

— Je n'en doute pas, dit-il en étouffant un petit rire. Bien ! Je crois que nous en avons terminé ici. On descend voir où en sont mes parents ?

— Pour tout t'avouer, je préférerais qu'on rentre chez toi. Je ne me sens pas d'humeur très loquace, avec tout ça. D'un autre côté, je ne voudrais pas froisser tes parents, vu la gentillesse avec laquelle ils m'ont accueillie.

— Ne t'en fais pas pour eux, ils comprendront. Accorde-moi simplement quelques minutes en leur compagnie. Je ne les avais pas vus depuis longtemps, et ils doivent avoir un tas de choses à me raconter.

Peyton considéra le bureau qui disparaissait presque sous l'amas de classeurs et de photos. Tout ce désordre lui parut tellement incongru, dans une pièce par ailleurs impeccablement ordonnée, qu'elle entreprit de réarranger le tout pour en faire des piles et, comme elle ne savait trop où mettre les photos, elle en fit de petits tas qu'elle déposa devant les classeurs. La photo tant controversée atterrit au sommet du premier ; non loin de celle où on voyait sa mère vêtue de cette abominable robe.

Peyton ne put s'empêcher de s'emparer du cliché controversé pour examiner, une fois encore, la silhouette qui fuyait, un bidon à la main.

*Est-ce toi, Brian ? Si oui, portes-tu ce bidon parce que tu viens de déclencher un incendie ou bien, au contraire, dans le but d'en éviter un ? Et si je m'étais trompée sur ton compte, toutes ces années ? Si Colin avait raison ?*

Elle reprit la deuxième photo.

*Maman, j'en viens à douter. Est-il possible que tu sois la véritable coupable, que Colin ait été blessé par ta faute et que tu aies laissé ton fils aller en prison à ta place ?*

Tant de questions sans réponses... À se demander si elle apprendrait un jour la vérité.

Elle reposa la photo et laissa son regard courir de l'une à l'autre. Sa mère, Brian. Brian, sa mère...

Elle fronça les sourcils. Un détail la chiffonnait. Oui, quelque chose clochait... Elle se replongea dans l'examen du cliché montrant la silhouette, étudia de nouveau celle de sa mère, et courut vers la fenêtre en étouffant un petit cri.

Après avoir tourné les deux photos vers la lumière, elle les superposa.

Et vit ce qui la perturbait.

Le détail avait échappé à tout le monde. Il n'y avait aucune raison d'en penser quoi que ce soit, a priori, et Peyton n'aurait sûrement rien vu cette fois encore si elle n'avait pas eu les deux photos côte à côte.

Des bruits de conversation montèrent du couloir, suivis par le cliquetis d'une pile de vaisselle. Peyton entendit la voix grave de Colin puis le rire de sa mère.

Elle sentit sa gorge se nouer. Les McKenzie formaient une famille heureuse, normale, et elle avait bouleversé leur bel équilibre...

Elle se pencha de nouveau sur les deux clichés. Il s'agissait vraiment d'un détail. Tellement infime que Peyton commençait à se demander si elle ne faisait pas erreur. Or, elle voulait être sûre de son fait avant de partager sa découverte avec Colin, car cela changeait radicalement la donne.

Elle regagnait le bureau afin de s'emparer de la loupe lorsqu'elle entendit des bruits de pas dans le couloir. Pivotant sur elle-même, elle chercha un instant son sac avant de se souvenir qu'elle ne l'avait pas monté. À défaut de mieux, elle tourna le dos à la porte, le temps de glisser la loupe et les deux clichés à l'intérieur de son corsage.

— Peyton ? Je suis prêt. On y va ? demanda Colin de l'autre côté de la paroi en chêne.

Elle finit de boutonner son chemisier, puis pivota sur elle-même, en se forçant à sourire.

— Moi aussi, je suis prête !

# 20

Une fois de retour chez Colin, Peyton le suivit à l'intérieur de la maison, avant de s'immobiliser au milieu du couloir.

— Je peux t'emprunter ton bureau quelques minutes ? demanda-t-elle. Je voudrais feuilleter mes albums de photos personnels pendant que celles que ton père m'a montrées sont encore fraîches dans ma mémoire.

Cela ne constituait pas vraiment un mensonge, dans la mesure où elle voulait effectivement jeter un nouveau coup d'œil à ses albums. D'un autre côté, ce n'était pas l'unique raison pour laquelle elle souhaitait s'isoler.

— Bien sûr, prends tout ton temps ! Cela dit, je commence à avoir faim. Que dirais-tu d'un petit sandwich au jambon et au fromage ?

— Il n'est que 11 heures, ça me paraît un tôt pour déjeuner, non ?

Colin se frotta l'estomac, et enchaîna :

— Un deuxième petit déjeuner, alors ?

— Comme les Hobbits dans *Le Seigneur des anneaux* ? Ce ne serait pas une manière détournée de me rappeler ma petite taille, par hasard ?

— Je ne vois absolument pas de quoi tu parles, répondit Colin, avant de gratifier Peyton d'un clin d'œil et de prendre le chemin de la cuisine.

— N'oublie pas d'ajouter des cornichons à mon sandwich ! lui cria-t-elle.

— C'est comme si c'était fait.

Peyton sortit les deux clichés et la loupe de son corsage et courut s'enfermer dans le bureau.

Il ne lui fallut pas bien longtemps pour être confortée dans ses soupçons, malheureusement.

*Et ensuite* ? se demanda-t-elle, effondrée. *Combien d'autres secrets de famille sont encore tapis dans l'obscurité, prêts à me sauter à la gorge ? Suis-je condamnée à encaisser les coups tout au long de mon existence ?*

S'apercevant soudain qu'elle ne pleurait pas, elle s'en étonna, puis se dit qu'elle était immunisée, en quelque sorte.

Immunisée et engourdie.

Elle devait faire part de ses conclusions à Colin, dès que possible, de manière à être débarrassée de cette nouvelle corvée. Au moment où elle récupérait les deux clichés, elle remarqua l'étiquette de la chemise sur laquelle ils étaient posés :

RAPPORT D'AUTOPSIE CORRIGÉ : MOLLY STERLING.

Que faisait Colin avec le rapport d'autopsie de sa mère ? Le libellé de la chemise suivante constitua un nouveau choc :

Rapport d'autopsie et de balistique : Benjamin Sterling.

Son père à présent, et elle n'avait pas eu connaissance de ce document, tout simplement parce qu'elle n'avait pas pensé à en demander une copie. Pourquoi Colin en possédait-il une ? Qu'est-ce que les rapports d'autopsie de ses parents avaient à voir avec la traque de Brian et de ses compagnons d'évasion ?

Elle se saisit des deux chemises d'une main mal assurée et s'installa sur la causeuse pour les lire tranquillement.

Colin fit l'inventaire des ingrédients disposés sur l'îlot de la cuisine en fredonnant un de ses airs préférés.

Pain, jambon, fromage… Parfait – même si, bien sûr, le pain était beaucoup moins bon que celui de Peyton. Comme il ne se souvenait pas de ses préférences en matière de moutarde, il avait choisi le condiment épicé dont il était si friand : Peyton et lui avaient toujours eu à peu près les mêmes goûts.

S'apercevant que la carafe de limonade était presque vide, il se rendit dans le garde-manger. Il y trouva tout, sauf des citrons, ce qui allait l'obliger à remplacer la limonade fraîche par des sodas au citron vert.

Il déposa les cannettes sur l'îlot, jeta de la glace dans deux verres, sortit deux assiettes et examina ses préparatifs avec satisfaction.

Il ne lui restait plus qu'à préparer les sandwichs et...

Il se figea sur place, un morceau de fromage entre les doigts.

Peyton était dans son bureau, et la dernière fois qu'il s'y était rendu, tôt ce matin, ça avait été dans le but de constituer des chemises et faire des copies de...

*Pourvu que...*

Il lâcha le morceau de fromage qui échoua miraculeusement sur une des assiettes, et remonta le couloir au pas de course, ne s'arrêtant qu'une fois arrivé devant la porte.

Peyton était assise en tailleur dans un fauteuil, les mains croisées sur les deux chemises posées sur ses genoux. Son visage était d'une pâleur inquiétante et, lorsqu'elle se décida à lever les yeux vers lui, il y lut un tourment infini.

Déglutissant à grand-peine, Colin alla s'agenouiller devant elle.

— Peyton, ma douce. Je suis na...

Elle lui coupa la parole avec emportement :

— Jusqu'à quand comptais-tu me cacher que ma mère est toujours en vie ? Et combien de temps encore voulais-tu me laisser croire que tu avais tué mon père, alors que Brian est responsable de sa mort ?

Colin alla s'asseoir le fauteuil qui lui faisait face, tandis que Peyton brandissait la chemise concernant son père.

— Commençons par le plus facile, dit-elle. Ce rapport est

daté du lendemain de mon départ pour Memphis. Pourquoi m'as-tu caché que, d'après les analyses balistiques, la balle qui a tué papa provenait de l'arme que j'ai soustraite à Brian, le jour de notre rencontre au stade du lycée ? Et ne me dis pas que tu voulais me protéger, s'il te plaît.

Comme il ne répondait pas, elle reprit :

— Non... Tu es sérieux, là ? Tu essayais de m'épargner, une fois de plus ?

Il leva les deux mains en un geste d'apaisement.

— Je sais à quel point tu es attachée à ton frère, Peyton. Je ne voulais pas ajouter encore au fardeau qu'il te fait porter, voilà tout !

— Et, à tes yeux, il valait mieux que je te croie responsable du décès de mon père ?

— Disons que je n'ai pas vu l'intérêt de te faire revivre les événements de cette funeste soirée.

— C'est bien ce que je disais : tu as voulu me ménager.

Les mâchoires serrées, Colin croisa fermement les bras sur son torse.

Peyton soupira longuement.

— Bref. Je veux bien entendre que tu as agi en toute bonne foi, même si je trouve ta décision plus que contestable. Savoir que mon frère a tué mon père est...

Elle fit un effort manifeste pour se contrôler et poursuivit :

— ... est de première importance. S'il a pu faire une chose pareille en plus de me mentir quand nous avons eu cette conversation, au stade du lycée, c'est qu'il est vraiment capable de tout. Cette découverte m'a ouvert les yeux, en ce qui concerne mon frère.

— Tu prends la chose bien plus sereinement que je ne le craignais.

— Pff ! Tu es surpris de ne pas me voir fondre en larmes, voilà tout !

— Ce n'est pas ce que je...

— C'est bon, Colin. J'ai compris. Je suis sur les nerfs depuis le matin où Brian a surgi dans ma cuisine. Et j'ai tellement pleuré, depuis, que je devrais prendre des actions dans une fabrique de mouchoirs. Mais je suis plus forte que je n'en ai l'air, et je vais faire mon possible pour ne pas m'effondrer quand tu m'expliqueras ce que j'ai appris en lisant ça.

Elle agita la deuxième chemise et lança :

— Cependant, c'est tellement inouï que je ne te promets rien.

Elle le vit poser un regard inquiet sur la chemise en question, et, comme il n'essayait pas de la convaincre de passer à autre chose, enchaîna :

— J'ai du mal avec le jargon utilisé dans ces rapports, et je voudrais d'abord m'assurer que j'ai bien compris. Selon toi, y a eu un problème avec le légiste qui n'a pas respecté les délais dans lesquels il devait procéder à l'autopsie de ma mère. J'attends tes explications, conclut-elle en lui tendant la chemise.

À contrecœur, il se pencha pour se saisir du document. Agacée par le temps qu'il mettait à l'ouvrir, elle serra les poings et lança :

— Tu ne vas tout de même pas m'obliger à demander à Landry ou à un autre marshal de s'en occuper, si ?

— Non, dit-il, reposant la chemise entre eux, sur le canapé. Il se trouve simplement que je n'ai pas besoin de relire ce rapport pour répondre à tes questions. J'ai d'abord appelé le légiste parce que je trouvais bizarre que la voiture de ta mère se soit enflammée après l'accident. Et que, comme tu me l'avais fait remarquer, il y ait eu un certain nombre d'incidents en rapport avec le feu, dans le passé de ta mère, à commencer par l'incendie de la résidence universitaire. Le légiste m'a expliqué qu'il était surchargé de travail et que, dans sa précipitation, il avait conclu à une mort accidentelle. Le problème, c'est qu'il a sauté certaines étapes essentielles, comme la vérification des antécédents dentaires de ta mère et le test ADN, car il n'y avait qu'une personne dans le véhicule, que le véhicule en question était au nom de ta mère et que la victime portait des bijoux identifiés par ton père. En outre, on a retrouvé le sac de Molly Sterling à moitié carbonisé, et on a pu en extraire ses cartes de crédit ainsi que son permis de conduire.

Peyton déploya ses mains devant elle.

— Jusque-là, ça me paraît logique. Moi aussi, j'ai cru qu'il s'agissait du corps de maman.

— Un légiste ne doit pas se contenter de croire, surtout dans un cas comme celui-ci, où – pardonne-moi – le corps était difficilement identifiable. Son travail consiste justement à effectuer tous les tests médicaux nécessaires à une identification formelle. À l'issue de notre entretien, je l'ai vivement encouragé à ressortir les radios prises pendant l'autopsie et à demander le dossier dentaire de ta mère pour comparer…

— Tu l'as vivement encouragé ? releva Peyton, souriant malgré elle. Tu veux dire que tu lui as parlé carrière et retraite, hein, avoue ?

Colin lui retourna son sourire.

— C'est possible en effet, admit-il avant de reprendre son sérieux et de conclure :

— Bref, ce qui ressort de tout cela est que la victime de cet accident n'était pas ta mère.

Bien qu'elle le sût déjà pour avoir lu le rapport, le fait de se l'entendre dire lui donna la nausée : si sa mère n'était pas au volant de sa voiture, une autre femme était morte à sa place.

— Continue, murmura-t-elle, la gorge tellement nouée qu'elle parvenait à peine à parler. Dis-moi tout. *Tout*, tu m'entends ?

Le regard d'empathie qu'il lui jeta faillit achever de l'anéantir. Elle croisa les mains sur ses genoux et attendit la suite avec angoisse.

— Le légiste a obtenu le dossier dentaire de ta mère dans la nuit et a enfin fait son boulot. La comparaison des mâchoires prouvait que la victime n'était pas ta mère, sans parvenir à établir l'identité de la défunte, faute de disparitions dans

Memphis et ses environs à cette période. On n'a jamais pu savoir si quelqu'un avait touché à la voiture pour bricoler les freins, par exemple, parce que l'épave avait déjà été broyée à la casse. Cependant, la police l'avait soigneusement examinée au préalable et, d'après ses conclusions, le véhicule était en parfait état jusqu'au moment de l'accident. Personnellement, en l'absence de disparition suspecte à la même époque, je penche pour un scénario aussi simple que logique. Quelqu'un a dépouillé ta mère de son sac avant de lui voler aussi sa voiture et de s'enfuir avec. Ça lui a coûté cher, à cette pauvre femme !

Colin parut attendre qu'elle réagisse ou qu'elle lui pose une autre question, mais elle n'en fit rien. Elle en était incapable : toute son énergie était consacrée à l'effort qu'elle devait faire pour garder son sang-froid.

— Quant à savoir ce qu'il est advenu de ta mère... On ne peut que spéculer. Le service en sa mémoire remonte à trois mois ; si elle avait encore été en vie, on aurait pu s'attendre à ce qu'elle se manifeste, ne serait-ce que pour déclarer le vol de sa voiture.

— Elle est vivante et elle veut qu'on la croie morte, parvint à murmurer Peyton.

— C'est cela.

— Y a-t-il une... une chance, si maman est encore en vie et qu'elle se cache pour une raison ou une autre... pour que la victime... que ma mère...

Non, Peyton avait beau faire, les mots refusaient de franchir le seuil de ses lèvres. Fort heureusement, Colin se porta à son secours.

— Tu te demandes si elle a tué la femme qu'on a retrouvée dans la voiture, c'est ça ?

Peyton serra les dents et acquiesça.

— C'est compliqué, Peyton. A priori, la voiture a percuté l'arbre avant de s'enflammer, et bien que le feu détruise tout, il n'a pas consumé entièrement la voiture. L'épave a été retirée du lieu de l'impact très rapidement, de manière que la police puisse vérifier certains points, comme le fait que la victime n'avait pas de passager. Par ailleurs, l'assurance a voulu comprendre pourquoi les portières étaient verrouillées et pourquoi la conductrice avait de la suie dans les poumons au moment de l'autopsie.

Peyton porta une main épouvantée à sa bouche.

— Je sais, fit Colin en grimaçant. C'est horrible. Ça indique que la victime respirait encore quand la voiture a pris feu. On peut tout de même espérer qu'elle s'est évanouie et qu'elle n'a pas souffert. Quoi qu'il en soit, on a pu établir qu'elle était bel et bien au volant de cette voiture, qu'elle a percuté le chêne et qu'elle en est morte. Ta mère n'a probablement rien à voir avec son décès.

— Je l'espère, Colin. De tout cœur. Ce serait ma seule consolation. D'un autre côté, ça signifierait que maman a été... assassinée et dépouillée de ses possessions ou alors... Ou alors, quoi ? Elle aurait décidé de profiter de ce qu'on lui avait volé sa voiture pour disparaître ? Pour quelle raison ? Elle était atteinte d'un cancer et, d'après les médecins, si elle est vivante et en l'absence de traitement, elle n'a plus très longtemps à vivre. Alors pourquoi se faire passer pour morte ?

— Je n'ai pas encore de théorie sur ce point. La seule idée qui m'est venue, et je n'y crois pas trop, c'est qu'elle ait voulu vous épargner le spectacle de son agonie. Elle a peut-être pensé que c'était une manière plus douce de vous dire au revoir, qui sait ? Quoi qu'il en soit, elle a besoin d'argent pour survivre, se nourrir, se loger et éventuellement s'acheter des antalgiques.

— Elle a toujours géré ses propres comptes, indépendamment de mon père. C'était leur manière de fonctionner. Si elle nous a aidés à payer les avocats de Brian, elle n'a jamais renoncé à ses économies, ni pour lui ni pour personne d'autre. Elle a dû mettre de côté une coquette somme, au fil des ans. De l'argent prélevé sur celui destiné aux courses, à l'habillement, etc. Et puis, malgré ses nombreux défauts, mon père n'était pas avare. Quand elle lui demandait de l'argent, il lui en donnait.

Elle étendit son bras sur le dossier du fauteuil et demanda :

— Du point de vue juridique, ça la met dans quelle situation ?

— Ça va être complexe : pour commencer, le légiste va devoir annuler le certificat de décès établi à son nom, puisqu'il s'agissait de quelqu'un d'autre. Quant au reste, la police de Memphis, qui la considère maintenant comme une personne disparue, a ouvert une enquête.

— Ouah ! Tu as réveillé la moitié de la planète en pleine nuit ou tu as trimé comme un fou, ce matin, avant que je me lève ? s'enquit Peyton, sincèrement épatée.

— Un peu des deux, lui répondit-il en souriant. De ce fait, je suis en mesure de t'annoncer que le département de police de Memphis reprend son enquête sur l'accident et cherche des témoins, dans l'espoir de reconstituer les faits et gestes de ta mère, ce jour-là.

— Merci, Colin. C'est gentil, de me tenir au courant, mais ce n'est pas cela qui nous aidera à retrouver Brian et ses comparses.

Elle vit sa main se crisper sur sa cuisse. Le geste fut si discret et furtif qu'il lui aurait échappé si elle n'avait pas été aussi près de lui.

— Il y a autre chose, hein ? Tu ne m'as pas tout dit, au sujet de Brian et ses compagnons d'évasion.

Colin se frappa le front comme s'il venait de se souvenir de quelque chose d'important.

— Nos sandwichs... J'ai laissé les ingrédients en plan sur le comptoir. Je ferais bien de les mettre au frais avant que...

— Colin, par pitié, assez de secrets. Je voudrais que nous mettions les choses à plat, l'un comme l'autre, sans rien omettre.

Il laissa retomber ses avant-bras sur ses genoux et se tourna vers elle d'un air interrogateur.

— L'un comme l'autre ? Pourquoi ? Tu me caches quelque chose, toi aussi ?

Peyton hésita un instant avant d'acquiescer.

— C'est pour cela que je devais m'isoler quelques minutes. Je voulais être sûre de mon fait avant de t'en parler. Cela dit, j'aurais fini par te faire part de ma découverte ; contrairement à certains je ne garde pas mes informations pour moi, ajouta-t-elle d'un ton espiègle qui ne lui valut pas l'esquisse d'un sourire.

Colin se leva pour gagner la baie vitrée qui donnait sur l'arrière de son domaine. Peyton avait admiré ces hectares de verdure à maintes reprises de la fenêtre de la cuisine, depuis son arrivée. Si elle comprenait qu'on puisse s'y attarder, elle finit par trouver le temps long, et même par avoir franchement peur. De guerre lasse, elle alla rejoindre Colin et se posta quelques pas derrière lui.

— Je t'ai assez cuisiné comme ça. À mon tour de te dire ce que j'ai trouvé, dit-elle avant de retourner vers le bureau dans l'intention de récupérer les clichés.

— Peyton.

Son ton morne la fit pivoter sur elle-même. Colin avait enfoncé ses mains dans ses poches et pris appui contre la vitre, ses longues jambes étendues devant lui. Il baissa les yeux vers elle, inspira brièvement et se jeta à l'eau.

— Il faut que je te dise. Mes collègues et moi-même ne cherchons plus les compagnons d'évasion de Brian. Leurs corps ont été retrouvés, le jour même où tu as croisé ton frère, au stade du lycée.

— Leurs... corps ?

— Oui. Brûlés.

Elle porta une main à sa gorge.

— Brûlés ? Pour que la police ne puisse pas les identifier ? De quoi sont-ils morts ? Ils ont été abattus ? Je t'en supplie, dis-moi que Brian ne venait pas de les tuer, quand nous nous sommes vus, au stade. Il était armé, souviens-toi.

Colin secoua lentement la tête de droite à gauche.

— Ils n'ont pas été abattus.

— Attends, Colin. Je ne comprends pas. Tu viens de me dire que leurs corps étaient...

Elle fut incapable de terminer sa phrase. La vérité venait de lui apparaître dans toute son horreur.

— Non… Qui a pu commettre une abomination pareille ? Brian ? Tu ne vas pas m'annoncer que…

— Ce n'est pas lui. Il n'a pas pu allumer ce bûcher, parce qu'au moment où le crime a été commis il n'était plus là, mes collègues le pourchassaient à travers bois, à des kilomètres de là. Nous pensons que Brian fait équipe avec un cinquième homme qui a tué les autres fugitifs. Cela expliquerait bien des choses. Ce dernier complice aurait pu se charger de les récupérer après leur évasion du fourgon, leur donner de l'argent, les emmener dans une planque aménagée au préalable. Cela nous permettrait également de comprendre d'où venait l'arme utilisée pour abattre Jennings, puis ton père.

— Attends un instant, dit-elle en levant une main. Je croyais que le revolver que j'avais subtilisé à Brian était celui de l'officier Jennings.

— Son arme était toujours dans son holster, quand on l'a trouvé. Il n'a même pas eu le temps de dégainer.

— Je vois. Brian m'a menti, une fois de plus. J'aurais dû m'en douter. Selon toi, ce… cinquième homme serait responsable de la mort des compagnons d'évasion de mon frère ?

— Je ne vois pas d'autre solution. Une personne seule n'aurait jamais pu les faire tenir tranquilles, le temps de les ligoter à un arbre. Il y avait forcément quelqu'un d'autre pour les tenir en joue. Ensuite, on peut supposer que la personne armée est partie, laissant à son comparse le soin de s'occuper du reste.

— Brian tenait ses complices en joue, murmura-t-elle, atterrée.

— C'est ce que je pense, oui, répondit simplement Colin.

Peyton retourna vers le bureau comme un automate, et se laissa tomber dans le fauteuil. Se saisissant ensuite des clichés empruntés à McKenzie senior, elle les disposa devant elle.

— À ton avis, qui peut être son complice ? s'enquit-elle.

— J'ai ma petite idée sur la question.

— Moi aussi, hélas, dit Peyton avec un soupir en brandissant la première photo. Si tu examines attentivement ce que l'accusation a qualifié de preuve tangible, tu verras que la fenêtre de la grange n'est pas tout à fait carrée, parce qu'il y a un coin de tissu, en bas à gauche et à l'intérieur de la bâtisse. L'imprimé se confond avec les boiseries, de sorte qu'on ne le remarque que si on le cherche.

Elle agita la deuxième photo, celle de sa mère vêtue de la robe à l'imprimé sylvestre, puis poursuivit :

— Et ce tissu est celui de la robe que ma mère portait le soir du bal.

Elle sourit tristement avant de conclure :

— Voilà. Je crois que nous connaissons l'auteur de l'incendie de la grange, désormais.

# 21

À plusieurs reprises, ce jour-là, Colin s'approcha de la cage d'escalier, dans l'espoir de faire sortir Peyton de sa chambre. Mais, à chaque fois, quelque chose l'empêchait de monter. Peyton n'était pas en colère contre lui quand elle était sortie de son bureau. Simplement triste, désorientée et dépassée, au point d'avoir besoin de s'isoler pour essayer de comprendre et de penser à la suite.

Plus que tout au monde, Colin voulait qu'elle envisage l'avenir avec lui, qu'elle le laisse l'épauler en ces moments difficiles. Malheureusement, elle n'était pas encore prête à partager son fardeau. Or, l'idée qu'elle ne le soit jamais le terrorisait, parce qu'il avait compris une chose depuis son retour : il s'était fourvoyé en pensant que leur relation était définitivement terminée et qu'il s'en moquait. Il l'aimait plus que jamais, au point qu'il doutait de pouvoir survivre si par malheur elle sortait de sa vie une deuxième fois.

Une chose était certaine, néanmoins : il ne pouvait pas passer la journée à faire ainsi les cent pas en bas de l'escalier. Il fallait qu'il sorte pour se débarrasser de son trop-plein d'énergie et d'angoisse. Pour se changer les idées, pour penser à autre chose qu'à Peyton ou à une enquête qui ne cessait de rouvrir de vieilles blessures et n'aboutissait pas.

Il traversa la salle de séjour, la cuisine, et gagna la porte. Au lieu de descendre les marches, il sauta de la terrasse et courut sans s'arrêter jusqu'à l'atelier.

Une fois qu'il eut ouvert la porte, il la cala avec un morceau de bois pour laisser entrer l'air. Bien qu'il eût enfilé un short, eu égard à la chaleur, il était déjà en nage, et ses manches longues n'arrangeaient rien. Se souvenant soudain que Peyton était enfermée dans sa chambre et qu'elle n'avait pas l'air de vouloir en sortir, il décida de retirer sa chemise. Ensuite, il se dirigea vers le tracteur, déterminé à en venir à bout, cette fois-ci.

Quelques heures plus tard, l'engin ronronnait comme un chat au coin du feu. Colin s'occupa ensuite de changer l'huile et de nettoyer les filtres des deux véhicules tout-terrain.

Comme il ne voulait pas s'absenter, pour le cas où Brian et sa mère décideraient de lui rendre une petite visite, il passa les heures suivantes à combler les trous causés par les balles de Brian dans l'une des parois de l'atelier, puis à repeindre chaque impact.

Le détecteur alluma la lumière de la terrasse arrière lorsqu'il posa ses bottes sales sur les planches et pénétra à l'intérieur.

Il se servit de sa chemise pour s'essuyer le torse et les bras, et se dirigea vers sa chambre pour aller prendre une douche bien méritée.

Il pénétrait dans la pièce lorsqu'il vit Peyton et s'immobilisa. Elle se tenait de profil, de l'autre côté du lit, et regardait par la fenêtre.

— Ah, te voilà ! dit-elle en se retournant. Je te cher...

Elle écarquilla les yeux avec épouvante en avisant son torse nu.

— Oh ! Colin. Oh ! non ! gémit-elle.

S'il avait fini par s'habituer à ce genre de réactions de la part de ses proches, il ne s'était pas attendu à ce que Peyton soit catastrophée, elle aussi. Pas après le cauchemar qu'ils vivaient depuis quelques semaines.

Quel idiot ! Et quelle naïveté d'avoir pensé que Peyton pourrait oublier ses cicatrices et le prendre tel qu'il était !

Le besoin de se couvrir devint presque insupportable lorsque le regard horrifié de Peyton s'attarda sur les balafres hideuses dont son torse et ses bras étaient couverts. Pourtant, il renonça à se couvrir car cela aurait traduit une honte qu'il n'éprouvait pas. Il avait sauvé la vie de deux personnes et, bien que cela lui eût coûté cher, il ne regrettait rien. L'existence était infiniment précieuse et valait bien quelques sacrifices. Même celui de la femme qu'il aimait.

— Colin, répéta-t-elle en sanglotant.

— Bon, si tu es remise de tes émotions, j'aimerais bien prendre ma douche, dit-il d'un ton sec. Je sais que ce n'est pas beau à voir, mais tout de même.

Elle leva les yeux vers lui.

— Quoi ? Non, Colin. Je ne voulais pas...

— Excuse-moi, grommela-t-il.

Et il passa devant Peyton pour s'enfermer dans sa salle de bains, sans pourtant en claquer la porte.

Peyton referma le sac de croissants et le déposa sur l'îlot. Colin étant enfermé dans sa chambre depuis plusieurs heures, elle s'était occupée en confectionnant des viennoiseries, puis des cookies aux pépites de chocolat, déjà emballés et posés à côté des croissants. Un énorme gâteau, également au chocolat, trônait entre les deux sacs en plastique, et une dernière fournée de cookies refroidissait à l'extrémité du plan de travail.

Le bip du four retentit, lui annonçant qu'il était suffisamment chaud pour son entreprise suivante, une tarte aux pommes. Elle avait failli pleurer en voyant le sachet de pommes fraîchement cueillies, sur l'étagère du garde-manger. Non parce que cela signifiait qu'elle avait de quoi faire sa tarte, mais parce que cela lui avait rappelé à quel point Colin était friand des pommes vertes qu'ils avaient pris tant de plaisir à cueillir ensemble, dans le verger.

Après avoir enfourné sa tarte et mis le minuteur en marche, elle se lava les mains dans l'évier.

— Je vois que tu n'as pas perdu ton temps !

Peyton pivota sur elle-même. Colin se tenait dans l'entrée de la salle de séjour, son regard passant d'un mets à l'autre. Il était vêtu d'un jean et d'une chemise à manches longues et semblait vaguement sur ses gardes. Peyton remarqua qu'il était pieds nus.

— Je… J'espère que ça ne te dérange pas que j'aie envahi ta cuisine, dit-elle. C'est généralement là que je me réfugie quand je suis…

— … contrariée ou anxieuse, je sais, termina-t-il à sa place.

Il prit appui sur le mur avant d'ajouter :

— Je suis navré, pour tout à l'heure. C'est ma faute. J'aurais dû remettre ma chemise avant de rentrer. J'ai cru que tu étais toujours dans ta chambre et…

Peyton battit des paupières.

— Attends, tu es sérieux ? C'est toi qui t'excuses ?

Il pénétra dans la cuisine.

— Il n'est pas donné à tout le monde de supporter la vue de ces cicatrices. Donc, je répète, c'est ma faute. Je peux prendre un cookie ? Ils sentent tellement bon !

— Bien sûr ! Je me suis servi de tes ingrédients, après tout ! Sers-toi, je…

Elle s'interrompit en le voyant mordre dans un des biscuits, puis fermer les yeux, et sourire d'un air appréciateur.

— Hum, succulent ! commenta-t-il. C'est le meilleur cookie que j'aie jamais mangé.

Il dégusta le reste, puis s'avança vers l'évier.

— Ravie que ça te plaise, dit Peyton, s'écartant pour qu'il puisse se rincer les mains.

Lorsqu'il les eut séchées, il se pencha pour jeter un coup d'œil à l'intérieur du four.

— Une tarte aux pommes ? s'enquit-il.

— Oui. Et j'ai utilisé presque toutes les pommes que j'ai trouvées dans ton garde-manger. Tu voulais peut-être les garder pour en faire quelque chose ?

— Pas particulièrement, non. Comme je te l'ai déjà dit, tu peux te servir de tout ce que tu veux, dans cette cuisine.

— Merci. Euh, Colin, pour en revenir à l'incident de tout à l'heure, je crois que tu as mal interprété ma réaction. Je ne...

— N'y pense plus. Je devrais avoir l'habitude, depuis le temps. Même mes frères font la grimace quand je retire ma chemise pour travailler dehors. Allez, oublie tout ça, dit-il avec un sourire sans joie. Tu as dîné ? Parce que, de mon côté, je me suis réveillé affamé de ma petite sieste.

Il ouvrit la porte du réfrigérateur pour la refermer aussitôt.

— Je n'ai pas fait ces fameux sandwichs, en fin de compte. Il n'est pas trop tard, remarque. Je pourrais...

Exaspérée, Peyton l'interrompit.

— Ça suffit, Colin. Il faut qu'on ait une petite conversation, toi et moi.

Se rapprochant de lui, elle posa une main sur son torse, et sentit les bourrelets de ses cicatrices à travers le tissu de sa chemise.

— À propos de *ça*, précisa-t-elle.

Son regard bleu nuit s'assombrit encore, et il écarta la main de Peyton.

— Finalement, je n'ai pas si faim que ça, lui dit-il avant de passer devant elle et de sortir de la cuisine.

Elle lui emboîta le pas.

— Colin, s'il te plaît. Attends !

— Bonne nuit, Peyton.

Sur ces mots, il contourna la cage d'escalier et se dirigea vers sa chambre.

Remarquant son cartable dans un coin, Peyton s'en empara et, de rage, le renversa. Les lettres s'en échappèrent en un tourbillon d'enveloppes blanches qui atterrirent sur le parquet.

Colin, qui était en train de pousser la porte de sa chambre, se retourna, étudia les missives l'une après l'autre, la mine perplexe.

— Qu'est-ce... qu'est-ce que tu fais ? demanda-t-il.

Peyton jeta le cartable désormais vide sur l'un des canapés.

— Ce sont tes lettres, Colin, dit-elle. Celles que tu m'as envoyées après l'incendie de la grange. Elles sont toutes là, il y en a soixante-deux, précisément. Je ne les ai trouvées qu'après la mort de mon père, cachées dans le grenier. Avant cela, j'ignorais totalement que tu avais tenté de me contacter. Mon père m'avait interdit de t'appeler, d'ailleurs il m'avait confisqué mon téléphone. Et il m'a juré que tu n'avais jamais envoyé ne serait-ce qu'un texto.

Colin rougit violemment et demanda d'une voix étranglée :

— Et tu l'as cru ?

Elle se sentit rougir à son tour.

— C'était mon père, que veux-tu ? Je n'avais aucune raison de penser qu'il me mentait.

— Aucune, si ce n'est que je t'aimais, Peyton. Comment as-tu pu croire un seul instant que je n'avais pas tenté de te joindre ?

Il laissa retomber ses bras et serra les poings.

— Je suis resté dans le service des grands brûlés pendant des semaines et, malgré la douleur, je n'ai fait que penser à toi. J'ai prié pour que tu me reviennes, j'ai espéré de toutes mes forces qu'un beau matin j'ouvrirais les yeux et que je te trouverais à mon chevet. Je t'imaginais repoussant mes cheveux en arrière, et tu n'es jamais venue. Pas une seule fois.

— Colin, je ne..., commença-t-elle, la gorge nouée.

— Moi, je suis allé te voir. Tu le savais ? À Memphis, après que j'ai fait construire cette maison pour toi.

Peyton haussa les sourcils.

— Pour moi ? Tu as fait construire cette maison pour moi ?

— Je savais que tu adorerais la terrasse, que tu avais toujours rêvé d'une balancelle et d'une cuisine immense. Tu ne penses tout de même pas que c'est pour moi que j'ai fait installer tous ces appareils ménagers ! Je ne m'en sers jamais. Bref, dit-il en agitant ses mains. Ça n'a aucune importance. Absolument aucune. Je disais donc que je suis allé à Memphis pour te parler de notre maison et essayer de te convaincre de revenir. Seulement tu étais prise.

Elle le dévisagea sans comprendre et balbutia :

— Moi ? Prise ? De quoi parles-tu ?

— De ton mariage, qui n'a pas duré apparemment puisque tu ne portes pas d'alliance et que tu ne m'as pas parlé d'un mari, depuis ton arrivée. Tout cela pour dire que tu as trouvé un autre homme sans problème. C'est ton père qui m'a annoncé la nouvelle.

Peyton fit un pas vers lui en secouant la tête. La colère qu'avait provoquée en elle ce nouvel exemple de la duplicité paternelle n'était tempérée que par son chagrin et son désarroi.

Colin la dévisagea d'un air incrédule.

— Tu... Tu ne t'es jamais mariée ?

Elle se tordit les mains et retint péniblement ses larmes.

— Non, Colin. Je ne me suis jamais mariée.

Cette fois, ce fut lui qui s'avança vers elle, d'un pas hésitant.

— Tu n'as pas... trouvé quelqu'un d'autre ?

— Je... Je n'aurais pas pu, Colin. Je n'ai jamais aimé que toi, répondit-elle, faisant un nouveau pas en avant pour s'immobiliser presque aussitôt.

La distance qui les séparait restait néanmoins beaucoup trop grande, au sens propre comme au sens figuré.

— Je ne sais pas ce qui est passé par la tête de mon père pour qu'il nous mente ainsi à tous les deux. Il m'a affirmé que tu n'étais pas si grièvement blessé que ça, et que tu étais sorti de l'hôpital le jour même. Ensuite, il m'a interdit d'entrer en contact avec toi, sous prétexte que cela risquait de compromettre le procès de mon frère. Il est allé jusqu'à ajouter que, si Brian allait en prison, ce serait ma faute.

Colin continua à la dévisager sans rien dire.

— Avec le recul, reprit-elle, je vois que j'ai été bien bête de le croire. À ma décharge, j'étais jeune, crédule, et terrorisée par l'idée que mes actes puissent gâcher la vie de mon frère. Même si c'est difficile à comprendre, à l'époque, c'était ma famille contre la tienne. Nous essayions d'épargner la prison à Brian, alors que tu t'apprêtais à témoigner contre lui. C'est probablement pour cela que papa a caché tes lettres. Parce qu'il ne voulait pas que je sois partagée entre Brian et toi. Je...

Elle déglutit péniblement avant de poursuivre :

— Je me plais à croire qu'il a culpabilisé et qu'il a fini par se rendre compte du tort qu'il nous a fait. Sans quoi, pour quelle raison aurait-il conservé ces lettres tout ce temps-là ?

Peyton s'avança encore d'un pas et sentit que Colin l'observait avec attention pendant qu'elle traversait lentement la pièce.

— Quoi qu'il en soit, j'ai lu ces lettres à Memphis, avant de revenir ici. Toutes, et une bonne dizaine de fois. Ça m'a permis de comprendre ta souffrance. Encore une fois, avant cela, j'ignorais que ton état était aussi sérieux. Je ne savais même pas que tu étais dans le service des grands brûlés. À propos, je m'étonne que ce fait n'ait pas été évoqué au cours du procès. Tu sais ce qui s'est passé ?

— Je n'ai pas voulu en rajouter, répondit Colin en fermant les yeux et en plissant le nez. C'était suffisamment dur comme ça, pour toi et les tiens. Je voulais que Brian soit incarcéré pour avoir démarré un incendie qui aurait pu causer la mort de deux personnes de son âge, pas pour m'avoir fait du tort. C'est pourquoi j'ai demandé au procureur de ne pas évoquer la gravité de mes brûlures. Cela dit, je continuais à penser que tu t'inquiéterais de ma santé, à un moment ou à un autre.

Il rouvrit les yeux et jeta à Peyton un regard accusateur.

— Tu ne l'as jamais fait, conclut-il, la voix brisée.

— Oh ! Colin, murmura-t-elle, émue aux larmes.

Il n'était plus qu'à six pas d'elle, cinq à présent, puis quatre... Elle s'arrêta si près de lui qu'elle sentit la chaleur de son corps.

— Qu'est-ce que tu veux, Peyton ? Je ne vois pas l'intérêt de cette conversation. Si tu ne peux pas supporter de me voir torse nu, nous ne pourrons jamais réparer nos erreurs passées.

S'il avait dit cela d'un ton froid, il n'était pas parvenu à dissimuler l'émoi qui obscurcissait son regard bleu. Peyton y vit un chagrin infini, allié à une certaine colère et à quelque chose d'autre. Ce fut ce petit « quelque chose » qui lui donna le courage d'aller de l'avant.

Ça, et une forme d'espoir, malgré tout.

— Je voudrais vraiment t'expliquer ma réaction de tout à l'heure.

— Ce n'est pas nécessaire, Peyton, dit-il entre ses dents serrées, avant de faire mine de se détourner.

Elle le rattrapa par le bras

— Attends. S'il te plaît, attends. Il y a autre chose.

Il resta figé sur le seuil de sa chambre une fraction de seconde, puis se retourna pour demander d'un ton sec :

— Quoi encore ?

Elle hésita avant de répondre, d'une voix mal assurée.

— Les premières lettres… Qui les a rédigées ? Ce n'est pas ton écriture.

Colin gonfla ses joues et soupira bruyamment.

— C'est celle de Duncan, admit-il. Ou celle d'Adam. Ou celle de Ian, à qui il est arrivé de s'y mettre, contre toute attente. Mes mains étaient pansées, Peyton. En fait, j'étais couvert de pansements, du cou à la ceinture. Je ne pouvais pas tenir un stylo.

Peyton sentit son cœur s'emballer.

— Tu… Tu as dicté ces lettres ?

Il acquiesça brièvement.

— Ce sera tout ?

— Non. Un peu plus tard, l'écriture a changé. Comme elle était difficile à lire, ça devait être la tienne. Ça veut donc dire que, en dépit de ta souffrance physique et morale, tu as continué, et cela bien que je n'aie jamais répondu à tes premières lettres.

Il fit claquer sa langue avec agacement.

— Oh ! pour l'amour de… Ça suffit comme ça, Peyton. Je ne vois pas l'intérêt de revenir là-dessus. J'avais dix-huit ans – dix-neuf quand je suis rentré chez moi, après mon séjour à l'hôpital et ma rééducation. Bref, j'étais jeune, amoureux et meurtri, mais la vie continue, le temps passe, on mûrit. Et je suggère que nous laissions le passé derrière nous une bonne fois pour toutes.

— Tu m'aimes encore, Colin. Cela n'appartient pas au passé.

Il ouvrit la bouche comme pour protester, puis la referma sans rien dire.

— Tu m'aimes, répéta Peyton, certaine qu'elle s'effondrerait s'il lui disait le contraire.

Au terme de ce qui lui parut une éternité, il se décida à répondre :

— Ça n'a pas d'importance.

Peyton laissa échapper un soupir de soulagement avant de déclarer.

— Je t'aime aussi.

Il se raidit comme si elle venait de le gifler.

— Ça n'a pas d'importance, je te dis.

— Pourquoi ?

Colin partit d'un rire sans joie.

— Parce que nous nous sommes trompés en croyant que ça pourrait marcher entre nous. Même si ton frère n'a pas mis le feu à la grange, il reste responsable de la mort de Jennings, et j'essaie de le renvoyer en prison. Comme tu le sais, il risque la peine de mort et, malgré ce que tu as appris sur son compte, tu ne me pardonnerais jamais sa condamnation, ce qui se comprend sans difficulté. S'il arrivait la même chose à un de mes frères, je serais anéanti. Alors, oui, je comprendrais ta rancœur, toutefois cette histoire serait toujours là, comme une barrière, entre nous.

Peyton secoua lentement la tête.

— Il n'y aurait pas de rancœur à avoir. Brian a choisi, toi, tu fais ton travail, c'est tout. Je ne t'aiderais pas à le pourchasser si je pensais différemment.

Colin baissa la tête un instant avant de la relever pour regarder Peyton dans les yeux.

— Les dés sont pipés, dit-il. J'ai longtemps espéré que nous parviendrions à former un vrai couple. Malheureusement, en dehors des obstacles dont je viens de te parler, reste la question de mes cicatrices : si elles nous séparent, elles aussi, nous n'avons aucune chance, parce que je ne peux rien y changer. Elles sont là à jamais.

— Oh ! Colin. Mon merveilleux Colin ! s'exclama-t-elle. C'est ce que j'essayais de t'expliquer. Tu ne m'as pas comprise, tout à l'heure. Je n'ai éprouvé aucune répulsion en te voyant torse nu. Et je n'en éprouve toujours pas.

Se rapprochant encore, elle pressa les paumes de ses mains contre son torse. Colin frémit, mais ne se déroba pas. Enhardie par ce premier succès, elle fit remonter ses doigts jusqu'au bouton supérieur de sa chemise.

Cette fois, il lui saisit les mains.

— Non, Peyton. C'est une chose d'apercevoir mes cicatrices à distance ; c'en est une autre, bien pire, de les voir de près.

— Laisse-moi faire, s'il te plaît, supplia-t-elle, levant les yeux vers lui.

Comme il ne bougeait pas, elle ajouta :

— Fais-moi confiance, Colin.

Le front barré de rides soucieuses, il laissa lentement retomber ses bras.

Peyton se remit à manipuler le bouton, sous le regard anxieux de Colin.

— Je n'ai ressenti aucun dégoût, réitéra-t-elle.

Une fois le premier bouton libéré, elle entrouvrit la chemise et s'attaqua au deuxième.

Lorsque les pans du vêtement furent ouverts d'une vingtaine de centimètres, Peyton vit un entrelacement de cicatrices boursouflées sur un torse qui, par ailleurs, aurait fait des envieux parmi bien des hommes, et donné envie de lui à n'importe quelle femme.

Encore un bouton libéré ; d'autres muscles couverts de bourrelets exposés à son regard passionné.

Se penchant en avant, elle posa sa bouche sur une balafre particulièrement vilaine et l'embrassa.

Colin sursauta à son contact.

— Peyton, dit-il dans un mélange de confusion et d'émerveillement.

Elle recommença tout en achevant de déboutonner la chemise. Elle sentit la peau de Colin s'échauffer sous ses doigts et, bientôt, elle entendit son propre pouls battre dans ses tempes. Doucement, avec moult précautions, elle ouvrit complètement les pans de la chemise, et observa la réaction de Colin tandis qu'elle faisait glisser les manches du vêtement le long de ses bras.

Il l'arrêta de nouveau, l'obligeant à poser les mains sur ses larges épaules.

— C'est de la folie, dit-il d'une voix rauque. Quand j'ai sorti ces jeunes de la grange, leurs vêtements avaient fondu sur leurs corps. Ils ont été bien plus gravement blessés que moi. C'est comme ça que j'ai hérité de toutes ces cicatrices. Par le contact de leurs vêtements contre les miens. Je portais des manches courtes, mon T-shirt m'a un peu protégé, mais mes bras nus étaient complètement exposés. Tu comprends ce que j'essaie de te dire ?

— Que tes bras sont dans un état bien pire que ton torse, oui. Et ça ne change rien à rien. Laisse-moi faire, s'il te plaît.

Il l'étudia un moment avant de se retourner pour qu'elle puisse faire glisser l'étoffe sur ses épaules, et elle en déduisit qu'il lui donnait le temps de revenir sur sa décision avant de voir le pire.

Mais Peyton n'avait pas changé d'avis.

Elle roula la chemise en boule et la laissa tomber sur le sol. Le dos de Colin était lisse et musclé, encore plus sexy que dans ses souvenirs.

Et puis, Colin se retourna.

Peyton étouffa un petit cri et balbutia :

— Oh ! Colin...

— Je savais que c'était une erreur, dit-il en se raidissant.

Le voyant se baisser pour récupérer sa chemise, elle mit un pied dessus et l'en empêcha.

Colin leva la tête vers elle, sans lâcher le vêtement.

— Tu n'as pas besoin de te couvrir, dit-elle d'un ton ferme. Tu n'as pas encore compris ? Je me sens coupable et je regrette infiniment ce que tu as enduré. Ça me rend triste aussi, bien sûr, parce que, quand je vois ces cicatrices, je perçois ta douleur et je ne peux m'empêcher de penser à ta souffrance. Je regrette de ne pas avoir été en mesure de te l'épargner. C'est tout cela que tu lis sur mon visage et que tu entends dans ma voix. Je suis choquée, certes. Parce que, même après avoir lu tes lettres, je n'avais aucune idée de ce par quoi tu es passé. Maintenant que je vois ça de mes propres yeux…

Elle s'interrompit et secoua tristement la tête.

— Je suis désolée, Colin. Que mon frère soit coupable ou non, je suis navrée que tu aies été blessé, et encore davantage de ne pas avoir été à tes côtés quand tu avais besoin de moi.

Sur ces mots, elle se pencha pour embrasser un bourrelet sur son biceps droit.

Il déglutit bruyamment.

Posant ses deux mains sur ses avant-bras, Peyton déploya ses doigts sur sa peau meurtrie.

Colin se redressa lentement, laissant sa chemise à ses pieds. Peyton se redressa avec lui, sans retirer ses mains, et fit passer ses doigts de haut en bas, sur ces blessures anciennes qui avaient causé tant de souffrance.

Elle remonta ensuite jusqu'aux épaules de Colin, puis fit glisser ses mains vers le bas, suivant une ligne plus sombre dont elle souvenait pour l'avoir maintes fois caressée, mais qui n'existait plus. Elle continua à descendre jusqu'à l'endroit où le jean de Colin bouchonnait, sur le bas de ses hanches étroites.

Ses yeux brûlaient d'un feu intérieur, et il semblait avoir du mal à respirer. Peyton avait le souffle court, elle aussi. Son cœur battait la chamade, son corps tout entier vibrait d'excitation, et elle n'avait encore fait que lui caresser le torse et les abdominaux. Il lui restait à découvrir le reste.

Lorsqu'elle posa une main sur la fermeture de son jean, néanmoins, il se rétracta.

— Non, pas ça.

— Pourquoi ? lui demanda-t-elle, se renfrognant. Je t'aime, Colin. J'ai envie de t...

De nouveau, il l'interrompit :

— Moi aussi, je t'aime, Peyton, crois-moi. Seulement, si tu vas plus loin, je serai incapable de m'arrêter. J'ai trop envie de toi.

— La belle affaire ! Qui te demande de t'arrêter ? Pas moi, en tout cas !

Elle lui passa les deux mains derrière la nuque, se colla à lui, et murmura :

— Si tu as toujours des doutes, sens mon cœur. Il bat la chamade. Pour toi. C'est l'effet que tu me fais. Et ça n'a pas changé avec le temps. Malgré tout ce qui s'est passé, mon corps vibre toujours pour toi. Je vibre pour toi.

Refaisant descendre ses mains, elle les ouvrit une fois encore sur son torse et dit :

— À mes yeux, ces cicatrices sont comme des blessures de guerre. Pénétrer, comme tu l'as fait, dans une bâtisse en feu, pour sauver des gens que tu ne connaissais que de vue, est tout simplement incroyable. Et je peux t'assurer que voir ainsi la preuve de ton tempérament n'est pas un répulsif contre l'amour comme tu sembles le penser. C'est tout le contraire, car je sais ce qu'il t'en a coûté. Alors, touche-moi, Colin. Serre-moi contre toi et tu sentiras que je suis sincère.

Au lieu d'attendre qu'il s'exécute, Peyton prit sa main droite et la posa sur un de ses seins. Il émit un petit râle et, bientôt, elle sentit ses doigts se relâcher, puis la caresser franchement. Brûlante de désir, elle chuchota :

— Tu sens la vitesse à laquelle mon cœur bat ? Il ne s'est jamais emballé ainsi pour qui que ce soit d'autre que toi.

Colin fut parcouru d'un frisson, se pencha vers elle pour

lui encadrer le visage des deux mains et lui caresser les lèvres du bout du pouce.

— On ne peut pas, Peyton, dit-il enfin.

Peyton battit des paupières et sentit un peu de son ardeur la déserter.

— Pourquoi ?

— Parce que je ne peux pas me protéger. Quand je te disais que les gens ne peuvent pas voir mon corps sans dégoût, je ne plaisantais pas. Je n'ai pas de protection.

Peyton le dévisagea avec perplexité. Il lui rendit son regard, en silence. Et soudain, elle comprit ce qu'il voulait dire.

— Attends, tu n'as pas de préservatifs, c'est ça ? Par pitié, dis-moi que c'est une plaisanterie.

— Si seulement, dit-il d'un ton de regret. Encore que... Attends un instant.

Il se dirigea vers sa chambre, Peyton le suivit, et s'arrêta sur le seuil de la pièce tandis qu'il fouillait les tiroirs de sa table de nuit. Il referma le deuxième d'un geste rageur

— Bon sang, où j'ai bien pu...

Le voyant se précipiter vers le dressing, Peyton passa ses bras autour de sa propre taille. Elle commençait à regretter d'avoir pris l'initiative d'un acte dont ils voulaient tous les deux et qu'ils ne pourraient peut-être pas accomplir.

Colin revint sur ses pas, une petite boîte en main.

— Je croyais que tu n'en avais pas ! s'exclama Peyton. Et maintenant, je me demande ce que tu fais avec ça.

Piquée par la jalousie, elle posa ses poings sur ses hanches. À aucun moment, pendant ces dix longues années, elle n'avait envisagé qu'il puisse faire l'amour à une autre qu'elle. C'était idiot, bien sûr : Colin était un être d'exception, et n'importe quelle femme aurait été ravie de partager son lit. Cela ne l'empêcha pas de prendre offense de sa supposée infidélité.

Il s'arrêta devant elle, jeta la boîte sur la table de chevet et dit, une lueur amusée dans les yeux :

— Cesse de me regarder comme ça, ma belle. Ce n'est pas moi qui les ai achetés. C'est Duncan. Pour toi.

— Duncan ? Pour moi ? répéta-t-elle, interloquée. Je le croyais fiancé !

— Pas pour toi et lui, bien sûr. Pour nous, ma douce. Il les a achetés pour nous.

— Je plaisantais. N'oublie pas de remercier Duncan de ma part, la prochaine fois que tu le verras.

Sur ces mots, elle lui décocha un clin d'œil complice et reposa ses mains sur la ceinture de son jean.

— Cela dit, nous n'en avons pas besoin tout de suite, chantonna-t-elle, entreprenant de descendre la fermeture de son jean, avec une lenteur infinie, et les yeux rivés sur ceux de Colin.

— Tu m'as manqué, Colin, murmura-t-elle avant de faire glisser la toile du jean vers le bas de ses cuisses.

— Peyton, murmura-t-il, le corps tendu comme un arc.

Refermant ses doigts autour son sexe érigé, elle exerça une légère pression.

Colin laissa échapper un juron et se tendit encore davantage.

Elle déposa un baiser dans le creux de sa gorge et se servit de ses deux mains pour caresser et choyer sa virilité.

— Et, *ça*, ça m'a vraiment manqué, ajouta-t-elle en souriant, avant de se laisser glisser contre Colin pour s'agenouiller devant lui.

# 22

*Bip, bip, bip, bip, bip.*

Peyton se réveilla en sursaut auprès de Colin, et tous deux se redressèrent à l'unisson.

— Qu'est-ce que c'est que ça ? demanda-t-elle en se couvrant les oreilles pour se protéger du son agressif qui envahissait la maison tout entière.

— L'alarme à incendie, s'exclama-t-il en repoussant les draps et en sautant hors du lit.

Alors que Peyton commençait à peine à émerger, il enfila son jean, sa chemise, et courut vers la porte.

Atterrée, elle se leva à son tour et alla chercher une des chemises de Colin pour dissimuler sa nudité. Elle traversa ensuite la salle de séjour en courant pour gagner la cuisine d'où provenait l'abominable sonnerie électronique. Elle s'arrêta près de l'îlot, au moment où Colin sortait du four un plat fumant qu'il jeta précipitamment dans l'évier.

— Ma tarte ! gémit-elle avant de se précipiter vers l'évier et de faire couler de l'eau sur le plat, tandis que Colin ouvrait la porte et la refermait à plusieurs reprises pour faire entrer l'air et sortir la fumée.

S'emparant ensuite d'un torchon, Peyton se posta sous le détecteur de fumée et le ventila, dans l'espoir de faire sortir les résidus de fumée.

— Donne-moi ça, lilliputienne, lui dit Colin, atténuant la pique d'un petit clin d'œil.

Se saisissant du torchon, il l'agita à son tour sous le détecteur, tandis que Peyton retournait jusqu'à la porte pour reproduire le geste de Colin.

Les plafonds étant particulièrement hauts, elle dut œuvrer un bon moment avant qu'il y ait suffisamment d'air dans la cuisine pour que l'alarme se taise enfin.

Quand le silence tant espéré régna dans la maison, Peyton se tourna timidement vers Colin.

— Désolée. J'ai complètement oublié que j'avais mis quelque chose à cuire.

— Pas grave, rétorqua-t-il, un large sourire aux lèvres. J'aurais trouvé vexant que tu t'en souviennes.

La voyant rougir jusqu'aux oreilles, il partit d'un rire franc.

— Je vais mettre tout ça dehors pour chasser l'odeur de brûlé, déclara-t-il en s'approchant de l'évier avec une grimace.

Elle lui tint la porte ouverte tandis qu'il s'exécutait.

— Sympa ta chemise, lui fit-il remarquer. Elle te va beaucoup mieux qu'à moi.

Il lui décocha un nouveau clin d'œil, puis se figea, comme fasciné par un point derrière Peyton.

— Mon téléphone est sur la table de nuit, dit-il d'un ton précipité. Appelle le 911.

— Que se passe-t-il ? demanda Peyton, pivotant sur elle-même.

L'instant d'après, elle écarquillait les yeux avec épouvante. Le ciel semblait s'être embrasé, en aval de la montagne.

— La forêt est en feu ! s'exclama Peyton, consternée.

Colin finit de se chausser et la regarda droit dans les yeux.

— Ce n'est pas la forêt, Peyton. C'est ta maison. Va vite appeler les secours.

Le voyant prêt à sortir, elle le rattrapa par le bras.

— N'y va pas, Colin. C'est peut-être un piège.

— Probablement, mais Landry a laissé un planton là-bas. Ta « copine » Simmons. Si jamais Brian ou ta mère y sont aussi, elle pourrait être en danger de mort.

Peyton sentit son cœur se soulever à la pensée des trois compagnons d'évasion de son frère ligotés à un arbre avant d'être brûlés vifs.

— N'y va pas. S'il te plaît, Colin. C'est trop dangereux.

— Je n'ai pas le choix. Chaque seconde compte.

Il se libéra de son emprise avant de préciser :

— Je vais prendre un des véhicules tout-terrain qui dorment dans mon atelier, ça me permettra de couper à travers bois, et j'arriverai plus vite qu'en voiture.

— Tu ne prends ni ton arme ni ton gilet pare-balles ? s'enquit-elle, avec inquiétude.

— Après les événements du mois dernier, j'en ai accroché au mur de l'atelier. Allez, c'est parti, conclut-il.

Peyton se précipita à l'intérieur de la maison, enjamba la table basse et poursuivit sa course jusqu'à la chambre de Colin.

*Non, ce n'est pas vrai ! Pas deux fois ! Pourvu que Colin et Simmons s'en sortent sains et saufs !*

Emportée par son élan, elle s'affala sur le lit défait et se releva aussitôt pour prendre le téléphone et composer le numéro d'urgence.

Elle avait communiqué l'adresse de sa propriété et allait raccrocher lorsque...

*Bip, bip, bip, bip, bip.*

Elle fit la grimace. Encore ? Colin et elle n'avaient tout de même pas oublié d'éteindre le four, tout à l'heure !

— Madame ? demanda l'opératrice. Vous êtes toujours en ligne ? Que se passe-t-il ?

Ses yeux commençant à la brûler, Peyton battit des paupières. Si elle ne voyait aucune trace de fumée, elle en sentait l'odeur âcre.

— Je ne sais pas trop, répondit-elle. L'alarme à incendie s'est déclenchée.

— Vous voulez dire qu'il y a le feu dans deux maisons différentes ?

Affolée, Peyton répondit d'une voix précipitée :

— Je n'en sais rien. Dites aux pompiers de se rendre aussi vite que possible à l'adresse que je vous ai indiquée. Sur la propriété des Sterling, là où se trouve l'adjoint à l'US Marshal Colin McKenzie. Envoyez-y aussi la police. Brian Sterling, un prisonnier évadé, pourrait se trouver dans les parages, et il se peut... qu'il soit à l'origine de cet incendie. Sa mère, Molly Sterling, est peut-être avec lui. Tous d...

Elle fut interrompue par une quinte de toux, et regarda autour d'elle. Était-ce un effet de son imagination ou l'air était-il de moins en moins respirable ?

— Tous deux sont de dangereux pyromanes, conclut-elle.

*Bip, bip, bip, bip, bip.*

Le son lui parut beaucoup plus fort que précédemment, et elle comprit que toutes les alarmes de la maison s'étaient mises à sonner.

Que se passait-il ?

— La police et les pompiers sont en route, mademoiselle Sterling. Restez en ligne jusqu'à leur arrivée. Allez jeter un coup d'œil à ces alarmes et essayez de les faire taire. Si vous êtes obligée d'évacuer la maison, attendez les secours à l'extérieur.

Peyton claqua la langue avec agacement.

— Ce n'est pas vrai ! grommela-t-elle.

Elle jeta le téléphone sur le lit, le temps de frotter ses yeux. Le revolver de Colin se trouvait dans le tiroir de la table de nuit, ainsi que deux chargeurs. Peyton chargea l'arme, accrocha le holster à sa taille et glissa le deuxième chargeur dans une de ses poches.

Se postant ensuite sur le seuil de la chambre, elle constata que la maison était effectivement pleine d'une fumée trop diffuse pour que la maison soit en feu. En outre, aucune flamme n'était visible. Se pouvait-il que la fumée dégagée par sa maison, en contrebas, ait été portée par le vent et que cela ait suffi à déclencher les alarmes ?

C'était peut-être le but, d'ailleurs. Brian ou Molly avaient très bien pu mettre le feu à leur propriété pour attirer Colin à l'extérieur.

Si c'était le cas, leur plan fonctionnait à merveille.

Peyton s'apprêtait à sortir de la chambre lorsqu'elle se souvint que Colin lui avait parlé d'un Kevlar de secours, accroché dans l'atelier. Celui qu'il utilisait au quotidien devait donc se trouver dans son dressing. Elle y pénétra et, à son grand soulagement, trouva immédiatement le gilet pare-balles, ainsi qu'un fusil.

Comme ce genre d'arme lui permettrait de tirer de plus loin, elle s'en empara.

Elle n'avait pas l'intention de trop s'approcher, au risque de compromettre la stratégie de Colin, quelle qu'elle soit. En revanche, si elle pouvait le couvrir à distance, elle n'hésiterait pas une seconde.

Fort heureusement, Colin prenait moins de précautions avec les armes qu'il rangeait dans sa chambre – sans doute parce qu'il ne craignait pas qu'on fouille son dressing, et Peyton trouva une boîte de munitions simplement posée sur l'étagère supérieure.

Le fusil à la main, elle sortit précipitamment de la chambre. Arrivée dans le couloir, elle étouffa un juron et revint sur ses pas pour prendre les clés du pick-up.

La fumée était plus épaisse dans le garage, et elle fut prise d'une nouvelle quinte de toux. À peine la porte automatique s'était-elle soulevée qu'elle se remit à jurer. Comment allait-elle faire pour grimper dans ce fichu pick-up ? Restait la voiture de sport mais elle avait une boîte de vitesses manuelle. Jamais elle ne pourrait la conduire.

*Colin a besoin de toi.*

En serrant les dents, elle attrapa le volant du pick-up et tenta de lever une jambe pour la poser à l'intérieur du véhicule. Le Kevlar, trop grand pour elle, appuyait sur sa cuisse, rendant l'exercice impossible. Elle se remit à tousser, lança le fusil à l'arrière du pick-up et retira le gilet pare-balles. Après l'avoir jeté à l'intérieur, elle referma sa main sur le volant, souleva la jambe droite et put enfin poser un pied sur le plancher. Il ne lui restait plus qu'à…

La portière du passager s'ouvrit à toute volée sur Brian, qui tenait Peyton en joue.

— Ne touche pas à ton fusil, gronda-t-il.

# 23

Un torchon humide sur la bouche, Colin se pencha pour traverser l'épais rideau de fumée qui avait envahi la salle de séjour des Sterling.

— Agent Simmons ? cria-t-il. C'est moi, Colin McKenzie. Vous m'entendez, où êtes-vous ?

Seul le rugissement des flammes léchant les murs lui répondit. Le plancher, qui ne brûlait pas encore, ne tiendrait plus très longtemps.

Ne voyant personne à l'extérieur, lorsqu'il était arrivé, Colin avait couru de l'autre côté de la maison et constaté que la voiture de patrouille se trouvait bien dans l'allée. Malheureusement, il n'avait pas trouvé l'agent qui allait avec.

Connaissant les antécédents de Brian et Molly Sterling, Colin s'était dit que, s'ils avaient allumé cet incendie pour le piéger, Simmons risquait fort d'être à l'intérieur de la bâtisse, malheureusement. Pourtant, même en sachant que leur projet était de le faire rôtir, lui aussi, il s'était senti obligé de pénétrer dans le brasier pour en sortir la policière.

— Il y a quelqu'un ? cria-t-il de nouveau.

Rien. Colin avança encore de quelques pas, son angoisse augmentant d'un cran lorsqu'il vit l'état du couloir qui menait aux chambres. Si Simmons était quelque part par-là, il était déjà trop tard.

Il continua à avancer. Même ainsi penché, la bouche couverte, il respirait difficilement. La chaleur était trop intense, la fumée trop dense, Colin devait sortir de là au plus vite. Un fauteuil à bascule en feu l'obligea à s'enfoncer plus loin dans la pièce avant de pouvoir en ressortir pour traverser la cuisine. À moitié aveuglé par la fumée, il poursuivit son chemin à tâtons et faillit trébucher sur un corps. C'était celui d'une personne en uniforme, étendue sur le ventre.

Au moment où il le souleva, Colin comprit à son poids qu'il s'agissait vraisemblablement d'une femme, qu'il ne put identifier, faute d'y voir clair.

Les yeux pleins de larmes, il fit passer la blessée sur une de ses épaules et courut vers la cuisine.

Quelque chose tomba derrière lui, à grand fracas, un pan de mur, sans doute. Il fit un bond sur le côté, mais ne put éviter le morceau de bois qui s'abattit sur son épaule, manquant de lui faire perdre l'équilibre. En titubant, il resserra son emprise sur la blessée et retint son souffle. Puis, s'éloignant des éléments qui brûlaient dans la cuisine, il courut jusqu'à la porte et sortit.

Il ne s'arrêta de courir qu'une fois qu'il fut suffisamment loin pour ne plus sentir la chaleur du brasier. Là, toussant et clignant des yeux, il attendit d'avoir recouvré la vue pour se pencher sur la victime. C'est alors qu'il se rendit compte que sa folle intrusion dans le brasier avait été vaine : il ne pouvait plus rien pour l'agent Simmons. Une balle lui avait arraché l'arrière du crâne.

Anéanti par cette nouvelle atteinte à une vie humaine, il se mit à jurer, puis releva la tête pour passer en revue le bois entourant la maison, à la recherche des lâches qui lui avaient tendu ce piège. Pourquoi ne lui tiraient-ils pas dessus, maintenant qu'il était à leur merci ?

Parce qu'ils se tenaient derrière lui en attendant qu'il se retourne, peut-être ?

Tirant son revolver de son holster, Colin se redressa et pivota sur lui-même.

Rien. Personne en vue. Il commençait à effectuer un

demi-cercle lorsqu'il s'arrêta net. Des flammes orange dansaient au loin, juste au niveau de sa maison.

À l'endroit précis où il avait laissé Peyton, pour aller sauver une autre femme.

Le cœur serré, il rangea son revolver et courut vers son tout-terrain, garé non loin de là.

*Pas ça. Par pitié, pas ça. Il faut que j'arrive à temps.*

— Je ne comprends pas pourquoi tu t'acharnes ainsi, Brian.

Peyton se tenait devant l'entrée de l'atelier et regardait avec désolation la maison de Colin, *leur* maison, brûler. Debout à côté d'elle, Brian faisait de même, un sourire abject aux lèvres. Les flammes qui se reflétaient dans ses yeux lui donnaient un air satanique. Il venait tout droit de l'enfer, Peyton n'avait plus aucun doute là-dessus.

— Où est Colin ? s'enquit-elle, la gorge nouée.

Son frère se tourna vers elle en soupirant. Il avait laissé retomber son bras, sans doute parce qu'il commençait à fatiguer.

— Je suppose qu'il est chez nous, seulement il est trop tard, répondit Brian. La maison n'est plus qu'une torche à l'heure qu'il est. Même ton Colin ne pourra pas éteindre l'incendie à lui tout seul.

— Tu supposes ? Donc tu ne lui as pas fait de mal ?

— Je n'ai jamais tué personne, Peyton, contrairement à ce que ton petit ami a pu te raconter. Ce type m'a volé dix ans de ma vie et, si je ne m'étais pas évadé, il m'en aurait pris cinq de plus. Aucun des autres témoins n'a pu affirmer avec certitude m'avoir vu. Ils auraient facilement pu être discrédités, seulement il a fallu que McKenzie jure ses grands dieux qu'il n'avait aucun doute. C'est son témoignage qui m'a valu ma peine. Il a détruit ma vie et, à présent, je détruis la sienne, conclut-il en désignant la maison en feu d'un geste de la main. Du moins, autant que je le peux avant de disparaître. C'est ma vengeance. Un de ces jours peut-être, quand il aura fait construire à nouveau, je lui rendrai une autre visite. En attendant, je vais devoir me contenter de ça.

Après avoir remis le revolver dans son holster, il ajouta :

— Je sais que tu ne me crois pas, mais je n'ai pas mis le feu à cette fichue grange, et je n'ai pas tué non plus le flic de Memphis. L'incendie auquel nous assistons est le premier que j'allume. Je dois reconnaître que ça me plaît bien, et je doute que ce soit le dernier. Mais je me suis assuré que ni McKenzie ni toi n'étiez à l'intérieur, avant de l'allumer. C'est comme ça que je ferai, à l'avenir. Tu vois, je ne suis pas si mauvais que tu le penses !

Peyton essaya, en vain, de suivre sa logique.

— Si j'ai bien compris, tu vas t'en aller, c'est ça ? Tu es venu dans l'unique but de mettre le feu à la maison de Colin et à celle où nous avons grandi, pour faire sortir Colin de chez lui ?

— Mon petit piège a fonctionné, non ? Une dernière chose, cependant.

Contre toute attente, il attira Peyton à lui pour la serrer dans ses bras.

Elle se repoussa de toutes ses forces.

Brian la libéra en soupirant avec tristesse.

— Tu as toujours été là pour moi, quand j'étais gamin. Je t'ai promis, l'autre jour, au stade, que je ne te ferais jamais de mal. J'étais sincère. Au revoir, sœurette.

Sur ces derniers mots, il tourna les talons. Il commençait à s'éloigner lorsque Peyton remarqua le véhicule tout-terrain garé près de l'atelier, et comprit que son frère comptait s'enfuir avec. Plutôt que de tenter de l'arrêter, elle fit demi-tour et partit en courant dans la direction opposée, vers l'ancienne maison de ses parents, afin de s'assurer que Brian ne lui avait pas menti et que Colin était vraiment sain et sauf.

— Pas si vite, Peyton.

Elle se figea sur place en voyant deux personnes émerger du bois, face à elle. Colin marchait devant, le visage noirci par la suie, la chemise à moitié ouverte... Ce qui permit à Peyton de voir qu'il ne portait pas son gilet pare-balles.

Elle ne s'interrogea pas plus longtemps sur ce point, néanmoins : sa mère avait dû le lui faire retirer. Elle se tenait à quelques pas de lui, légèrement sur sa droite, une arme à la main.

— Mam... Maman ? balbutia Peyton, d'une voix brisée.

Même si elle avait soupçonné sa mère de s'être fait passer pour morte, la voir ainsi devant elle lui causa un véritable choc. Molly semblait avoir vieilli de vingt ans, depuis leur dernière rencontre, près de quatre mois auparavant. Les flammes se reflétaient sur sa peau d'un jaune maladif, et ses cheveux, naguère blonds, avaient blanchi.

Peyton fut un instant partagée entre l'envie de courir vers elle pour l'embrasser et celle de la secouer pour lui faire lâcher son revolver.

Le regard de Colin était rivé sur Peyton. Il ne semblait pas avoir remarqué que sa maison ne serait bientôt plus qu'un petit tas de cendres. Sans doute était-ce le dernier de ses soucis, en cet instant. Il hocha imperceptiblement la tête, comme pour faire savoir à Peyton qu'il était indemne.

Ensuite, il regarda au loin, sur la gauche, et sa mâchoire se crispa.

Peyton se retourna et vit son frère courir vers eux, l'air furieux.

— Maman ? Qu'est-ce que tu fabriques ? C'est moi qui devais m'occuper de ça.

— Colin McKenzie est toujours en vie, rétorqua Molly. Tu n'as rien géré du tout !

— Je n'étais pas venu pour le tuer, mais pour faire ça, dit Brian, désignant la maison en feu. Allez, fichons le camp avant que les pompiers et les flics ne débarquent.

— Pas question. Ce type t'a gâché l'existence, mon garçon. Il doit payer.

Peyton fit un pas en avant, vit Colin froncer les sourcils, mais passa outre.

Elle n'avait pas le choix : si elle n'intervenait pas, sa mère appuierait sur la gâchette. C'est pourquoi, d'une manière ou d'une autre, elle devait renverser la situation. Dès que Molly la vit faire un deuxième pas, elle pointa son arme dans sa direction.

— Oh ! maman, murmura Peyton, consternée. Qu'est-ce que tu fais ? Pourquoi as-tu simulé ta mort ? Et pourquoi as-tu aidé Brian à s'évader alors qu'il n'avait plus que quelques années de prison à effectuer ? Si quelqu'un a gâché sa vie, c'est toi, personne d'autre !

Molly plissa les yeux et lança d'un ton acide :

— Je suis atteinte d'un cancer, Peyton je n'ai plus que quelques mois à vivre. De plus, la prison tuait ton frère à petit feu, sans que tu t'en inquiètes. J'ai essayé d'expliquer à ton père que Brian ne tiendrait pas le coup jusqu'à la fin de sa peine, la dernière fois que nous sommes allés au parloir. Benjamin nous a traités de malades et a cessé de m'accompagner pour les visites. Faire ça à son propre fils, tu te rends compte ? Bref, j'ai pris les choses en main. Il fallait bien que quelqu'un agisse, tu comprends ?

Peyton se rapprocha d'un pas, puis de deux.

— Non, je ne comprends pas. En quoi te faire passer pour morte pouvait aider Brian ?

Molly leva les yeux au ciel.

— Je suis tombée sur un pirate de la route, à Memphis. Tu imagines ? En fait, ça a été une véritable bénédiction, pour moi. Il s'agissait d'une femme, qui m'a délestée de mon sac et de mes bijoux avant de s'enfuir avec ma voiture. Et elle n'avait pas fait cent mètres, cette idiote, qu'elle est sortie de la route et s'est encastrée dans un arbre.

Molly se mit à rire, comme si elle trouvait cela franchement cocasse.

Peyton fut prise de nausée.

— J'étais sur le point de prévenir la police quand je me suis dit que cette petite mésaventure était pain béni pour moi.

Je pouvais disparaître sans que personne ne se lance à ma recherche. Le réservoir avait dû être endommagé par le choc, parce que la voiture empestait l'essence. Je n'ai eu qu'à passer la main par l'une des vitres brisées, à sortir mon briquet de mon sac à main et… Et voilà !

— Oh ! maman, gémit Peyton, en un mélange de désespoir et d'épouvante.

— Ma disparition m'a permis de préparer l'évasion de Brian, reprit Molly sans s'émouvoir de la réaction de Peyton. Ton père me surveillait d'un peu trop près. Il m'a surprise sur Internet, alors que je cherchais des informations sur le transport des prisonniers, et m'a menacée de prévenir la police si je n'arrêtais pas.

Elle sourit à Brian, qui la dévisageait bouche bée, à quelques pas de Peyton.

— Il fallait que je libère mon petit, poursuivit-elle. Et quand son crétin d'avocat a déposé une énième demande de remise de peine, j'ai agi. Remise de peine, tu parles ! Je l'ai fait sortir pour de bon, et toute seule, comme une grande. Ça n'a pas été bien compliqué, d'ailleurs : il m'a suffi de graisser la patte à un chauffeur de fourgon sous-payé et surchargé de travail pour qu'il accepte de bricoler un peu l'un des cadenas du véhicule.

Brian se rapprocha de Peyton.

— Elle a raison, maman. Sans ton intervention, je serais sorti dans quelques années. Seulement il a fallu que tu abattes ce flic. Résultat, je risque la peine de mort simplement pour m'être évadé. Aucun tribunal ne croira que je n'étais pas au courant de tes intentions. Je suis coupable par association.

Peyton avait étouffé un petit cri en entendant cela.

— Maman ? C'est vrai ? demanda-t-elle d'une voix mal assurée. Tu as tué Jennings ?

— Une mère ferait n'importe quoi pour sauver son fils, répondit Molly avant de s'adresser à Brian, le regard implorant :

— Tu t'étiolais, derrière les barreaux. Tu sais aussi bien

que moi que tu n'aurais pas tenu jusqu'à la fin de ta peine. Il fallait que je te sorte de là, que je te voie libre avant de mourir.

Pivotant soudain sur lui-même, Colin arracha le revolver des mains de Molly. Dans la seconde qui suivit, Brian souleva son arme et visa Colin.

— Ne tire pas ! hurla Peyton.

Molly recula, puis se rapprocha de son fils

— Vas-y, mon garçon. Tue-le, ordonna-t-elle froidement. C'est pour cela que nous sommes venus, je te le rappelle.

— Vous voulez m'abattre comme vous avez abattu l'agent Simmons, dans votre ancienne maison ? Je suppose que vous avez laissé son cadavre à l'intérieur pour m'attirer dans le brasier en espérant que cette fois, je n'en réchapperais pas ?

Brian considéra sa mère avec effarement.

— Non, ce n'est pas vrai ! Tu n'as pas fait ça !

Colin se rapprocha de Peyton et s'arrêta à quelques pas d'elle, sans doute pour éviter qu'elle soit dans la ligne de mire de son frère.

— Récapitulons, madame Sterling, dit-il calmement. Combien de personnes avez-vous tuées, au juste ? L'agent Jennings, l'agent Simmons, les trois compagnons d'évasion de votre fils...

— Quoi ? s'écria Brian, livide. On les a ligotés à cet arbre pour pouvoir fuir tous les deux ! Qu'est-ce que tu as fait, quand je t'ai laissée pour aller retrouver Peyton ?

— Ce qu'elle fait depuis toujours, répondit Colin à la place de Molly. Éliminer toute personne qui lui posait un problème. À mon avis, ça a commencé par l'incendie de la résidence universitaire. C'est bien ça, madame Sterling ? Que s'est-il passé ? Une de vos colocataires vous avait piqué votre petit ami, alors vous avez décidé de vous débarrasser d'elle ?

— De... De quoi parle-t-il ? balbutia Brian, manifestement perdu.

S'il visait toujours Colin, il ne cessait de jeter à sa mère des coups d'œil anxieux.

Peyton commençait à paniquer. Elle devait venir en aide à Colin, mais que faire ?

— Maman ? redemanda Brian, en un mélange d'impatience et de colère, cette fois. C'est vrai, ce que dit Colin ? Tu as tué mes trois copains ?

— Qu'est-ce que ça peut faire ? lui renvoya-t-elle. Ça n'a aucune importance.

Brian se mit à jurer, tandis que Peyton portait une main à sa bouche.

Comment avait-elle pu vivre si longtemps auprès de sa mère sans s'apercevoir de sa duplicité, de sa folie ?

Les sirènes commencèrent à retentir en aval, couvrant à peine le grondement de l'incendie.

— Jette ton arme, Brian, ordonna Colin. Sinon, tu ne t'en tireras pas vivant. D'ici peu, les environs vont grouiller de policiers.

— Descends-le, et partons avant leur arrivée, ordonna Molly à son fils, sur un ton qui n'admettait pas de réplique.

Brian visa Colin d'une main mal assurée.

— Ne fais pas ça, intervint Peyton. Je ne peux pas...

Colin la foudroya du regard.

— Tais-toi, murmura-t-il.

Elle comprit que, par souci de la protéger, il voulait l'empêcher de prendre une initiative quelconque. Pourtant, les deux déséquilibrés qui se tenaient devant eux restaient des membres de sa famille, et elle n'avait pas l'intention de les écouter débattre pour savoir s'ils devaient ou non tuer l'homme qu'elle aimait. Il fallait qu'elle agisse, d'une manière ou d'une autre.

— Je sais que tu n'es pas l'auteur de l'incendie de la grange, Brian, déclara-t-elle pour finir.

Son regard fiévreux se porta sur elle.

— Tu dis ça pour m'empêcher de tuer ton cher McKenzie, hein !

— Tu as raison. Je ne veux pas que tu le tues, parce que je l'aime. Seulement, je t'aime aussi, Brian, et je répète : je sais que tu n'as pas mis le feu à la grange. J'en ai même la preuve. Une photo où on voit maman à l'intérieur de la bâtisse que des flammes commencent à attaquer, au niveau des fenêtres.

— N'importe quoi, grommela Brian. Cette photo aurait été présentée au tribunal et je l'aurais vue.

— Tu l'as vue. Il s'agit de la fameuse « preuve tangible ». Elle est passée entre les mains de dizaines de personnes différentes. Or, il se trouve que je l'ai examinée de plus près, il y a quelques jours. J'ai bien fait, car j'ai remarqué qu'on y voyait l'imprimé d'une des robes de maman. Elle se trouvait à l'intérieur de la grange quand tu en as sorti le bidon d'essence. En d'autres termes, elle t'a laissé payer pour son crime. Si elle t'a ensuite aidé à t'évader, ce n'était pas pour te voir libre avant de mourir, mais parce qu'elle culpabilisait et ne voulait pas quitter cette terre avec ton incarcération sur la conscience.

Brian se tourna lentement vers leur mère, l'arme toujours au poing.

— C'est vrai, maman ?

Sa voix était si faible, et il paraissait si désorienté que Peyton sentit son cœur se serrer.

— Lâche ton arme, Brian, répéta Colin.

— Maman ? Maman ? reprit Brian, des larmes dans la voix.

Le visage de Molly se crispa et, l'espace d'un instant, Peyton crut qu'elle admettait sa défaite. Mais certainement jouait-elle la comédie et préparait-elle un nouveau mensonge pour arriver à ses fins.

— Je suis désolée, dit-elle. Je ne savais pas qu'il y avait quelqu'un dans la grange. Tout comme j'ignorais, Brian, que tu étais sorti avec ce maudit bidon d'essence. J'ai dû retourner à l'intérieur immédiatement après que tu fus sorti. Si j'avais su tout cela, je n'aurais pas craqué cette allumette. Encore une fois, je suis désolée.

Lentement, Brian laissa retomber sa main et son arme. Puis il lança à sa mère un regard effaré.

— Tu m'as laissé moisir en prison pendant dix ans, alors que c'était toi qui avais mis le feu à la grange ?

Molly s'enfouit le visage dans les mains et se mit à sangloter.

Brian tourna son visage tourmenté vers Colin, puis vers Peyton, et annonça :

— Je n'ai rien à voir non plus avec la fusillade. C'est maman qui a appelé papa pour lui demander de l'argent. Pour nous deux. Pour notre cavale. Je... Je ne l'ai su que plus tard.

Il reprit – péniblement – son souffle avant de préciser :

— Elle m'a donné un revolver pour que je puisse me défendre, au cas où la police serait dans les parages, le jour où je suis allé te voir, Peyton, au stade. En fait, c'est elle qui a tué papa. Elle a tué papa, tu te rends compte ? termina-t-il en pleurant.

La plupart des véhicules qui avaient commencé à monter jusqu'à la maison de Colin semblaient s'être arrêtés en chemin, sans doute chez les Sterling. Une sirène continuait à retentir, probablement celle d'un camion de pompiers, venus voir d'où provenait la lueur qui continuait à embraser le ciel.

— Pardonne-moi, mon chéri, dit Molly à son fils d'une voix suppliante. Il faut que tu me pardonnes.

Passant outre la supplication maternelle, Brian se tourna vers Peyton.

— Je t'aime, sœurette. Désolé de laisser un tel désastre derrière moi, mais je ne peux pas retourner en prison. Sous aucun prétexte.

Puis, sous les yeux horrifiés de Peyton, il retourna son revolver contre lui-même et tira.

— Brian, cria Peyton, se précipitant vers lui.

— Peyton ! hurla Colin.

La suite sembla se dérouler au ralenti.

Molly se jeta par terre et s'empara de l'arme de son fils.

Peyton se tourna vers Colin qui bondit vers elle.

Elle pivota sur elle-même, et vit sa mère soulever le revolver de Brian puis le pointer dans sa direction.

*Bam !*

Peyton, propulsée sur le sol, tomba lourdement, s'écorchant le menton sur le gravier. Colin avait foncé sur elle pour l'écarter du trajet de la balle, juste au moment où Molly avait appuyé sur la gâchette.

Elle se releva pour regarder derrière elle.

Colin gisait à quelques pas de là, sur le flanc, et saignait abondamment. Son arme lui avait échappé lorsqu'il avait poussé Peyton sur le côté. Debout au-dessus de lui, un sourire maléfique aux lèvres, Molly visait le blessé. Au niveau du crâne, cette fois.

Peyton agita les bras et l'interpella :

— Maman ? Par ici !

Aussitôt, sa mère la mit en joue.

Trois détonations retentirent, et Molly la dévisagea un instant avec stupeur avant de s'écrouler.

Peyton cria, puis se tourna vers Colin. Une fois de plus, il lui avait sauvé la vie, mais à quel prix ? La terre, sous lui, était couverte de sang. Il fit mine de se redresser et retomba aussitôt sur le dos.

— Colin ! hurla-t-elle, s'avançant vers lui à quatre pattes.

— Plus un geste ! cria quelqu'un derrière elle.

Elle comprit que la police était enfin arrivée mais, au lieu de se figer sur place comme on venait de le lui ordonner, elle continua à avancer vers Colin.

Il cligna des yeux comme s'il voyait trouble. En larmes, Peyton pressa une main sur sa blessure, dans l'espoir de contenir le flot de sang qui s'en échappait.

Il étouffa un cri, et serra les dents.

— Désolée, balbutia Peyton. J'essaie d'arrêter cette hémorragie. Bon sang, Colin ! Il fallait abattre ma mère avant qu'elle récupère le revolver de Brian ! Elle n'aurait pas pu t'atteindre !

Il la dévisagea en battant des paupières, et répondit d'une voix faible :

— Tu m'aurais détesté si j'avais tué ta mère.

— Ne dis pas de bêtises, Colin. Je ne te détesterai jamais.

Deux mains rudes se refermèrent sous ses bras.

— Reculez, madame.

— Non, protesta-t-elle en se débattant. Il se vide de son sang.

Ils furent bientôt entourés par une multitude de policiers.

— Lâchez-la, murmura Colin. Lâchez-la. Ce n'est pas elle qui a tiré.

Dès que l'homme se fut exécuté, Peyton alla se poster à côté de Colin et recommença à comprimer sa plaie.

— Une ambulance, vite ! cria-t-elle. L'US Marshal Colin McKenzie est touché.

— Nous sommes là, lui répondit un urgentiste, courant vers elle, un de ses collègues sur les talons

— Par ici ! cria un policier agenouillé près de Molly. Celle-ci est très mal en point.

— Il y en a un troisième, annonça un autre agent. Il a pris une balle dans la tête, mais il est toujours en vie.

— Brian ? balbutia Peyton, éberluée. Puis, voyant les urgentistes changer de direction pour aller vers sa mère et son frère, elle leur lança, d'un ton féroce :

— Non ! McKenzie d'abord. Venez ici tout de suite !

Deux autres urgentistes surgirent de nulle part et vinrent se pencher sur Colin.

— Écartez-vous, s'il vous plaît, madame, que nous puissions lui porter secours.

— Je ne peux pas retirer ma main. Il saigne abondamment, dit-elle, les joues couvertes de larmes.

— Je sais, madame. Nous allons nous occuper de lui et, pour cela, il faut que vous vous écartiez.

— Peyton ?

— Colin ? murmura-elle, baissant les yeux vers lui.

Levant péniblement son bras valide, il lui passa le pouce sur la joue pour essuyer ses pleurs.

— Ça va, ma douce. Laisse-les faire leur travail.

À regret, elle s'écarta pour passer le relais aux urgentistes.

Presque aussitôt, néanmoins, elle passa de l'autre côté du

corps de Colin et lui caressa le front tandis qu'ils posaient un masque à oxygène sur son visage.

Il leva légèrement la tête et dit :

— Cesse de pleurer, Peyton. Ils s'occupent aussi de ta mère et de Brian. Ils vont faire tout leur possible pour les sauver. Allez, calme-toi.

Elle repoussa sa main, puis réajusta le masque, de façon qu'il couvre à la fois son nez et sa bouche.

— Ce n'est pas pour eux que je pleure, idiot ! C'est pour toi. Je n'ai que toi au monde, tu m'as toujours soutenue, et je sais que tu seras toujours là pour moi.

# 24

Occupée à surveiller Colin qui avait insisté pour conduire le véhicule tout-terrain, Peyton remarquait à peine les splendides montagnes et les vallées luxuriantes qui les entouraient. Même à cette vitesse d'escargot, elle voyait qu'il souffrait, pourtant il refusait d'écouter le médecin qui lui avait ordonné de se ménager.

— Je te préviens, dit-elle. La prochaine fois que tes points de suture lâchent, je te laisse te vider de ton sang. Ça t'apprendra à suivre les conseils du chirurgien !

— Si tu me regardes saigner jusqu'à ce que mort s'ensuive, je n'apprendrai rien du tout, lui fit-il remarquer, un sourire espiègle aux lèvres.

— En principe, non, lui concéda-t-elle. Enfin, avoue tout de même que c'est de la folie de conduire dans ton état, moins de trois semaines après la fusillade. Bon sang, Colin, on t'a tiré dessus deux fois en deux mois. Tu devrais être chez toi et te reposer, au lieu de me faire traverser la montagne, comme ça.

Elle fit la grimace, puis se corrigea :

— Je voulais dire chez tes parents, puisque les deux malfaisants ont brûlé ta maison de rêve.

La considérant avec sévérité, il la gronda :

— Il faut que tu arrêtes d'appeler ta mère et ton frère ainsi. Ils ne sont pas malfaisants, ils sont… déséquilibrés. Nous devons les considérer avec compassion, pas avec mépris.

— Parfait. Tu leur offres toute la compassion que tu veux, et moi je continuerai à les mépriser.

Colin lui sourit en hochant la tête, avant de couper le contact du tout-terrain.

— Allez, mon petit ange gardien. Viens m'aider à sortir de cet engin.

Elle sauta du véhicule pour aller chercher les béquilles de Colin, à l'arrière.

— Qui t'a donné ces béquilles ? demanda-t-elle. Aux dernières nouvelles, tu n'étais pas censé marcher. Ce n'est pas te rendre service, et ça ne va certainement pas arranger les choses. À mon avis...

Colin lui posa une main sur la bouche pour la faire taire.

— Tu devrais te consacrer à la pâtisserie quand tu es dans cet état de nerfs. Je n'en peux plus, moi, de toutes ces remontrances.

Après lui avoir tendu ses béquilles, Peyton se planta devant lui, les poings sur les hanches.

— Très drôle, grommela-t-elle. Pour ta gouverne, je ne suis pas près de retourner à mes fourneaux. Ils me rappellent trop ma *chère* mère.

Colin se laissa glisser hors du véhicule, puis se hissa sur ses béquilles.

— D'après mes informations, en plus de récupérer très rapidement de sa blessure, ta *chère* mère réagit bien à la chimiothérapie et aux radiations, annonça-t-il d'un ton léger. Mieux encore, les médecins ont aussi de l'espoir pour Brian. C'est un véritable miracle, dans les deux cas.

Peyton, qui s'était mise à marcher à côté de lui, se baissa pour ramasser les morceaux de bois et les quelques pierres sur lesquels il risquait de trébucher.

— Je l'ignorais, dit-elle avec indifférence. Je ne les ai vus ni l'un ni l'autre.

Le voyant se figer sur place, elle leva vers lui un regard inquiet et demanda :

— Qu'est-ce qu'il y a ? Tu es fatigué ? Tu veux t'asseoir ?

— Ce n'est pas ça, Peyton. Je suis un peu choqué que tu ne leur aies pas encore rendu visite. Ils ne seront pas jugés avant un bon bout de temps. Tu devrais profiter des mois à venir pour te rendre à l'hôpital tant que tu en as l'occasion.

— Non, dit-elle. C'est avec toi que je veux être. Je t'ai donné la préférence, cette fois. Dorénavant, tu passeras toujours en priorité.

Colin soupira bruyamment avant de répondre :

— C'est bien ce que je craignais.

— Je... Je ne comprends pas, dit-elle en se renfrognant.

Il repoussa en arrière une mèche égarée sur sa joue, puis expliqua :

— J'ai eu tort de te parler de choix. J'étais en colère, amer, et dans mon désespoir je voulais être le premier dans ton cœur, ma douce.

— C'est le cas, ça le sera toujours... Et ça aurait dû l'être depuis le départ.

Colin secoua la tête de droite à gauche.

— Non. Enfin, si. Nous nous aimons et nous nous préoccuperons toujours l'un de l'autre. Cela dit, il y a de la place pour d'autres personnes. Je n'aurais jamais dû te demander de choisir entre ta famille et moi. Molly et Brian ont beau être malades, ils restent ta mère et ton frère. Je sais que tu continueras à les aimer, peut-être malgré toi. L'important est que tu te sentes comprise. Je ne vois aucun obstacle à ce que tu ailles les voir. Je t'accompagnerai, même, si ça peut t'aider.

— Bon sang, murmura Peyton, émue aux larmes. Tu n'as pas fini de me faire pleurer ?

Lorsqu'elle se fut ressaisie, elle lui sourit et ajouta :

— Tu es un homme merveilleux, Colin. Beaucoup plus prompt à pardonner que moi, mais merci pour ta proposition, je te promets d'y réfléchir.

— Je ne t'en demande pas plus. Ah si, tiens ! Observe notre environnement, l'espace de quelques minutes.

— C'est ce que je fais, lui répondit-elle en levant les yeux vers lui.

— Ne me regarde pas, moi ! dit-il en soupirant. Contemple plutôt ce que nous avons autour de nous.

Peyton obéit et étouffa un cri d'émerveillement.

— C'est... c'est... Non, je n'y crois pas. Cette magnifique prairie surplombée par la montagne et là... Oh ! la cascade. Rien n'a changé, c'est toujours le petit coin où nous avions pris l'habitude de nous isoler, quand nous étions lycéens.

Elle désigna un point, près de la cascade toute proche, et dit :

— C'est là que nous nous avons échangé notre premier baiser.

— Pas du tout, contra Colin.

— Tu en es sûr ? lui demanda-t-elle, les sourcils froncés.

— Certain. Nous nous sommes embrassés pour la première fois dans la cour de l'école élémentaire. Tu m'as fait tomber, et puis tu m'as fait un gros bisou baveux sur la bouche. C'est ce jour-là que je suis tombé amoureux de toi, conclut-il, radieux.

Peyton essuya de nouvelles larmes, puis rendit son sourire à Colin.

— C'est vraiment adorable, dit-elle. J'avais oublié cet épisode.

— Moi, je me souviens de chaque minute passée avec toi.

— Mouchoir, murmura-t-elle en reniflant. Bon sang, il me faut un mouchoir.

— Je sécherai tes larmes d'un baiser dans un instant. Avant cela néanmoins, je voudrais que tu te retournes et que tu regardes en direction de la vallée, au-delà de la cascade.

Elle s'exécuta puis, ne voyant rien, demanda :

— Qu'est-ce que je suis censée chercher au juste ?

— Des formes de couleur orange.

— Orange ? Je ne... Attends, dit-elle, levant la tête vers Colin. Ce sont... des piquets délimitant une propriété ?

— Gagné ! Et la propriété en question est l'endroit où se tiendra bientôt notre nouvelle maison.

— Notre nouvelle maison ? répéta Peyton, émerveillée.

— J'ai acheté ce terrain, notre endroit de prédilection à

nous, et c'est ici que je veux que nous construisions notre avenir, Peyton. Ensemble, comme nous en avons rêvé.

Posant ensuite une de ses béquilles contre un arbre, il fouilla dans une de ses poches et en tira un écrin de velours noir qu'il tendit à Peyton.

Elle en souleva le couvercle d'une main fébrile, et s'exclama :

— Je n'ai jamais rien vu d'aussi beau !

— Moi si, rétorqua Colin.

Elle l'interrogea du regard.

— Toi, dit-il. Tu es ce qu'il y a de plus beau au monde, Peyton.

Elle leva les yeux au ciel.

— Je crois que tes antalgiques te montent à la tête. Tu es bien romantique, subitement, dit-elle.

— Dans ce cas, il faut j'aille jusqu'au bout.

Sur ces mots, il se débarrassa de sa deuxième béquille et fit mine de s'agenouiller.

Peyton l'en empêcha in extremis.

— Surtout pas, malheureux ! Je n'arriverais jamais à te relever !

Il se redressa en grimaçant.

— Tu as sans doute raison. Je voulais simplement que ce moment soit parfait, qu'il reste à jamais imprimé dans ta mémoire.

Peyton sortit la bague de l'écrin et la rendit à Colin.

— Eh bien, pose ta question ! Je n'ai besoin de rien d'autre pour que ce moment soit parfait, dit-elle en souriant.

— Peyton Sterling, veux-tu m'épouser ? lui demanda docilement Colin.

— Oui, oui et mille fois oui !

Dans son excitation, elle eut du mal à se tenir tranquille tandis qu'il faisait glisser la bague sur son annulaire.

Peyton leva ensuite la main et la fit pivoter pour admirer les reflets du soleil dans la pierre dont le bijou était serti.

L'instant d'après, elle referma ses bras autour du cou de Colin.

— Je t'aime, Colin McKenzie. Plus que tu ne peux l'imaginer.

— Et moi aussi, je t'aime, toi, la future Peyton McKenzie. Depuis toujours et pour l'éternité.

— Tu m'embrasserais pour me le prouver ?

Il était hilare lorsqu'il posa ses lèvres sur celles de Peyton.

KAREN WHIDDON

# Un refuge dans la tempête

*Traduction française de*
ISABEL WOLFF-PERRY

BLACK ROSE

HARLEQUIN

*Titre original :*
SNOWBOUND TARGETS

*Ce roman a déjà été publié en 2021.*

# 1

En temps normal, la vue des pics enneigés des montagnes du Colorado aurait réjoui Jason Sheffield. Mais ce soir-là, hanté par les images de la guerre qu'il venait de quitter, il se contenta de hocher la tête en hommage à leur majesté et poursuivit l'ascension de la route sinueuse. Encore quelques kilomètres et il retrouverait son sanctuaire. Alors, et alors seulement, il pourrait relâcher sa vigilance, devenue un réflexe acquis au cours de trop nombreuses années passées dans les régions instables d'Afghanistan et de Syrie.

*De retour, enfin !* songea-t-il en quittant la route bitumée pour s'engager sur l'allée bordée de trembles qui menait chez lui. Quelques minutes plus tard, il aperçut le toit en tôles rouges de son chalet, perché sur le flanc de la colline en aval et tourné, en amont, vers la chaîne de montagnes.

C'est là qu'il venait lorsque son métier ne l'obligeait pas à parcourir le monde pour effectuer ses reportages au cœur des conflits.

Une fois sa jeep garée, il sortit son sac du coffre et se dirigea vers l'endroit où il aimait tant se réfugier. Il n'y était pas venu depuis près de six mois, et il s'attendait à trouver une bonne couche de poussière à l'intérieur. En prévision de ce séjour, il s'était arrêté à Walsenburg pour faire quelques courses, et comme il n'avait pas l'intention de ressortir de sitôt, il avait prévu large : on n'était jamais à l'abri d'importantes chutes de neige, dans la région.

Au moment de glisser la clé dans la serrure, Jason se crispa : la porte n'était pas verrouillée. Intrigué, il souleva la pierre sous laquelle il cachait un double de la clé... qui avait disparu.

Il laissa tomber son sac à ses pieds, tira son arme de sa poche puis, tendu à l'extrême, poussa la porte et pénétra dans le chalet. Il ne remarqua tout d'abord rien de suspect, à l'exception d'une lampe qui était restée allumée. Il pivota de droite à gauche, sans baisser son revolver.

C'est alors qu'il avisa sur son canapé un amas de couvertures élimées qui ne lui appartenaient pas. Pis, à en juger par la forme de l'ensemble, il y avait quelque chose dessous.

— Sortez de là, les mains en l'air, aboya-t-il. Et vite !

Aucune réaction.

La bouche sèche, il répéta son ordre, et cette fois les couvertures se soulevèrent. Deux yeux bleus ensommeillés se posèrent sur lui.

Jason vit une chevelure soyeuse, un visage en forme de cœur, et déglutit péniblement. L'intrus était une femme d'une beauté à couper le souffle, du moins si on faisait abstraction de l'hématome qui recouvrait sa joue et sa tempe gauches.

L'inconnue n'en constituait pas moins un danger, il le savait d'expérience. Jason la garda donc en ligne de mire et lança :

— Qui êtes-vous ? Que faites-vous chez moi ?

Au lieu de répondre, elle le dévisagea avec une certaine solennité.

De nouveau, Jason fut frappé par sa beauté, ce qu'il se reprocha aussitôt.

— Vous parlez anglais ?

Elle se redressa en un mouvement gracieux, attirant par là l'attention de Jason sur le renflement de ses seins, dissimulés par un sweat-shirt trop grand pour elle. Pour finir, l'inconnue acquiesça lentement et murmura :

— Je... je crois, oui.

L'air perdu, elle demanda :

— Pourquoi pointez-vous ce revolver sur moi ? Et qui êtes-vous ?

— Je pourrais vous renvoyer la question, grommela Jason en baissant son arme sans la ranger vraiment.

La femme l'avait-elle entendu ?

Il semblait que non : elle fixait un point situé derrière lui et semblait examiner les lieux. Les lambris en chêne, les meubles rustiques et le lampadaire orné de ramures accroché au-dessus de la table sur laquelle Jason prenait ses repas.

Était-ce un effet de son imagination ou avait-il perçu une note d'angoisse dans la voix de sa visiteuse ?

— Vous êtes chez moi, expliqua-t-il, ce qui m'amène à vous demander comment vous êtes entrée. Grâce à ma clé de secours sans doute. Par contre, il n'y a aucun véhicule à part le mien dans les parages, et il est peu probable que vous soyez arrivée à pied.

La jolie brune se renfrogna encore davantage.

— Je... je n'en sais rien, murmura-t-elle.

Soudain, dans son regard, la perplexité fit place à une franche terreur. Elle se leva d'un bond, et se mit à tourner en rond dans la pièce en observant son environnement, le visage crispé, avant de faire face à Jason pour annoncer :

— Désolée, monsieur. Je... je ne sais pas non plus qui je suis.

Abasourdi, Jason l'examina attentivement. Elle semblait sincèrement convaincue de ce qu'elle avançait. En soupirant, il rengaina son arme.

— Vous vous êtes cogné la tête ?

Elle leva machinalement une main et la passa dans ses cheveux.

— Je ne crois pas, non, répondit-elle en déglutissant péniblement, ce qui attira le regard de Jason sur la finesse de son cou.

— Je n'y comprends rien, ajouta-t-elle d'une voix mal assurée. Comment est-ce possible ? Comment puis-je me retrouver dans un endroit qui m'est étranger, en compagnie d'un homme que je ne connais pas, et sans même savoir comment je m'appelle ?

Sa voix avait monté d'une octave tandis qu'elle parlait, et elle s'était mise à trembler de tous ses membres.

— Je n'en ai aucune idée, avoua-t-il, luttant contre la fatigue qui menaçait de prendre le pas sur son scepticisme. Quoi qu'il en soit, je rentre d'un long voyage et j'ai besoin de me reposer.

— Vous êtes un ami ou un ennemi ? lui demanda-t-elle le plus sérieusement du monde.

Pris de court, Jason hésita, puis finit par marmonner :

— Ça dépend de vous. Je pourrais vous retourner la question.

Sur ces mots, il désigna de l'index la porte de sa chambre.

— Je vais allumer le poêle, puis j'irai me coucher et je m'enfermerai à clé. Si vous êtes toujours là à mon réveil, nous essayerons d'y voir un peu plus clair.

Elle mit un certain temps à réagir et, la voyant hocher la tête, Jason parvint à lui sourire.

Au moment où il passait devant elle, il tendit le bras pour lui tapoter l'épaule, dans l'intention de la rassurer.

Elle poussa un cri perçant puis, profitant du fait qu'il la dévisageait sans comprendre, elle l'agrippa par le col de son sweat-shirt, passa une épaule sous son aisselle et le fit voler au-dessus du canapé. L'atterrissage fut des plus rudes : Jason tomba sur le dos, tandis que l'inconnue lui lançait, d'un ton qui n'admettait pas de réplique :

— Ne me touchez pas.

Malgré le choc, il parvint à se relever, non sans vérifier au passage que sa charmante visiteuse ne lui avait pas dérobé son arme.

Ils s'affrontèrent du regard en silence.

— Que voulez-vous ? lui demanda Jason, de plus en plus méfiant.

— Ce que je veux ? répéta-t-elle avant de le dévisager, les yeux ronds. Je... Que s'est-il passé ?

— Vous m'avez agressé, lui fit-il remarquer d'un ton aigre.

Elle secoua lentement la tête de droite à gauche.

— N... Non ! Je me suis défendue. Vous alliez m'attaquer.

Sa voix saccadée était remplie de peur, de terreur absolue, même. Jason reconnut l'attitude qu'il avait vue chez certaines victimes de viol, à Kaboul.

— Je ne vous voulais aucun mal, lui assura-t-il calmement. Au contraire, j'essayais de vous rassurer.

— Ah, fit-elle, sur un ton qui en disait long sur son état d'agitation. Je ne veux pas qu'on me touche, compris ?

Jason contourna précautionneusement la jeune femme, de façon à ce qu'elle ne puisse pas atteindre son holster. Elle resta figée, à l'observer, et son expression hagarde lui parut douloureusement familière. Qu'avait-il bien pu lui arriver, pour qu'elle échoue ici, seule, en état de choc et apparemment frappée d'amnésie, sauf en ce qui concernait son instinct de préservation ? D'où tenait-elle ses incroyables réflexes d'autodéfense ?

Sans la quitter des yeux, il alla allumer le poêle, referma la porte sur les buches qui commençaient à rougir et se rendit à sa chambre. Bien qu'il ait toujours aimé se frotter à une bonne énigme, ce dont son corps fourbu avait besoin pour l'instant, c'était de répit. Il lui serait bien plus facile de s'occuper de sa mystérieuse visiteuse après une bonne nuit de sommeil.

Dès que l'homme eut refermé la porte derrière lui, elle entendit la clé tourner dans la serrure. Vaguement rassurée, elle s'autorisa à regagner le confort et la chaleur des couvertures jetées sur le canapé.

Inspirer, expirer. S'efforcer de faire cesser les battements fous de son cœur. Essayer, aussi, de contenir la panique qui l'empêchait de se concentrer. Même ainsi, elle dut attendre quelques minutes avant que ses tremblements cessent. Lorsqu'elle se sentit enfin capable de réfléchir à peu près logiquement, elle se demanda dans quel guêpier elle avait bien pu se fourrer pour atterrir dans ce chalet.

Le costaud qui prétendait en être propriétaire lui avait semblé sincère, mais il était armé. Cela signifiait-il qu'elle était en danger ? Avait-il voulu lui faire comprendre qu'il avait le pouvoir et qu'il en userait si elle était toujours là à son réveil ?

Comme sa joue la lançait, elle la palpa et grimaça de douleur. Elle ignorait totalement ce qui lui était arrivé, mais à en juger par son extrême sensibilité, la blessure, s'il s'agissait bien d'une blessure, était récente.

Malgré la frayeur qu'elle avait éprouvée en se réveillant dans cet endroit inconnu, l'idée d'en sortir ne lui disait rien qui vaille. Elle ne s'en força pas moins à aller ouvrir la porte pour jeter un coup d'œil au-dehors.

Une bourrasque glaciale la fit frissonner et, bien qu'elle n'ait pas de blouson, elle resta sur le perron, le temps d'examiner les environs. Devant elle se dressait une chaîne de montagnes aux pics enneigés. Il y avait des arbres en abondance, des trembles pour la plupart, quelques peupliers et, par endroits, des pins. Comment savait-elle qu'on les appelait ainsi, alors qu'elle avait oublié son propre nom ? Mystère.

Au terme de quelques minutes de réflexion, elle en vint à la conclusion que le chalet était trop isolé pour qu'elle le quitte. Et pour aller où et par quel moyen ? Avait-elle un minimum d'argent ou des effets personnels ? Les reconnaîtrait-elle seulement, si elle mettait la main dessus ? Enfin, si elle était en danger, comment identifier l'ennemi ?

Tant de questions, et une seule certitude : elle ne connaissait pas le visage du danger.

Elle referma la porte, résignée à rester dans le chalet. Et tant pis si son hôte lui paraissait vaguement intimidant. Elle savait se défendre et resterait sur ses gardes. Bref, de deux maux mieux valait choisir le moindre, et rester où elle était. Du moins dans l'immédiat, et dans l'espoir que la mémoire lui revienne rapidement.

Elle passa le salon en revue, à la recherche d'un sac qui aurait pu contenir une pièce d'identité quelconque, et ne trouva rien de tel. Il semblait qu'elle ne possède plus, en tout et pour tout, que les vêtements qu'elle avait sur le dos – un legging polaire et un sweat-shirt. Étrangement, elle portait des chaussettes, mais ne retrouva pas ses chaussures. Consternée, elle recommença à s'interroger.

Elle avait perdu la mémoire. Maintenant, savoir comment et pourquoi… Elle recommença à se palper le crâne, à la recherche d'une bosse ou d'une blessure susceptible de lui donner une indication, en vain là encore.

De guerre lasse, elle renonça à faire l'inventaire de ce qu'elle ignorait pour se concentrer sur ce qu'elle savait. Pas grand-chose, là non plus. Elle avait été réveillée par un inconnu chez qui elle était entrée, plus ou moins par effraction apparemment. Elle se trouvait dans un chalet au milieu des montagnes… Seulement, dans quel État, au juste ? L'Alaska, le Montana, le…

Stupéfaite, elle s'interrompit. Elle parvenait à dresser la liste des États montagneux du pays, tout en étant incapable de se souvenir de son propre nom ou des circonstances qui l'avaient amenée ici. Comment cela se pouvait-il ?

De nouveau, elle fut submergée par la panique. Son cerveau était comme un tableau noir vierge de toute inscription, ce qui pouvait signifier tout et son contraire. Elle ignorait même si elle était célibataire, mariée ou divorcée. Il se pouvait aussi qu'elle ait des enfants ou des proches susceptibles de s'inquiéter de son absence, donc…

Elle ne put réprimer une grimace. Ces pensées négatives ne la menaient à rien. Elle devait réfléchir posément. Et si elle fut tentée de retourner se mettre à l'abri du monde, sous les couvertures amassées sur le canapé, elle y renonça vite : faire l'autruche ne l'avancerait pas.

Aussi se remit-elle à arpenter la pièce, dans l'espoir que le simple fait de bouger lui rappelle un détail quelconque. Malheureusement, elle ne tarda pas à comprendre que cela ne servait à rien non plus. Apparemment, il ne suffisait pas de *vouloir* se rappeler pour retrouver la mémoire.

Un peu déçue malgré tout, elle se rassit sur le canapé d'où elle observa fixement le poêle en se demandant s'il ne convenait pas de l'alimenter : avec la nuit tombante, la température allait continuer à baisser.

D'où lui venait cette certitude ? Elle n'aurait su le dire.

De guerre lasse et en dépit de ses belles résolutions, elle retourna se terrer sous les couvertures.

Lorsqu'elle se réveilla, le soleil dardait ses rayons sur sa joue tuméfiée. En s'étirant, elle bâilla, puis s'interrogea timidement : avait-elle récupéré quelques souvenirs pendant la nuit ? Non. Non, bien sûr, hélas.

Elle releva une manche de son sweat-shirt et fut choquée de voir son bras couvert d'hématomes, de tailles et de formes différentes. Elle le palpa et gémit : il lui faisait mal, et elle ignorait totalement d'où provenaient ces contusions.

Tandis qu'elle examinait la pièce dorénavant lumineuse, elle se rendit compte que la porte de la chambre de « son hôte » était toujours close. Il devait dormir, ce qui lui convenait parfaitement, dans la mesure où elle ne lui faisait toujours pas confiance.

Elle longea le couloir sur la pointe des pieds, à la recherche d'une salle de bains. Lorsqu'elle l'eut trouvée, elle considéra la cabine de douche, hésita un instant, puis décida de céder à la tentation. Une fois qu'elle eut verrouillé la porte, elle entreprit de se déshabiller, puis risqua un œil en direction du miroir.

Comme elle l'avait craint, son corps tout entier était couvert d'ecchymoses dont elle n'avait pas eu conscience mais qui, à présent qu'elle connaissait leur existence, la faisaient souffrir.

Elle cessa de comprimer les marques du bout des doigts, ouvrit l'eau, attendit que la température lui convienne, et se glissa sous le jet.

Quand elle ressortit de la cabine, la salle de bains était emplie de buée. De toute évidence, elle avait l'habitude des douches presque brûlantes. Tout en se séchant, elle remarqua qu'elle se sentait mieux à présent qu'elle était propre. Elle regretta de ne pas avoir de vêtements de rechange, puis se dit que le propriétaire du chalet pourrait sans doute lui indiquer où et comment s'en procurer.

Le simple fait de penser à lui avait dû le pousser à se manifester, car elle faillit le heurter dans l'étroit couloir.

Elle fut effarée par sa carrure. Il lui paraissait encore plus impressionnant que la veille. Plus musclé aussi. Quant à ce regard dur… Oui, il y avait de quoi être intimidée.

Au lieu de lui montrer son inquiétude, elle hocha le menton d'un air faussement désinvolte et le salua.

— Bonjour, lui répondit-il en plissant les yeux. Qu'est-ce que vous buvez, le matin ? Du café ?

Euh… Bonne question. À défaut de mieux, elle haussa les épaules et dit :

— Il n'y a qu'un moyen de le savoir, je crois.

Il pivota sur lui-même et l'entraîna vers la cuisine. Elle le suivit sans hésitation. Après tout, il ne lui avait encore donné aucune raison de le craindre, et comme disait sa grand-mère, il ne fallait pas crier avant d'être battue.

*Ma grand-mère…* Avide de souvenirs, elle se figea sur place et attendit que son cerveau lui envoie l'image d'un visage ou, mieux encore, un nom. Rien. Déçue, elle laissa échapper un soupir.

L'homme l'attendait devant le comptoir sur lequel il avait disposé deux grandes tasses.

— Vous voulez l'essayer comment ? lui demanda-t-il. Noir ou accompagné d'un peu de crème et de sucre ?

Si seulement elle avait su lui répondre !

— Allez-y au hasard, lui dit-il, la voyant hésiter. Ou plutôt, je vais choisir pour vous. Disons… sucre et crème.

— D'accord, murmura-t-elle en le regardant s'affairer devant la cafetière.

Subitement, elle s'aperçut qu'elle ne savait même pas

comment il s'appelait, lui non plus. Cela n'avait pas grande importance, dans la mesure où elle ignorait sa propre identité, mais tout de même, il l'accueillait, et la moindre des politesses était de se renseigner sur ce point.

Elle s'apprêtait à lui poser la question lorsque, à sa grande surprise, il se tourna vers elle pour annoncer :

— Avec tout ça, je ne me suis pas présenté. Jason Sheffield. Et comme je ne sais pas à qui j'ai affaire, j'ai pensé qu'on pourrait vous prénommer Lucy, si ça vous convient.

*Lucy...*

— Pourquoi pas ? C'est un prénom qui en vaut bien un autre, du moins jusqu'à ce que je retrouve la mémoire.

— Parfait, dit Jason en lui tendant sa tasse, un sourire bienveillant aux lèvres. Tenez, Lucy. Attention, c'est chaud !

Lucy porta la tasse jusqu'à la table devant laquelle elle s'assit. Après avoir timidement trempé les lèvres dans le breuvage, elle sourit à son tour.

— C'est très bon, dit-elle avec enthousiasme. Je pense que c'est comme ça que j'aime mon café.

— Tant mieux, rétorqua Jason avant de venir s'installer face à elle et de lui demander :

— Comment vous sentez-vous, ce matin ?

De nouveau, elle dut réfléchir avant de lui fournir une réponse. Pour finir, elle décida d'être franche :

— Je ne sais pas trop. J'ai quelques bosses, mon corps est contusionné, et je n'ai aucune idée de ce qui m'est arrivé.

— Montrez-moi ça, lui ordonna-t-il. Enfin, si ça ne vous dérange pas, ajouta-t-il, se radoucissant.

Lucy remonta lentement une de ses manches, puis la deuxième, exposant par là une chair tuméfiée, couverte d'ecchymoses qui allaient du violacé au verdâtre.

— Comme je vous le disais, j'en ai sur tout le corps, même sur le ventre, les jambes et le dos, précisa Lucy.

Il eut un mouvement de recul qui la crispa, puis se mit à jurer, d'une voix si basse qu'elle en était presque inaudible.

— Je dirais qu'on vous a frappée, et pas de main morte. Vous devriez avoir au moins une fracture, avec tout ça !

— Je n'ai rien de cassé, a priori. J'ai des courbatures et je me sens un peu raide, mais ça va un peu mieux depuis que j'ai pris une douche.

Elle but une nouvelle gorgée de café et s'efforça de sourire à son hôte.

— Ça aussi, ça revigore.

— Et vous ne vous souvenez pas non plus de ce qui s'est passé ? s'enquit Jason en dévisageant Lucy avec une telle compassion qu'elle en eut la gorge serrée.

— Non, malheureusement.

— Et des rêves ? Si vous en avez fait, il se peut que votre subconscient essaie de communiquer avec vous de cette manière, vous ne croyez pas ?

Lucy prit le temps de réfléchir à la question. S'il lui semblait avoir rêvé, ce qui lui revenait dans l'instant n'était qu'un tourbillon de couleurs et de mouvements dissociés.

— Non, avoua-t-elle finalement. Aucun indice de ce côté-là non plus.

Jason réagit en passant une main dans sa chevelure rebelle.

— Ça valait la peine d'essayer, commenta-t-il avec un soupir.

Lucy inspira profondément. Pouvait-elle ou non faire confiance à cet homme ? Prenant conscience qu'elle n'avait pas le choix, elle se résigna à se jeter à l'eau.

— J'ai besoin de votre aide. Bien que je commence à comprendre que vous subissez autant que moi cette situation, j'ai le sentiment d'être en danger.

Jason se redressa sur sa chaise.

— En danger ? Et d'où provient-il, ce danger ?

— Encore une inconnue, répondit-elle, luttant contre le découragement. C'est comme le reste. Je n'aurais peut-être pas dû vous le dire, mais j'ai vraiment cette impression. Cela dit, je peux me tromper, je n'ai aucun élément tangible sur lequel m'appuyer.

Elle poussa un nouveau soupir, de résignation, cette fois.

— Franchement, je ne vois pas comment résoudre ces énigmes – celle de mon arrivée ici, et celle de l'origine de ces meurtrissures, j'entends – tant que je serai amnésique.

Elle le regarda réfléchir à ses propos. Et si sa carrure de géant pouvait paraître intimidante, elle y trouva soudain quelque chose de rassurant. Elle était en sécurité, auprès de Jason Sheffield qui l'avait accueillie alors qu'il aurait été en droit de la jeter dehors.

— Je vais descendre en ville et poser quelques questions çà et là, annonça-t-il finalement. Ça ira, pendant mon absence ?

— Je... Je crois, oui. Du moins si vous êtes sûr de me faire suffisamment confiance pour me laisser seule chez vous.

Il la considéra avec un sourire chaleureux, communicatif, et dit simplement :

— Vous étiez seule ici avant mon retour, il me semble.

Jason descendit son allée très lentement, les yeux rivés sur le rétroviseur. Ce chalet avait longtemps été son refuge, et seuls quelques rares amis savaient où il se trouvait. Comment la mystérieuse femme qu'il avait décidé d'appeler Lucy était-elle arrivée jusqu'ici ?

Cedar étant une petite communauté, la plupart de ses habitants connaissaient l'existence du chalet. La famille de Jason y était venue en vacances pendant des années avant qu'il ne le rachète à ses parents. Il se pouvait donc que Lucy se révèle être une autochtone, qu'elle ait entendu dire que l'endroit était inhabité la plupart du temps, et ait décidé d'y panser ses blessures.

Bien qu'il ait prévu de ne voir personne pendant une dizaine de jours, il décida d'aller demander au shérif si une femme avait disparu dans la région.

La rue principale de Cedar ressemblait à une carte de Noël, avec ses devantures bien entretenues, même si la bourgade, trop distante des stations de ski, accueillait moins de touristes que d'autres petites villes de l'État. Avec ses bâtisses de briques rouges et de bois, la rue bordée d'arbres avait un aspect accueillant, particulièrement chaleureux.

Jason se gara devant la quincaillerie de son vieil ami Joe, tout content de le revoir après une si longue absence.

La clochette accrochée à la porte annonça son entrée.

— J'arrive tout de suite, lança Joe, sans lever le nez du carton rempli d'outils divers posé sur son comptoir.

En cette saison, en plus des guirlandes de Noël, la boutique était remplie de pelles et encombrée d'une motoneige.

Jason flâna un peu dans les rayons, se délectant de la sensation d'être rentré chez lui. Certes, il n'avait pas grandi ici, mais sa famille possédait le chalet depuis des décennies, et ses parents et lui avaient pris l'habitude de faire le voyage depuis Colorado Springs pour y passer quelques semaines chaque été. À la mort de son père, sa mère avait décidé de vendre ce qu'il considérait comme leur havre de paix, et il s'était empressé de le racheter. Il avait fait rénover la toiture, la plomberie et le chauffage, dans l'idée d'en profiter autant que ses nombreux voyages le lui permettraient. Là au moins, il pourrait trouver un minimum de paix.

Joe finit par relever la tête et, voyant Jason, poussa un cri de joie.

— Waouh ! Te revoilà, toi ?

Les deux hommes se donnèrent l'accolade, puis Jason demanda à Joe quelles étaient les nouvelles du bourg.

— On prévoit une tempête de neige, lui annonça le quincaillier. Tu as suffisamment de bois pour te chauffer, là-haut ?

— Non. Tu pourrais m'en faire livrer rapidement ?

— Dès cet après-midi, parce que c'est toi.

— Quoi de neuf, à Cedar ? demanda Jason d'un ton détaché au moment de payer.

— Pas grand-chose, répondit Joe en haussant les épaules. On a eu davantage de touristes que d'ordinaire, cet été, mais une fois les beaux jours terminés, les choses sont retournées à la normale. Cela dit, je suis heureux de te voir. Combien de temps comptes-tu rester, cette fois ?

— Au moins un mois, répondit Jason.

En réalité, il envisageait de s'attarder plus longtemps, voire d'abandonner le photoreportage de guerre car il était las de la barbarie et des bains de sang.

— Tu seras là à Noël, alors, commenta Joe, manifestement ravi. Tu te souviens que ma femme et moi avons l'habitude d'inviter les âmes seules à dîner ce soir-là. Tout le monde est le bienvenu. Il suffit d'apporter quelque chose à manger, à boire... Ce que tu veux.

— Merci, dit Jason. Je te dirai cela.

Il y avait bien longtemps qu'il n'avait pas fêté Noël, pour des raisons professionnelles, là encore.

Une fois sorti de la quincaillerie, il déambula un moment dans la rue principale en examinant chaque devanture dans l'espoir d'y trouver un avis de recherche. En vain.

Bien qu'il pense constamment à la jeune femme terrorisée qui l'attendait au chalet, il fit un saut au Gertie's, un café réputé pour ses excellentes tartes.

L'endroit, plutôt exigu, était bondé. Jason s'installa au bar et commanda, en plus d'un café, une part de la fameuse tarte aux pêches du patron, qu'il dégusta en discutant avec des gens du coin, apparemment ravis de le voir. Personne ne fit la moindre allusion à une disparition.

Quand il eut échappé à un petit groupe qui voulait l'entendre raconter ses dernières aventures, il se dirigea vers le bureau du shérif. Bien que ce dernier, Ray Jeffords, soit en fonction depuis une éternité, il n'envisageait pas de prendre sa retraite. De toute manière, Cedar était une bourgade tranquille, et Jeffords n'était pas surchargé de travail.

— Jason Sheffield ! s'exclama-t-il en se précipitant vers lui pour lui serrer la main.

Ses cheveux, autrefois gris, étaient devenus franchement

blancs, mais sa poignée de main était toujours aussi ferme, et il paraissait en forme.

Ils parlèrent de la tempête annoncée, puis Ray se plaignit de la rareté des touristes. Comme il n'évoquait aucune disparition, lui non plus, Jason finit par lui poser franchement la question.

— Je n'ai rien entendu de tel, lui dit le shérif en plissant les yeux. Pourquoi me demandes-tu ça ?

Jason avait envisagé de lui expliquer la situation, mais il y renonça. Tant qu'il ne saurait pas exactement à quoi était confrontée Lucy, il préférait taire sa présence chez lui.

— Pour un article que je suis en train de rédiger, répondit-il nonchalamment. Je ne peux pas encore vous en dire plus.

Cela eut l'effet attendu : tout le monde savait que Jason était reporter.

— Laisse-moi tout de même vérifier, ajouta le shérif.

Il alla s'installer devant son ordinateur et entra quelques données.

— Non, répéta-t-il au bout de quelques minutes. À part une gamine de quatorze ans dont on est sans nouvelles, il n'y a rien.

— Tant pis. Merci, shérif.

— Je t'en prie, mon gars !

Jason prit congé et, au lieu de longer l'autre côté de la rue principale, décida de refaire quelques courses avant de rentrer chez lui. Les provisions qu'il avait montées au chalet ne suffiraient pas à nourrir deux personnes, et il avait suffisamment l'expérience du blizzard, dans ces montagnes, pour savoir qu'il valait mieux être préparé.

Une fois dans le supermarché, en quête d'ingrédients pour préparer un repas rapide, il se demanda si Lucy serait toujours là à son retour. À tout hasard, il acheta quelques vêtements de base, dont des sous-vêtements. Fort heureusement, l'adolescente qui s'ennuyait derrière sa caisse ne le connaissait pas et se souciait comme d'une guigne de la nature de ses emplettes.

Son expédition terminée, il remonta dans sa voiture et se surprit à siffloter en conduisant. Oui, il aimait les énigmes. Encore plus lorsqu'elles se présentaient sous la forme d'une femme aussi jolie que Lucy.

# 2

Tout en regardant la jeep de son hôte s'éloigner, elle comprit qu'il lui avait donné la possibilité de repartir. Il ne lui fut pas difficile de prendre une décision : elle n'avait aucun endroit où aller, et, de toute manière, il lui aurait été difficile de se déplacer, pieds nus, par ce froid.

Si on ajoutait à cela ce sentiment omniprésent que le danger la guettait, tapi au-delà de son champ de vision, le choix était vite fait. Elle opterait donc pour le colosse qui l'avait accueillie dans son petit chalet. Du moins dans l'immédiat.

*Lucy*...

Elle se répéta le nom, le prononça à voix haute, puis se résigna à l'adopter, même s'il résonnait étrangement à ses oreilles.

Cette réflexion apporta son cortège de questions.

Comment – et surtout, pourquoi – une chose pareille avait-elle pu lui arriver ? Cela ne se produisait que dans les films ou dans les livres ! En plus d'être à la dérive et de ne trouver aucun point d'ancrage, elle redoutait ce qu'elle risquait d'apprendre sur son propre compte, lorsque la mémoire lui reviendrait. Et si elle avait commis un acte abject ? Quelque chose que son cerveau refusait d'assimiler ? L'amnésie pouvait-elle frapper sans raison ? Non. C'était peu probable, ce qui l'amena à penser qu'il se pouvait que ce soit elle, la victime, dans l'affaire. Enfin, comment se faisait-il qu'elle connaisse le nom des arbres entourant le chalet et ignore son propre nom ?

Il allait lui être difficile de ne pas s'apitoyer sur son sort. Elle ne savait quasiment rien de l'amnésie, et prévoyait de faire quelques recherches sur Internet dès qu'elle y aurait accès. Si seulement elle avait eu son téléphone !

*Son téléphone.* Sidérée, elle s'aperçut qu'il lui suffisait de fermer les yeux, pour se le représenter. Oui. Protégé par une coque rose, il s'agissait d'un iPhone dernier cri, grand format.

Stimulée par sa découverte, elle se leva d'un bond. Enfin un souvenir ! Le premier, et si elle parvenait à se rappeler un détail pareil, elle ne tarderait pas à se remémorer le reste.

Elle se mit à arpenter les lieux en essayant de libérer son esprit torturé de tout parasite, dans l'espoir que cette bribe de mémoire soudaine en entraîne d'autres. Malgré tous ses efforts, elle comprit vite que cela ne se commandait pas.

Il convenait donc de se concentrer sur l'aspect positif de sa situation. Elle s'était souvenue d'un détail de sa vie antérieure et refusait de céder au découragement. Pour l'instant, elle devait s'estimer en sécurité ; elle avait au moins un toit sur la tête, de quoi s'alimenter, et un hôte apparemment très compatissant.

Cela aurait pu être pire, elle s'en rendait compte. Et, bien qu'elle ne puisse considérer avoir eu de la chance, elle devait reconnaître qu'en ce qui concernait sa survie immédiate, elle était plutôt bien tombée.

Elle fut prévenue du retour de son hôte par un bruit de pneus sur l'allée de graviers.

Jason Sheffield – du moins elle l'espérait. Pourvu qu'il ne s'agisse pas d'un de ses amis, venu lui rendre visite !

Anxieuse malgré elle, Lucy courut jusqu'à la fenêtre, souleva les persiennes et jeta un coup d'œil au-dehors.

Oui, c'était bien lui ! Soulagée, elle le regarda descendre de sa jeep noire, son Stetson vissé sur le crâne, plus grand et plus beau que jamais.

Elle sentit son cœur s'emballer, ce qu'elle se reprocha aussitôt. L'attirance qu'elle commençait à éprouver pour lui était d'autant plus déplacée qu'il se pouvait qu'il soit marié.

Elle lui ouvrit la porte et attendit, le souffle court. Comme il était chargé de sacs, elle lui lança :

— Je ne peux pas venir vous aider, parce que je n'ai pas retrouvé mes chaussures.

— Il faudra qu'on arrange ça, lui répondit-il en allant vers elle. D'ailleurs, j'aurais dû y penser, tout à l'heure. Je vous ai acheté quelques sweat-shirts et des leggings… qui pourraient être trop grands pour vous, vu que je ne connais pas vos mensurations.

Touchée par son attention, Lucy le remercia.

— Ce n'est rien, répondit-il. Vous ne pouvez pas porter les mêmes vêtements tous les jours. Pendant que j'y étais, j'ai pris un lot de sous-vêtements ainsi qu'un pack de chaussettes chaudes… J'espère que ça vous ira.

— Ça m'ira, affirma Lucy, se sentant rougir malgré elle.

— Pour les chaussures, il faudra que vous m'indiquiez votre pointure, quant au reste… j'aurai besoin d'une taille là aussi.

— Merci. C'est vraiment gentil de votre part.

— Je suis aussi allé au ravitaillement, poursuivit Jason. Au cas où les chutes de neige à venir seraient aussi abondantes que ce que les météorologues prévoient.

— Des chutes de neige ? répéta Lucy, les yeux ronds.

— Un véritable blizzard même, à ce qu'il paraît.

— Chouette, j'adore la neige ! s'exclama-t-elle.

— Tiens, on dirait que vous venez de vous rappeler un détail, commenta Jason en la dévisageant avec attention.

— Tout à fait. Et c'est la deuxième fois. Tout à l'heure, je me suis souvenue que j'avais un iPhone. Il m'est apparu très clairement. Bien sûr, ce ne sont que des broutilles, mais on peut espérer que j'aurai d'autres flashs comme ceux-là et que tout finira par se remettre en place, dans mon esprit.

— Je crois avoir lu un ou deux articles sur la façon dont ça fonctionne. Ça revient effectivement par bribes, parfois sous la forme d'impressions de déjà-vu. Ne vous attendez pas à vous réveiller un beau matin dans la peau de la femme que vous avez été.

Dommage, car bien sûr, c'était ce qu'elle souhaitait.

Soucieuse de changer de sujet, elle s'enquit :

— Vous avez souvent du blizzard, dans le coin ?

— Oui, et en général je le prends de plein fouet, à cause de l'orientation du chalet. D'où tous ces achats.

Il la frôla en passant devant elle, ce qui lui permit d'inhaler son odeur virile, un subtil mélange de musc, de grand air, d'arbres. Presque submergée par le désir, elle déglutit péniblement.

Cela ne lui ressemblait guère, à moins, bien entendu, qu'elle appartienne à cette catégorie de femmes qui se donnaient sans retenue. Cette idée la rebuta tant qu'elle s'autorisa à en douter.

Elle n'avait pas d'alliance et aucune marque sur son annulaire n'indiquait qu'elle en ait porté une un jour. Un nouveau coup d'œil au large dos de son hôte la remit en émoi.

Que signifiait cette soudaine attirance ? Jason Sheffield était-il son genre, ou ces sensations bizarres étaient-elles simplement dues au fait qu'ils étaient confinés ensemble dans un endroit isolé ?

Peu importait, au fond. Lucy avait suffisamment de soucis comme cela, sans en chercher d'autres. Les épaules droites et la tête haute, elle suivit Jason dans la cuisine et le regarda en silence déballer ses achats. Là, en dépit de ses fermes résolutions, elle constata qu'elle brûlait d'envie d'approcher Jason Sheffield.

— Tenez, dit-il avant de lui lancer un pack de culottes qu'elle attrapa, les joues en feu.

Il fit glisser un deuxième pack sur le comptoir et ajouta :

— Les chaussettes et le reste du sac sont pour vous également. Vous y trouverez aussi un sweat-shirt.

Elle s'en empara en souriant.

— Merci encore, murmura-t-elle, laissant tomber les chaussettes et les culottes à l'intérieur. J'espère que vous avez gardé le ticket de caisse, que je puisse vous rembourser quand j'aurai accès à mon compte en banque. Je dois bien en avoir un, non ?

— Ce ne sera pas nécessaire, répondit Jason avant de s'attaquer aux produits frais qu'il entreposa dans une glacière. Il laissa sur le comptoir un paquet de riz, ainsi que plusieurs soupes de légumes en conserve puis, se tournant vers Lucy, il les désigna d'un geste du menton et dit :

— Tout ça va dans le placard situé juste derrière vous. Je vous laisse vous en occuper si ça ne vous ennuie pas.

Cela l'ennuyait d'autant moins que cela les obligerait à travailler dos à dos dans un espace très réduit. Bien évidemment, ils se heurtèrent à plusieurs reprises et, à chaque fois, Lucy ravala des excuses embarrassées en espérant qu'il ne remarquerait pas son trouble.

Au bout d'un moment, elle se fustigea en silence. Dans son état présent, elle ne pouvait se laisser déstabiliser par la proximité d'un inconnu. Simple question de logique.

— Ça va ? lui demanda-t-il.

Elle revint à la réalité du moment et répondit d'un ton ferme, afin de bien s'en convaincre :

— Ça va.

— Tant mieux, lui dit-il en la gratifiant d'un sourire qui, à son grand agacement, la réchauffa tout entière.

Il tendit une main, comme pour lui tapoter l'épaule, et se ravisa aussitôt.

— Ne vous en faites pas. Nous finirons par comprendre ce qui vous est arrivé. Si ça se trouve, c'est d'une simplicité enfantine. J'ai profité de ce que j'étais en ville pour me renseigner, et aucune femme n'est portée disparue.

— Aucune femme ? répéta Lucy, atterrée.

— Aucune. Je suis passé voir le shérif, et comme il a pris le temps de vérifier, le doute n'est pas permis.

De plus en plus démoralisée, Lucy s'éloigna de Jason. Un minimum de distance lui permettrait de réfléchir un peu plus sereinement.

— Je ne vous cache pas que je suis déçue, dit-elle. J'espérais trouver rapidement une explication à cette énigme. Dans mon optimisme, je me suis même laissé aller à croire que vous tomberiez sur un avis de recherche, et qu'à la vue de mon visage et de mon nom, le reste me reviendrait comme par magie. On peut rêver...

Cette dernière remarque fit rire Jason.

— Si j'ai acquis une vertu, au cours de ma carrière, c'est la patience. Vous êtes trop tendue, Lucy. Votre situation est complexe, et je serais étonné qu'elle se résolve rapidement.

— Ça n'a pas l'air de vous déranger outre mesure. Une chose est certaine néanmoins, vous avez toute ma gratitude. Sans vous, j'aurais été encore plus démunie.

— J'ai fait cela de bon cœur. À propos, en y réfléchissant bien, j'ai repensé à un article que j'ai lu il y a quelques années. Il semblerait que, dans les cas d'amnésie totale, on ne puisse rien forcer. Il faut laisser revenir les choses, graduellement. La mémoire se remet en place par bribes.

Lucy acquiesça lentement, en tentant de faire bonne figure, cette fois. Elle releva la tête dans l'intention de dévisager Jason avec indifférence, et échoua lamentablement.

— N'empêche que votre visage me paraît familier. Vous êtes sûr que nous ne nous connaissons pas ?

— Certain, répondit-il avec un amusement non dissimulé. Comment aurais-je pu oublier une femme comme vous ? En revanche, il se peut que vous m'ayez vu à la télévision – aux informations sur le Moyen-Orient. Je suis reporter, spécialisé dans les photos de guerre, et malheureusement le travail ne manque pas dans cette partie du monde.

— C'est possible, oui, marmonna-t-elle, avant de se remettre à arpenter le chalet – plus pour se distraire de ses pensées gênantes que pour autre chose.

— J'aime beaucoup votre cuisine, dit-elle en faisant courir ses doigts sur le comptoir de granit. Le reste du chalet aussi, d'ailleurs. Les couleurs sont harmonieuses, alors de deux choses l'une : soit vous avez acheté cet endroit tel quel, soit vous avez des talents de décorateur d'intérieur.

— Merci. J'ai fait faire quelques rénovations quand j'ai racheté cette petite maison.

Du coin de l'œil, Lucy vit quelque chose bouger au-dehors. Un animal traversait le jardin arrière. Elle se précipita vers la fenêtre et colla son nez contre la vitre.

— À votre avis, c'est un cerf ou un ours ? lui demanda Jason.

— Un cerf, pourquoi ? Il vous arrive souvent de tomber sur des ours ?

— Il y a toutes sortes de prédateurs dans la région, dit-il simplement. Il suffit d'être prudent pour les éviter.

Lucy attendit que l'animal ait disparu dans les bois, se tourna vers Jason et s'aperçut qu'il l'observait avec attention.

Un peu déstabilisée, elle l'affronta du regard, puis reprit la parole :

— Si j'ai bien compris, vous avez vu le shérif et posé quelques questions aux habitants de Cedar. Mais il se pourrait bien que je ne sois pas du coin, et je continue à me sentir en danger. C'est un peu comme si j'étais censée être ici pour une raison essentielle...

— C'est possible, en effet, lui répondit Jason sans se démonter. Vous avez une idée de la provenance ou de la nature du danger qui vous guette ?

— Non, justement. C'est un peu comme avoir un nom sur le bout de la langue et ne pas le retrouver. Honnêtement, ça m'horripile.

— Je m'en doute bien, commenta Jason. C'est pourquoi je vous suggère d'essayer d'en savoir davantage grâce à Internet. Vous pourrez chercher avec moi, si vous voulez. On verra bien ce qu'il en ressortira.

— Merci, dit-elle, si enthousiasmée qu'elle se serait volontiers jetée dans ses bras.

— De rien, de rien. Toutefois, si vous n'y voyez pas d'inconvénient, j'aimerais d'abord regarder les infos.

— Avant de nous connecter à Internet ?

— Oui.

Il tendit un bras vers elle, le laissa retomber, puis pencha la tête sur le côté et lui demanda, presque timidement :

— Je peux vous toucher, maintenant ? Je vous promets de ne vous faire aucun mal.

Sans attendre sa réponse, il lui glissa une main sous le menton pour l'obliger à relever la tête et à le regarder.

— Et ne vous en faites pas, reprit-il. On ira sur Internet un peu plus tard. Je n'ai pas d'autre moyen que la télévision pour m'informer. Si je rate le journal, c'est fichu jusqu'à la diffusion suivante, or j'aime me tenir au courant de ce qui se passe dans le monde. Déformation professionnelle, je suppose.

— Sans doute, oui, murmura Lucy en se disant que s'il tardait à retirer sa main, elle l'embrasserait, purement et simplement. Était-il dans sa nature profonde de passer ainsi d'un extrême à l'autre ? Encore une chose qu'elle ignorait.

Lorsqu'il s'éloigna, elle tenta de s'estimer heureuse, et passa à autre chose :

— Vous faites quel genre de journalisme, au juste ? Si je vous ai vu à la télévision, ça devait être sur une chaîne nationale.

— Gagné. Je suis correspondant au Moyen-Orient.

— Ah oui. Vous me l'avez déjà dit, non ?

— C'est probable, oui, répondit-il, cherchant une chaîne sur la télécommande. J'effectue la plupart de mes reportages dans des pays en guerre.

*Des pays en guerre*. En un flash rapide, Lucy entrevit une scène de chaos, de bruit, de sang et de désespoir. Cela fut trop bref, néanmoins, pour qu'elle puisse en déterminer l'arrière-plan.

— Ça m'a l'air dangereux, murmura-t-elle.

— Ça peut l'être, répondit-il distraitement. Je suis content que la télévision fonctionne et que l'image soit nette. Ce n'est pas toujours le cas. Par temps de pluie ou de neige, le satellite ne donne pas accès au réseau. Alors je lis.

Lucy regarda autour d'elle ; il n'y avait pas un seul livre en vue. Jason secoua la tête.

— J'ai une liseuse électronique. Le chalet est trop petit pour que je m'encombre d'une bibliothèque.

Sur ce, les informations commencèrent. Au sommaire, un attentat-suicide, doublé d'un raid aérien sur Kaboul. Plus de soixante-dix Afghans avaient été tués, et on ne comptait pas encore les blessés.

Jason jura entre ses dents.

— J'étais en reportage dans cette ville il y a moins d'une semaine.

Nouveau juron, puis :

— Je ne sais pas si je suis soulagé ou frustré de ne pas avoir été là-bas au moment où cela s'est produit.

— Pourquoi ? Vous êtes dopé à l'adrénaline ? lui demanda Lucy d'une voix incertaine.

Elle se sentait mal, subitement. Les divers sons qui s'échappaient du poste la perturbaient tant qu'elle fut à deux doigts de demander à son hôte d'éteindre l'appareil.

Jason était trop absorbé par le reportage pour lui répondre.

Soudain prise de nausées, elle se leva d'un bond et sortit de la pièce en courant. Elle savait qu'elle ne pourrait pas aller bien loin, mais elle devait s'éloigner de ce maudit écran.

Jason estima que le reporter avait bien fait son travail, puisqu'il s'était contenté de rapporter les faits sans donner son opinion personnelle.

Au terme d'une bonne minute – ce qui était long, pour un seul sujet – ce fut le tour des prévisions météorologiques. La tempête de neige qui faisait rage dans le Montana et le Wyoming atteindrait le nord du Colorado d'ici quelques heures. Les météorologues prévoyaient d'intenses chutes de neige sur l'ensemble de l'État, les endroits les plus élevés étant, comme d'habitude, les plus touchés. Cela allait faire le bonheur des stations de ski, qui n'avaient pas été gâtées, dans ce domaine, en ce début de saison.

Jason se tourna vers Lucy dans l'intention de commenter la situation en Afghanistan, et s'aperçut qu'elle n'était plus assise auprès de lui. Il la retrouva dans la salle de bains dont elle avait laissé la porte ouverte, debout devant le lavabo. Immobile, tête basse, elle regardait l'eau couler du robinet.

— Lucy ?

Comme il n'obtenait pas de réponse, il voulut lui effleurer l'épaule pour s'assurer que tout allait bien.

Il n'en eut pas le temps : vive comme l'éclair, elle recula jusqu'au mur, les yeux fous, les bras tendus devant elle en une position de défense.

— Hé, dit Jason, s'efforçant de parler d'une voix calme. Ce n'est que moi, Lucy, que se passe-t-il ?

Elle mit un certain temps à reprendre ses esprits.

Quand elle baissa enfin les bras, elle battit des paupières et demanda :

— Jason ?

Elle semblait complètement perdue et n'avait manifestement aucune idée de ce qu'elle faisait là.

— Vous êtes blanche comme un linge, lui dit-il précautionneusement. Venez donc vous asseoir, j'ai peur que vous perdiez connaissance.

À son grand soulagement, elle se laissa guider jusqu'à la cuisine. Il tira une chaise sur laquelle Lucy s'assit machinalement. On aurait dit qu'elle se trouvait à des milliers de kilomètres de là.

— Qu'est-ce qui ne va pas ? s'enquit-il en cédant à l'envie de repousser la mèche de cheveux soyeux qui s'était égarée sur sa joue.

Cette fois, elle ne se déroba pas.

— Vous êtes souffrante ? poursuivit-il.

— Les infos... commença-t-elle avec difficulté. Je ne sais pas pourquoi. Les images qu'ils ont diffusées...

— Celles du raid sur Kaboul ?

Il attendit sa réponse en l'étudiant avec attention. Qu'il

était difficile de résister à l'envie de la prendre dans ses bras pour la réconforter !

— Oui. Tout ça m'a… paru familier. Trop familier.

— Comment ça, familier ? Vous pensez que vous êtes déjà allée là-bas ?

— Aucune idée, murmura-t-elle en frissonnant. C'est possible, non ?

Jason se garda de lui faire part de ses doutes. Il connaissait tous les correspondants en Asie centrale, et Lucy n'en faisait pas partie. Pour quelle autre raison une civile américaine se serait-elle trouvée dans un pays en guerre ? Pour venir en aide à la population, avec une ONG quelconque ? Cette éventualité ouvrait le champ à d'innombrables possibilités auxquelles il réfléchirait plus tard, quand Lucy serait moins agitée.

— Vous avez eu un flash-back ?

— Je n'en sais rien, répéta-t-elle avant d'éclater en sanglots.

Jason Sheffield pouvait supporter qu'on lui tire dessus ; même confronté à une explosion, il parvenait à conserver son sang-froid. Il se considérait comme un dur, bien entraîné et ingénieux. En revanche, la proximité d'une femme en larmes le réduisait à néant ou presque.

Et, bien qu'il hésite à toucher Lucy, il savait que ce dont elle avait besoin, dans l'instant, était d'un contact humain. Aussi, après s'être promis de ne faire aucun mouvement brusque, s'agenouilla-t-il devant elle pour serrer ses mains entre les siennes.

— Allons, allons, lui souffla-t-il. Ce n'est pas si terrible !

Elle secoua la tête, puis s'efforça de sourire à travers ses larmes.

— Vous trouvez ? demanda-t-elle en reniflant. Vous n'avez pas idée de la terreur qu'on éprouve quand on ne sait ni où on est, ni qui on est, ni… Ni rien, en fait.

Elle tira une serviette en papier du distributeur posé sur la table, et s'essuya les yeux.

— J'ignore totalement pourquoi ce reportage m'a bouleversée. C'est horrible, j'aimerais tant le savoir !

— Nous trouverons, affirma Jason. En ma qualité de reporter, il m'appartient d'apporter des réponses à toutes sortes d'interrogations. Permettez-moi de creuser un peu. Ça prendra peut-être un peu de temps, cependant je vous promets de faire tout mon possible.

Ces propos parurent la rassurer légèrement. Elle releva le menton sans cesser de se tamponner les yeux, puis reprit la parole :

— Je devrais peut-être consulter, pour le cas où mon amnésie aurait des causes médicales, qu'en pensez-vous ?

— Ça vaut la peine d'essayer, dit-il en lui serrant doucement les mains. Vous vous sentez capable de descendre en ville avec moi ?

Elle baissa la tête, et ses cheveux cachèrent momentanément son visage.

— Je... je ne peux pas vous le dire.

— Une fois que vous aurez rendez-vous, on pourrait faire l'aller-retour en une demi-journée, précisa Jason, qui imaginait déjà les ragots que susciterait sa présence avec une inconnue, à Cedar. Ou, mieux encore, faire le déplacement jusqu'à Colorado Springs. Ça fait un bout de chemin, mais un de mes amis de fac a un cabinet médical, là-bas. Comme ça, personne ne saura que vous êtes ici, à Cedar.

— D'accord.

Jason se réjouit intérieurement. En plus d'avoir cessé de pleurer, Lucy paraissait un peu plus optimiste.

Et, même avec les yeux gonflés et le nez rouge, elle était d'une beauté à couper le souffle.

— Vous voulez peut-être manger quelque chose ? lui proposa-t-il, je pourrais nous préparer des spaghettis avec des boulettes de viande.

— Je suis végétarienne, annonça-t-elle.

Lorsqu'elle s'aperçut de ce qu'elle venait de dire, elle fit des yeux ronds, et répéta, d'une voix émerveillée :

— Je suis végétarienne !

Jason l'étudia attentivement, et murmura :

— Ce qui nous fait trois souvenirs, si j'ai bien compté.

— Oui, et je suis sûre de moi. Même s'ils n'ont rien à voir les uns avec les autres : j'adore la neige, je ne mange pas de viande, et j'aimerais bien récupérer mon iPhone.

— Ça nous simplifierait la tâche, en effet. Autre chose ?

Lucy se rembrunit.

— Non, je ne crois pas, non. Je...

Son ventre gargouilla bruyamment, ce qui les fit sourire tous les deux.

— En tout cas, j'ai faim, apparemment. Je mangerai des spaghettis, je vous laisserai les boulettes de viande. Qu'en dites-vous ?

— Excellente idée. Je pourrais même vous faire chauffer des épinards, si ça vous tente.

— Je peux vous aider ? lui proposa-t-elle.

— Non. Tenez-moi simplement compagnie pendant que je nous prépare tout ça. Vous aimez le vin ? Je pourrais nous ouvrir une bonne bouteille de merlot, pour agrémenter le repas.

— Du vin..., dit-elle d'un ton songeur. Oui, pourquoi pas ?

Jason ouvrit la bouteille, leur servit un verre à chacun, posa le sien près de la gazinière, puis se mit au travail.

Elle le regarda faire en sirotant son merlot, et Jason fut stimulé par la lueur qui brillait dans ses yeux, même s'il était probable qu'elle soit provoquée par l'attente d'un autre souvenir.

La petite cuisine était imprégnée de l'odeur des boulettes de viande lorsqu'il disposa le plat, les assiettes et les couverts sur la table. Il leur resservit un peu de vin, tandis qu'elle se servait en pâtes et en épinards.

Elle mangea de bon cœur, avec des manières délicates en parfaite contradiction avec l'intérêt qu'elle portait au contenu de son assiette.

Quand elle eut terminé, elle se renversa sur son siège et s'exclama :

— C'était délicieux ! Merci, Jason.

— De rien. Comme vous le voyez, je me suis régalé, moi aussi. Dommage que je n'aie pas pensé à nous prendre un dessert !

— Un tiramisu ? demanda-t-elle aussitôt. Ah ! ça me revient, ça aussi. Je suis particulièrement friande de tiramisu.

— Eh bien, vous voyez ! commenta-t-il, ravi. Comme prévu, les choses se remettent en place par bribes. À mon avis, vous ne tarderez pas à vous souvenir de tout.

— Je l'espère, dit-elle en enroulant une mèche de cheveux autour de son index. Ce que j'aimerais par-dessus tout, c'est comprendre pourquoi j'ai si mal réagi à ce reportage, qui n'a pas semblé vous émouvoir outre mesure. Vous n'avez couvert que l'Afghanistan ?

À son intonation, Jason comprit qu'elle s'efforçait de ne pas se laisser dominer par la peur.

— Non, dit-il en repensant à son dernier passage en Grande-Bretagne. Il se trouve que j'étais à Londres, lors des attentats du métro. Un pur hasard, mais comme j'étais là au « bon » moment, si je puis dire, j'ai couvert cet événement-là aussi.

— Je ne veux même pas imaginer le bain de sang que ça a été, murmura Lucy en frissonnant. Comment faites-vous pour supporter tout ça ?

— Allez savoir... Quand j'ai commencé, j'avais tendance à me réfugier dans l'alcool, et puis je me suis habitué à la barbarie.

Il désigna du menton le petit bureau qui se trouvait dans un coin de la pièce, et ajouta :

— Je suis en train de répertorier mes meilleures photos, pour en faire un livre. J'ai de quoi proposer plusieurs ouvrages à un éditeur.

— Des photos ? répéta-t-elle, manifestement perplexe. Je vous croyais journaliste ?

— Je suis reporter-photographe, précisa Jason.

Lucy posa un regard dubitatif sur le bureau jonché de documents et de livres de référence.

— Et vous êtes doué pour ça ?

— Disons simplement que j'ai été récompensé à plusieurs reprises et que j'ai vendu une bonne partie de mon travail à des magazines comme le *National Geographic*.

— Waouh ! Impressionnant !

Lucy jeta un nouveau coup d'œil sceptique en direction du bureau, sembla hésiter, puis se lança :

— Vous arrivez à vous y retrouver dans ce fouillis ?

— J'ai un truc, dit-il avec fierté. J'opère de manière très systématique, de sorte que je sais avec précision à quoi correspond chacune de ces piles de documents.

Afin d'illustrer son propos, il se dirigea vers le bureau :

— Celle-ci, par exemple, est constituée de brouillons – de premiers jets pour d'éventuels articles destinés à des magazines divers. Quant à ça...

Il s'interrompit en remarquant un sac en toile kaki qu'il n'avait encore jamais vu.

— Ça ? releva Lucy, avant d'aller le rejoindre.

— Oui, ça..., répéta-t-il... Ce sac vous appartient, non ?

— Comment voulez-vous que je le sache ? Si vous ne le reconnaissez pas, il doit effectivement être à moi.

Jason s'empara de l'objet et demanda :

— Si je l'ouvrais pour voir ce qu'il y a dedans ?

— Allez-y, dit-elle.

Jason porta le sac jusqu'à la cuisine, le posa sur le comptoir, puis l'ouvrit.

— Des vêtements ! s'exclama Lucy qui lui avait emboîté le pas.

Elle tira du sac quelques jeans, un caleçon noir, des pullovers, des T-shirts, et même une robe. En prime, une parka à capuche, un pyjama, des sous-vêtements.

— Attendez, s'écria-t-elle. Ce n'est pas tout ! Il y a des chaussures, au fond. Tennis, bottes et escarpins à hauts talons. Tiens, une trousse de maquillage ! Et ça... je me demande à quoi ça peut servir, poursuivit-elle en brandissant un sac transparent à l'intérieur duquel se trouvait une perruque blonde.

— À vous déguiser, peut-être ? lui suggéra Jason. Quoi qu'il en soit, vous êtes équipée, à présent. Vous avez préparé votre sac vous-même ou quelqu'un s'en est chargé pour vous ?

Elle ouvrit la bouche pour lui répondre, mais il n'en sortit qu'un soupir de découragement.

— Je n'en sais rien, avoua-t-elle piteusement.

Et, pour la première fois, Jason se surprit à s'interroger sur la véracité de son histoire.

# 3

Lucy ferma les yeux et s'efforça de réguler sa respiration. Elle ne savait trop comment interpréter la manière dont Jason la considérait tout à coup. La soupçonnait-il de garder pour elle un certain nombre d'informations ? Si c'était le cas, elle n'avait aucune idée de ce dont il s'agissait, et aurait été bien en peine de l'expliquer. Si Jason ne comprenait pas que son cerveau était vierge de tout souvenir, rien de ce qu'elle pourrait faire ou dire ne l'amènerait à changer d'avis.

La découverte de ce sac était sa première source d'espoir depuis son arrivée. D'où venait-il au juste ?

Songeuse, elle le palpa. Son existence même la rassurait, amenuisait son sentiment de dérive. Elle était incapable d'exprimer sa joie à l'idée d'avoir enfin quelques effets personnels, pas un simple sac, *son* sac et *ses* affaires. *Son* maquillage, et des vêtements qu'elle avait déjà portés. C'était, en quelque sorte, la preuve qu'elle avait un passé, ce dont, contre toute logique, elle commençait à douter.

Elle s'empara d'un jean usé et sortit le reste, dans l'espoir de trouver un petit mot expliquant d'où elle venait et ce qui lui était arrivé. Ce n'était pas le cas, bien sûr. En outre, il se pouvait fort bien qu'elle ait empaqueté ses affaires elle-même.

Elle rangea les vêtements dans le sac, qu'elle laissa sur la chaise de bureau, faute de pouvoir le ranger ailleurs. Puis, le moral en berne, elle regagna la cuisine où elle entreprit de débarrasser la table.

— Qu'est-ce que vous faites, Lucy ? lui demanda Jason. Laissez ça, ce n'est pas votre boulot !

— Et pourquoi donc ? rétorqua-t-elle, soucieuse de s'occuper pour pas être submergée par ses émotions. Vous avez préparé le repas, je débarrasse la table, ça me semble équitable, vous ne trouvez pas ?

Il la regarda faire un moment avant de capituler.

— Bon, puisque vous y tenez, allez-y, mais à condition que vous me laissiez vous aider. Comme je n'ai pas de lave-vaisselle, il faut la faire à la main. Vous préférez laver ou essuyer ?

— Laver.

Au bout de quelques minutes, Lucy se détendit légèrement. Le simple fait de laver puis de rincer une assiette avant de la tendre à Jason lui semblait réconfortant, peut-être même routinier.

Ils venaient de terminer lorsqu'une bourrasque ébranla le chalet tout entier.

— Mince ! s'exclama Jason. On dirait que la tempête est arrivée plus tôt que prévu. Il faut que j'aille chercher du bois. Je l'entrepose sous une bâche pour qu'il ne prenne pas l'humidité, mais l'abri est difficile d'accès par temps de neige.

— Je vous accompagne, dit-elle aussitôt. À présent, j'ai des vêtements et des bottes, et je vais pouvoir m'habiller assez chaudement pour aller dehors et vous donner un coup de main.

— Merci, ce n'est pas de refus, dit Jason en s'emparant de son blouson pour l'enfiler.

Une nouvelle rafale de vent s'abattit sur le chalet.

— Waouh ! fit Jason. On dirait que les éléments se déchaînent, allons-y, si vous voulez bien. Le plus tôt sera le mieux.

Lucy fut heureuse de constater que la parka et les bottes lui allaient parfaitement, puis elle se dit que c'était normal, vu qu'elles lui appartenaient.

— Vous n'avez ni gants ni bonnet ? lui demanda Jason, en se coiffant du sien. Regardez dans vos poches, on ne sait jamais.

Lucy s'exécuta et fut ravie de trouver les deux. Après avoir enfilé le bonnet, elle referma sa parka puis enfila ses gants.

— Je suis prête, annonça-t-elle, avant de suivre Jason jusqu'à la porte.

L'air glacial l'atteignit de plein fouet. Des flocons de neige tourbillonnaient autour d'eux en une ronde folle. Le sol était déjà recouvert d'un épais tapis blanc, et on n'y voyait pas à plus de deux mètres.

— Par ici, lui cria Jason en lui montrant le chemin.

Pliée en deux pour lutter contre la force du vent, elle le suivit tant bien que mal.

Il avait construit un abri surélevé, protégé sur trois côtés, pour y stocker son bois. Une lourde toile goudronnée, déjà saupoudrée de neige, recouvrait le tout.

— Un instant, dit Jason, levant une main. J'ai fixé la bâche avec des tendeurs pour éviter qu'elle ne s'envole.

Une fois un coin de la toile soulevé, Jason prit trois bûches qu'il déposa sur les bras tendus de Lucy.

— Ça va ? Ce n'est pas trop lourd ?

— Ça ira. Je vais emporter ça à l'intérieur, et si je n'ai pas eu trop de mal, j'en prendrai deux de plus au prochain voyage.

Elle marcha devant, cette fois, impressionnée par la violence de la tempête. Au bout de quelques minutes, elle s'aperçut néanmoins qu'elle trouvait la neige apaisante. Son environnement ressemblait à une carte de fin d'année.

*Un nouveau souvenir*, pensa-t-elle, bien qu'elle soit trop occupée à mettre un pied devant l'autre pour réfléchir à ce qui lui était revenu.

Au moment où elle atteignait la porte, une bourrasque lui arracha son fardeau des bras, et une bûche alla voler contre une des façades de la maison. Lucy parvint néanmoins à ne pas lâcher les deux autres morceaux de bois, et s'engouffra à l'intérieur du chalet.

Jason arriva presque aussitôt, et tapa des pieds pour en retirer la neige avant de refermer la porte. Il porta sa charge jusqu'à un coffre en métal, la laissa tomber à l'intérieur, et se tourna vers Lucy qu'il libéra à son tour en disant :

— Ça ne suffira pas. Il va falloir alimenter le poêle vingt-quatre heures sur vingt-quatre si on ne veut pas se geler.

Ils effectuèrent deux autres voyages ; au troisième, Lucy ne sentait plus ses mains, ni ses pieds. La neige l'empêchait même de voir ses bras tendus devant elle.

— Attendez, lui cria Jason, avant de rattacher la bâche.

Il fit signe à Lucy de rentrer à l'intérieur du chalet, et ajouta :

— Allez vous mettre au chaud, j'arrive tout de suite. Je vais garer le chasse-neige devant ma jeep.

Transie, Lucy pivota sur elle-même pour s'exécuter, glissa sur une plaque de verglas, et se tordit la cheville. Elle poussa un cri aigu, aussitôt étouffé par la tempête, et s'affala de tout son long. Son menton heurta violemment l'une des bûches, et elle mit quelques secondes pour recouvrer ses esprits.

— Ça va ? lui demanda Jason, se précipitant vers elle pour l'aider à se relever.

Bien qu'elle ait les yeux embués de larmes glacées, elle parvint à acquiescer. Quelques secondes plus tard, malgré la douleur, elle entreprenait de ramasser ce qu'elle avait laissé tomber.

Elle attendit que Jason et elle soient bien au chaud à l'intérieur et que les bûches soient rangées pour retirer ses gants et palper son menton douloureux. Comme il était trop sensible, elle y renonça.

— Ça va ? s'enquit de nouveau Jason en posant son blouson sur le portemanteau. Vous pouvez accrocher votre parka là, le temps qu'elle sèche, si vous voulez. Bon sang ! s'exclama-t-il, vous saignez.

— Ah bon ? dit-elle en s'immobilisant, tandis que Jason lui faisait doucement relever le visage pour examiner la blessure.

— Un tout petit peu, en fait, commenta-t-il avec un sourire rassurant. Mais il faut tout de même qu'on nettoie ça.

Lucy se laissa docilement entraîner jusqu'à la salle de bains où elle fut horrifiée de voir son reflet dans le miroir. Jason appelait ça « un tout petit peu » ? Non ! La blessure, assez profonde, saignait abondamment, et à présent qu'elle avait vu l'étendue des dégâts, elle avait encore plus mal.

Jason lui tamponna doucement le menton, à l'aide d'un gant de toilette. Elle resta silencieuse, bien décidée à faire preuve de courage. Malgré la délicatesse de ses gestes, Lucy sentit de nouvelles larmes lui monter aux yeux, et sa gorge se nouer.

— Je crois qu'un pansement s'impose, déclara Jason. Encore que je ne sache pas très bien comment le faire tenir.

— Ne vous inquiétez pas, parvint-elle à murmurer. Ça va aller. L'important c'est que j'arrête de saigner.

Jason se retourna brusquement, se heurta à Lucy à qui la situation parut soudain périlleuse. Ils étaient enfermés tous les deux dans une pièce minuscule, et, en dépit de tout, elle était encore à même de s'émouvoir de la promiscuité avec un homme aussi séduisant que Jason Sheffield.

Séduisant ? Non. Franchement sexy, tout compte fait.

Le cœur battant, elle le fixa du regard. Jason fit de même. Au terme de quelques secondes embarrassées, il s'éclaircit la gorge et annonça :

— Je vais malgré tout aller chercher un peu de glace.

Lucy le suivit jusqu'à la cuisine, comme dans un rêve.

Il glissa quelques glaçons dans un sachet en plastique, l'entoura d'un torchon, et tendit le tout à Lucy.

— Tenez. Allez vous asseoir et appuyez ça sur la blessure. Ça devrait faire l'affaire. Pendant ce temps, je vais remettre un peu de bois dans le poêle.

Lucy s'assit et suivit ses instructions. Avec un peu de chance, la glace la soulagerait un peu. Quelques secondes après, elle se demandait si elle avait toujours été maladroite ou si ce malencontreux épisode était un simple accident.

Dehors, le vent soufflait encore plus fort, si c'était possible. Les bourrasques faisaient trembler le petit chalet, à tel point que Lucy en vint à se demander s'il y avait matière à s'inquiéter.

Elle le saurait vite : si Jason restait stoïque, elle garderait la tête haute, elle aussi.

Il revint bientôt vers elle, la gratifia d'un de ses sourires à faire fondre un iceberg, et dirigea la télécommande en direction de l'écran plat accroché au mur.

Rien ne se produisit.

— Ça ne m'étonne pas, commenta-t-il. Par un temps pareil, le satellite refuse de fonctionner. Je suis même prêt à parier que je n'ai plus de réseau sur mon portable non plus. Je ne risque pas grand-chose, remarquez, dans la mesure où il est difficile d'appeler d'ici, même en été. C'est pour cela que j'ai un dispositif satellite ici. Malheureusement, tempête et satellite font mauvais ménage, donc mon téléphone ne nous servira pas à grand-chose non plus.

Le sac de glace toujours collé au menton, Lucy réfléchit un instant à l'impact que le sourire de Jason avait sur elle, et hocha doucement la tête, ce qui la fit grimacer de douleur.

— Vous avez quelqu'un à joindre ? s'enquit-elle.

— Pardon ? Non, j'aimerais simplement me tenir au courant de l'évolution de la tempête, et cet appareil donne accès aux radios météorologiques. Je suis curieux de savoir à quelle quantité de neige on peut s'attendre, et combien de temps la situation est censée durer. Je deviens claustrophobe, quand je me retrouve coincé, comme aujourd'hui.

*Coincé*. Lucy se figea sur place, le souffle court. Elle venait d'avoir un nouveau flash-back, un peu moins fugace que le précédent. La formulation de Jason lui avait évoqué une série d'explosions, l'obscurité, l'enfermement... Horrifiée, elle s'efforça de respirer normalement, de peur de suffoquer.

Ce fut la voix grave de Jason qui l'arracha à ses pensées, même si elle restait consciente du fait que Lucy n'était pas son vrai nom.

— Lucy, tout va bien ?

Elle s'aperçut qu'elle avait laissé tomber le sac de glace sur la table et le ramassa d'une main mal assurée.

— Je…, commença-t-elle en se demandant ce qu'elle allait dire ensuite. Comment expliquer qu'un simple mot l'avait projetée dans un obscur scénario et, pire encore, qu'elle ignorait la signification de ces images, l'endroit où s'était déroulée la scène, en admettant qu'elle se soit vraiment produite ?

Un peu intimidée par le regard interrogateur de Jason, elle prit son courage à deux mains et se lança dans un discours compliqué et – même pour ses propres oreilles – totalement irrationnel.

À son grand soulagement, Jason l'écouta calmement. Tout dans son visage disait sa force et sa compassion.

Lorsqu'il reprit enfin la parole, ce fut d'un ton à la fois songeur et vaguement amusé :

— En somme, j'ai réussi à vous mettre en transe avec un seul mot…

Elle comprit qu'il s'efforçait de détendre l'atmosphère et lui sourit bravement.

— C'est exactement ça, même si ce n'était pas votre intention.

Comme la glace commençait à la picoter, elle la fit glisser vers sa gorge.

— Donnez-moi ça, lui dit Jason en s'emparant du sac qu'il porta jusqu'à l'évier. Et soyez tranquille, ça finira par s'arranger. Vous retrouverez la mémoire.

— Qu'en savez-vous ? lui demanda-t-elle, sincèrement curieuse.

— Je le sais, c'est tout.

Bien que cela ne constitue pas une réponse, Lucy décida de le croire sur parole.

Dehors, la tempête continuait à faire rage, et l'idée de la quantité de neige qui s'accumulait autour du chalet fit frissonner Lucy.

Jason dut s'en apercevoir, car il entreprit de lui expliquer que le chalet avait résisté à toutes sortes d'intempéries, avant de préciser que ceci n'était que le premier blizzard de la saison.

— Je vois, murmura Lucy, une moue dubitative aux lèvres,

car bien qu'elle ne puisse en être certaine, elle pressentait qu'elle n'adorait pas les grands froids.

— Et quand vous ne pouvez accéder ni à votre télévision ni à Internet, comment occupez-vous votre temps ?

— Je lis, principalement. Si vous craignez de vous ennuyer, j'ai un jeu de cartes, et on pourrait faire une partie de poker ou autre.

— Jouer au poker, moi ? Je ne connais probablement pas les règles ! se récria-t-elle, les sourcils froncés.

— Je peux vous les expliquer, répondit Jason.

Sans attendre sa réponse, il se dirigea son bureau, posa le sac de Lucy à ses pieds, et sortit le jeu de cartes du tiroir central.

— Vous verrez, ça peut être très sympa, comme jeu.

— Après tout, pourquoi pas ? lança-t-elle, presque convaincue que ce serait une manière aussi agréable qu'inoffensive de passer une heure ou deux.

Être assise face à un homme tel que Jason Sheffield, dans un endroit douillet et bien chauffé, aurait dû la séduire, d'ailleurs c'était en partie le cas. Pas complètement tout de même, car tout ce qu'elle ignorait sur son propre compte lui pesait, et que son impression d'être en péril ne l'avait pas lâchée.

Malgré son désarroi, elle tenta de se raisonner : par un temps pareil, personne ne se risquerait à monter jusqu'ici. Alors, elle pouvait se détendre un peu, non ? D'ailleurs, c'était ce qu'elle comptait faire.

— Vous êtes sûre que tout va bien ? s'enquit Jason.

Lucy releva la tête

— Tout à fait, affirma-t-elle. Allez, apprenez-moi à jouer au poker.

Jason battit les cartes, les disposa devant eux en expliquant les bases du jeu à Lucy. Elle l'écouta attentivement, les yeux rivés sur lui, comme pour lui indiquer qu'elle était bien là, concentrée sur le présent et déterminée à apprendre un jeu auquel elle avait peut-être su jouer dans sa vie antérieure.

Si, dans son propre pays, Jason n'avait jamais eu affaire à

une personne aussi égarée que celle qu'il avait décidé d'appeler Lucy, il en avait rencontré bien d'autres, dans le même état d'hébétude à Kaboul. Elles étaient nombreuses, en effet, ces Afghanes au regard vide qui se battaient pour leur survie quand elles n'appelaient pas la mort. Pour la plupart, elles avaient tout perdu et, contrairement à sa protégée, elles savaient déjà que l'avenir leur réservait encore bien des souffrances.

Les flash-back de Lucy étaient de plus en plus fréquents, ce qui signifiait probablement qu'elle ne tarderait pas à guérir. Jason s'en réjouissait à l'avance : la voir se torturer ainsi dans l'espoir de se souvenir de son passé était pour lui un véritable crève-cœur.

Il appréciait davantage Lucy avec chaque heure qui passait. Peut-être même un peu trop. Sa beauté, son intelligence et son courage la rendaient presque irrésistible. Il avait beau se répéter qu'elle n'était pas pour lui, rien n'y faisait ; il était sous le charme.

Et le regard qu'elle posait sur lui par moments le troublait. À croire que le désir qu'il commençait à éprouver pour elle était réciproque.

Toutefois, il était résolu à garder ses distances. Dans sa situation, Lucy ne pouvait qu'être désorientée, et il n'était pas homme à profiter de sa détresse, ce qui n'amenuisait en rien son attirance pour elle. Pis, il avait conscience que leur promiscuité forcée aggraverait encore la situation.

— J'ai beau réfléchir, je ne vois pas où est le lien, dit-il.

— Le lien ? répéta Lucy en haussant les sourcils.

— Entre vous et moi, expliqua-t-il en reposant ses cartes. Pourquoi mon chalet ? Il me paraît évident que vous n'êtes pas arrivée jusqu'ici par vos propres moyens, et j'en déduis que quelqu'un vous a déposée chez moi, avant de repartir.

— Vous croyez ? Ça ne m'était pas venu à l'esprit. En fait, j'ai été trop occupée à me demander qui j'étais pour m'interroger sur la manière dont j'avais atterri chez vous.

Jason attrapa son téléphone, puis se souvint qu'il ne lui serait d'aucune utilité. Vaguement contrarié, il le reposa et dit :

— Quand la tempête sera finie, j'appellerai un de mes contacts, au service de renseignement de l'armée. Il aura accès à plus d'informations que le shérif. Peut-être pourra-t-il nous dire si une femme correspondant à votre description a disparu, ces derniers temps.

Bien que Lucy ait hoché la tête, il vit à son air contrarié que l'idée lui déplaisait.

— Qu'y a-t-il ? Ça ne vous convient pas ?

— Pas vraiment, non : si je suis en danger, mieux vaut que personne ne sache où me trouver. Je préférerais attendre d'avoir recouvré la mémoire et de savoir de quoi il retourne exactement.

En sa qualité de journaliste, Jason avait longtemps rejeté tout ce qui lui semblait appartenir à la théorie du complot. Ces dernières années, cependant, il s'était trop souvent retrouvé mêlé – à son corps défendant – à des opérations clandestines pour savoir que tout était possible.

En d'autres termes, il se pouvait que Lucy ait raison de s'inquiéter. Plutôt que de le lui annoncer, il lui fit une promesse.

— Je serai discret, rassurez-vous. Le contact en question sait que je suis coutumier des faits divers, et je lui présenterai ma requête sous ce prétexte.

Lucy, qui ne paraissait toujours pas convaincue, finit par hocher la tête.

— Si vous pensez vraiment qu'il nous apportera un élément de réponse, allez-y.

— On peut toujours essayer. Cela dit, puisque je ne peux pas le joindre maintenant, et que nous n'avons rien de mieux à faire, je vous propose de vous initier au poker.

Lucy le battit à plusieurs reprises, ce qui pouvait signifier deux choses : soit elle comprenait vite, soit elle avait acquis la technique dans sa vie antérieure.

— La chance du débutant, commenta-t-il.

— À moins que vous ne m'ayez laissée gagner, rétorqua-t-elle d'un ton vaguement suspicieux, les yeux pétillant de malice.

Sa réaction émoustilla tant Jason qu'il en resta momentanément sans voix.

Soucieux de sauver la face, il s'exclama :

— Bien sûr que non, enfin ! La chance du débutant est un phénomène connu. Croyez-moi, ça ne durera pas.

Après l'avoir défié du regard, Lucy ajouta :

— On va voir ça tout de suite. Une autre partie ?

Ils jouèrent pendant un long moment. Lorsque Jason remarqua que Lucy commençait à se fatiguer, il s'avoua vaincu et suggéra qu'ils aillent se coucher.

— Vous avez besoin de repos, dit-il. Donnez-moi le temps de changer mes draps, et je vous prête mon lit. Vous dormirez mieux.

— Il n'en est pas question ! s'exclama-t-elle avec une véhémence surprenante.

Elle dut s'apercevoir qu'elle l'avait choqué, car elle reprit d'un ton plus calme :

— Le canapé me convient parfaitement. Vous m'hébergez, vous me nourrissez et vous me protégez, c'est déjà beaucoup. Je ne vais pas, en plus, vous chasser de votre propre lit.

— Ça ne me dérangerait pas, vous savez.

— Je sais, n'empêche que j'insiste, moi aussi. Le canapé me convient parfaitement. En plus d'être confortable, il est près du poêle. Pour moi, c'est l'idéal.

Comme elle semblait vraiment lasse, Jason se résigna à lui céder.

— Comme vous voulez. Vous avez suffisamment de couvertures ? Sinon, je peux vous en sortir une autre.

— Ne vous donnez pas cette peine, dit-elle. J'en ai largement assez, merci.

— Dans ce cas, bonne nuit, dit Jason.

Elle le dévisagea un instant, d'un air qui lui déplut fortement, tant il était chargé d'angoisse.

Après avoir vérifié que la porte d'entrée était verrouillée, il se servit un verre d'eau qu'il emporta dans sa chambre.

Il hésita un instant à s'y enfermer, puis se dit que Lucy se sentirait plus en sécurité si la porte était close. Lorsqu'il fut prêt à se coucher, il jeta un coup d'œil dans la pièce adjacente et constata que Lucy avait éteint la lumière et s'était étendue sur sa couche. Parfait.

Le sommeil ne tarda pas à venir, et il était dans une douce torpeur lorsqu'il fut réveillé par un cri perçant.

Il se précipita vers le canapé en se guidant à la lueur du poêle.

Il n'avait pas atteint son but que Lucy poussait un nouveau hurlement, terrorisé.

Jason tendit la main vers elle, et le simple contact de ses doigts sur son épaule la fit réagir avec une violence inouïe. Elle l'attrapa par le bras, l'attira à elle, lui donna un coup de genou et le mit au tapis. Littéralement, et pour la deuxième fois depuis leur rencontre.

Hébété, il resta étendu, le temps de reprendre son souffle.

Lucy, qui avait cessé de crier, ne tarda pas à s'agenouiller près de lui. Elle tremblait comme une feuille, et une terreur sans nom se lisait dans ses yeux.

— Jason ! Vous êtes blessé ? Je... je suis navrée. J'ai cru...

Malgré le choc, il parvint à rouler sur le flanc puis à se relever.

— Qu'est-ce qui vous a pris ? demanda-t-il d'un ton égal. Vous vous mettez à hurler, je crois qu'on s'en prend à vous, je me précipite à votre secours, et vous... vous m'attaquez ?

Lucy ouvrit la bouche pour la refermer aussitôt. Ses beaux yeux étaient remplis de larmes.

— Je... J'ai fait un cauchemar, murmura-t-elle enfin. Je ne savais pas que c'était vous, et quand j'ai senti votre main sur moi, j'ai cru que vous vouliez me frapper. Pardon, Jason. Je suis confuse.

Troublé, il se rapprocha d'elle pour la prendre dans ses bras et la réconforter, mais il suspendit son geste en la voyant se dérober.

— Si je tenais le salaud qui vous a traumatisée ainsi, je lui ferais passer un sale quart d'heure. Vous n'avez rien à craindre de moi, Lucy. Soyez-en convaincue. Jamais je ne lèverai la main sur vous.

Elle hocha lentement la tête, avant de se jeter à son cou et de se blottir contre son torse nu.

Partagé entre l'émotion et l'inquiétude, il lui caressa les cheveux en s'efforçant d'ignorer la chaleur de ses seins contre sa peau.

Lorsqu'elle le relâcha, il déglutit péniblement. Cette fois, il oscillait entre la déception et le soulagement.

Après avoir allumé la lumière, Lucy retourna sur le canapé où elle s'assit en tailleur avant de remonter les couvertures jusqu'à son menton.

— Je suis désolée, répéta-t-elle avec une contrition manifeste.

— Où avez-vous appris à vous battre comme ça ? demanda Jason, sans vraiment espérer de réponse.

— J'ai pris des cours d'autodéfense, répliqua-t-elle machinalement.

Sa réaction parut la surprendre autant que lui. Elle battit des paupières, réfléchit un instant à ce qu'elle venait de dire et ajouta :

— Je vois la salle. Nous étions une quinzaine de femmes et nous apprenions les mouvements chacune à notre tour.

— Et vous vous souvenez de l'endroit où avaient lieu ces cours ? s'enquit Jason à tout hasard.

— Non. Là, vous m'en demandez trop. L'image a disparu. Je ne vois plus rien.

— Ce n'est pas grave, ça reviendra, murmura-t-il.

Bien qu'il soit frustré de ne plus l'avoir dans ses bras, il savait dorénavant qu'elle viendrait vers lui si elle avait besoin de réconfort, c'était déjà cela.

— Ça va aller, maintenant ? Vous pensez pouvoir vous rendormir ?

— Oui, dit-elle. Retournez vous coucher. Je m'en veux

terriblement de vous avoir réveillé. Je vais rester tranquille, le temps de me calmer, et ensuite… dodo.

Jason passa d'un pied sur l'autre, puis fini par acquiescer.

— Si vous préférez dormir avec la lumière, ne vous gênez pas, Lucy.

De retour dans sa chambre, il revécut en pensée l'attaque dont il avait été victime. Elle s'était débarrassée de lui avec une facilité d'autant plus surprenante qu'il devait peser le double de son poids. Son moniteur d'autodéfense devait être un as, et Jason serait bien avisé de ne faire aucun mouvement brusque auprès d'elle.

Il finit par se rendormir en pensant au plaisir qu'il avait éprouvé à la serrer contre lui.

Lorsqu'il se réveilla, le silence absolu lui indiqua qu'il avait encore neigé pendant la nuit, ce dont il se réjouit. La pureté de ces petits matins lui avait toujours inspiré la promesse d'un nouveau départ.

Aussi idiot que cela puisse paraître, après des mois passés dans la chaleur et la poussière du Moyen-Orient, rien ne lui plaisait plus que l'hiver et ses intempéries.

Il s'étira, fut surpris de constater que son bras et son dos lui faisaient mal, puis se souvint des événements de la nuit.

Une fois douché et habillé, il se rendit dans la cuisine à pas feutrés.

Au passage, il vit que Lucy dormait toujours et que l'ampoule du salon brillait sous l'abat-jour. À voir Lucy si paisible, il éprouva un petit pincement de cœur qui l'étonna lui-même. Bien qu'ils se connaissent à peine, il se sentait proche d'elle et responsable de sa sécurité. Un peu comme si elle était devenue un membre de sa famille.

Il secoua la tête, atterré par l'ineptie de ses propres pensées, puis se prépara un café qu'il se réjouit de pouvoir boire dans le calme, car il avait besoin d'être seul pour réfléchir au problème de celle qu'il avait prénommée Lucy.

Avant tout, il lui faudrait faire quelques recherches sur

l'amnésie. Il prit des notes, et la première question qui lui vint à l'esprit fut celle de la cause. Qu'est-ce qui pouvait provoquer une totale perte de mémoire chez un individu ? Plus important encore, comment aider une amnésique à se souvenir ? Enfin, il voulait avoir une idée du temps que cela pouvait prendre.

Une fois ces informations obtenues, il se renseignerait discrètement auprès de certaines de ses connaissances. La disparition d'une femme ne pouvait pas passer inaperçue, et Lucy avait forcément des proches qui s'inquiétaient pour elle. Il lui appartenait donc de les retrouver.

Pour finir, si elle était vraiment en danger, il devrait découvrir la nature et l'origine de ce danger. Son expérience professionnelle avait fait de lui un fin limier et il ne doutait pas un seul instant de sa réussite prochaine : il parviendrait à découvrir la véritable identité de Lucy.

Il venait de terminer son premier café lorsque la sonnerie de son téléphone par satellite retentit. Il s'empressa de répondre pour que Lucy ne soit pas réveillée.

— Je parle bien à Jason Sheffield ? lui demanda une voix inconnue.

— Euh..., oui, répondit-il avant de se souvenir que la prudence était de mise et de demander : comment avez-vous obtenu mon numéro ?

— Agent spécial Paul Groesel, du NCIS.

Jason se renfrogna. Les services secrets de l'armée à présent ?

— Nous recherchons un de nos officiers, Rick Engles. Il semblerait que vous vous soyez entretenu avec lui juste avant qu'il ne soit porté disparu.

— Rick a disparu ? répéta Jason, atterré. Nous avons effectivement été en contact juste avant mon retour aux Etats-Unis. Que s'est-il passé ?

— Nous l'ignorons. C'est justement parce que nous espérons que vous savez de ce qui a pu lui arriver que je vous appelle.

Jason prit le temps de réfléchir à sa dernière conversation avec Rick avant de répondre :

— Il ne m'a rien dit de particulier. J'étais en train de boucler un reportage quand un kamikaze s'est fait exploser dans l'hôtel où j'étais descendu. J'ai attrapé mon appareil et suis allé prendre quelques photos avant de donner un coup de main aux victimes. Rick n'allait pas tarder à arriver, et nous nous sommes donné rendez-vous pour le déjeuner du lendemain, seulement la confusion générale nous en a empêchés.

— Je vois, dit Groesel. En résumé, vous ne vous êtes pas vus du tout, c'est bien ça ?

— C'est bien ça, confirma Jason. Ne me dites pas qu'il a été blessé au cours de l'attentat !

— Nous n'en savons rien. Son corps n'a pas été retrouvé, lui répondit brièvement Groesel. Bien ! Je vous remercie pour votre collaboration, monsieur Sheffield. Je vous rappellerai si j'ai d'autres questions à vous poser.

Jason salua son interlocuteur, et fut aussitôt replongé dans l'horreur de cette abominable nuit. Le sang, la panique générale… La plupart des victimes étaient des civils, alors que le terroriste visait de hauts dignitaires occidentaux, ainsi que les journalistes qui les entouraient. Plusieurs Afghans, dont des femmes et leurs enfants, étaient morts dans les bras de Jason.

C'était cette désolation qui l'avait poussé à prendre congé et à venir panser ses blessures morales à Cedar. Son désarroi avait été si grand qu'il n'avait pu se résoudre à regarder les photos prises sur les lieux de l'attentat. Aujourd'hui encore, il se demandait s'il en serait capable un jour : le simple fait de toucher à son matériel lui soulevait le cœur. De toute évidence, il porterait très longtemps les stigmates de cette nuit funeste.

# 4

— Les nouvelles sont mauvaises ? s'enquit Lucy qui avait vu l'expression de Jason passer de la placidité à la tension, au fil de sa conversation avec son interlocuteur.

— On vient de m'annoncer qu'un de mes amis était porté disparu, répondit-il sombrement. C'est terrible. Rick et moi nous connaissons depuis l'enfance. Nous étions inséparables, jusqu'au moment où je suis entré à la fac et lui à l'armée, à laquelle il appartient toujours, soit dit en passant.

— Qu'entendez-vous exactement par « porté disparu » ? lui demanda Lucy. Qu'il a été attaqué et qu'on n'arrive pas à le retrouver ?

— Non, du moins je l'espère. Il revenait sur Kaboul au moment où j'en partais. Nous avions projeté de déjeuner ensemble pour discuter de nos dernières péripéties, et nous en avons été empêchés par les événements dont vous avez entendu parler aux informations – l'attentat-suicide de l'hôtel. Rick n'était pas encore au courant, et c'était l'enfer sur terre. C'est un véritable miracle si j'en suis sorti indemne. Ce soir-là, j'ignore pour quelle raison, l'hôtel et certains notables locaux recevaient d'éminents dignitaires américains. On pense que c'étaient eux – ainsi que les nombreux journalistes présents – que visait le terroriste. Ses cibles sont indemnes, du moins aux dernières nouvelles.

— Il y a eu d'autres victimes, malheureusement, commenta Lucy, la gorge nouée.

Jason haussa les épaules d'un air qui lui parut faussement détaché, avant de préciser :

— Oui. Le kamikaze s'est fait exploser à l'accueil de l'établissement. De sorte que la plupart des victimes ont été des autochtones, dont des femmes et des enfants. Nous, les étrangers, nous étions soit dans nos chambres à l'étage, soit quelque part ailleurs dans Kaboul.

Le regard vide, et apparemment projeté dans ces contrées lointaines, Jason se mit à arpenter la pièce.

— Je suis descendu dans l'intention de venir en aide aux victimes. Avec mon matériel, bien sûr. C'est un réflexe, chez moi. Du coup, j'ai pris toute une série de photos.

À en juger par son ton désabusé, Jason regrettait d'avoir réalisé ce reportage. D'ailleurs, il ajouta :

— C'est dans des pays en guerre que j'ai effectué le plus gros de ma carrière. J'en ai vu des horreurs, mais ça...

Sa voix se brisa. Il toussota, puis détourna le regard.

— Et voilà Rick porté disparu. Et comme il est militaire, c'est un des agents du NCIS que je viens d'avoir au téléphone. Ils voudraient savoir où il est passé.

Lorsqu'il lui tourna carrément le dos, Lucy comprit qu'il tentait de lui dissimuler son tourment. Sur une impulsion, elle le rejoignit et referma ses bras autour de sa taille.

— Rick réapparaîtra sûrement, affirma-t-elle.

Jason se figea sur place et se mura dans le silence. Dommage, car, après tout ce qu'il avait fait pour elle, Lucy estimait que son tour était venu de le réconforter.

Consciente de sa réticence, elle le laissa se dégager de son emprise.

— La bonne nouvelle, c'est que mon téléphone satellite fonctionne, et que je peux passer quelques coups de fil, dit-il en se tournant vers elle.

Il s'était ressaisi en moins de quelques minutes, chose que Lucy admira, même si elle déplorait qu'il se sente obligé de faire bonne figure.

Elle commençait à le connaître, en fait, et elle n'était pas dupe de sa sérénité prétendument retrouvée. Son regard affligé le trahissait, et elle éprouva le besoin de le consoler. C'était le moins qu'elle puisse faire pour lui.

— Jason ?

De nouveau, il s'immobilisa, et elle retourna vers lui, sans intention précise.

Pour finir, elle l'embrassa. Purement et simplement. Et dès l'instant où ses lèvres se posèrent sur celles de Jason, elle sentit qu'ils étaient unis par un lien fort. Si fort que son corps tout entier en vibra.

Jason ne réagit pas. Ses lèvres restaient fermées et il était aussi figé qu'une statue. Bien que consciente de prendre plus qu'elle ne donnait, Lucy s'acharna : elle continua à le stimuler, dans l'espoir qu'il se décide à entrouvrir la bouche et la laisse lui titiller la langue.

Tant et si bien que Jason finit par céder. Il laissa échapper un râle rauque et referma sur Lucy ses bras puissants avec une ardeur presque sauvage, un peu comme si, à elle seule, elle pouvait combler le vide qui l'habitait. Enivrée par son contact, elle lui rendit la pareille.

Quand ses genoux ne la portèrent plus qu'à peine, elle s'aperçut que Jason et elle se trouvaient dans un coin de la pièce. Elle avait le dos au mur et était coincée. Prise de panique, elle se dégagea sans céder à l'envie de se mettre en position de défense, néanmoins.

— Je... Désolée, balbutia-t-elle, partagée entre le désir et la peur. Je ne voulais pas...

— Ce n'est rien, dit-il avec douceur, tout en gardant ses distances. Je vois où est le problème. Vous êtes trop perturbée pour bien savoir ce que vous voulez. Seulement... Par pitié, ne recommencez pas.

Malgré elle, Lucy accusa le coup. Jason venait de la rejeter, sans doute à juste titre, et elle s'en ressentait terriblement.

— Je... je comprends, murmura-t-elle, penaude.

— J'en doute, justement.

Jason se passa une main dans les cheveux, l'air de réfléchir à ce qu'il allait dire ensuite.

— Je ne profiterai pas de votre faiblesse, déclara-t-il lorsqu'il eut trouvé ses mots. Vous n'êtes pas dans votre état normal, en ce moment, Lucy. Lucy... Pff ! On ne connaît même pas votre véritable identité.

— Ce n'est pas ma faute ! se récria-t-elle, indignée.

— Je ne vous reproche rien, seulement pour être tout à fait honnête, je suis un homme, et quand vous vous jetez à mon cou pour m'embrasser, je... je reste sur ma faim.

— Moi aussi, avoua-t-elle dans un souffle.

— Je répète : vous ne savez pas ce que vous voulez. Et comment pourrait-il en être autrement ? Nous ne nous connaissons que depuis deux jours, nous ignorons tout de vous... Si ça se trouve, vous êtes mariée et votre entourage s'est lancé à votre recherche. Vous imaginez votre réaction, quand vous aurez recouvré la mémoire, si jamais nous franchissions le pas, tous les deux ?

Il avait raison. Lucy acquiesça brièvement, avant de promettre :

— Je garderai ça à l'esprit.

Elle refoula les larmes qui lui étaient montées aux yeux. Il était hors de question qu'elle s'effondre, alors qu'elle n'était pour rien dans cet imbroglio. Son salut était dans la guérison. Une fois sa mémoire retrouvée, il ne lui resterait qu'à recoller les morceaux de sa vie, et à aller de l'avant.

Et si elle continuait à désirer Jason, malgré tout, elle aviserait.

— On est toujours amis ? lui demanda-t-il en lui tendant la main.

Malgré sa réticence, Lucy serra la main de Jason en s'interdisant la moindre émotion.

— Toujours amis, dit-elle. Dites-moi, pourrons-nous sortir, pour voir où en est la tempête de neige ?

Sa question le prit manifestement de court.

— Attendez, dit-il. Vous voulez vraiment sortir, par ce temps ?

— Bah, oui. Pourquoi pas ?

Il écarquilla les yeux, puis haussa les épaules.

— Si vous y tenez vraiment… avant cela, il faudra que je déneige un passage devant la porte d'entrée, sinon on n'ira pas bien loin. J'ai deux paires de skis et deux de raquettes, en tout et pour tout.

— Ce n'est pas grave, je n'ai pas l'intention de m'éloigner. Je voudrais aller dans le jardin pour faire un bonhomme de neige.

Jason haussa les sourcils, puis partit d'un grand rire.

— Vous savez comment on fait ?

— Je le crois, oui. Et puis, dans le cas contraire, vous m'aiderez !

— Moi ? Il y a une éternité que je n'ai pas fait ça.

— Donc, il est temps de vous y remettre, rétorqua-t-elle, les poings sur les hanches.

— Vous me mettez au défi ?

— Ça en a tout l'air, lui renvoya-t-elle en riant.

— Pari relevé, alors. Emmitouflez-vous. Le mieux est de superposer des vêtements. Je vous retrouve à l'entrée d'ici un quart d'heure.

Sur ces mots, Jason regagna sa chambre.

Lucy le regarda s'éloigner en se représentant l'élaboration d'un bonhomme de neige.

Bien qu'elle parvienne à voir ce à quoi ça pouvait ressembler, elle ignorait s'il lui était arrivé d'en faire dans sa vie antérieure. Quoi qu'il en soit, prendre l'air ne lui ferait aucun mal, bien au contraire.

Elle tira quelques effets de son sac, enfila deux T-shirts, un collant, remit son jean, superposa deux paires de chaussettes, puis se chaussa.

— Parée pour l'aventure ? lui demanda Jason en ressortant de sa chambre.

— Et comment ! dit-elle, tout excitée.

Elle venait de décrocher sa parka quand elle croisa le regard de Jason.

— Vous pensez pouvoir y arriver ? demanda-t-il. C'est qu'un bonhomme de neige ne se fait pas tout seul, il y a une technique !

— On ne va pas tarder à le savoir, répondit-elle.

Dès qu'ils furent sur le perron, Lucy eut la sensation d'entrer dans un monde nouveau, froid, bien sûr, et époustouflant de pureté. La neige – de la poudreuse, apparemment – faciliterait ses déplacements et ceux de Jason, tout en compliquant leur tâche.

Et comment le savait-elle ? Décidément, la manière dont fonctionnait son cerveau constituait un véritable mystère.

— On en fait un travail d'équipe ? lui proposa Jason dont les traits étaient presque dissimulés par la buée qu'il faisait en respirant.

Lucy n'hésita pas une seconde à répondre :

— Ça marche. De toute façon, un seul bonhomme suffira, il est inutile d'en faire plusieurs, du moins à mon avis.

— Tout à fait d'accord avec vous, dit Jason avant de s'agenouiller pour rassembler de la neige.

Lucy fit de même, à quelques pas de lui. De temps à autre, ils poussaient leur récolte entre eux, et lorsqu'ils eurent assez de neige, Jason commença à en faire une boule.

Malgré le froid, ils ne virent pas passer le temps. Ils se relayèrent pour faire rouler la plus grosse boule jusqu'à ce qu'elle soit suffisamment grosse, puis recommencèrent l'opération, de manière à obtenir une boule plus petite. Lucy laissa à Jason le soin de former la tête, tandis qu'elle allait chercher les morceaux de bois qui serviraient de bras, et de quoi faire des yeux et un nez. Ce ne fut pas facile, car tout était enfoui sous la neige, mais elle eut la chance de trouver deux cailloux à peu près semblables et deux branches plus ou moins droites.

— J'ai des carottes, au chalet. On pourrait les utiliser pour faire un nez, suggéra Jason en reculant de quelques pas pour examiner leur œuvre.

— Il est superbe ! s'exclama Lucy, tellement heureuse qu'elle se mit à tournoyer sur elle-même et finit par tomber en arrière. Elle agita les bras et les jambes en riant.

— Je suis un ange de neige, expliqua-t-elle, toujours hilare.

Jason la regarda faire en silence, un sourire indulgent aux lèvres. Quand elle tenta de se relever, il l'attrapa par la main pour l'aider à se remettre sur pied.

Brusquement, Lucy sentit sa joie la déserter. Un détail dans la situation lui paraissait vaguement familier, pourtant, comme d'habitude, elle ne parvenait pas à mettre le doigt dessus. Pire encore, plus elle réfléchissait, plus ses pensées lui paraissaient confuses.

Elle remercia Jason, puis se détourna pour lui dissimuler sa déconvenue.

Elle ne dut pas être convaincante car il s'aperçut de sa contrariété et demanda :

— Vous avez froid ?

— Oui. Je crois que je vais rentrer, si ça ne vous fait rien.

Sur ces mots, et sans un regard pour Jason, elle courut en direction du chalet. Elle s'arrêta sous le porche et tapa des pieds pour se débarrasser du plus gros de la neige. Jason, qui l'avait suivie, fit de même.

Une fois à l'intérieur, et après avoir retiré sa parka, ses gants et enfilé des chaussettes sèches, elle alla se réfugier dans la salle de bains en refoulant les larmes qui lui nouaient la gorge. C'était un des aspects les plus pénibles de son état : avoir envie de pleurer sans savoir pourquoi.

Jason profita du fait que Lucy était sortie de la pièce pour se débarrasser, lui aussi, de ses vêtements humides. Il se tint ensuite devant le poêle et tenta de réchauffer ses mains.

Il avait le cœur léger. Sans doute l'enthousiasme de Lucy était-il communicatif, car la fabrication du bonhomme de neige l'avait mis en joie. Il ne l'avait pas quittée des yeux pendant qu'elle travaillait, et la regarder s'amuser avait été un véritable régal.

Le labeur et le froid lui avaient donné des couleurs, ce qui l'avait rendue encore plus belle, si la chose était possible.

Il ne lui connaissait pas d'égale, ce qui le déconcertait. Et, bien qu'il ne sache pas à quoi son attirance était due, il commençait à s'apercevoir qu'il pourrait facilement s'éprendre d'elle. Comme ils ignoraient tous les deux qui elle était, néanmoins, cet amour aurait été un leurre. Jason s'estimait trop réaliste pour vivre sur une illusion. Il s'intéressait aux faits, pas aux chimères.

En outre, il se pouvait fort bien que son humeur du moment provienne de son manque chronique de légèreté et d'innocence. Contrairement à lui qui avait vu trop de souffrance, de haine et de dévastation, Lucy semblait dotée d'une forme d'insouciance, et la compagnie d'une personne aussi peu compliquée était pour lui une véritable bouffée d'air pur.

Il n'en perdait pas la réalité de vue pour autant. Comme n'importe quel être humain, une fois qu'elle aurait recouvré la mémoire, Lucy serait la somme de ses expériences passées, de ses desiderata, de ses manques et de ses besoins. Il était même possible que sa personnalité soit aux antipodes de celle qui la caractérisait en ce moment.

Bizarrement, cette dernière pensée affecta Jason.

Sa réflexion l'avait conduit, sans qu'il s'en aperçoive, jusqu'à la cuisine où il entreprit de leur préparer un chocolat chaud. Il lui apparut ensuite que ce qu'Internet lui avait appris sur l'amnésie ne suffisait pas, et qu'il était temps pour lui de contacter Phil, son ami médecin à Colorado Springs.

Sur ces entrefaites, Lucy réintégra la cuisine et s'exclama :

— Hum, ça sent drôlement bon, ici... et je suppose que l'odeur du chocolat chaud devrait me renvoyer à des souvenirs d'enfance.

Le visage crispé par l'effort, elle tenta manifestement de se rappeler.

Jason attendit en espérant qu'elle parviendrait à ses fins.

Malgré lui, il fut déçu de la voir relever la tête et de l'entendre dire, avec un soupir vaguement découragé :

— Rien. *Nada*. Pas moyen.

Un peu déçu, lui aussi, Jason fit glisser une grande tasse de chocolat chaud sur le comptoir.

Lucy en observa le contenu, puis releva la tête vers Jason, un sourire narquois aux lèvres.

— Que vois-je ? Pas de crème fouettée ?

— Eh non, désolé. Je n'en ai plus, répondit Jason, avant de se lever pour passer son coup de fil.

Comme il s'y attendait, il dut laisser un message, mais regagna aussitôt la cuisine pour goûter son chocolat chaud, qui s'avéra des plus réconfortants.

— Merci pour cet après-midi, lui dit Lucy, après avoir trempé les lèvres dans sa tasse. J'ai adoré jouer dans la neige. J'ai trouvé ça… féerique.

— Tout le plaisir a été pour moi, répondit Jason, taraudé par une nouvelle question.

— Quelque chose vous a chiffonnée, juste avant notre retour au chalet, Lucy. Vous avez eu un nouveau flash-back ?

— Pas exactement, non, répondit-elle en soupirant. Disons que je suis dans l'attente perpétuelle. Tout à l'heure, j'ai eu le sentiment qu'il y avait un détail… Quelque chose dont j'aurais dû me souvenir. Un peu comme un déclencheur qui ne cessait de frôler la périphérie de mon champ de vision sans que je puisse l'appréhender. C'est d'un frustrant !

— J'imagine, oui. À propos, je viens d'appeler mon ami médecin à Colorado Springs. J'ai fait un certain nombre de recherches sur le sujet de l'amnésie, et j'aimerais qu'il nous donne son avis.

— C'est bon, murmura Lucy en reposant sa tasse. Pour info, néanmoins, ce serait encore meilleur avec une noisette de crème fouettée.

— Message reçu. Je n'oublierai pas d'en acheter, la prochaine fois que je ferai les courses.

Il vit son beau visage s'illuminer et sourit à son tour. Comme il ne voulait pas avoir l'air niais, il s'empressa de reprendre une gorgée de chocolat chaud.

Ils dînèrent des restes de la veille. Lorsqu'ils eurent fini de manger, ils firent la vaisselle côte à côte, sans que cela achève de perturber Jason. Il essaya ensuite d'allumer la télévision, et eut la satisfaction de voir que le satellite fonctionnait. Tandis qu'il faisait dérouler le menu pour voir ce qu'on leur proposait, il faillit demander à Lucy ce qu'elle avait envie de regarder, puis se ravisa et opta pour une série légère dont chaque épisode ne durait qu'une demi-heure, ce qui leur permettrait de passer à autre chose si jamais Lucy avait l'air de s'ennuyer.

À la fin de l'épisode, il se tourna vers elle dans l'intention de lui proposer un autre programme, et ne put réprimer un sourire attendri. Lucy s'était endormie, la tête calée sur un bras. Le cœur battant à la vitesse grand V, Jason hésita à se lever pour la recouvrir du plaid tombé à ses pieds, puis choisit de la laisser en paix. Après la nuit qu'elle avait passée, elle devait être épuisée.

Il eut le temps de regarder deux autres épisodes avant l'heure des informations. Kaboul était encore à la une, malheureusement, avec un nouvel attentat-suicide, dans un hôpital, cette fois. Devant l'ampleur des dégâts, Jason sentit la nausée l'envahir et fut frappé par son impuissance. Il avait toujours éprouvé le besoin de faire quelque chose, n'importe quoi, pour soulager les victimes. C'était impossible ; il avait essayé et échoué. Et, bien qu'il sache que son travail de journaliste consistait à rapporter les faits en toute objectivité, il commençait à penser qu'en certaines occasions il aurait dû faire davantage.

Le nom de Rick Engles ne fut pas mentionné, ce qui n'avait rien de surprenant, dans la mesure où pour l'instant nul ne savait si Rick avait été enlevé, blessé ou tué. Et comme Jason connaissait suffisamment bien son ami pour savoir qu'en aucun cas il n'aurait déserté, il se prit à redouter le pire.

Quand il fut l'heure pour lui d'aller se coucher, Lucy dormait toujours et il la recouvrit précautionneusement avant de gagner sa chambre.

Au petit matin, il constata qu'il avait dormi d'une seule traite, et en déduisit que Lucy n'avait pas fait de cauchemars. Du moins il l'espérait, car si elle avait crié et qu'il ne l'ait pas entendue, il s'en serait terriblement voulu.

Après s'être douché et habillé en silence, il se dirigea vers la cuisine pour se préparer un café. À sa grande surprise, Lucy était déjà installée devant une tasse à moitié vide.

— Bonjour, lui dit-elle avec un sourire un peu hésitant. Vous avez bien dormi ?

— Ça, on peut le dire ! lui répondit-il avec enthousiasme. Vous aussi on dirait, non ?

Elle hocha la tête sans grande conviction, et expliqua :

— Disons que j'ai dormi. Vous croyez que les routes seront praticables, aujourd'hui ?

— Tout dépend du chasse-neige. À mon avis, il n'est pas parvenu jusqu'ici, sans quoi je l'aurais entendu. À cette hauteur, il y a peu de résidents à l'année, vous comprenez, et quasiment pas de vacanciers parce que nous sommes trop loin des pistes de ski.

Lucy continua à siroter son café en silence. Quand le sien fut prêt, Jason alla s'asseoir face à elle pour lui demander :

— Vous avez faim, peut-être ? J'ai des œufs et des muffins anglais. Je pourrais en faire quelque chose, si ça vous dit.

— Je m'en occupe. Œufs brouillés, omelette ou autre, je crois savoir comment on fait, annonça-t-elle, avant d'écarquiller les yeux comme elle le faisait lorsqu'elle se surprenait elle-même.

Cette fois Jason s'abstint de l'interroger sur ce qui semblait lui être revenu.

— Eh bien, faites, si ça ne vous ennuie pas, dit-il simplement.

Lucy termina son café à la hâte, puis se leva en demandant :

— Alors... Il me faut un poêlon, vous avez ça ?

— Vous le trouverez dans le placard. Vous voulez de l'aide ?

— Non, non, je crois pouvoir m'en tirer toute seule.

Jason but tranquillement son café tout en regardant Lucy évoluer dans sa cuisine. Elle se mouvait avec une telle grâce qu'il se reprit à s'interroger sur le genre de profession qu'elle avait pu exercer, et sur les milieux qu'elle avait fréquentés. Celui, un peu bohème, des artistes, ou au contraire, celui des surdiplômés terre à terre ?

Il se demanda ensuite si elle avait un amant, un mari, voire des enfants ?

Cette dernière question lui fit l'effet d'une douche froide, et c'était bien normal. Il perdait toute objectivité, quand il pensait à elle.

Elle posa devant lui une assiette avec des œufs au plat cuits à point et un muffin toasté. Après lui avoir servi un grand verre de jus d'orange, elle attaqua son propre petit déjeuner.

Jason ne tarda pas à l'imiter, et fut enchanté par ce qu'il mangeait. Il avait oublié à quel point il était agréable de s'attabler devant les mets les plus simples, quand on les avait préparés spécialement pour vous.

Conscient de l'ineptie de sa réflexion, il tenta de revenir à la réalité. Il n'y avait probablement pas lieu de s'extasier devant un repas aussi banal

Une fois leurs assiettes vides, ils se retrouvèrent devant l'évier, et, bien qu'il commence à se sentir un peu à l'étroit à l'intérieur du chalet, Jason n'envisagea pas une seconde de laisser à Lucy le soin de remettre la cuisine en ordre.

Pendant qu'elle prenait sa douche, il réfléchit aux différentes manières dont ils pourraient occuper la journée. La motoneige remisée dans l'appentis depuis l'hiver précédent refuserait sans doute de démarrer. Restaient donc les raquettes et les skis, entreposés quelque part dans les recoins du chalet. En cherchant un peu il trouva plusieurs paires de raquettes et de skis de différentes tailles. Il ne lui restait donc plus qu'à trouver des bâtons, il en aperçut bientôt plusieurs sur l'une des étagères du cagibi.

Il vit Lucy ressortir de la salle de bains, et devant son air étonné crut bon d'expliquer :

— J'ai fouillé mes placards, et j'y ai trouvé des merveilles. Ça vous dirait d'apprendre à vous servir de ces raquettes ?

Lucy ne se fit pas prier : elle s'empara des raquettes qu'elle examina sous tous les angles.

— Elles ne sont pas en très bon état, fit-elle remarquer en fronçant les sourcils. Vous croyez qu'on peut quand même s'en servir ?

— Oui, d'autant plus qu'elles doivent être à votre taille. Au pire, ça nous permettra de sortir du chalet. Vous êtes partante ?

— Et comment ! s'exclama Lucy avec entrain. Donnez-moi le temps de me sécher les cheveux, de m'habiller chaudement, et j'arrive.

Elle réapparut quelques minutes plus tard, emmitouflée de la tête aux pieds.

— Quoi ? Vous n'êtes pas encore prêt ? lui lança-t-elle d'un ton railleur.

Jason finit de se préparer, puis rejoignit Lucy à l'entrée. Il lui tendit son équipement, et elle passa devant lui en lui décochant un sourire radieux.

Fasciné par sa beauté, il se figea sur place, le temps de se dire qu'il était définitivement sous le charme et de se sermonner une fois encore : Lucy n'était pas pour lui.

La lumière du dehors l'obligea à cligner des paupières. Les environs du chalet étaient éblouissants de blancheur. Des kilomètres de neige intacte s'étiraient devant lui, vierges de toute empreinte humaine, à l'exception de l'endroit où Lucy et lui avaient construit leur bonhomme de neige.

Il se tenait toujours là, comme une sentinelle chargée de surveiller la vallée.

— Je le trouve superbe, commenta Lucy, qui avait suivi son regard. On a bien travaillé !

— Je trouve aussi, grommela-t-il, résolu à garder la tête froide. Bien ! On a le choix entre monter ou descendre. Que préférez-vous ?

— Monter, surtout si ça nous permet d'avoir vue sur la route.

— Ne vous faites pas trop d'illusions. Comme je vous l'ai dit tout à l'heure, je ne crois pas qu'elle soit déneigée. Cedar est une bourgade qui ne dispose que d'un chasse-neige. La plupart des gens se contentent de débarrasser leurs allées comme je l'ai fait ce matin, et il faudra sans doute attendre un jour ou deux avant de pouvoir emprunter la route.

— Que se passe-t-il en cas d'urgence médicale ?

— C'est la solidarité qui joue. Si le malade n'a pas de motoneige, il se tourne vers un voisin qui en possède une. Quand on vit dans ce contexte, on veille à avoir de la ressource.

Lucy et Jason s'engagèrent sur le sentier ascendant le plus proche du chalet. Jason veilla à marcher derrière elle, pour le cas où elle aurait des difficultés avec ses raquettes. Il ne tarda pas à s'apercevoir que c'était une précaution inutile : au terme de quelques essais hésitants, Lucy avait pris une belle assurance et se servait de ses bâtons comme si elle avait fait ça toute sa vie.

— Vous allez sûrement avoir mal aux hanches, demain, la prévint-il. La cadence est différente de celle de la marche rapide, et la neige exige un effort supplémentaire.

L'information ne parut pas inquiéter Lucy outre mesure.

— C'est bon à savoir, dit-elle en levant la tête vers le ciel pour inspirer l'air vif des montagnes.

Elle paraissait dans son élément, ici. Certains aimaient la chaleur, d'autres préféraient le froid et, de toute évidence, Lucy appartenait à cette deuxième catégorie de personnes – un indice qui pourrait peut-être les aider à déterminer de quelle partie du pays elle était originaire.

— Jason ? Vous ne venez pas ? lui cria-t-elle.

Il releva la tête et s'aperçut qu'elle avait pris une nette

avance sur lui, et contournait déjà la rangée d'arbres qui leur barrait la route, en amont.

Il s'élançait vers elle lorsqu'une détonation déchira l'air, provoquant une série d'échos dans les montagnes alentour.

# 5

D'instinct, Lucy se jeta à terre. Sa pommette et sa joue protestèrent sous le choc ; elle recracha la neige qui lui emplissait la bouche, puis regarda autour d'elle. Elle ne savait pas où était Jason, ni s'il avait été touché, mais elle pressentait que se relever ferait d'elle une cible facile.

— Jason ? appela-t-elle, sans trop élever la voix. Tout va bien ?

— Je suis là, répondit-il en roulant sur le flanc pour venir vers elle. Je sais d'où on a tiré, et ça n'aurait jamais dû se produire. C'est une propriété privée ici, et la chasse est fermée.

Lucy hocha vaguement la tête. Son cœur battait à tout rompre, et elle avait le vertige. Lorsque sa vision se troubla, elle crut qu'elle allait s'évanouir.

— Vous êtes sûr..., commença-t-elle en déglutissant péniblement, qu'il s'agissait d'un coup de feu ?

— Quoi d'autre ? lui renvoya Jason. Ne retirez pas vos raquettes, même si elles nous limitent un peu dans nos mouvements, elles restent le moyen le plus rapide de nous éloigner d'ici.

Son existence avait pris un tel tour, ces derniers temps, que Lucy n'eut aucune peine à croire que tous deux couraient un sérieux danger.

Jason, pour sa part, devait en douter, car il marmonna :

— Je ne comprends pas. Il faut être fou pour tirer dans les montagnes après la tempête que nous venons d'essuyer. Tout le monde sait que cela risque de provoquer une avalanche.

Le mot fit frissonner Lucy qui jeta un coup d'œil inquiet au-dessus d'elle.

— On les entend arriver avant de les voir, l'informa Jason.

— Ah, murmura-t-elle avant de se tourner pour jeter un coup d'œil dans la direction dont ils étaient venus.

Quand elle s'aperçut que le chalet n'était plus en vue, elle demanda, d'une voix mal assurée :

— Qu'est-ce qu'on fait ? Nous sommes très exposés. Je n'aime pas beaucoup ça.

— J'étais en train de me faire la même réflexion, et je suis bien embêté : tout est à découvert, entre ici et le chalet, par conséquent, si nous sommes la cible d'un tireur, nous serons en plein milieu de sa ligne de mire.

— Vous croyez vraiment qu'on en a après nous ? insista Lucy, de plus en plus angoissée.

— Ça m'étonnerait, dit-il avec une fermeté rassurante. Toutefois, nous ne pouvons pas en être certains, et avec toutes les choses bizarres qui nous arrivent en ce moment, il vaut mieux jouer la prudence.

*Toutes les choses bizarres*... En d'autres termes, l'arrivée de Lucy au chalet, son amnésie et son impression d'être en danger constant.

— Qu'est-ce qu'on va faire ? redemanda-t-elle, une note de désespoir dans la voix.

— Essayer d'atteindre le prochain bosquet, dans un premier temps, répondit Jason. On avisera ensuite.

Ils gagnèrent la futaie aussi vite que possible, et Lucy ne put s'empêcher de penser que leur partie de plaisir prenait un tour bien sombre.

Une nouvelle détonation dont le son se réverbéra à plusieurs reprises l'interrompit dans sa réflexion, sans qu'elle puisse dire si le tireur s'était rapproché d'eux ou non.

— Cette balle ne nous était pas destinée, commenta Jason. C'est une bonne chose. Nous avons sûrement affaire à un braconnier. Les cerfs prennent davantage de risques, quand ils ne trouvent pas de quoi se nourrir.

Malgré toute sa compassion pour les pauvres bêtes, Lucy se prit à espérer que Jason ait deviné juste.

— On retourne au chalet ? demanda-t-elle.

— Pas encore. Il vaut mieux attendre. Si ça se trouve, le but du tireur est de nous faire sortir de ce bosquet.

Alors ils attendirent, et Lucy sentit ses pieds s'engourdir. Bien que sa parka lui protège le corps, ses doigts ne tardèrent pas à la picoter, eux aussi. Elle ne se plaignit pas, néanmoins. L'essentiel était de rester en vie.

— Si on est vraiment en train de s'en prendre à nous, c'est sûrement moi qu'on veut atteindre, dit-elle. Je suis navrée, Jason.

Il secoua la tête de gauche à droite, le regard rivé sur un point devant eux.

— Vous n'en savez rien. Encore une fois, il peut s'agir d'un chasseur ou d'un abruti qui essaie son nouveau joujou. J'ajoute qu'un tireur embusqué n'aurait pas pris la peine de nous avertir en tirant au hasard.

Devant une telle logique, Lucy se détendit légèrement. Au bout d'une vingtaine de minutes qui lui parurent interminables tant elle avait froid aux pieds, Jason lui tapota le bras et chuchota :

— C'est bon. On rentre au chalet. Restez près de moi et avancez aussi silencieusement que possible. On ne sait jamais.

— Entendu, répondit Lucy avant de s'emparer de ses bâtons et d'emboîter le pas à Jason.

Ils commencèrent par longer le bosquet, et lorsqu'ils furent à découvert, Lucy peina à tenir la cadence. Il n'était pas facile d'avancer, sur cette épaisse couche de neige. À deux reprises, elle trébucha, se rattrapa grâce à ses bâtons, puis se remit en route.

Lorsque le chalet leur apparut enfin, ils firent une pause sous un gros conifère. Et, si elle était hors d'haleine, Jason, lui, ne présentait aucun signe de fatigue.

— Ça va ? s'enquit-il.

— Oui.

— Tant mieux, dit-il en examinant le chalet, par-dessus l'épaule de Lucy. Rien n'a changé, a priori. Je vais essayer de suivre les traces que nous avons laissées à l'aller, ça nous permettra de voir si quelqu'un s'est approché de chez moi.

Cette dernière remarque inquiéta Lucy, et sa tension augmenta encore d'un cran lorsque Jason lui ordonna :

— Tendez l'oreille, ouvrez grand les yeux, marchez tête baissée et restez bien derrière moi. Si jamais je vous demande de vous plaquer au sol, exécutez-vous sans poser de question, compris ?

— Compris, répondit-elle, la gorge nouée.

Là-dessus, ils se remirent en route. Lucy parcourut la distance qui les séparait encore de leur but, la peur au ventre. On allait lui tirer dans le dos à n'importe quel moment, c'était certain.

Cette conviction entraîna un nouveau flash-back. Des décombres, cette fois-ci, des détonations et le hurlement des sirènes au loin. Le tumulte, des pleurs, des sanglots hystériques, puis l'obscurité. Une cachette, et enfin la lumière du jour, éblouissante à vous brûler les yeux...

Jason referma une main sur son avant-bras et la secoua.

— Ce n'est pas le moment, Lucy. Redescendez sur terre.

Hébétée, elle battit des paupières et balbutia :

— Dé... Désolée.

— Regardez, ajouta Jason, un index tendu devant lui. Des traces de pas. Elles font le tour du chalet.

— Je vois ça, oui.

La mâchoire crispée, il poussa Lucy vers l'entrée.

— J'ai pris la mauvaise habitude de ne pas fermer la porte à clé quand je reste dans les parages, dit-il. Apparemment, il serait temps que je m'y mette.

Une fois sur le perron, il attira Lucy pour lui murmurer à l'oreille :

— Toujours la même consigne. Restez derrière moi, le plus

près possible. S'il y a quelqu'un à l'intérieur, je vous protégerai. Je compte jusqu'à trois et j'ouvre.

Rendue muette par la peur, elle se rapprocha encore de Jason.

Un coup d'œil leur suffit à constater que le chalet était vide... et qu'il avait été saccagé.

Le responsable du désordre ambiant avait agi dans la plus grande précipitation, semblait-il.

— Bon sang de bonsoir ! gronda Jason avant de refermer la porte dont il fit tourner le verrou.

Lucy examina les lieux avec incrédulité. Les coussins du canapé gisaient sur le plancher ainsi que le sac de paquetage dont le contenu était éparpillé un peu partout dans la pièce. Les dossiers de Jason avaient été examinés, et la plupart de ses documents jonchaient le sol.

— Je ne comprends pas, murmura-t-elle, consternée. Que pouvaient-ils bien chercher ?

— Aucune idée, rétorqua Jason en commençant à remettre son bureau en ordre.

Une fois qu'il eut terminé, il alla se planter devant un tableau qu'il décrocha. Derrière la toile se trouvait un coffre-fort encastrable, intact.

— Parfait, s'exclama Jason. Remarquez, même s'ils l'avaient trouvé, ils n'auraient pas pu l'ouvrir. C'est là que je range les sauvegardes de mes photos. Encore une obsession chez moi : garder une trace de tout ce que je fais, sur carte mémoire ou clé digitale. Pour plus de sûreté, je loue aussi un espace de rangement sur un site spécialisé. On n'est jamais trop prudent dans ma profession, je l'ai appris à mes dépens.

— Enfin, pourquoi voudrait-on vous voler vos photos ? s'enquit Lucy.

Il commença par hausser les épaules avec une nonchalance qu'elle trouva peu convaincante.

— Dites-le-moi, insista-t-elle. Comment voulez-vous que je comprenne si vous ne m'expliquez pas ?

— J'ai été récompensé à plusieurs reprises, finit-il par avouer avec une réticence manifeste. Mes photos se vendent à bon prix. En outre, j'ai signé un contrat avec un éditeur qui doit publier un ouvrage entier sur mon travail. Une compilation, si vous préférez. Et comme ce sont des photos de guerre, elles pourraient contenir certaines informations sensibles. En temps normal, je les examine soigneusement pour m'assurer que ce n'est pas le cas, mais cette fois-ci, je n'en ai pas eu le temps depuis mon retour.

— Ça ne répond pas vraiment à ma question, lui fit remarquer Lucy. Vous êtes en train de me dire qu'un de vos confrères pourrait prétendre être l'auteur de votre travail ?

— C'est une possibilité, convint Jason. C'est cela, ou alors un de ces brigands qui font chanter des dignitaires. On sait que cela arrive, même si aucun journaliste digne de ce nom ne s'abaisserait à ça. Bref, j'ai mitraillé – si je puis m'exprimer ainsi –, à tout-va après l'attentat-suicide de l'hôtel, et il se peut que j'aie photographié quelque chose de compromettant.

Lucy secoua la tête avec découragement. Conséquence de son amnésie ou non, elle ne suivait toujours pas le raisonnement de Jason.

— Vous le sauriez, je suppose. Vous voyez bien ce que vous photographiez, tout de même !

— Pas forcément, reconnut-il. Quand je suis en plein chaos, au cœur de l'action, il m'arrive de prendre des dizaines de photos d'affilée, un peu au hasard, dans l'espoir qu'une d'entre elles sorte du lot. Autre détail intéressant, je suis souvent surpris moi-même de voir ce que j'ai capturé par inadvertance.

Après avoir remis le tableau en place, il se tourna vers Lucy qui acquiesça lentement, puis tenta de se rassurer en concluant :

— Cela signifierait que c'est vous la cible de cette intrusion, pas moi !

— Je ne sais pas, rétorqua-t-il, sur un ton qui remit Lucy dans tous ses états. Et comme l'auteur de ce chantier n'est pas là, nous ne pourrons pas l'interroger sur ce point. Par ailleurs, il semblerait que notre visiteur n'ait laissé aucune trace derrière lui. Je vais tout de même aller jeter un coup d'œil dehors, à tout hasard.

Lucy le regarda s'éloigner avec angoisse. C'était pour sa sécurité à lui qu'elle craignait, à présent.

— Donc, il ou elle pourrait toujours être ici, supputa-t-elle à voix haute.

— Tout le problème est là. Quand les routes sont bloquées, comme aujourd'hui, il faut emprunter des véhicules spéciaux pour grimper jusqu'au chalet. Si c'était le cas de notre visiteur, nous aurions entendu le moteur.

Jason n'eut pas le cœur à compléter la liste de ses inquiétudes. Lucy paraissait franchement terrorisée, à présent. Or, bien qu'il ignore encore ce qu'était venu faire l'intrus au chalet, il était fort probable qu'il rôde toujours dans les environs.

— Vous savez vous servir d'une arme ? demanda-t-il à Lucy, bien qu'il en doute fort.

— De... D'un revolver ? balbutia-t-elle, les yeux ronds.

— Tant pis, poursuivit-il, convaincu d'avoir sa réponse. J'ai toutes sortes d'armes à feu, ici. Ça serait plus facile si vous saviez vous en servir. Il faudra que je vous initie à leur utilisation, à l'occasion. Je...

À sa grande stupéfaction Lucy l'interrompit pour lui annoncer :

— J'ai l'habitude des armes. J'allais au stand de tir environ une fois par mois pour me défouler.

Il vit à son expression qu'elle était aussi surprise que lui par son propos.

— Et qui vous a appris à tirer ? s'empressa-t-il d'enchaîner, soucieux de ne pas lâcher le fil qui la mènerait peut-être à d'autres réminiscences.

— Je... je l'ignore. Il ne s'agissait pas d'un souvenir visuel, vous comprenez ? Cela ressemblait plutôt à une certitude. Vous m'avez posé une question, et je connaissais la réponse, voilà tout.

Bien que sceptique, Jason se dirigea vers le coffre où il rangeait ses armes, dans un coin du salon. Après avoir composé le code, il en examina le contenu, à la recherche d'une arme de poing susceptible de convenir à Lucy. Il opta pour la plus légère et la plus compacte de sa panoplie – un petit SIG Sauer P238.

— Vous avez déjà tiré avec ça ? s'enquit-il en lui tendant l'objet. Ça peut contenir six balles, et ça présente l'avantage de bien tenir en main.

Lucy s'empara du SIG, l'examina d'un air dubitatif, et répéta en poussant un soupir :

— Je ne peux pas vous le dire.

Après avoir soupesé le revolver, elle le pointa en direction de la porte d'entrée, puis baissa le bras et pivota vers Jason pour ajouter :

— Ça me paraît bien. Il va me falloir des munitions.

Jason lui tendit quelques chargeurs et la regarda en glisser un dans la chambre.

Un peu rassuré par son savoir-faire, il retourna vers le coffre pour en tirer son arme de poing préférée, un Ruger. 38 Magnum qu'il chargea à son tour. Après s'être emparé de munitions de rechange, il referma soigneusement le coffre et se tourna vers Lucy pour lui demander :

— Si je sors d'ici, vous pensez pouvoir vous défendre, avec ça ?

Elle le dévisagea avec le plus grand sérieux, et lui répondit calmement :

— C'est une arme que je n'ai jamais utilisée, et dont je ne connais pas le recul. En revanche, j'arrive à viser et je n'hésiterai pas à m'en servir pour me défendre, si c'est le sens de votre question.

— Parfait, commenta Jason, encouragé par sa belle assurance. N'oubliez pas de vous enfermer à clé après mon départ.

— Ça ne risque pas, ironisa-t-elle.

Il lui jeta un dernier coup d'œil et sentit son cœur se serrer. Elle paraissait si vulnérable, même avec ce pistolet en main ! Si jamais il trouvait celui ou celle qui lui avait fait tant de mal, il se chargerait personnellement de la venger.

Il sortit sous le porche pour fixer ses skis, et se mit en route, dans l'intention de suivre les empreintes laissées par leur visiteur aussi loin qu'il le pourrait.

Il vit que l'individu avait fait le tour du chalet avant d'y pénétrer, puis de redescendre, perpendiculairement à l'allée où il aurait pu être repéré. À en juger par les traces qu'il avait laissées dans son sillage, il s'était déplacé en raquettes.

Jason descendit son allée se servant de ses bâtons pour ralentir l'allure. Comme il s'y attendait, les empreintes sortaient de la futaie à l'endroit précis où l'allée ouvrait sur la route. Le chasse-neige n'était pas passé, et la neige était intacte, immaculée. Du moins si on exceptait une trace qui de toute évidence ne pouvait être laissée que par une motoneige.

Jason songea qu'il devait s'agir d'un modèle électrique, moins performant et moins polluant que les engins classiques. Beaucoup moins onéreux aussi. Le mieux serait de se renseigner en ville. Si quelqu'un dans la région possédait un engin de ce genre, tout le monde le saurait, c'était certain.

Jason regagna le chalet, retira ses skis, et frappa à sa porte.

— Lucy ? C'est moi.

Elle lui ouvrit aussitôt, l'air soulagé.

— C'est bon. Notre visiteur est reparti, l'informa-t-il.

— Vous m'en voyez ravie, commenta Lucy avant de poser son arme sur la table en précisant que la sécurité était toujours en place.

Jason hocha la tête, se débarrassa de son équipement et annonça :

— Je vais garder mon arme sur moi, pour l'instant ; on ne sait jamais. Que fait-on de la vôtre ? Vous voulez que je la remette dans le coffre ou vous préférez l'avoir à portée de main ?

— Ça dépend, répondit Lucy. Vous pensez que je risque d'en avoir besoin ?

— Aucune idée. C'est comme vous voulez. Ce coffre n'est pas bien difficile à ouvrir, à condition d'en avoir le code. D'ailleurs, je vais vous le donner tout de suite.

— Je me sentirai mieux une fois que cette arme sera sous clé. L'avoir sous le nez me rend un peu nerveuse, avoua-t-elle.

Jason entreprit de remiser le SIG et ses munitions dans le coffre qu'il referma soigneusement. Il notait le code sur un morceau de papier lorsque son téléphone retentit.

— Allô ? Allô ? demanda-t-il, une fois que le bruit des parasites fut moins fort.

— Bonjour, Jason. Jeffords à l'appareil, lança le shérif. Je t'appelle pour savoir si tout va bien, là-haut.

Bien que la question lui paraisse incongrue, Jason supposa que Jeffords avait de bonnes raisons de la lui poser.

— Pas vraiment, non, répondit-il. Quelqu'un s'est introduit dans mon chalet et a mis mes affaires sens dessus dessous. C'est d'autant plus bizarre que la route n'est toujours pas praticable. Par ailleurs, nous... Ou plutôt, je suis sorti et j'ai entendu des coups de feu.

— Des coups de feu ? répéta le shérif, d'un ton réprobateur. Bon sang ! L'abruti qui a tiré aurait pu déclencher une avalanche !

— Je le sais bien, toutefois je m'empresse de préciser qu'il ne s'est rien produit de tel. Je ne sais toujours pas très bien ce que visait le tireur. Je suis remonté chez moi en vitesse, au passage, j'ai remarqué les empreintes, et je peux vous dire que mon visiteur a laissé les lieux dans un piteux état.

— Je parie que tu n'avais pas fermé ta porte à clé.

— Gagné, rétorqua Jason sans chercher à dissimuler son agacement. À ma décharge, on n'avait pas besoin de tout cadenasser avant de sortir, jusqu'à présent. Cela dit, comme vous semblez considérer ça comme une nécessité, je ferai attention, à l'avenir.

— Il te manque quelque chose ?

— A priori, non.

— Tu comptes porter plainte ?

— Je n'en vois pas l'utilité, à ce stade, bougonna Jason. Dites-moi, shérif. Vous étiez au courant ? s'enquit-il subitement.

— Moi ? Par quel biais l'aurais-je appris ?

— Aucune idée, toutefois, vous deviez avoir une raison pour m'appeler...

Jeffords s'éclaircit la voix et soupira bruyamment avant de répondre :

— Oui, Jason. Figure-toi que deux types de Denver se sont présentés au poste de police, ce matin. Ils m'ont posé tout un tas de questions à ton sujet.

— Des militaires ? s'enquit Jason, toujours sous le coup de la disparition de Rick.

— Je ne saurais te dire. L'un m'a affirmé être un représentant de la loi, sans préciser dans quelle branche exactement, et en omettant de me montrer un badge ou une pièce d'identité. Ça m'a intrigué, j'ai demandé à voir, et il m'a renvoyé dans mes cordes en invoquant le secret-défense ou quelque chose de ce genre.

Jeffords hésita un instant avant de demander :

— Dis-moi, mon garçon. Que se passe-t-il, au juste, chez toi ?

Jason se tourna vers Lucy, qui l'écoutait avec un intérêt évident, et pesa ses mots.

— Rien, du moins rien de très clair. Un agent spécial du NCIS m'a appelé récemment pour m'annoncer que Rick était porté disparu. Ça m'a semblé d'autant plus bizarre que je ne vois pas en quoi je suis concerné – du point de vue de l'armée, j'entends – s'empressa-t-il de préciser.

— Rick... Rick Engles ? balbutia le shérif, manifestement consterné. Que lui est-il arrivé, à ce pauvre garçon ?

— Je n'en sais rien. Nous devions nous voir à Kaboul, et ça ne s'est pas fait. J'ignorais que Rick avait disparu, jusqu'à ce que cet agent spécial me l'annonce par téléphone.

Il réfléchit quelques secondes avant d'ajouter :

— Le NCIS n'avait aucune raison de vous envoyer deux émissaires. S'il l'avait fait, il se serait agi d'hommes en uniforme qui n'auraient vu aucune objection à décliner leur identité.

— Très juste, convint Jeffords. Remarque, ils venaient peut-être pour autre chose, et ça devait être sacrément important, pour qu'ils aient fait le chemin depuis Denver, par ce blizzard. J'ajoute que bien que Rick soit originaire de notre région, c'est uniquement sur ton compte qu'ils m'ont interrogé.

— Et vous dites qu'ils ne vous ont pas laissé de carte ? Dommage. Si vous aviez su comment les contacter, j'aurais pu leur passer un petit coup de fil afin de tirer ça au clair.

— Non. Comme je te l'ai dit, ils sont repartis dès que j'ai demandé à voir leurs papiers. J'en ai déduit qu'ils ne m'avaient pas tout dit.

— Sans doute. Quant à savoir ce qu'ils avaient derrière la tête, c'est une autre histoire.

Jason était d'autant plus perplexe qu'il vivait sa vie au grand jour, et n'avait rien eu à cacher jusqu'à l'arrivée de Lucy.

— Bref, grommela le shérif. Qui qu'il en soit, j'ai jugé bon de te prévenir. Si j'en apprends davantage, je te rappelle.

Jason le remercia, mit fin à la conversation puis se tourna vers Lucy pour lui rapporter les propos de Jeffords.

— Et si c'était moi qu'ils recherchaient, en réalité, ces hommes ?

— C'est une éventualité à ne pas écarter, admit Jason. Et nous ne le saurons que lorsque vous aurez recouvré la mémoire.

Lucy le regarda droit dans les yeux et déclara solennellement :

— Je ne voudrais pas que ma présence ici vous mette en danger.

— Je ne suis pas inquiet.

— Moi si, dit-elle résolument. Je ne pourrais plus me regarder dans une glace, s'il vous arrivait malheur à cause de moi.

— Ce ne sera pas le cas, affirma Jason, tenaillé par l'envie de prendre Lucy dans ses bras pour la réconforter. Croyez-moi, je me tire de situations épineuses depuis des années, et il ne m'arrivera rien cette fois non plus.

Sa belle assurance arracha à Lucy un sourire hésitant.

— En d'autres termes, je dois vous croire sur parole, commenta-t-elle.

— Vous n'avez pas vraiment le choix, confirma Jason avant

de s'avancer vers la fenêtre pour contempler la couverture de neige qui recouvrait sa propriété.

Il supportait mal le confinement, et d'ordinaire il trouvait à s'occuper, de manière à retarder autant que possible les manifestations de sa claustrophobie. Son désœuvrement, ajouté à la tentation que constituait Lucy, ne présageait rien de bon. Pourvu qu'ils soient en mesure de sortir sous peu !

Bref, un peu d'exercice serait le bienvenu. La sédentarité à laquelle il était contraint depuis quelques jours se faisait sentir, autant moralement que physiquement. Le chalet était trop exigu pour que Jason y entrepose autre chose que des haltères, qui devraient faire l'affaire dans un premier temps.

Il alla donc les chercher pour les déposer à l'endroit où il faisait sa gymnastique : entre le canapé et le bureau.

— Vous allez faire de la gym ? Ça ne vous ennuie pas que je me joigne à vous ? lui demanda Lucy, les yeux brillant d'excitation.

— Tant que vous ne vous faites pas mal, rétorqua-t-il en haussant les épaules.

— Pensez-vous ! lui renvoya-t-elle d'un ton léger.

Confronté à sa désinvolture, Jason se souvint qu'elle avait pris des cours d'autodéfense et se dit qu'il était possible qu'elle ait également l'habitude de soulever des poids.

Il profita de ce qu'elle était partie se changer pour s'échauffer. Lorsqu'elle ressortit de la salle de bains, il ne put s'empêcher de la contempler. Ses longues jambes étaient mises en valeur par un caleçon noir, et son T-shirt épousait ses formes… Une merveille.

Un désir violent s'empara de lui, et il dut faire un effort surhumain pour reprendre son échauffement.

— Qu'y a-t-il ? s'enquit-elle, les poings sur les hanches. C'est tout ce que j'ai à me mettre. J'ai l'air d'un clown ou quoi ?

— Pas du tout, répondit-il un peu trop sèchement à son goût.

En même temps, comment dissimuler son trouble ? Seul l'effort l'aiderait à oublier ce dont il avait envie.

— Pensez à vous échauffer, lui conseilla-t-il.

Les sourcils froncés, elle rétorqua :

— D'habitude, je commence par un peu de cardio sous forme de marche rapide, seulement vous n'avez pas de tapis de jogging, alors...

— Eh bien, faites des pompes ou sautez à la corde, insista-t-il en espérant qu'elle opterait pour la corde, moins évocatrice à son goût.

Comme si elle avait lu dans ses pensées, Lucy s'empara de la corde et se mit à sauter.

Lorsqu'elle eut terminé, elle se planta au-dessus de Jason et posa un regard appuyé sur ses haltères.

— Je pourrai vous les emprunter, quand vous aurez fini votre série ? lui demanda-t-elle. J'aimerais faire comme vous.

Jason la considéra du coin de l'œil.

— J'ai l'impression que vous n'en êtes pas à votre coup d'essai, commenta-t-il, songeur.

— Effectivement, dit-elle avec un sourire qui faillit causer la perte de Jason. Et, avant que vous me le demandiez, non. Je n'ai pas eu de flash-back à proprement parler. Simplement une conviction.

— Sur quel poids voulez-vous que je les règle ? Là, je suis à vingt.

— Quinze devraient suffire. Cela dit, à l'évidence, je n'ai pas pratiqué depuis un bon moment, alors il se peut que vous soyez obligé de les redescendre à douze.

Jason régla les haltères et les tendit à Lucy.

Elle n'eut aucun mal à effectuer trois séries complètes, sous les yeux émerveillés de Jason.

Il secoua la tête avec agacement : ce genre de pensée ne le mènerait nulle part.

— Il y a un problème ? lui demanda soudain Lucy.

— Pas du tout, voyons !

— Dans ce cas, pourquoi avez-vous secoué la tête ?

— C'est après moi que j'en avais, rien à voir avec vous.

À son grand soulagement, elle lui rendit les haltères sans poser plus de questions.

Ils poursuivirent ainsi pendant près de trois quarts d'heure. Lorsqu'ils s'arrêtèrent enfin, la peau de Lucy brillait d'une fine couche de transpiration. Jason, qui était en nage, se dit qu'il devait avoir piètre allure, ce qu'elle lui confirma en lui proposant de prendre sa douche en premier, pendant qu'elle ferait un peu de yoga.

Jason, qui aurait pourtant donné cher pour voir ça, se força à gagner la salle de bains sans ajouter mot.

# 6

Lorsque Jason fut sorti, Lucy tenta sans conviction d'adopter les quelques postures de yoga qu'elle n'avait pas oubliées. Et si son corps restait sensible par endroits, elle s'aperçut qu'elle guérissait doucement. Deux jours plus tôt, elle n'aurait pas pu s'étirer sans inconfort.

Elle s'efforça de faire le vide dans son esprit. Mais en vain, elle ne parvenait pas à se concentrer, occupée comme elle l'était à se représenter Jason sous la douche. Elle le voyait clairement, et les détails lui parurent si savoureux qu'elle se mit à fantasmer sans retenue. Elle pourrait retirer ses vêtements humides, se glisser dans la cabine, derrière lui. Ils commenceraient par se savonner l'un l'autre, et là...

Non. Cela devait cesser. Elle renonça au yoga pour se lancer dans un enchaînement intensif, composé de Burpee, de pompes et autres, dans l'espoir d'oublier ses pensées libidineuses.

Elle arpentait la pièce principale du chalet lorsque Jason ressortit de la salle de bains.

— La douche est libre, annonça-t-il avant d'aller s'enfermer dans sa chambre.

Lucy prit des vêtements propres et se précipita dans la salle d'eau. Une fois déshabillée, elle examina son reflet dans le miroir, d'un œil critique. Et fut triste de constater qu'elle ne reconnaissait toujours pas vraiment la femme aux cheveux de jais qui se tenait là.

Enfin... Avec un peu de chance, cela ne tarderait plus. Il

fallait qu'elle reparle à Jason de son ami médecin à Colorado Springs, afin d'avoir une idée du temps que risquait de durer son amnésie. Elle se sentirait beaucoup mieux ensuite et la cohabitation avec Jason serait plus aisée.

*Jason*... Un parfait étranger, devenu tout son univers, en deux jours. Cette réflexion l'amena à se demander quelle place il occuperait dans sa vie, lorsqu'elle serait redevenue elle-même.

Elle se glissa dans la cabine de douche en frissonnant. Elle avait mal partout, et, le cœur serré, elle constata que l'exercice et la compagnie de Jason n'avaient fait qu'ajouter encore à son trouble.

Ce tiraillement constant entre la raison et le désir lui pesait d'autant plus qu'elle ignorait totalement ce que sa mémoire revenue lui apprendrait. Pourrait-elle se laisser aller à son attirance pour Jason ? Et si elle était déjà mariée ? Cette pensée la fit frémir. Comment aurait-elle pu oublier un homme qu'elle avait épousé, donc aimé ?

De la même manière qu'elle s'était oubliée elle-même, probablement.

Une fois rhabillée, elle prit son courage à deux mains pour aller rejoindre Jason dans la cuisine.

— Vous vous sentez mieux ? lui demanda-t-il sans se retourner. Je suis en train de nous préparer une soupe de tomates avec des toasts au fromage grillé. Asseyez-vous, je suis à vous dans une minute.

— Que voulez-vous boire ? lui demanda-t-elle, émerveillée par l'aisance avec laquelle elle avait endossé le rôle de maîtresse de maison.

Jason lui demanda du lait, elle se servit un verre d'eau, porta le tout à la table, puis s'assit, incapable de s'arracher au spectacle de la taille et des hanches fines de son hôte, tandis qu'il évoluait du fourneau au comptoir.

Ils entendirent monter le chasse-neige au moment précis où Jason déposait les mets sur la table.

— Je vais jeter un coup d'œil, déclara-t-il. Du porche, je devrais le voir arriver.

Lucy le regarda sortir, hésita un instant, puis décida de profiter et de commencer à manger.

Jason revint presque aussitôt, et annonça avec bonne humeur :

— Je confirme. C'est enfin le chasse-neige.

Son repas terminé, il se renversa sur son siège et considéra Lucy avec un petit sourire aux lèvres.

— Vous savez ce que ça signifie ? lui demanda-t-il.

— Non. Quoi ?

— Que nous allons devoir déneiger l'allée. Quand nous aurons accès à la route, nous pourrons descendre en ville ou nous aventurer plus loin. Les voies principales doivent être dégagées, à présent.

— Vous voulez qu'on fasse ça à la pelle ? s'enquit Lucy, que la perspective de déblayer l'allée sur toute sa longueur n'emballait guère.

— À la pelle ? répéta-t-il en s'esclaffant. Ça nous prendrait une éternité ! Je dispose d'une souffleuse, et une fois l'entrée du garage débarrassée, je mettrai mon chasse-neige personnel devant la jeep. Quand celui de la municipalité aura repoussé le plus gros en aval, je pourrai terminer avec le mien.

— Entendu, dit Lucy. Je débarrasse la table, je range la cuisine et je vous rejoins.

— Attendez, je vais vous aider. À nous deux, nous n'en aurons que pour quelques minutes.

— Non, contra-t-elle fermement. Commencez sans moi. Si vous avez terminé ce soir, on pourra bouger dès demain. J'aimerais vraiment sortir d'ici.

Jason haussa un sourcil.

— Tiens ? Vous commencez à vous sentir à l'étroit, vous aussi ?

— Quoi de plus normal ! Rendez-vous compte que je n'ai pas encore eu l'occasion de voir les environs.

Cette remarque fit de nouveau rire Jason.

— Nous avons le même problème, alors, lui confia-t-il. Et ne me rejoignez que si vous en avez envie. Je ne verrai aucun inconvénient à ce que vous restiez au chaud.

Lucy le regarda sortir, les joues en feu. Elle se sentait consumée par son désir absurde, et il lui fallut quelques minutes pour se ressaisir. Lorsqu'elle se mit enfin au travail, ce fut en tendant l'oreille : elle entendit Jason mettre la souffleuse en marche, puis commencer à déneiger un passage entre le porche et l'allée. Pour une raison étrange, le bruit qu'il faisait en travaillant la réconforta.

Une fois la vaisselle terminée et rangée, Lucy essuya le comptoir et examina la petite cuisine avec satisfaction. Elle se sentait comme chez elle, dans ce chalet. Dangereux, pour une femme qui, sans aucun doute, avait un autre domicile quelque part, peut-être même avec quelqu'un d'autre... D'autant plus dangereux que cette éventualité l'attristait profondément, ce qu'elle ne s'expliquait pas.

Bien. Ça suffisait comme cela. Elle s'habilla chaudement et sortit.

La réverbération du soleil sur la neige l'obligea à plisser les yeux. Elle se tint un moment sous le porche et, la main en visière, regarda le chasse-neige propulser de longs jets floconneux dans les airs. Jason avait fini de dégager l'entrée du garage. Il éteignit la souffleuse et la mit de côté avant de soulever la porte. Au moment où il se retournait, il fit signe à Lucy d'approcher. Il avait rentré sa jeep en marche arrière et arrimé un chasse-neige métallique de bonne taille au pare-chocs avant.

— Waouh ! Où avez-vous trouvé un engin pareil ? demanda Lucy, impressionnée.

— Ce n'est pas ce qui manque, dans le coin, lui répondit Jason. Quand on vit à cette hauteur et si loin de la ville, on ne laisse rien au hasard.

— Je peux monter avec vous ?

— Bien sûr.

Lucy ne se le fit pas répéter. Elle courut jusqu'à l'avant de la machine, se glissa sur le siège du passager et attendit impatiemment.

— On va bien s'amuser, déclara Jason lorsqu'il la rejoignit. J'ai toujours adoré conduire cet engin.

*Les hommes et leurs jouets...*

D'où lui était venue cette pensée ? se demanda-t-elle en fronçant les sourcils.

— Un problème ? s'enquit Jason, qui devait l'observer.

— Non, non, répondit-elle. J'essayais de rattraper un souvenir. Comme je vous l'ai déjà expliqué, c'est un peu comme s'ils tourbillonnaient dans le brouillard, hors de ma portée. J'en ai vraiment assez.

Jason posa une main sur la sienne, puis se tourna vers elle.

— Ça va s'arranger, Lucy. J'en suis certain.

Comme par magie, l'atmosphère sembla soudain plus chargée. Leurs regards se croisèrent, et Lucy aurait pu jurer qu'elle entendait le cœur de Jason battre aussi fort que le sien. Ils restèrent figés sur place, elle crut qu'il était sur le point de se pencher sur elle pour l'embrasser...

... Mais il cligna des yeux, se détourna, puis fit démarrer l'engin d'une main mal assurée.

— Vous êtes prête ? lui demanda-t-il, sans la regarder.

— Oui, répondit-elle, un peu triste, subitement.

— Alors, c'est parti !

Ils effectuèrent plusieurs allers-retours, avant de redescendre vers le chalet.

— Et voilà, on peut enfin sortir ! s'exclama joyeusement Jason.

— Aujourd'hui ? demanda Lucy, pleine d'espoir. Et si on décidait de manger en ville, ce soir ?

Il secoua la tête, d'un air sombre.

— Il est encore trop tôt. Si nous allons dîner quelque part, nous devrons nous aventurer plus loin, peut-être jusqu'à Colorado Springs. Mieux vaut éviter qu'on nous voie ensemble à Cedar.

Le moment de contrariété passé, Lucy comprit que Jason pensait à sa sécurité. Si on était à sa poursuite, moins on la verrait, mieux elle se porterait.

— D'accord, murmura-t-elle.

— Ne vous en faites pas, on trouvera quelque chose à faire demain. Bien, je crois que nous avons mérité un bon chocolat chaud, qu'en dites-vous ?

*Je préfère le thé. Le Darjeeling, pour être exacte.* Encore une pensée venue de nulle part. Un détail, une certitude que Lucy préféra cependant garder pour elle.

— Excellente idée, dit-elle. Ça nous réchauffera.

Ils jouèrent aux cartes tout l'après-midi, puis Lucy, sidérée par la vitesse à laquelle le temps avait passé, proposa de préparer le repas du soir. Jason lui ayant donné carte blanche, elle fouilla les placards et la glacière dont elle tira de quoi leur faire un dîner rapide et équilibré.

La vaisselle terminée, ils s'installèrent devant la télévision, comme un vieux couple. Lucy s'efforça de ne pas trop s'inquiéter pendant que le présentateur annonçait le sommaire du journal de la soirée, en vain : elle redoutait une nouvelle crise de panique qui, elle le savait, ne préviendrait pas. À son grand soulagement, aucun malaise ne l'assaillit, et bientôt l'indicatif de fin de l'émission se fit entendre.

S'ensuivit un talk-show qu'elle tenta de suivre, sans grand succès car elle n'en connaissait ni les invités ni l'animateur. De guerre lasse, elle laissa son esprit vagabonder.

Et dut s'assoupir, car elle se trouva soudain projetée devant la fenêtre de ce qui ressemblait à une chambre d'hôtel. Au dehors, des immeubles à différents stades de dégradation. À l'intérieur, et par-dessus tout, un sentiment de danger imminent.

Quelqu'un se mit à parler derrière elle. Il s'agissait d'un homme, sur lequel elle ne se retourna pas pour voir le visage. Sa voix l'atteignit de plein fouet, car son vernis de civilité était teinté de cruauté. Et si Lucy ne distinguait qu'à peine ses paroles, elle les savait aussi blessantes que méprisantes.

Naguère, elle en aurait peut-être souffert. À présent, elle ne ressentait qu'une immense fatigue. Elle regrettait amèrement d'avoir accompagné l'homme pour ce voyage et, lorsqu'elle baissa les yeux vers sa main gauche, elle fut soulagée de ne pas y voir d'alliance. Elle ne l'avait pas épousé, c'était déjà ça. En un sursaut, elle s'aperçut que tous ses sentiments l'avaient désertée. Elle n'éprouvait ni amour, ni colère, ni nostalgie. Rien, sauf cette impression d'être coupée en deux, de s'observer de loin, et d'attendre qu'on lui donne une idée de qui elle était, de l'endroit où elle se trouvait et, si possible, qu'on lui révèle le nom de l'homme.

Elle se mit à trembler si fort qu'elle s'en réveilla. Elle cligna des paupières, s'aperçut qu'elle était transie, et se frotta les bras.

Elle inspira longuement, avec difficulté, avant de regarder autour d'elle. Ah oui. Elle était dans le chalet de Jason Sheffield. Et, bien que la télévision soit toujours en marche, il n'y avait pas de Jason en vue. Ni près d'elle ni dans la cuisine.

Cela l'inquiéta suffisamment pour qu'elle se lance à sa recherche.

La porte de la salle de bains plongée dans l'obscurité était entrouverte. Pas de Jason là non plus, donc. Comme il ne restait plus que sa chambre, dont la porte était également entrebâillée, Lucy s'enhardit jusqu'à la pousser.

Assis en tailleur sur son lit, Jason haussa les sourcils en la voyant entrer. Torse nu, un ordinateur portable posé sur ses cuisses musclées.

— Tout va bien ? lui demanda-t-il avec sollicitude.

Lucy s'aperçut qu'elle avait la bouche trop sèche pour émettre le moindre son. Au lieu de ressortir comme elle aurait dû le faire, néanmoins, elle resta figée sur place.

— Qu'est-ce que vous faites ? demanda-t-elle lorsqu'elle eut retrouvé l'usage de la parole.

Jason désigna son ordinateur d'un geste du menton, avant d'expliquer :

— J'étais en train de passer en revue une partie des photos

que j'ai prises à Kaboul. Vous dormiez si paisiblement que je n'ai pas voulu vous déranger.

— Paisiblement ? se récria-t-elle en frissonnant. Je n'irais pas jusque-là. J'ai encore fait un rêve, ni franchement cauchemardesque ni franchement agréable.

Elle le raconta à Jason, ce qui lui permit de voir son visage s'assombrir quand elle parla de « l'homme », puis se détendre quand elle évoqua son soulagement à l'idée de ne pas avoir épousé l'individu en question.

— J'en déduis que je suis célibataire, conclut-elle.

— Cela se peut, lui répondit précautionneusement Jason. Du moins si vous êtes convaincue que ce n'était pas seulement un rêve.

Lucy aurait voulu abonder dans son sens. De toutes ses forces.

— Je ne crois pas, non, dit-elle, car elle répugnait à mentir.

— Eh bien, tant mieux ! rétorqua-t-il avant de relever la tête pour demander :

— Vous voulez m'aider à passer ces images en revue ?

Lucy perdit contenance, feignit de bâiller, et balbutia :

— Non. Je préfère retourner me coucher.

— Dans ce cas, bonne nuit.

— Merci. À vous aussi, dit-elle avant de se décider à ressortir de la chambre dont elle referma la porte.

Lucy regagna la pièce principale, se saisit de la télécommande et éteignit la télévision d'une main fébrile.

Elle se laissa ensuite tomber au milieu des coussins qui jonchaient le canapé, et s'enfouit la tête dans les mains.

Qu'est-ce qui lui arrivait ? Elle aurait dû s'inquiéter, être avide de repères, au lieu de quoi elle était rongée par le désir. Elle voulait sentir les bras de Jason autour de sa taille, goûter sa peau salée... le sentir en elle. Alors seulement, elle serait comblée.

Le corps en fusion, elle tenta de faire le point. Jason et elle savaient qu'il serait périlleux de compliquer encore sa situation par une idylle. Pourtant...

Après avoir retapé son lit, elle éteignit la lumière, puis se glissa sous la couverture en appelant le sommeil de tous ses vœux.

Lorsque Lucy était apparue sur le seuil de sa chambre, les cheveux en bataille et les yeux gonflés de sommeil, Jason avait pensé qu'elle venait s'offrir à lui. Cette perspective l'avait immédiatement excité, et il s'était demandé s'il aurait la force de résister à la tentation.

Il savait qu'il devait se tenir à distance – il se l'était suffisamment répété pour en être convaincu –, cependant il n'était pas de bois et désirait Lucy comme il n'avait encore jamais désiré aucune femme.

Malheureusement, il ne devait pas céder à l'envie d'aller la rejoindre dans le salon,

Il referma son ordinateur, éteignit la lumière et se prépara pour la nuit, résolu à penser à autre chose. Cette promiscuité forcée était la cause de son trouble, il fallait donc qu'ils sortent du chalet. Dès demain, il emmènerait Lucy en promenade, peut-être même pousserait-il jusqu'à Colorado Springs. Avec un peu de chance, cela détendrait l'atmosphère.

Il lui annonça le programme de la journée tandis qu'ils buvaient leur café devant le comptoir de la cuisine. Et, si elle parut d'abord emballée par la perspective d'une virée en voiture, elle revint vite à la réalité du moment.

— On ne risque pas de me voir ? s'enquit-elle avec inquiétude.

— Pas de danger. Dans une ville de la taille de Colorado Springs, vous passerez inaperçue.

Elle l'examina un instant avant de lui demander :

— On pourrait en profiter pour aller chez votre ami médecin, qu'en pensez-vous ?

— Ça devrait pouvoir se faire. Je vais réessayer de le joindre. À cette heure matinale, il devrait répondre au téléphone.

Phil décrocha dès la deuxième sonnerie.

— Désolé de ne pas avoir donné suite à ton message, vieux, dit-il immédiatement. Je suis débordé, en ce moment. Alors, quoi de neuf, Jason ? Toujours par monts et par vaux ?

— Non. Je suis de retour à Cedar.

— C'est vrai ? Tu aurais le temps de venir jusqu'ici pour manger un morceau avec moi ?

— Avec plaisir ! D'ailleurs, je m'apprête à me mettre en route pour Colorado Springs. J'ai un service à te demander.

Jason exposa le problème à son ami qui, comme il s'y était attendu, fut très intéressé par le sujet.

— Je n'ai encore jamais eu à traiter de patient amnésique. Je vais essayer de recevoir ta protégée aujourd'hui. Tu as une idée de l'heure à laquelle vous arriverez ?

Après avoir consulté sa montre, Jason proposa :

— Vers midi, ça te va ? On pourrait aller déjeuner ensuite, si tu es libre.

— Parfait. À plus tard.

Phil raccrocha avant que Jason ait le temps de le saluer.

Quand il releva les yeux, il s'aperçut que Lucy l'observait, un sourire radieux aux lèvres.

— Merci, merci ! s'exclama-t-elle. Grâce à vous, je vais enfin en savoir un peu plus.

Il ouvrait la bouche pour lui faire part de ses réserves quand elle se hissa sur la pointe des pieds et posa ses lèvres sur les siennes.

Elle avait agi sur une impulsion, cela ne faisait aucun doute dans l'esprit de Jason, qui referma néanmoins ses bras sur elle. L'instinct, là encore, rien d'autre. Un simple réflexe, qui le poussa tout de même à approfondir son baiser, à s'imprégner de la saveur de ses lèvres, comme si sa survie en dépendait.

Lorsqu'elle se lova contre lui, et qu'il sentit ses rondeurs sur sa peau à travers l'étoffe fine de son T-shirt, il s'avoua que ce petit jeu était dangereux, sans pour autant pouvoir se résigner à y mettre fin. Pas tout de suite. Encore une minute… Une toute petite minute.

Ce fut elle qui se détacha de lui, finalement. Elle le dévisagea un instant, hors d'haleine, et il eut un pincement au cœur devant sa fragilité.

— Je vais me préparer, marmonna-t-elle avant de courir s'enfermer dans la salle de bains.

— Nom de…

Complètement désorienté, Jason mit quelques secondes à assimiler ce qui venait de se passer, puis il se remit à jurer.

En fait, la vérité était toute bête : il avait beau surveiller ses moindres gestes et éviter tout contact avec Lucy, si elle venait vers lui, toutes ses résolutions étaient mises à mal. Ce qui les liait était une fusion contre laquelle, de toute évidence, il leur était difficile de lutter.

Quand il entendit l'eau couler dans la salle de bains, Jason ferma les yeux, ce qui ne l'empêcha pas de se représenter Lucy nue, l'eau dégoulinant sur sa peau veloutée et ses seins ronds. Cette fois, ce fut son corps qui le rappela à l'ordre, de la façon la plus triviale qui soit, et il se maudit.

Il envisagea de sortir, afin de se débarrasser de son trop-plein d'énergie, pour renoncer presque aussitôt. Ni lui ni Lucy n'avaient déjeuné, et il n'avait pas encore pris sa douche, or la journée risquait d'être longue.

Aussi, au lieu de s'occuper à l'extérieur, prépara-t-il des œufs brouillés accompagnés de toasts, qu'il commença à manger debout devant le comptoir.

Lucy réapparut quelques minutes plus tard, apparemment sereine. Sans un regard pour Jason, elle se mit à fouiller dans son sac, ce qu'il prit pour un message : il était temps qu'il se prépare, lui aussi.

— Le petit déjeuner est prêt, dit-il en se dirigeant vers la salle de bains. Votre assiette est sur le comptoir. Désolé de ne pas vous avoir attendue.

— Ce n'est pas grave, je sais ce que c'est que d'avoir faim, répondit-elle d'un ton léger.

Cette note d'humour donna à Jason l'envie de s'attarder dans la cuisine pour regarder Lucy manger. Comme cela n'aurait pas été raisonnable, cependant, il se fit violence et sortit de la pièce.

Lucy ne parvint pas à se détendre avant que Jason ait refermé la porte derrière lui. Décidément, elle n'avançait guère. Elle avait beau se sermonner et prendre de grandes résolutions, rien n'y faisait. Il suffisait que Jason l'effleure pour qu'elle perde la tête.

Qu'est-ce qui lui avait pris, de se jeter à son cou ainsi ? Son initiative avait bien failli les mener tous deux à une étreinte passionnée. Ce qui, en toute honnêteté, était ce qu'elle voulait. Profondément, et tout en sachant que cela constituerait une erreur monumentale. Du moins tant qu'elle vivrait sous le nom de Lucy, tant qu'elle ne se serait pas retrouvée.

Elle considéra l'assiette que Jason avait laissée sur le comptoir, se mit à la table et mangea machinalement. Lorsqu'elle eut terminé, elle retourna à son sac de paquetage.

Au vu des circonstances, elle tenait à se déguiser ou à modifier son apparence autant qu'elle le pourrait avec le peu dont elle disposait.

La perruque retrouvée au fond du sac ferait l'affaire. Et si ces longs cheveux blonds ne lui correspondaient pas ou lui donnaient le sentiment d'être une autre, tant pis. Après tout, elle n'avait aucune idée de ce qu'elle était en réalité.

Une fois le postiche en place, Lucy examina son reflet dans le miroir, d'un œil critique. Rien ne lui paraissait naturel, dans cette image.

Elle repensa à la trousse de maquillage, et entreprit d'appliquer un peu de fond de teint sur son visage encore légèrement tuméfié, du mascara sur les cils et une touche de rouge sur les lèvres.

Jason réapparut sur ces entrefaites, la vit et se figea sur place.

— Lucy ? balbutia-t-il. Vous êtes... J'en perds mes mots.

Ne sachant pas si elle devait prendre cela pour un compliment ou l'inverse, Lucy se posta devant lui, les poings sur les hanches, et demanda :

— Soyez franc. Qu'en pensez-vous ?

— Vous êtes superbe, mais c'était déjà le cas avant. Pourquoi ce déguisement, si je puis me permettre ?

Lucy s'expliqua tant bien que mal, vit la lumière se faire dans l'esprit de Jason, et en conclut qu'elle était parvenue à ses fins.

— Je vois. Accordez-moi encore une minute, et on pourra se mettre en route, dit-il en regagnant sa chambre.

Lorsqu'il revint, il lui tendit une paire de lunettes de soleil.

— Tenez, lui dit-il. En plus de vous protéger de la réverbération, cela complétera votre déguisement.

Lucy chaussa les lunettes, puis demanda :

— Alors ?

— Vous êtes méconnaissable.

Satisfaite, elle acquiesça et entreprit de remercier son hôte pour tout ce qu'il faisait pour elle.

D'une main impérieuse, il l'interrompit au beau milieu de son discours.

— Assez, Lucy. N'importe qui en aurait fait autant à ma place.

— N'empêche que vous avez un cœur d'or, répliqua-t-elle. Et si j'ignore qui je suis et d'où je viens, il me paraît évident que peu gens se seraient montrés aussi hospitaliers et généreux que vous.

Encore une chose qu'elle savait d'instinct, alors que tant d'autres lui échappaient... Elle se demanda avec angoisse combien de temps encore elle devrait s'interroger sur son identité.

Enfin, avec un peu de chance, l'ami médecin de Jason lui

apporterait quelques réponses. Et comme ils étaient sur le point de le rencontrer, elle n'avait aucune raison de désespérer.

— C'est bon ? demanda Jason. On peut y aller ?

— Je suis prête, répondit-elle avec tout l'entrain dont elle se sentait capable. J'ai hâte de rencontrer votre ami.

Sur ces mots, elle suivit Jason jusqu'à la jeep, s'installa sur le siège du passager et boucla sa ceinture.

Comme elle ne se souvenait pas non plus de son arrivée au chalet, elle observa attentivement le paysage, sans voir aucune habitation environnante.

— Vous êtes vraiment à l'écart de tout, fit-elle remarquer, au bout de quelques kilomètres.

— Oui, répondit Jason en haussant les épaules. En même temps, je suis propriétaire d'une bonne partie de ces terrains.

— Ah bon ? Lesquelles ?

— Le plus gros de la colline que nous sommes en train de gravir. Cela fait un peu plus de deux kilomètres carrés en tout. La propriété est dans ma famille depuis des décennies. Nous passions nos vacances ici quand j'étais gamin. J'ai racheté le chalet à ma mère il y a quelques années, je l'ai fait rénover, et maintenant, c'est mon foyer. Quand je ne suis pas en reportage à travers le monde, j'entends.

— Et il vous manque, ce chalet, quand vous êtes ailleurs ?

Jason ne répondit pas tout de suite. Lorsqu'il se tourna vers Lucy, il semblait triste.

— Eh bien, oui, figurez-vous. Ainsi que le terrain environnant et la petite communauté de Cedar. Son côté bourgade m'interpelle. Tout le monde se connaît, et l'entraide est chose commune. Après l'enfer dont je reviens cet endroit ressemble de plus en plus pour moi à un rêve.

Émue par son intonation de voix, Lucy décida de se concentrer sur le spectacle des montagnes, plutôt que sur le bel homme qui l'emmenait vers l'inconnu.

La pente se fit moins escarpée, et Lucy repéra quelques

maisons, pour la plupart cachées au fond d'allées bordées d'arbres.

— Où est la ville ? demanda Lucy. Je pensais l'apercevoir, d'ici !

— Vous la verrez bientôt, répliqua Jason. Il ne nous reste qu'une pente à gravir. Quand nous serons au sommet, Cedar s'étalera devant nous, dans toute sa splendeur. J'ai toujours regretté qu'on n'ait pas cette vue du chalet.

Lucy se redressa sur son siège, pressée de voir le panorama dont Jason venait de lui parler.

La route continua à sinuer puis, au détour d'un virage, la petite ville leur apparut enfin. L'agglomération qui brillait de mille feux était un véritable petit bijou. À tel point que Lucy laissa échapper un cri émerveillé, teinté d'inquiétude.

— On est obligés de traverser Cedar, pour aller à Colorado Springs ? demanda-t-elle.

— Oui, répondit Jason. Cela dit, je n'ai pas l'intention de m'arrêter.

Lucy ne fut pas rassurée pour autant. Si jamais quelqu'un la voyait...

Son anxiété devait se lire sur son visage, car Jason répéta :

— Ne vous faites pas de souci. Tassez-vous sur votre siège. Avec votre déguisement, on peut vous prendre pour un homme. Si un passant vous repère, il n'en tirera aucune conclusion, faites-moi confiance.

# 7

Les nerfs à vif, elle se pencha en avant, comme pour ramasser quelque chose à ses pieds. Bien qu'elle soit frustrée de ne pas voir à quoi ressemblait Cedar, elle préférait ne prendre aucun risque.

— Cessez de vous faire du mouron, comme ça, lui dit Jason en la voyant se recroqueviller sur elle-même.

Elle le regarda d'un regard dubitatif.

Pourtant, Jason avait raison : ils traversèrent la charmante petite ville sans encombre.

Dans d'autres circonstances, Lucy aurait adoré flâner dans la rue principale. Du peu qu'elle en avait vu, c'était l'endroit idéal pour se promener, faire les boutiques, voire déjeuner.

— Vous pouvez vous redresser, lui annonça bientôt Jason. Cedar est derrière nous.

Lucy s'exécuta lentement, et tenta de sauver la face :

— On n'est jamais trop prudent, répliqua-t-elle avec une désinvolture qui la surprit elle-même.

— Je ne prétends pas le contraire, dit-il en pianotant sur le volant. Seulement, maintenant, vous pouvez vous détendre et essayer de profiter de la journée.

Elle le gratifia d'un sourire mal assuré. Il lui faudrait un moment pour se débarrasser de la tension qui lui nouait les épaules. Quant à profiter... Elle n'était même pas sûre d'en être capable, du moins pas encore.

Ils poursuivirent leur chemin sur d'autres routes sinueuses, gravirent des collines qu'ils redescendirent sur leur autre flanc. Bien que la chaussée ait été déneigée, le sol disparaissait toujours sous un épais manteau blanc. Le paysage lui parut si fascinant qu'elle se demanda ce qu'on éprouvait quand on vivait là à plein temps.

— Vous vous êtes tellement habitué à la beauté de la région que vous n'y faites plus attention ou il vous arrive encore d'en avoir le souffle coupé ? demanda-t-elle.

— Je continue de m'émerveiller, répondit-il avec un petit rire. Devant un détail : un troupeau de cerfs éclairé par la pleine lune, le soleil qui se lève sur les montagnes de l'est et se couche sur celles de l'ouest. Et puis la façon dont le ciel s'obscurcit, juste avant une grosse averse. La nature a le chic pour me rappeler en permanence que j'ai une chance folle d'habiter cette région.

Sa réponse fit sourire Lucy. Elle aimait sa manière descriptive de s'exprimer. Sans doute était-ce dû à sa profession, même s'il l'exerçait davantage avec des photos qu'avec des mots.

Elle vit un panneau annonçant le début de la nationale, et fit remarquer :

— Vous êtes effectivement très loin des grands axes routiers.

— Eh oui ! C'est pour cela que Cedar reste une petite commune. Nous sommes à l'écart de tout, les villes les plus proches disposent déjà d'une station de ski, en plus des aménagements qui vont avec. Il nous arrive de voir quelques vacanciers, c'est d'ailleurs comme ça que mes parents ont fait l'acquisition du chalet, à l'époque, mais dans l'ensemble, nous ne sommes pas envahis.

— C'est une bonne ou une mauvaise chose ?

— Disons que Cedar est partagée. Il y a ceux qui voudraient attirer davantage de touristes, et ceux qui pensent que nous sommes très bien ainsi.

— Dans quel clan vous situez-vous ? s'enquit-elle.

Jason réfléchit à la question avant de répondre :

— Je ne sais pas. Je me tiens en marge et j'écoute les gens

discuter. Il me semble que je suis trop souvent parti pour donner mon opinion, vous comprenez ?

— Vous n'avez jamais été tenté de vous fixer ? lui demanda Lucy.

— Me fixer ? Me caser, vous voulez dire ?

Les joues en feu, elle tenta de faire machine arrière.

— Plus ou moins. Sans aller jusqu'à vous marier et fonder une famille, vous pourriez passer moins de temps dans les coins les plus dangereux de la planète.

Nouveau silence, puis :

— J'y réfléchis sérieusement. Comme je vous l'ai dit, j'ai signé un contrat pour un ouvrage provisoirement intitulé *L'Enfer de la guerre*. Il me reste à soumettre les photos que j'ai sélectionnées et à les accompagner d'un texte court. Tout cela en moins de deux mois. C'est en partie pour cette raison que j'ai pris un congé aussi long.

— Ça doit être fascinant, commenta Lucy, impressionnée. Si vous avez besoin d'aide, faites-le-moi savoir.

— Certaines d'entre elles sont... de nature à heurter les sensibilités, répliqua Jason d'un ton de doute. C'est pour cela que je dois faire des choix. Ma sélection montrera les atrocités de la guerre, triées sur le volet.

Elle réfléchit à ce qu'il venait de lui expliquer, hocha la tête et murmura :

— Ça ne doit pas toujours être facile.

— En effet. D'autant que j'ai pris des milliers de photos, au fil des ans. Les plus récentes sont celles de l'attentat- suicide de Kaboul ; il y en a beaucoup d'autres, rapportées d'Afghanistan et d'Irak. J'ai même été envoyé au Soudan et en Libye, c'est vous dire !

— Je vois. Ça représente une énorme quantité de travail.

— Des heures et des heures. D'ailleurs, il serait grand temps que je m'y mette, précisa-t-il avec une note d'humour.

Lucy partit d'un rire joyeux.

— C'est le moins qu'on puisse dire. C'est pour cela que je

me permets d'insister : si on y consacrait une heure ou deux par jour, vous et moi, ça resterait faisable, non ?

— Sans doute, lui concéda Jason. L'un d'entre nous pourrait utiliser l'ordinateur de bureau, pendant que l'autre serait sur le portable. On essaiera ce soir, si vous voulez. Cela dit, je vous aurai prévenue, Lucy. Ce que vous verrez risque de vous être pénible, et je tiens à ce que vous réfléchissiez bien avant de vous lancer.

— Promis, dit-elle, bien qu'elle ait déjà pris la décision de s'armer de courage et d'aider Jason, ne serait-ce que pour le remercier de ce qu'il faisait pour elle.

Ils arrivèrent à Colorado Springs à l'heure prévue. Lucy était une excellente compagne de voyage : elle ne parlait que lorsque c'était nécessaire, et Jason se sentait bien avec elle. Ces derniers temps, les rares femmes avec qui il avait pu converser étaient soit des militaires, soit des journalistes comme lui. Mieux encore, il n'attendait rien de Lucy, et inversement.

Soudain, il s'aperçut qu'elle lui manquerait quand elle aurait retrouvé la mémoire et reprendrait le cours de sa vie.

Il n'eut aucun mal à se garer tout près du cabinet médical de Phil.

— Prête ? demanda-t-il en se tournant vers Lucy.

Elle hocha la tête, d'un air un peu incertain.

— Je crois, oui, si ce n'est que je n'ai jamais vu ce médecin. Vous pensez que je peux lui parler de mon impression d'être en danger permanent ?

— Je connais Phil depuis toujours ou presque, et vous pouvez vous fier à lui. Nous lui expliquerons que nous voulons garder le silence sur cette affaire, et je peux vous garantir que ce que vous lui direz restera entre vous.

— Vous m'en voyez soulagée, avoua-t-elle en soupirant. Même si je continue à redouter cette entrevue.

— Encore une fois, ne vous en faites pas, Lucy, lui dit-il.

Sur ces mots, et au lieu de lui déposer un baiser sur la joue comme il en mourait d'envie, il lui tapota l'épaule.

— Allons-y, ajouta-t-il. Sinon nous allons être en retard. Tout ira bien, vous verrez.

— Je vous crois, dit-elle avec un sourire qui le fit fondre. J'espère que nous pourrons aller déjeuner aussitôt après. Je meurs de faim !

— C'est prévu, lui répondit Jason. Il y a longtemps que Phil et moi ne nous sommes pas vus, et nous avons beaucoup de choses à nous raconter.

Phil les accueillit avec effusion.

— Jason ! s'exclama-t-il en se précipitant vers lui pour lui donner l'accolade. Je suis ravi de te voir.

Jason lui présenta Lucy à qui il serra la main avant de demander :

— On s'occupe directement des choses sérieuses, ou vous préférez qu'on discute de ce qui vous amène pendant le déjeuner ?

— Commençons par aller manger, glissa Lucy avant que Jason ait le temps de réagir. Je suis affamée.

Phil s'inclina :

— Dans ce cas...

Son regard passa ensuite de Lucy à Jason, qu'il gratifia d'un clin d'œil complice.

Phil insista pour les emmener dans son SUV flambant neuf jusqu'à un restaurant thaïlandais, ce que Jason accepta avec enthousiasme, tandis que Lucy se contentait de hausser les épaules, et de dire :

— Je ne sais pas si j'aime la cuisine orientale. Je vous dirai ça quand j'y aurai goûté.

— Cela arrive, parfois, quand on souffre d'amnésie. Un simple mot peut raviver un flux de souvenirs ou, à l'inverse, ne rien évoquer au patient.

Jason vit Lucy grimacer, dans le rétroviseur.

— En clair, vous êtes en train de me dire qu'il n'y a pas de schéma défini dans l'évolution de la maladie, grommela-t-elle. C'est bien ça ?

— Tout à fait, répliqua Phil avec flegme. Je me suis renseigné sur le problème, après l'appel de Jason, et il apparaît qu'il est inutile de forcer les choses. Si vos souvenirs vous reviennent, ce sera soit petit à petit, soit d'une seule traite. L'essentiel est de ne pas vous brusquer, afin d'éviter tout traumatisme.

— Lucy fait des cauchemars épouvantables, toujours provoqués par un détail qu'elle a pu voir dans la journée, indiqua Jason.

— Vous pouvez être plus précise ? demanda Phil en jetant un coup d'œil à Lucy dans le rétroviseur.

Jason et Phil échangèrent un regard, avant que ce dernier reprenne :

— Attendez. Vous ne vous souvenez pas que de mauvaises choses, si ? Il vous arrive tout de même d'éprouver un sentiment de bien-être, quant à votre passé, j'imagine.

— Oui, admit Lucy. Le problème est que ces moments agréables sont aussi furtifs que dérisoires. Je me souviens d'un des préceptes de ma grand-mère, je connais la couleur de mon iPhone, et je sais quel est mon dessert préféré. Rien de tout cela ne m'est d'une utilité quelconque, et vous ne pouvez pas vous imaginer à quel point c'est frustrant.

— Cela ne vous a pas empêchée de retrouver, d'instinct, la position à adopter en cas d'agression, lui fit remarquer Jason, avant de se tourner vers Phil et d'ajouter :

— Elle m'a mis au tapis, comme un poids plume. Je venais de l'entendre crier, j'ai voulu la réconforter et...

— C'était instinctif, protesta Lucy. J'étais encore à moitié endormie. Je n'ai pas compris l'intention de Jason.

Phil hocha la tête en silence.

Lorsqu'il eut trouvé une place sur le parking du restaurant, Jason se précipita hors de la voiture pour ouvrir la portière de Lucy et, cette fois, arriva juste à temps. Il lui tendit la main et, pour son plus grand bonheur, elle y glissa la sienne.

— Il y a combien de temps que vous vous connaissez, vous deux ? s'enquit Phil qui avait observé la scène avec un amusement non dissimulé.

— Pas longtemps, admit Jason. On te racontera tout ça à l'intérieur.

Une hôtesse d'accueil salua Phil en l'appelant par son nom avant de conduire le trio jusqu'à un box, au fond de la salle.

— Je suis un habitué, crut bon de préciser le médecin en se glissant sur la banquette.

Au lieu de s'asseoir face à lui, Lucy lui demanda :

— Si ça ne vous dérange pas de changer de place avec moi, je préférerais ça. Je n'aime pas tourner le dos à la porte.

Phil s'exécuta aussitôt.

Jason prit place près de Lucy en s'étonnant qu'elle ne trouve rien à redire au fait d'être coincée au fond du box.

— Simple instinct de conservation, commenta Phil de son accent traînant. Bien. À présent, dites-moi tout.

Jason commença par raconter à son ami comment il avait découvert Lucy endormie dans la pièce principale du chalet. Il fut interrompu par la serveuse qui venait prendre leur commande.

— Comme d'habitude ? demanda-t-elle à Phil qui étouffa un petit rire et répondit par l'affirmative.

Comme ils n'avaient pas eu le temps de consulter le menu, Jason opta pour un curry vert tout simple, ce en quoi Lucy l'imita.

Il reprit son récit dès que la serveuse eut tourné le dos, sans que Lucy n'intervienne à aucun moment.

Au bout d'un moment, Phil se pencha vers elle pour lui demander :

— Et vous ? Que vous rappelez-vous ?

— Tout le problème est là, justement, dit-elle avec un soupir. Rien. Je ne me souviens de rien, pas même de la manière dont je suis arrivée jusqu'au chalet. Quand je me suis réveillée sur le canapé, j'étais courbaturée et j'avais un mal de tête épouvantable. Un peu plus tard, en prenant ma douche, j'ai vu que j'étais couverte de plaies et de bleus. Vous ne pouvez pas vous imaginer la terreur qu'on éprouve quand on se retrouve dans un endroit inconnu et qu'on a oublié jusqu'à son nom. De toute évidence, j'ai été blessée, seulement je n'ai aucune idée de ce qui s'est passé. Tout ce qui me reste est ce sentiment que le danger me guette ; un danger dont j'ignore la nature et le visage s'il en a un.

— Racontez-lui vos cauchemars, lui suggéra Jason.

Elle baissa les yeux vers ses mains avant de se lancer :

— Ils sont flous, eux aussi. Dans les derniers, il y avait de la fumée, un incendie et cette fichue menace qui pesait sur moi. Quand vous vous êtes approché, Jason, dans mon esprit, vous faisiez partie intégrante de ce scénario d'horreur. J'ajoute que ce malencontreux épisode m'a permis de me rappeler que j'avais pris des cours d'autodéfense, à un moment de ma vie d'avant. C'est une avancée, d'une certaine manière.

— Effectivement, convint Phil en se redressant sur son siège pour permettre à la serveuse de déposer leurs plats sur la table.

— J'adore le curry, déclara Lucy. J'en mange aussi souvent que possible.

L'instant d'après, elle écarquillait les yeux, tout étonnée de ce qu'elle venait de dire.

— Vous voyez ! s'exclama Phil avec enthousiasme. Vous voilà avec une nouvelle pièce du puzzle, sans que vous ayez eu besoin de creuser.

Ils mangèrent en silence, jusqu'au moment où Lucy repoussa son assiette encore à moitié pleine, sous prétexte qu'elle n'avait plus faim.

Jason et Phil terminèrent leurs plats et refusèrent un dessert car Phil devait retourner à son cabinet.

Lucy profita de ce qu'ils attendaient l'addition pour demander au médecin s'il connaissait des exercices susceptibles de l'aider à recouvrer la mémoire.

— Eh non, malheureusement, lui répondit-il. L'amnésie

est un problème si complexe que certains de mes confrères vont jusqu'à en nier l'existence.

Comme elle s'apprêtait à protester, il leva une main et s'empressa d'ajouter :

— Certains de mes confrères, pas moi. Quoi qu'il en soit, je ne suis pas neurologue, et c'est vers l'un d'entre eux que je vous conseille de vous tourner.

Lucy conserva le silence tandis que Jason s'occupait de l'addition et du pourboire. Lorsqu'ils furent prêts à partir, néanmoins, elle murmura, d'un ton catastrophé :

— En clair, personne ne peut rien pour moi. Seul le temps me permettra de guérir... éventuellement.

— Désolé, lui dit Phil en lui tapotant l'épaule d'une main, au grand dam de Jason.

Au retour, Phil lui fit remarquer qu'il ne donnait pas souvent de ses nouvelles.

— Je sais, dit-il, un peu honteux. J'ai été par monts et par vaux, ce qui n'est pas vraiment une excuse. Cela dit, j'ai l'intention de passer les six prochaines semaines au chalet pour avancer sur mon dernier projet. Si tu as l'occasion de venir jusqu'à Cedar, tu seras le bienvenu.Les deux amis se séparèrent sur une chaleureuse poignée de main.

— Phil est charmant, mais je ne suis pas beaucoup plus avancée que ce matin, marmonna Lucy, sur le chemin du retour.

— D'un autre côté, vous avez eu l'avis d'un professionnel, et il vous a confirmé que les phases par lesquelles vous passez sont tout à fait normales, rétorqua-t-il avant de lui proposer de l'emmener jusqu'au Royal George et de se promener dans le parc attenant au pont.

Ils profitèrent donc de la tranquillité relative des lieux, en cette saison, pour faire un peu de tourisme. Lucy fut tellement emballée par le pont suspendu qu'elle en oublia de se plaindre du vent qui jouait avec sa perruque blonde.

En fin d'après-midi, ils regagnèrent le centre de Colorado Springs pour y acheter de quoi grignoter sur la route du retour.

Quand elle eut terminé son sandwich, elle sourit à Jason d'un air las, puis le remercia pour l'excellente journée qu'ils avaient passée ensemble.

Le voyage avait dû l'épuiser, car elle s'endormit moins d'une demi-heure après leur départ.

Jason en profita pour la contempler, à chaque fois qu'il pouvait le faire en conduisant. Ces lèvres pleines, la brillance de cette chevelure sombre faisaient d'elle un être d'exception. Même ainsi, les yeux clos, elle était belle. Et plus il apprenait à la connaître, plus il l'admirait.

*C'est « Lucy », que tu admires. Pas elle.* Cette pensée rationnelle ne le surprit pas outre mesure, car il s'était toujours efforcé d'affronter la réalité. Or, la femme qu'il avait nommée Lucy n'avait, pour le moment, qu'une mémoire fragmentée. Il se pouvait fort bien qu'elle se révèle très différente de la personne dont il commençait à s'éprendre.

*Hein ?* Jason cligna des paupières et s'efforça de se concentrer sur le bitume qui s'étirait devant lui. D'où lui était venue cette idée saugrenue ? Même s'il avait eu le temps de batifoler, comment aurait-il pu tomber amoureux d'une personne en quête de sa propre identité ?

La réponse s'imposa à lui dans toute sa brutalité : il ne le pouvait pas. Fier d'avoir établi ce point au moins en pensée, il s'attacha à les ramener tous deux à Cedar avant la tombée de la nuit.

Arrivé en bordure de la petite ville, il décida de faire une halte pour récupérer sa correspondance. La cabine où se trouvaient les boîtes de la poste restante était constamment ouverte, et il n'y avait plus personne en ville, en cette fin de journée hivernale. Jason s'arrêta devant les boîtes aux lettres. Il s'apprêtait à couper le moteur de la jeep lorsque Lucy s'agita sur son siège.

Elle ouvrit les yeux, regarda autour d'elle, puis se redressa d'un bond.

— Jason ? demanda-t-elle, effarée. Où sommes-nous ?

— À Cedar. Et ne vous inquiétez pas. Le centre-ville est désert. Je vais chercher mon courrier. J'en ai pour une minute. Enfermez-vous, si ça peut vous rassurer.

— Faites vite, s'il vous plaît, dit-elle en activant la fermeture automatique des portières.

Jason s'interdit de saluer Lucy d'un rapide baiser sur la joue, et se saisit du sac de toile posé sur le sol de la voiture avant de sortir de la jeep.

La colonne de boîtes aux lettres était assez éclairée pour être visible de l'extérieur du bureau de poste. L'emplacement loué par Jason était si plein qu'il eut du mal à l'ouvrir, et encore plus à en sortir le contenu.

Il s'apprêtait à ressortir de la cabine quand un homme y entra. Il était grand et vêtu comme un détective de série B. Jason reculait d'un pas pour le laisser passer, lorsqu'il se posta devant lui et l'interpella :

— Jason Sheffield ?

— En personne, pourquoi ?

En guise de réponse, l'inconnu redemanda, d'un ton un peu plus impérieux :

— Vous êtes bien Jason Sheffield ?

— Oui. Et je vous repose ma question : en quoi cela vous regarde-t-il ?

— En rien, si ce n'est que je dois faire mon travail.

Cette affirmation inquiéta suffisamment Jason pour qu'il s'identifie.

— Parfait, grommela l'inconnu avant de tirer de sa poche une large enveloppe qu'il lui tendit en précisant :

— Assignation remise en mains propres.

Sur ces mots, l'inconnu pivota sur lui-même et s'éloigna.

# 8

Lucy vit Jason tenter d'éviter un géant vêtu de noir et le crut menacé, car l'individu était encore plus grand que lui.

Elle jeta un regard fébrile autour d'elle, dans l'espoir que Jason ait laissé son portable, ce qui lui aurait permis d'appeler le 911. Malheureusement, il devait l'avoir sur lui et, la gorge nouée par l'angoisse et l'impuissance, elle fut forcée d'assister à la confrontation. Bien qu'elle n'entende pas ce que les deux hommes se disaient, il lui apparut alors que Jason ne courait aucun danger immédiat.

L'inconnu finit par lui tendre une enveloppe, et par tourner les talons. Lucy le suivit des yeux jusqu'au moment où il s'engouffra dans un gros pick-up garé au bout du parking et démarra.

Elle était tellement occupée à épier l'inconnu qu'elle ne vit pas Jason ressortir de la cabine et sursauta violemment en l'entendant frapper à la vitre du conducteur.

Une fois qu'elle eut déverrouillé les portières, il se glissa derrière le volant et jeta son sac sur la banquette arrière. L'enveloppe apportée par l'inconnu en dépassait.

— Qu'est-ce qu'il voulait ? s'enquit Lucy d'une voix qu'elle aurait voulu plus assurée.

— C'était un genre d'huissier, lui répondit Jason. J'ignore ce qu'il y a dans cette enveloppe, je verrai ça tout à l'heure. Allons-y ! J'ai hâte d'être au chalet.

— Moi aussi, dit-elle dans un souffle.

Ils firent le reste du chemin en silence, et Lucy vit que les rues étaient effectivement désertes, les magasins fermés et la circulation rare.

À la sortie de la ville, néanmoins, un panneau lumineux indiquait que le Stella – un pub, apparemment – était toujours ouvert.

— C'est le seul bar de la ville, lui expliqua Jason. La nourriture y est bonne et on y sert de la bière à la pression.

Elle lui aurait demandé de l'y emmener si elle n'avait pas craint d'être vue à Cedar.

Ils étaient presque à l'intersection menant à la route principale qui passait en bas du chalet lorsque Jason se crispa.

— Qu'est-ce qu'il y a ? demanda Lucy, sur ses gardes.

— Une voiture, derrière nous, dit-il, les mains serrées sur le volant. Et je dirais qu'elle roule beaucoup trop vite.

Comme les glissières de sécurité l'empêchaient de s'arrêter, Jason se contenta d'appuyer sur le champignon. En moins de temps qu'il ne fallait pour le dire néanmoins, l'intérieur de la jeep fut éclairé par les phares de l'autre véhicule.

— Il roule pleins phares, cet abruti ! s'écria Jason. Et il gagne du terrain.

Il avait à peine terminé sa phrase que la voiture heurtait son pare-chocs. L'impact fut rude, la jeep dérapa, mais Jason parvint à en garder le contrôle.

Les yeux écarquillés par l'angoisse, Lucy regardait alternativement Jason et le pick-up qui les poursuivait.

— Accrochez-vous, lui ordonna soudain Jason. Il essaye de nous faire sortir de la route.

Cette fois, au lieu de les cogner par l'arrière, le pick-up fit une embardée et continua de rouler à côté de la jeep.

Jason accéléra encore, leur agresseur fit de même.

— Attention, je vais piler, prévint Jason.

Ce coup de frein fit de nouveau déraper la jeep et, pour la deuxième fois, Jason redressa le tir. Sans doute pris de court, le conducteur du pick-up les dépassa, et ils ne virent bientôt plus que les points rouges de ses feux stop.

— On arrive sur un virage serré, indiqua Jason avant de faire demi-tour. Si ce type est ivre, j'espère qu'il s'en souvient, sinon il va passer par-dessus le parapet.

Dès qu'ils eurent pris la direction opposée, Jason roula pied au plancher. Il regagna Cedar, s'arrêta sur le parking du Stella et dit :

— S'il a franchi le virage sans heurts, on devrait le voir passer. Du moins en admettant qu'il ait été à notre poursuite. S'il s'agissait seulement d'un ivrogne pressé de rentrer chez lui, j'irai jeter un coup d'œil à la balustrade, sur le chemin du retour.

Lucy le considéra, les yeux ronds.

— Vous plaisantez, là ?

— Non, pourquoi ?

— Parce qu'à mon avis, ce n'était pas un hasard. Ce type nous en voulait vraiment. Si ça se trouve, c'est lui qui s'est introduit dans le chalet !

— C'est possible, mais nous n'avons aucune preuve. Et comme je ne veux pas verser dans la paranoïa, je préfère penser que nous n'étions pas visés.

Moins de cinq minutes plus tard, le pick-up passait devant le pub à toute allure.

— Ah. On dirait que si, finalement, admit Jason en poussant un soupir.

Cette fois encore, Lucy se demanda si elle n'était pas la cause de l'incident. En même temps, d'après ce qu'elle avait compris, Jason venait d'être abordé par un huissier, et il se pouvait que les deux choses soient liées, auquel cas elle n'y était pour rien. Après tout, ses craintes n'étaient basées que sur des impressions...

Au lieu de redémarrer, Jason se tourna vers elle pour lui expliquer :

— J'attends d'être certain qu'il est parti. Je n'ai aucune envie de revivre un épisode comme celui de tout à l'heure.

— Moi non plus, renchérit-elle. La journée a été mouvementée.

— C'est le moins qu'on puisse dire, en effet.

Au bout de quelques minutes, Jason demanda :

— C'est bon ? On peut y aller ?

Elle hocha la tête en silence, et Jason fit démarrer la jeep.

Lorsqu'ils arrivèrent à l'intersection menant au chalet, Jason grommela :

— Ce fumier a intérêt à avoir décampé.

Bien que rassurée par son intonation, Lucy continua à jeter des coups d'œil furtifs derrière elle, pour s'assurer qu'ils n'étaient pas suivis.

— Ça y est, Lucy, nous sommes arrivés, déclara triomphalement Jason en s'arrêtant devant le chalet.

Elle s'apprêtait à descendre de voiture quand il leva une main pour l'en empêcher.

— Attendez, dit-il. Je veux d'abord m'assurer que tout est en ordre. Je reviens tout de suite.

Elle n'eut pas le temps de lui répondre : déjà il courait vers la porte. Tendue à l'extrême, Lucy activa le verrouillage des portières, puis examina les environs. Et si elle ne vit rien de suspect, elle se rappela bien vite qu'elle ne connaissait pas le visage de l'ennemi – si ennemi il y avait.

Jason réapparut et leva un pouce en l'air pour lui donner le feu vert, puis revint chercher son fourre-tout.

Une fois qu'ils furent à l'intérieur du chalet, Jason prit soin d'en fermer la porte à clé.

— Quelle aventure ! commenta-t-il en se passant une main dans les cheveux. Ce type aurait pu nous tuer tous les deux !

— Je sais, murmura Lucy, et je vous remercie de nous avoir tirés de là.

— Bien ! dit-il en riant. Je crois qu'un petit coup de fil au shérif s'impose. Avant cela, néanmoins…

Sans terminer sa phrase, il entreprit de vider son sac sur la table de la cuisine.

— De la pub, de la pub et encore de la pub, marmonna-t-il, en secouant la tête.

Lucy, qui ne parvenait pas à détacher les yeux de la fameuse enveloppe, finit par demander :

— Vous n'avez pas hâte de voir ce qu'il y a là-dedans

— Si, répondit-il en la regardant droit dans les yeux. Et je vous avoue que ça me fait un peu peur. Avec tout ça, je commence à me demander ce que j'ai bien pu faire pour énerver tant de monde. On s'introduit dans mon chalet, et puis on essaie de me tuer ? C'est insensé !

Incapable de se débarrasser de l'idée que tout était sa faute, Lucy conseilla à Jason d'ouvrir l'enveloppe, dans laquelle il trouverait sans doute un début d'explication.

— Ça se pourrait, en effet, convint-il, sans pour autant faire mine de s'y intéresser.

— Vous préférez rester dans l'ignorance ? insista Lucy avec impatience.

— Non. Mais, comme je viens de vous le dire, je redoute le moment où je connaîtrai le contenu de cette missive. Je n'ai reçu ce genre de convocation qu'une fois à ce jour, et je peux vous certifier que ça n'avait rien de plaisant.

Elle crut qu'il allait s'expliquer, au lieu de quoi il alla chercher son coupe-papier sur son bureau et ouvrit l'enveloppe dont il tira un document blanc qu'il lut sans mot dire.

— Alors ? reprit Lucy.

— Je suis assigné à comparaître, répondit-il, une nuance d'incrédulité dans la voix.

Quand il fut remis de sa surprise, il ajouta :

— On veut que je témoigne à propos de la disparition de Rick Engles, l'ami dont je vous ai parlé. Je ne vois vraiment pas ce que je pourrais leur dire. Je n'ai pas réussi à voir Rick avant qu'il ne s'évapore dans la nature, par conséquent, je n'ai aucune information à leur donner.

Il relut le message et reposa l'assignation avant d'annoncer :

— Je vais devoir me présenter aux bureaux du NCIS, à Colorado Springs. C'est-à-dire perdre mon temps.

— À moins que votre témoignage aide les autorités à retrouver Rick, lui fit remarquer Lucy.

— Vous avez tort et raison à la fois. Cette entrevue ne servira à rien. Je n'ai pas eu de nouvelles de Rick depuis l'explosion. Il n'a pas répondu à mes messages, c'est tout ce que je pourrai dire.

Un vent fort avait commencé à souffler au-dehors quand Jason et Lucy entreprirent de remettre la cuisine en ordre.

— On ne va encore pas avoir accès au satellite, ce soir, commenta Jason. Le réseau capitule à la moindre intempérie.

Ravie, Lucy haussa les épaules, et répliqua :

— Eh bien, on en profitera pour jouer au poker ou au Scrabble !

— Qu'est-ce que vous préférez ? lui demanda aussitôt Jason. Poker ou Scrabble ?

— Scrabble. Ça me changera les idées.

Ils en firent une partie acharnée, l'une niant l'existence d'un mot, l'autre se défendant, de sorte qu'ils durent avoir recours au dictionnaire à plusieurs reprises.

En fin de soirée, Lucy s'avoua vaincue. Les événements de la journée l'avaient épuisée.

— Oh ! fit Jason en consultant sa montre. Je n'ai pas vu le temps passer, et il est effectivement temps qu'on aille se coucher.

Bien que sa remarque lui ait paru totalement innocente, Lucy sentit son corps s'embraser.

Plus tard, lorsque Jason se fut retiré dans sa chambre dont il avait pris soin de refermer la porte, elle chercha désespérément le sommeil.

Elle commençait à somnoler quand un bruit extérieur la fit se redresser dans son lit.

Elle pensa d'abord qu'il s'agissait d'un animal et, comme elle n'en était pas sûre, elle tendit l'oreille.

En vain : mis à part celui du vent qui continuait à souffler, aucun son ne lui parvint. Un peu rassurée, elle se détendit légèrement, se roula en boule sur le canapé et ferma les yeux.

C'est alors qu'une odeur de fumée vint lui chatouiller les narines.

Elle tambourina à la porte de Jason, dans l'espoir que cela suffirait à le réveiller, puis elle poussa la porte. Malgré l'obscurité, elle vit Jason se redresser sur son lit.

— J'ai entendu du bruit, dehors, et je sens une odeur de brûlé, expliqua-t-elle d'une voix tremblante.

Jason alluma sa lampe de chevet et enfila ses chaussures.

— Vous en êtes sûre ? s'enquit-il, d'une voix ensommeillée, avant de tirer une arme du coffre posé au bas de son lit et de s'assurer qu'elle était chargée.

— Absolument, répondit-elle.

— Restez là, lui ordonna-t-il.

L'instant d'après, il passait devant elle en toute hâte et sortait.

Lucy retint son souffle et chercha la manière dont elle pourrait aider Jason. Faute de mieux, elle finit par s'emparer du tisonnier appuyé contre le poêle. Il ferait l'affaire, dans l'éventualité où elle serait amenée à se défendre et n'aurait pas le temps d'atteindre le coffre dans lequel Jason rangeait son artillerie.

— Lucy !

Bien qu'elle ne sache pas si c'était le vent ou si Jason l'appelait, elle se refusait à rester à l'intérieur sans agir, surtout si son hôte était aux prises avec un nouvel agresseur.

Elle enfila sa parka, chaussa ses bottines et courut vers lui.

Les premières choses que vit Jason en sortant furent de récentes traces de pas. Et, bien que le vent ait déjà commencé à les effacer, il parvint à les suivre jusqu'à l'endroit où il stockait son bois.

Il ne tarda pas à comprendre que Lucy ne s'était pas trompée.

Quelqu'un avait mis le feu à sa réserve, dans l'espoir que le vent en activerait les flammes.

Il retira précipitamment ses gants, et tenta d'éteindre le début d'incendie en jetant de la neige dessus. Ses efforts furent vains ou presque. Dès qu'il venait à bout d'un foyer, un autre prenait feu. Les parois du chalet étaient tout proche, et lorsque les flammes s'en empareraient, la construction en bois partirait en fumée, elle aussi.

— Lucy ! appela-t-il, dans l'espoir que sa voix lui parvienne, malgré le vent.

À son grand soulagement, il la vit arriver, évaluer la situation d'un simple coup d'œil, et se joindre à lui pour jeter de la neige sur les foyers.

*Une pelle*... Il leur fallait une pelle. Jason se rappela qu'il l'avait laissée sous le porche, et courut la chercher.

Bien lui en prit, car leurs efforts conjugués finirent par payer.

— Et voilà ! s'exclama Lucy, lorsque les dernières flammes furent éteintes. On a gagné.

— Pas encore, lui dit-il. Quelques pelletés supplémentaires pour plus de sûreté, d'accord ?

Ils se remirent donc au travail, jusqu'au moment où Jason tapota l'épaule de Lucy.

— C'est bon, dit-il, avant d'ajouter, d'un ton morne : ce feu ne s'est pas déclenché tout seul. Je pense qu'on voulait nous faire brûler avec le chalet.

— Vous avez vu quelqu'un ? demanda Lucy, la gorge nouée par l'angoisse.

— Non. En revanche, j'ai trouvé des empreintes, et je peux vous dire qu'on a versé de l'essence ou un produit volatil sur la réserve. Sans ce vent, le chalet ne serait plus qu'un petit tas de cendres, à l'heure qu'il est.

— Enfin... Mais pourquoi ?

— Bonne question. Je me demande si ça n'est pas lié à la disparition de Rick.

— Ou à ma présence ici, acheva-t-elle.

Ils rentrèrent, et Lucy lui parut si malheureuse qu'il ne put s'empêcher de l'attirer à lui.

— Cessez de vous culpabiliser.

Ni l'un ni l'autre n'éprouvèrent le besoin de mettre fin à l'étreinte. Jason aimait trop serrer Lucy dans ses bras, s'imprégner de l'odeur de son shampoing et de la crème qu'elle utilisait pour s'hydrater.

Toutefois, quand il sentit son corps s'embraser et ne put contenir son désir plus longtemps, il recula d'un pas.

— Vous allez pouvoir vous rendormir ? lui demanda-t-il aussi innocemment que possible.

— J'en doute, admit-elle en grimaçant, mais ne vous gênez pas pour moi, je vais rester ici pour lire un peu.

— Prenez plutôt mon lit, dit Jason, sur une impulsion. Je peux passer le reste de la nuit sur le canapé.

— Vous croyez vraiment ? murmura-t-elle.

Jason ne sut jamais qui avait fait le premier pas, mais ils furent soudain dans les bras l'un de l'autre pour un nouveau baiser enflammé.

— Jason, murmura Lucy d'une voix brisée.

Il lui glissa un doigt sous le menton pour l'obliger à relever la tête, vit ses lèvres entrouvertes et ne put s'empêcher d'y apposer les siennes.

Elle lui rendit son baiser avec une ferveur qui ne fit que l'exciter encore davantage.

Toujours soudés l'un à l'autre, et sans trop savoir comment, ils se retrouvèrent dans la chambre de Jason.

— Lucy..., balbutia-t-il, conscient de franchir un interdit.

Elle le fit taire en l'attirant à elle avec une telle fougue qu'il en oublia ce qu'il avait voulu dire. Elle lui retira sa chemise de deux mains fébriles puis, une nuance de défi dans les yeux, fit de même avec la sienne. Fasciné malgré lui, Jason la regarda dégrafer son soutien-gorge et le laisser tomber à leurs pieds. Ses seins étaient comme il les avait imaginés, ronds et lourds.

En déglutissant, il referma ses mains dessus et se délecta de leur douceur soyeuse contre sa peau.

Et, bien sûr, il ne put résister à la tentation de poser ses lèvres sur un de ses mamelons. Le titillement de sa langue fit gémir Lucy qui se renversa en arrière pour mieux s'offrir à sa caresse, tout en continuant à se frotter contre lui.

Malgré son état d'excitation, il réessaya de se raisonner, de laisser à Lucy la possibilité de lui dire non, de nier qu'elle le désirait autant que lui.

— Lucy ? demanda-t-il d'une voix rauque.

En guise de réponse, elle le gratifia d'un sourire aguicheur, puis se remit à l'embrasser.

De sorte que lorsqu'elle fit lentement glisser la fermeture de son jean vers le bas et referma ses doigts sur son érection, Jason dut s'avouer vaincu.

Ils parvinrent à se débarrasser du reste de leurs vêtements et, les lèvres toujours soudées, reculèrent tant bien que mal jusqu'au lit. Avant qu'ils ne se laissent tomber sur le matelas, Jason tira du tiroir de la table de chevet un préservatif qu'il déroula aussitôt sur son pénis érigé.

Lucy l'attira à elle en s'arc-boutant pour qu'il puisse la pénétrer.

Il sentit venir l'orgasme dès l'instant où il fut englouti par la chaleur et l'étroitesse de son sexe. Il serait peut-être parvenu à se retenir, si Lucy n'avait pas refermé ses jambes autour de sa taille, pour l'emprisonner, comme prise par une fièvre inextinguible.

Quand il comprit que ses belles résolutions ne serviraient à rien, il se laissa emporter par sa propre fougue et prit Lucy avec une énergie encore inédite. Elle lui rendit la pareille, et quand elle se mit à trembler, juste avant de jouir, il la suivit jusqu'au paradis où elle l'avait mené.

Ils restèrent soudés, le temps que leurs cœurs emballés reprennent un rythme normal, et Jason eut l'impression nette que rien ne pourrait plus jamais les séparer.

Ainsi, la splendide Lucy lovée contre lui, Jason se mit soudain à réfléchir au destin, qui lui avait envoyé la femme de ses rêves dans des circonstances pour le moins étranges. Il savait déjà que jamais il ne s'éprendrait aussi violemment d'une autre qu'elle. Était-ce un bien ou un mal ? Seul le temps le lui apprendrait.

Quant à Lucy, il était prêt à parier qu'une fois sa mémoire retrouvée, ce serait avec une certaine tendresse qu'elle repenserait au temps qu'ils avaient passé ensemble. À moins qu'elle ne l'oublie totalement, bien sûr

— Vous... Tu n'as pas profité de ma faiblesse, murmura-t-elle avant qu'il ait le temps de s'exprimer. J'avais autant envie de toi que toi de moi.

En théorie, elle avait raison, bien sûr. Cela ne soulagea pas la conscience de Jason pour autant. En même temps, ils s'étaient trop bien accordés pour ne pas être faits l'un pour l'autre.

— Ça change la donne, poursuivit-elle. Parce que je ne nous vois pas continuer à cohabiter très longtemps comme s'il n'y avait rien eu entre nous.

Jason était si perplexe qu'il ne sut comment réagir.

Lucy dut prendre son silence pour un désaccord car elle releva la tête vers lui, pour dire d'un ton ferme :

— Écoute, ce qui est fait est fait. Nous n'y pouvons rien et, j'insiste, nous ne pouvons pas prétendre qu'il ne s'est rien passé. J'irais jusqu'à dire que nous devons accueillir cette évolution dans nos rapports, vu que nous ignorons tous les deux combien de temps ça durera.

Là était toute la question, effectivement. Combien de temps faudrait-il à Lucy pour recouvrer la mémoire, pour se rapprocher des siens, et quitter Jason en le remerciant pour son hospitalité ? Son départ l'anéantirait, et il ne lui resterait qu'à tenter de recoller les morceaux.

Au lieu de formuler tout cela, Jason acquiesça, tapota l'oreiller libre à côté de lui et dit :

— Viens, essayons de dormir un peu.

Lucy lui retourna son sourire, puis se pelotonna contre lui.

Complètement chamboulé, Jason éteignit la lumière et attendit le sommeil.

Contre toute attente, il dut s'endormir car lorsqu'il rouvrit les yeux, l'autre moitié du lit était vide, et une délicieuse odeur de café flottait dans la maison.

— Bonjour, lui dit Lucy en le voyant apparaître dans la cuisine. J'avais une faim de loup, alors...

D'un geste gracieux, elle désigna le fourneau sur lequel mijotait un porridge, et demanda :

— Ça te tente ?

— Et comment ! répondit-il, avant de se servir un café qu'il emporta jusqu'à la table.

Ils déjeunèrent dans un silence complice, au terme duquel Jason annonça :

— Je vais appeler le shérif, et cette fois il va devoir monter jusqu'ici. Alors, de deux choses l'une : soit je lui parle de toi, soit tu t'enfermes dans ma chambre pour qu'il ne te voie pas.

Une lueur d'effroi traversa le regard de Lucy qui se ressaisit presque aussitôt.

— Je préfère me cacher, répondit-elle. Je continue à me méfier de tout le monde, sauf de toi, bien sûr.

— Bien sûr, renchérit Jason en s'efforçant de maîtriser sa libido, toujours en émoi malgré les ébats de la nuit.

La vaisselle faite et la cuisine rangée, Jason appela le standard du poste de police.

On le mit en contact avec Jeffords, qui lui promit de se mettre en route pour le chalet dès que possible.

— Waouh ! Comme ça, tout de suite ? s'exclama Lucy, extasiée.

— Oui. Notre shérif ne croule pas sous le travail.

Il consulta sa montre avant d'ajouter :

— Et, comme on ne sait pas combien de temps tu devras rester enfermée, tu ferais peut-être bien de te munir d'un petit truc à grignoter et de quelque chose à boire.

— Bonne idée, répliqua Lucy en sortant de table.

Comme promis, le shérif ne tarda pas à arrêter sa voiture de fonction dans l'allée. Dès qu'elle l'entendit arriver, Lucy agita une main en direction de Jason et courut s'enfermer dans la chambre.

Jason sortit sous le porche pour aller au-devant du shérif qu'il guida jusqu'à l'appentis sous lequel il entreposait son bois.

Jeffords prit quelques photos du sinistre et commenta :

— Tu as eu de la chance, dans ton malheur, mon garçon. Le chalet aurait pu partir en fumée.

— Je sais, lui répondit Jason. C'est le vent qui soufflait sur toute cette neige qui nous a sauvés.

— Nous ? releva le shérif en haussant un sourcil.

— Façon de parler, répliqua Jason, un sourire penaud aux lèvres. Mon chalet et moi ne faisons qu'un.

— Ah ! fit Jeffords avant de se remettre à photographier la pile de bois carbonisé.

— Il ne m'est pas venu à l'esprit de prendre ces clichés moi-même, ajouta Jason. Je ne sais pas où j'avais la tête...

— Ne t'en fais pas. Ça fait partie de mon travail. Bien, et à présent, je vais devoir enregistrer ta plainte. Au chaud, si ça ne te dérange pas.

Jason, qui avait prévu la question, le fit entrer à l'intérieur du chalet pour lui relater les événements de la veille, en omettant de parler de la présence de Lucy chez lui.

— Et tu ne vois pas qui pourrait t'en vouloir au point de vouloir incendier ton chalet ? lui demanda Jeffords pour finir.

Jason lui aurait répondu par la négative s'il ne s'était pas souvenu, au dernier moment, de la convocation que lui avait remise l'homme en noir. Aussi se crut-il obligé d'ajouter :

— Comme je vous l'ai dit l'autre jour, Rick Engles a été porté disparu, récemment. S'en est suivi un appel téléphonique des plus bizarres, puis une assignation à comparaître. Le NCIS veut mon témoignage lors d'une audience et je ne sais trop ce que je vais pouvoir dire. Rick et moi n'avons pas pu nous voir à Kaboul comme prévu. Je suis rentré aux États-Unis, quasiment certain qu'il était resté là-bas, et voilà qu'il a disparu.

— Tout cela est très intéressant, commenta Jeffords, mais je ne vois pas le rapport avec tes récents ennuis. Autre chose ?

Jason raconta au shérif l'incident lié aux photos et lui expliqua en quoi elles pourraient intéresser un cambrioleur.

# 9

Lucy n'avait encore jamais eu l'occasion de passer du temps seule dans la chambre de Jason. À présent qu'elle y était confinée, elle s'autorisa à l'examiner en détail. Sa première impression fut que Jason aimait l'ordre. Le lit était fait, l'édredon soigneusement tiré, et la coiffeuse vierge de tout objet. Lucy se regarda dans le miroir et, comme d'habitude ces derniers temps, eut un petit choc en voyant son reflet. Elle avait beaucoup changé. Elle se trouvait plus jolie et ses yeux bleus brillaient d'une assurance toute nouvelle.

Elle s'aperçut qu'elle venait d'avoir un nouveau flash-back et tenta de s'en imprégner. En vain. C'était toujours le néant. Seule certitude : son apparence n'était pas celle qu'elle avait auparavant.

Elle entendit rentrer les deux hommes, ce qui ne l'inquiéta pas outre mesure. Jason ne la trahirait pas, elle le savait.

Elle ne fut pas déçue : en tendant un peu l'oreille, elle l'entendit exposer au shérif les diverses raisons pour lesquelles on pourrait lui en vouloir, sans jamais mentionner sa présence au chalet. Elle attendit que leur visiteur reparte pour passer la tête dans la pièce principale.

Jason se tenait debout devant son bureau, l'air perdu dans ses pensées. Il sourit en voyant Lucy et dit :

— Ah, tu es là ? J'allais venir te chercher.

« Venir te chercher ». L'expression lui rappela quelque chose. Elle s'avançait sur une scène, en compagnie d'un homme dont elle ne voyait pas le visage. Ils étaient accueillis par un tonnerre d'applaudissements destinés à son escorte, pas à elle. Lucy était là pour lui apporter son soutien, tandis qu'il...

Le souvenir s'effaça.

Déçue, désorientée, elle cligna des yeux.

— Ça va ? lui demanda Jason en s'avançant vers elle pour lui prendre le bras. J'ai cru que tu allais t'évanouir.

— Ça ne m'arrive jamais, répondit-elle avec une conviction qui l'étonna elle-même, avant d'ajouter : j'essaie simplement d'assimiler un épisode qui m'est vaguement revenu quand tu m'as dit que tu venais me chercher.

— Et cet homme, il était célèbre ? s'enquit Jason après qu'elle lui eut raconté sa vision.

— Je n'en sais rien, dit-elle.

Puis elle se rendit compte qu'elle en avait une vague idée et précisa :

— Pas célèbre comme peut l'être une star de cinéma ou un musicien, mais probablement connu. Un homme d'affaires, un philanthrope ou un politicien, par exemple.

— Parfait ! s'exclama Jason en se frottant les mains. Voilà qui va nous faciliter la tâche si on entreprend de chercher une épouse ou une petite amie récemment disparue.

— Voire une parente, ajouta Lucy. Je n'ai eu aucun sentiment d'amour quand je me suis souvenue de ce fragment de ma vie. J'ai plutôt eu l'impression de faire mon devoir, sous la contrainte. Si ça se trouve, cet homme était mon frère.

— C'est une simple supposition ou ça t'est dicté par ton instinct ?

— Simple supposition, répliqua-t-elle en soupirant. Quand j'essaie de fouiller plus loin dans mes souvenirs, ils s'évanouissent. C'est agaçant !

Jason l'attira à lui et la serra brièvement dans ses bras.

— Ces flash-back sont de plus en plus fréquents, c'est forcément bon signe, tu ne crois pas ?

— Si tu le dis, murmura-t-elle sans grand enthousiasme.

Seulement, ça ne suffit pas. Je ne serai vraiment satisfaite que quand je me souviendrai de mon nom.

— Patience, tu y arriveras, j'en suis certain.

— Je sais. L'impatience est mon plus gros défaut.

— Tu vois ? reprit Jason avec bonne humeur. Petit à petit, les choses te reviennent.

Son optimisme était contagieux. Lucy l'en remercia de son plus beau sourire.

Ils passèrent les heures suivantes à étudier les photos de Jason, qui demanda à Lucy de créer trois dossiers sur l'ordinateur. L'un pour rejeter les photos trop violentes ou mal cadrées, le deuxième pour celles dont l'intérêt ne lui semblait pas évident, le dernier pour les rares documents sortant vraiment du lot.

Jason devrait passer derrière elle, une fois ce tri effectué, et, bien qu'elle en ait conscience, il parvint à la convaincre que son travail lui serait d'une aide précieuse.

Comme prévu, elle dut visionner de nombreuses photos dérangeantes, d'autres franchement poignantes dans leur abomination. Et, qu'elles montrent l'horreur ou le quotidien, elles étaient d'une qualité remarquable.

— Tu as un talent fou, dit-elle, tout en songeant qu'elle ne lui apprenait certainement rien.

— Merci, lui répondit Jason en souriant. Et surtout, n'hésite pas à t'arrêter si ça devient trop pénible.

— Je n'hésiterai pas, murmura-t-elle en ouvrant un nouveau panorama.

Elle n'avait aucune idée de l'endroit où cette série-là avait été prise, mais la misère semblait avoir augmenté d'un cran. Ici, seuls la terreur, la douleur et le chagrin se lisaient dans les yeux des gens.

Lucy ne se laissa pas distraire de sa tâche pour autant. Elle continua à trier les clichés, qui l'absorbèrent tant qu'elle en oublia l'heure.

— Et si on faisait une pause ? lui proposa Jason au bout d'un moment. On a bien travaillé, non ?

— Tu as raison. J'ai envie de prendre l'air.

Le visage de Jason s'éclaira.

— Il fait doux, dehors. Le plus gros de la neige devrait commencer à fondre.

— Alors, on peut sortir sans raquettes ? s'enquit Lucy.

— Ça, on ne le saura que quand on aura essayé.

Lucy s'emmitoufla joyeusement, tout excitée à la perspective de cette simple balade avec Jason.

L'air vif la stimula encore davantage.

— C'est vraiment magnifique, ce paysage ! s'exclama-t-elle, une fois sous le porche.

Elle descendit les trois marches pour gagner le jardin, passa devant la remise à bois, et désigna d'un index ganté le sentier presque entièrement dégagé qui serpentait à travers les bois, en amont.

— Allons-y, une bonne marche me fera le plus grand bien, même sans chaussures appropriées. Parce que j'en ai, quelque part. J'en suis certaine. Je suis une adepte de la randonnée.

— Tu vois ! s'exclama Jason en lui donnant un petit coup de coude. Encore un souvenir. À ce rythme, tu auras tôt fait de guérir complètement.

Lucy hocha machinalement la tête. Ce qu'elle voulait, en cet instant, c'était profiter du moment, de l'air pur des montagnes et de ce sentier déneigé. Ainsi, bien sûr, que de l'homme merveilleux qui l'accompagnait.

— C'est un jour parfait, déclara-t-elle lorsqu'ils s'arrêtèrent en haut du sentier. Puis, emportée par son propre élan, elle prit la main de Jason.

— Tu resplendis de bonheur, lui dit-il en souriant.

— Je suis aux anges, répliqua-t-elle. Il faut croire que je suis adepte des grands espaces.

Ils reprirent leur ascension, parvinrent tout en haut de la colline puis, à contrecœur, se décidèrent à rentrer.

Le téléphone fixe sonnait lorsqu'ils arrivèrent au chalet. Jason se précipita à l'intérieur pour répondre.

— Paul Groesel, du NCIS, lui annonça sans préambule une voix masculine.

— Pourquoi cette assignation à comparaître ? lui renvoya Jason d'un ton neutre. Je n'ai rien à vous dire, aucune idée de l'endroit où Rick a pu aller, et je suis aussi inquiet que vous à son sujet. Me forcer à venir jusqu'à vous ne constituerait qu'une perte de temps pour tout le monde.

— Je ne suis pour rien dans cette citation. Engles n'est qu'une toute petite pièce d'un immense puzzle. Nous vous avons convoqué parce que nous voulons voir toutes les photos que vous avez prises dans cet hôtel de Kaboul, avant et après l'explosion.

Jason se passa une main dans les cheveux. Il ne comprenait pas.

— Vous ne soupçonnez tout de même pas Rick d'être mêlé à cet attentat ! grommela-t-il.

— Nous devons voir vos photos, répéta Groesel.

— Enfin, mais pourquoi ?

— Je ne peux pas répondre à cette question, monsieur Sheffield. Secret-défense.

Jason ravala sa colère et fit une dernière tentative :

— Je suis en train de les passer en revue moi-même, dit-il.

— C'est inutile. Apportez-les-nous, c'est tout ce que nous vous demandons.

Cette dernière remarque acheva d'irriter Jason qui s'insurgea :

— Elles sont à moi, et comme j'ai un contrat avec une maison d'édition, il est hors de question que je renonce à les visionner.

S'ensuivit un silence au terme duquel Groesel s'éclaircit la gorge avant d'expliquer :

— Cela pourrait être une question de sécurité nationale.

Jason ne fit aucun commentaire, mais n'en crut pas un mot. Si l'enjeu – quel qu'il soit – avait été si important, l'armée aurait débarqué au chalet pour lui confisquer le fruit de ses derniers mois de travail, sans autre forme de procès.

Il jeta un dernier coup d'œil à la convocation posée sur le bureau et vit qu'on n'exigeait rien d'autre que sa présence.

— Je ne vous apporterai pas mes photos, déclara-t-il pour finir. Si vous en avez tant besoin que ça, il vous faudra réviser les termes de votre assignation.

Manifestement exaspéré, Groesel plaida sa cause :

— Allons, aidez-moi un peu. On ne les gardera pas. Il faut simplement qu'elles soient vues par nos services.

Bien que l'idée le contrarie toujours et qu'il n'ait pas l'intention de céder, Jason changea de tactique et s'enquit :

— Y a-t-il un endroit ou un moment spécifiques qui vous intéresserait particulièrement ? C'est que mes photos se comptent par milliers, toutes prises au cours de ces derniers trente-six mois, à divers endroits.

Groesel lui répondit du bout des lèvres que les plus récentes devraient suffire, ce qui ne l'avançait pas beaucoup.

— Désolé, dit Jason pour conclure. Je veux être sûr que votre requête est légitime, alors procurez-vous une autre assignation. Complète, celle-là.

Puis, comme le silence s'était fait à l'autre bout de la ligne, il enchaîna :

— Autre chose ?

— En fait, oui, répondit Groesel. Je voudrais m'assurer que tout va bien pour vous. Il ne vous est rien arrivé d'inhabituel, ces derniers temps ? Vous n'avez pas été menacé de mort ou harcelé par courrier ?

Jason fronça les sourcils. S'agissait-il d'une menace voilée ?

— Non, pourquoi cette question ? répondit-il innocemment.

— Encore une réponse que je n'ai pas le droit de vous apporter, lui objecta Groesel. En revanche, je vais vous donner un numéro de téléphone où m'appeler, si vous vous souvenez d'un détail ou en cas d'incident.

Jason mit fin à la conversation et en donna la teneur à Lucy.

— Ça n'a ni queue ni tête, dit-il. Qu'est-ce que mes photos ont à voir avec la sécurité du pays ? Elles ont été prises à l'étranger. Toutes, sans exception. Les dernières sont celles de l'attentat à l'hôtel. En outre, je n'ai pas réussi à voir Rick. J'ai essayé de le joindre, en vain. J'ai réessayé après mon départ d'Afghanistan, sans plus de succès.

— Oui, effectivement, c'est étrange, commenta Lucy avec grand sérieux.

— Et je ne t'ai pas encore tout dit, poursuivit Jason. Groesel m'a demandé s'il ne m'était rien arrivé d'extraordinaire, ces derniers temps. Genre menaces de mort ou courrier injurieux.

— C'est lui qui te menaçait, non ? lui renvoya Lucy.

— On dirait, oui. Autant se faire à cette idée.

La sonnerie du téléphone retentit de nouveau, ce qui les fit sursauter tous les deux. Jason prit précautionneusement l'appel.

— Vous n'avez rien compris, lui lança Groesel de but en blanc. La situation est bien plus grave que vous ne le pensez. L'incendie n'était pas un accident, l'attaque du pick-up sur la route non plus. Remettez-nous ces photos, votre vie pourrait en dépendre.

Là-dessus, et sans laisser le temps à Jason d'ouvrir la bouche, il raccrocha.

— C'était encore lui, annonça Jason, et cette fois ses menaces n'étaient pas voilées.

— Qu'est-ce qu'on va faire ? lui demanda Lucy, manifestement atterrée.

— Je n'en sais rien, répondit-il, bien qu'il ait déjà décidé de ne pas céder au chantage.

Mais il n'était plus seul. Lucy se tenait là, devant lui, pâle comme un linge, terrorisée.

Il traversa la pièce, posa ses lèvres sur sa bouche et s'y attarda.

— Voyons le bon côté des choses, dit-il d'un ton qu'il espérait rassurant. Au moins, maintenant on est certains que les NCIS ne sont pas au courant de ton existence. Groesel ne m'a pas parlé de toi. Tu n'es donc pas la cible.

Elle hocha la tête, d'un air peu convaincu, et soudain, Jason eut une idée.

— Je sais ! s'exclama-t-il. On va examiner les photos prises ces six derniers mois et essayer de trouver ce qui intéresse les agents du NCIS. Tant qu'on y sera, on cherchera aussi ce qu'ils veulent nous empêcher de voir.

# 10

— Au boulot, ajouta Jason, un peu plus tard. Je t'ai préparé l'ordinateur de bureau, tu n'as plus qu'à t'installer devant.

Ravie de pouvoir se changer les idées, Lucy s'exécuta et, sur les instructions de Jason, afficha les dossiers concernés.

— Je m'occupe de quelles photos ? s'enquit-elle. Ce n'est pas la peine qu'on travaille tous les deux sur les mêmes.

— Pour l'instant, penche-toi sur celles des six derniers mois, et cherche une anomalie.

— Et comment vais-je savoir ce qui constitue une anomalie ? demanda-t-elle.

— Difficile à dire, répondit-il avec un sourire contrit. Admettons que tu repères un détail bizarre, un visage, un véhicule ou une situation incongrue dans son contexte et que tu aies un doute. Dans ce cas-là, tu sors le cliché et tu le mets dans un nouveau dossier. Ensuite, tu passes au suivant. Inutile de t'attarder dessus, d'accord ?

Un peu rassurée par l'apparente simplicité de sa tâche, Lucy ouvrit le fichier du mois d'avril et se mit au travail. Il ne lui fallut pas longtemps pour être complètement captivée par ce qu'elle voyait. Si la plupart des photos étaient brutales et sombres, de temps en temps, un cliché magnifique apparaissait sur l'écran. Le sourire édenté d'un enfant, l'amour qu'on lisait dans les yeux d'une femme qui admirait son compagnon, une fleur exotique… Jason avait un talent fou. À travers son travail, Lucy voyait le monde sous un angle complètement différent.

Ils étaient tellement absorbés par leur tâche que le signal d'alarme de la radio météorologique les fit sursauter tous les deux. Une seconde plus tard, une voix métallique annonçait un retour du blizzard, des congères et de tout ce qui allait avec.

En marmonnant entre ses dents, Jason se précipita vers la porte, Lucy sur les talons. Des gros flocons de neige tourbillonnaient déjà paresseusement dans l'air avant de s'écraser sur le sol. Frappée par la splendeur du spectacle, Lucy ne s'en arracha que lorsqu'elle se souvint que ce genre de tempête était potentiellement dangereux.

— On aurait dû regarder les informations, dit Jason en secouant la tête. On va sûrement être coincés ici pendant plusieurs jours. Cela dit, il reste des provisions et ça devrait aller, du moins si tu arrives à oublier ta claustrophobie.

Son ton lugubre fit rire Lucy.

— Une chose est sûre, dit-elle. Je ne vois pas avec qui d'autre je préférerais être enfermée.

— Ça serait difficile, répliqua-t-il, vu que tu ne te souviens de personne d'autre.

Elle le dévisagea un instant sans savoir comment réagir puis décida de prendre la remarque comme un trait d'humour et se remit à rire.

— Touché, dit-elle un peu sèchement. Je reste sur ma position, cependant.

— Je te reposerai la question quand tu auras retrouvé la mémoire.

Cette dernière réplique contraria vivement Lucy qui décida néanmoins de passer outre. Après tout, Jason n'avait fait qu'énoncer une vérité, dans la mesure où elle n'avait aucune idée du genre de personne qu'elle serait quand elle saurait enfin qui elle était.

Oui, c'était son plus grand désir. Se retrouver, regagner sa personnalité avec ses qualités et ses défauts.

Pourtant, dans le même temps et de tout son être, elle désirait Jason. La simple idée d'un monde sans lui la rendait malade.

Le regard dans le vide, elle se demanda ce qu'elle ferait quand la mémoire lui reviendrait. Si, par bonheur, elle était libre, déciderait-elle de rester auprès de Jason ? Pour l'instant, elle avait le sentiment que leurs chemins étaient inextricablement liés. Hélas, elle ne savait pas s'il en allait de même pour lui, et dans l'immédiat, elle ne se sentait pas en droit de le lui demander.

Le serait-elle jamais ? Exaspérée par cette question, elle revint à la réalité du moment et s'aperçut que Jason s'était remis au travail.

Il la surprit en train de l'épier et lui sourit.

— Je me suis dit que j'allais avancer, puisqu'on ne pourra pas bouger d'ici ce soir, et qu'il y a peu de chances pour que le satellite fonctionne.

Comme il avait sans doute raison, Lucy l'imita. Une heure plus tard, elle avait classé quelques clichés dans le dossier intitulé « Douteux », et cela bien qu'elle n'y ait rien vu de particulièrement suspect.

— Tu veux peut-être faire une pause, lui suggéra Jason en s'étirant. D'ailleurs, on devrait envisager de manger.

Un coup d'œil à l'horloge permit à Lucy de constater que l'heure du repas était largement dépassée.

— Je vais nous préparer quelque chose, dit-elle. Finis ce que tu étais en train de faire, si tu veux.

Elle alla donc fouiller les placards de la cuisine et trouva tous les ingrédients nécessaires à la préparation d'un riz au curry. Bien sûr, elle n'aurait su dire d'où elle tenait la recette, qui lui revint d'instinct.

En fredonnant, elle éminça quelques oignons, les fit revenir, puis mit le riz précuit à mijoter avec les épices.

— Ça sent bon, fit remarquer Jason quand elle retourna vers le bureau.

— Merci. Ce sera prêt dans une dizaine de minutes, ce qui nous laisse le temps de passer quelques dossiers supplémentaires en revue.

Jason hocha distraitement la tête et se remit à l'œuvre. Lucy poussa un soupir discret et fit de même.

L'horreur de certaines photos était en contraste total avec la beauté capturée par d'autres. Malgré les circonstances, Jason avait réussi à immortaliser quelques tranches de vie porteuses d'espoir.

Fort heureusement, car sans ces clichés-là Lucy n'aurait pas continué bien longtemps. La réalité de la guerre, de ce que l'homme pouvait faire à son prochain, ne tarda pas à lui peser sur l'estomac, et elle n'imaginait que trop bien le ressenti de Jason qui avait vécu tout cela en direct.

Les larmes aux yeux, elle se détourna de l'ordinateur et se leva pour aller surveiller son curry.

— Qu'est-ce qui ne va pas ? lui demanda Jason en lui emboîtant le pas.

Elle fut d'abord tentée de répondre par un simple haussement des épaules, puis elle se ravisa : il était l'auteur de ces photos et il savait ce qu'on pouvait éprouver en les regardant. Aussi se lança-t-elle dans des explications un peu hésitantes qu'il écouta avec attention avant d'attirer Lucy à lui et de lui chuchoter à l'oreille :

— Tu peux t'arrêter, si tu veux. Je terminerai tout seul.

Elle continua à se délecter de la sensation de ses bras autour d'elle, puis rit doucement et répondit :

— Je ne te ferais pas une chose pareille ! Ce que je vois est d'une tristesse absolue, voilà tout. Je m'en remettrai !

Il lui planta un baiser sur le front, la relâcha et baissa les yeux vers le faitout où mijotait son mélange.

— Ça m'a l'air délicieux, commenta-t-il. Cette odeur me met l'eau à la bouche.

— À moi aussi, et ça doit être assez cuit, maintenant. On passe à table ?

Elle avait à peine terminé sa phrase que la lumière s'éteignit, ce qui les plongea dans l'obscurité. Jason se servit de la lueur dispensée par le poêle à bois pour fouiller les tiroirs dont il tira une boîte d'allumettes.

— En attendant mieux, je suggère qu'on dîne aux chandelles.

— Si tu veux. À ton avis, elle va durer longtemps, cette panne ?

— Sûrement jusqu'à la fin de la tempête, lui répondit-il avec philosophie. À cette hauteur, il s'agit généralement de la chute d'une ligne à haute tension. Par un temps pareil, il sera impossible de régler le problème plus tôt.

Lucy prit la chose beaucoup moins bien que lui. L'absence d'électricité lui donnait l'impression d'être encore plus vulnérable.

— Ça va nous obliger à nous interrompre, reprit Jason. Du moins sur l'ordinateur de bureau. Le portable est chargé à cent pour cent, alors je vais pouvoir continuer un petit moment.

À mi-chemin entre le soulagement et la déception, elle le regarda remplir deux bols de riz au curry. Au bout de quelques louches, il se leva pour aller jusqu'au garde-manger dont il revint avec des chips de maïs et du cheddar râpé.

Devant les yeux étonnés de Lucy, il émietta des chips, les mélangea à son curry et recouvrit le tout de fromage.

— Quoi, tu ne connaissais pas ? s'enquit-il. C'est, de loin, la meilleure manière de déguster un curry. Tu devrais essayer.

Lucy haussa les épaules, prit une poignée de chips et en saupoudra chichement son assiette.

— C'est tout ? Tu ne sais pas ce que tu perds. C'est un peu comme une tourte frito.

— Une quoi ?

— Une tourte frito. Tu n'en as jamais mangé, pendant les matchs de football de ton lycée ? On en trouve sur tous les stands.

— Je n'en sais rien, répondit-elle au terme de quelques secondes de réflexion. Et j'en ai assez, de ne pas savoir.

— Ça reviendra, lui promit-il. Quant à ton curry, je confirme : il est succulent.

— Merci. J'en préparais toujours un par temps de neige.

Sidérée, Lucy reposa sa fourchette et murmura :

— Encore un souvenir, on dirait.

— Eh oui. Tu vois qu'il ne faut pas désespérer. Souviens-toi de ce que t'a recommandé Phil. La patience.

Lucy acquiesça sans conviction, goûta son plat et trouva que les chips y apportaient une note craquante bienvenue.

Après dîner, Jason retourna s'installer sur le canapé avec son ordinateur portable.

— Tu peux venir à côté de moi, si tu as envie de m'aider à examiner les dossiers restants, dit-il à Lucy. J'ai décidé de passer directement aux plus récents, et j'en suis aux photos de l'attentat de l'hôtel, à Kaboul.

Lucy prit place près de lui, et profita de ce qu'il réveillait l'écran pour s'imaginer toutes les choses qu'ils auraient pu faire, plutôt que de visionner ces clichés. Elle se consola en se disant que le blizzard allait les contraindre à rester enfermés un certain temps, et qu'il faudrait bien qu'ils s'occupent. En outre, Jason avait une date limite à respecter et...

— Stop ! s'exclama-t-elle en désignant l'écran d'un index mal assuré. Qui est cet homme ?

— Pff... Un individu quelconque, parmi ceux qui accompagnaient la délégation. Le Vice-Président et son entourage ont fait un arrêt surprise à Kaboul, ce jour-là. D'après la rumeur, ils devaient rencontrer un gradé du coin. Ils étaient descendus dans l'hôtel...

Il prit une longue inspiration avant d'ajouter :

— ... où le kamikaze s'est fait exploser.

Lucy dut se faire violence pour retourner à la photo en question. Incapable d'expliquer sa réticence, elle finit par demander à Jason de passer à la suivante.

On y voyait le même homme, le dos à l'objectif.

— Lui ! s'écria-t-elle.

— Tu le reconnais ?

Bien qu'elle ait son nom sur le bout de la langue, Lucy mit quelques secondes à répondre :

— Oui. Je le connais. Du moins, je crois. Quand j'aurai vu son visage, je pourrai sans doute te le confirmer.

— Eh bien, on va continuer avec ce dossier, je suis presque sûr qu'il a fini par se retourner, ce brave homme !

Lucy tenta de passer outre sa propre agitation et de respirer normalement, tandis que Jason faisait défiler les clichés. L'inconnu, encore et encore, sous toutes les coutures. De profil aussi, sur la dernière prise.

Jason mit le diaporama sur pause et se tourna vers Lucy d'un air interrogateur.

— Alors ?

— Toujours rien. J'aimerais voir son visage en entier et de face, si possible.

Comme par enchantement, le cliché suivant leur montra le visage de l'inconnu. Il faisait face aux caméras et se démarquait des autres hommes présents par sa haute taille. Un bel homme, plutôt arrogant, à en juger par le regard dédaigneux avec lequel il toisait le photographe.

Il y avait autre chose, cependant. Lucy le sentait, sans parvenir à mettre le doigt dessus.

— Je le connais, murmura-t-elle, un goût métallique dans la bouche. Je ne sais pas comment, mais une chose est certaine : son faciès m'est familier et il ne me dit rien de bon.

— Détends-toi, répéta Jason qui ne l'avait pas quittée des yeux. Continue à regarder, et attends de voir si cette photo t'évoque autre chose.

Lucy prit une longue inspiration et s'efforça de suivre le conseil de Jason. Pour cela, elle commença par faire le vide dans son esprit, puis se concentra sur le visage de l'homme.

Ce qui lui apparut fut une suite saccadée de flashs violents sans rapport entre eux. L'homme en train de crier, de jurer. Il y eut un mouvement, puis tout devint trouble. Lucy ferma les yeux, le temps de s'imprégner de la vision. S'ensuivirent d'autres vociférations, puis elle vit un petit groupe de femmes blotties les unes contre les autres sous une couverture crasseuse. Certaines pleuraient, toutes étaient terrorisées. Lorsque Lucy voulut s'approcher pour les réconforter, un poing s'abattit sur son visage. Elle vacilla et tomba, ce qui ne l'empêcha pas de sentir les autres coups, de poing et de pied. Assénés par un seul homme, celui aux traits si raffinés. Une douleur indicible lui arracha un cri.

Et enfin, une voix rassurante à son oreille.

— Lucy, tout va bien. Je suis là, tu ne risques rien.

*Jason*, qui la prit dans ses bras puissants.

Elle s'affaissa contre lui, tremblante et toujours perplexe quant au sens de cette suite d'images.

— Lucy, répéta Jason en ramenant en arrière les cheveux collés à sa joue. Ça va ?

Oui. À présent que Jason était près d'elle, ça allait.

— Ça va, murmura-t-elle avant de reprendre son souffle pour raconter, dans les grandes lignes, ce qu'elle avait vu. Mais je ne comprends pas ce que ça signifie.

Le regard de Jason se posa brièvement sur la photo toujours affichée devant eux.

— Il me semble évident que ton flash-back a été provoqué par la vue de ce type.

Bien qu'elle en soit convaincue, elle balbutia :

— C'est possible. Qui est-ce ?

— Je n'en sais rien, mais j'ai la ferme intention de découvrir son identité.

Sans relâcher son emprise sur Lucy, il fit glisser la photo dans le dossier « Spécial », et demanda :

— Tu as encore assez de force pour m'aider à regarder le reste des clichés que j'ai pris ce jour-là ? Avec un peu de chance, cela t'aidera à comprendre la situation.

Lucy dut faire un effort pour acquiescer.

— Je vais essayer.

Cela lui valut un baiser, un peu trop rapide à son goût.

— C'est déjà beaucoup, commenta Jason.

Lucy parvint à sourire. Aussi incroyable que ça puisse paraître, elle se sentait déjà mieux. Elle se pelotonna contre Jason pour visionner les autres clichés. Quand elle comprit que l'homme n'y apparaissait pas, elle se détendit légèrement.

En photographiant les décombres de l'hôtel sous différents angles, Jason avait réussi à capter la réaction des employés, ainsi que celle d'autres personnes, probablement des clients. On lisait sur leurs visages le choc, l'horreur et une détresse infinie. Les clichés étaient si parlants que Lucy sentit les larmes lui monter aux yeux.

Les pires prises de vue étaient encore à venir, cependant : on y voyait des corps, recouverts d'un drap ou non, et Lucy fut forcée de détourner la tête.

— J'espère que tu les garderas pour toi, dit-elle, la gorge nouée.

— C'est mon intention, lui répondit-il. D'ailleurs, tu n'es pas obligée de continuer, si ça t'est trop pénible. Ne te méprends pas, cependant. Je ne suis pas resté insensible à cette abomination, j'ai continué à mitrailler, sans mauvais jeu de mots, c'est par habitude – ou par déformation professionnelle.

— Je sais, murmura Lucy. J'ai commencé à regarder tes photos du Yémen et j'ai dû m'arrêter de peur de faire des cauchemars. Désolée. Ça va t'obliger à passer derrière moi.

Jason la regarda droit dans les yeux avant de répondre.

— C'est moi qui suis désolé, Lucy. Je n'aurais jamais dû demander ton aide, pour ce travail. Ça suffit pour aujourd'hui. On fait une petite partie de poker ou de Scrabble ?

Lucy alla jusqu'à la porte d'entrée, l'ouvrit et regarda au dehors. La neige continuait à tomber.

— Excuse-moi. J'ai besoin d'un peu de temps pour me remettre de tout ça.

Sur ces mots, elle referma la porte et gagna la salle de bains. Ce dont elle avait besoin dans l'instant, c'était d'une douche bien chaude. Peut-être cela l'aiderait-il à oublier les images effroyables auxquelles elle avait été confrontée.

Jason entendit Lucy ouvrir le robinet de la douche et se reprocha son inconséquence. À aucun moment il n'avait pensé à l'impact que pouvaient avoir ses photos sur une personne moins habituée que lui à voir les atrocités dont l'homme était capable.

Pire encore, elle avait reconnu une des personnes présentes le jour de l'attentat. Cela voulait-il dire qu'elle était sur les lieux, elle aussi ? Si ce n'était pas le cas, Jason devait trouver ce qui la liait à cette déplorable affaire.

Il arpenta la pièce principale du chalet en s'interrogeant sur la raison pour laquelle le NCIS tenait tant à voir le résultat de son reportage. Qui était l'homme dont la seule vue avait fait réagir Lucy avec une telle terreur ?

Jason s'attacherait à le découvrir.

Son assignation à comparaître encombrait toujours le comptoir de la cuisine ; il y jeta un coup d'œil et se rendit compte qu'il lui restait une bonne dizaine de jours avant sa comparution.

L'eau cessa de couler dans la salle de bains, et à l'idée de Lucy en train de se sécher, il éprouva un désir si intense qu'il en eut le vertige.

Il songea qu'un peu d'air frais lui ferait le plus grand bien et sortit sous le porche sans prendre la peine d'enfiler son blouson. Il alluma une lampe torche, ce qui lui permit de profiter d'un spectacle magnifique. Si le blizzard n'était pas encore à son apogée, la neige continuait à tomber en gros flocons recouvrant le sol de cette poudreuse tant prisée par les skieurs du monde entier.

Il s'imprégna du silence absolu qui l'entourait jusqu'à ce que le froid l'oblige à tourner les talons et à rentrer.

Lucy se tenait au beau milieu du salon, en pyjama de flanelle fermé jusqu'au cou et chaussons fourrés.

Jason se figea sur place. Elle était tellement sexy dans cette tenue, qu'il n'avait plus qu'une idée : lui retirer ce pyjama, lentement, bouton après bouton.

— Où as-tu trouvé ça ? lui demanda-t-il d'une voix si rauque qu'il faillit ne pas la reconnaître lui-même.

— Je cherchais autre chose que mes tennis à me mettre aux pieds et je suis tombée là-dessus, expliqua-t-elle en souriant. Quand j'ai vu que ces pantoufles étaient assorties à mon pyjama, je n'ai pas pu résister à l'envie de les enfiler. Je dois avoir l'air d'un clown, comme ça !

— Tu es ravissante, au contraire, protesta Jason, avant d'aller vers elle.

Lucy fronça les sourcils d'un air de doute.

— Merci, balbutia-t-elle. Je...

Jason l'interrompit d'un baiser. Ils s'étreignirent un long moment, peu pressés d'aller plus loin dans l'immédiat.

Lorsqu'ils se séparèrent enfin, Lucy secoua la tête, hors d'haleine.

— Waouh ! s'exclama-t-elle.

— Tu vois, quand je te disais que ce pyjama était super sexy.

— À tes yeux peut-être, rétorqua-t-elle, mais ça ne doit pas être l'avis de tout le monde. Bien ! Je sais qu'on avait parlé de jouer au poker ou au Scrabble, cependant je pense que nous devrions regarder d'autres photos de Kaboul.

— Tu es sûre ?

— Certaine, répondit-elle, d'un ton catégorique. Je ne peux pas rester dans l'ignorance plus longtemps. Il faut que je voie le reste de ton reportage. Il contient peut-être de quoi stimuler ma mémoire.

À son intonation, Jason comprit que rien ne la ferait revenir sur sa décision et, bien que la perspective de se replonger dans l'horreur de la guerre ne lui dise rien, il s'inclina.

— D'accord. On y consacre encore une heure ou deux, et on passe à quelque chose de plus agréable.

— Parfait.

Jason se réjouit de la lueur coquine qui s'était mise à briller dans son regard. Manifestement, elle avait la même conception que lui de ce que pourrait être ce « quelque chose ».

Il lui retourna son sourire en s'émerveillant de la bouffée de tendresse qu'il éprouvait pour elle, en plus de son désir à peine contenu. Parmi les nombreuses femmes qu'il avait connues, certaines lui avaient paru fascinantes, d'autres splendides, mais aucune ne l'avait encore atteint aussi profondément que celle-ci.

Dire que ni lui ni Lucy ne savaient rien d'elle... Cela changerait-il la donne entre eux deux ? Sans doute.

Il s'installa sur le canapé avec son ordinateur portable, et attendit que Lucy le rejoigne.

— Commence là où on s'est arrêtés, ordonna-t-elle. Ou plutôt, retourne à la photo où on voit l'homme de face. J'aimerais l'étudier de plus près.

Bien qu'il ne soit pas convaincu de la sagesse d'une telle requête, Jason devait bien reconnaître que sa curiosité avait été piquée. Il voulait percer ce nouveau mystère, découvrir la vérité. Il chercha donc la photo en question.

— Attends, dit-il d'un ton songeur. Je sais qui c'est. Et si son nom ne me revient pas, je suis à peu près certain que nous avons été présentés. Il faisait partie de l'entourage du Vice-Président.

Lucy étudia la photo en silence, et finit par hocher la tête.

— Ça ne me dit rien. Continuons, si tu veux bien.

Jason crut bon d'avertir Lucy :

— J'ai mitraillé à tout-va, ce jour-là. Certaines de mes photos pourraient être... éprouvantes.

— Je m'en remettrai, affirma-t-elle un peu sèchement. Je tiens à les voir toutes. Je ne saurais te dire pourquoi, mais il doit y avoir une raison. Avec un peu de chance, ça me sautera aux yeux avant qu'on en ait terminé avec ce dossier.

Jason s'exécuta à contrecœur.

Ils passèrent en revue une cinquantaine de photos bouleversantes sans que Lucy réagisse et, une fois encore, il la prévint :

— La suite est horrible, Lucy. Les secours commençaient à sortir les gens des décombres.

Et, bien qu'elle ait acquiescé, Jason comprit que rien de ce qu'il pourrait lui dire ne la préparerait à ce qu'il s'apprêtait à lui montrer.

Ils passèrent un moment à regarder la suite, effectivement glaçante, en silence.

Au terme du diaporama, Jason jeta un coup d'œil inquiet à Lucy. De grosses larmes coulaient sur ses joues, et elle ne semblait pas en être consciente.

À tout hasard, il tendit une main pour les essuyer du bout de l'index.

— Je tiens le coup, affirma-t-elle d'une voix enrouée. Continue.

Impressionné malgré lui, Jason fit ce qu'elle lui demandait, et soudain...

— Attends ! s'exclama Lucy, fébrile. Là. Cette femme, sur la civière. Tu en as d'autres d'elle ?

— Je... je ne sais pas. Les ambulanciers ont tiré tant de gens des décombres que... Attends, on va voir ça tout de suite.

Effectivement, le cliché suivant montrait la même femme, dans le même état et dans la même position. Jason étudia son visage tuméfié et murmura :

— Elle... Cette femme me rappelle...

— Moi, acheva platement Lucy. C'est moi. Ce qui signifie que j'étais à Kaboul au moment de l'explosion.

# 11

Il fallut quelques minutes à Lucy pour qu'elle se remette à respirer normalement. Sonnée, elle n'arrivait pas à détacher son regard de sa propre image, immortalisée par Jason. Le visage couvert de sang et apparemment inconsciente, elle était presque méconnaissable. Elle avait dû être blessée lors de l'attentat de l'hôtel où Jason séjournait à l'époque.

C'était un début – une idée de ce qui pouvait les lier –, même s'il restait à savoir qui avait amené Lucy au chalet et pourquoi.

Pour la première fois depuis son arrivée, elle se prit à douter. Et si Jason avait toujours prétendu ne pas la connaître alors qu'il savait ce qui lui était arrivé ?

Non. Bien qu'elle connaisse à peine son hôte, elle était à peu près sûre qu'il était incapable d'une telle supercherie. Il lui avait clairement signifié qu'ils faisaient équipe dans cette affaire, même s'ils n'en connaissaient ni les tenants ni les aboutissants. Il avait été aussi ébahi que Lucy de voir sa photo s'afficher sur l'écran, elle en aurait mis sa main au feu.

— Ça va ? lui demanda-t-il en lui posant un bras sur l'épaule. Tu dois être sacrément secouée.

— Tu savais ? s'entendit-elle demander. Tu te souviens de m'avoir prise en photo ?

Au lieu de retirer son bras comme il l'aurait sans doute fait si les soupçons de Lucy avaient été fondés, il resserra son emprise et murmura :

— Bien sûr que non. J'en prends beaucoup trop pour me

souvenir avec précision de ce qu'elles montrent. Pour tout t'avouer, je me renferme sur moi-même, dans un désastre de cette ampleur. Je mitraille sans réfléchir. J'évalue rapidement la lumière et le sujet de mon cliché, et je photographie sans m'interrompre. J'ignorais totalement que tu étais là-bas.

— Moi aussi, dit-elle, une note d'humour dans la voix.

— Le contraire m'aurait étonné, dit-il dans un petit rire. Tout cela est bien mystérieux et doit répondre à une certaine logique, même si nous ne la comprenons pas.

— Je suis d'accord avec toi, dit-elle avant de s'en vouloir. Comment avait-elle pu oublier un événement aussi tragique ? Certes, elle avait occulté tout le reste, mais de là à oblitérer une attaque terroriste de cette ampleur...

Restait une possibilité, néanmoins : que ses blessures soient la cause de son amnésie.

Elle se palpa précautionneusement le visage, sans quitter la photo des yeux. Il avait désenflé depuis son arrivée au chalet, et les ecchymoses avaient disparu, elles aussi.

Jason lui effleura l'épaule, ce qui la fit sursauter.

— De quoi te souviens-tu, au juste ? lui demanda-t-il.

Son ton pressant acheva de la démoraliser. En toute logique, cette vision éprouvante d'elle-même aurait dû provoquer au moins quelques flash-back. Comme ce n'était pas le cas, elle secoua la tête sans regarder Jason qui insista :

— Enfin, il doit bien y avoir quelque chose ! Je ne sais pas, moi... Ce que tu faisais quand la bombe a explosé, par exemple.

— Non ! se récria-t-elle. C'est justement ça, le problème. Je ne me souviens de rien. Je regarde mon propre visage et je n'ai aucune idée de ce qui s'est passé, de ce que je faisais là-bas et encore moins de la manière dont j'ai échoué ici, à des milliers de kilomètres de Kaboul.

Jason hocha la tête, sans donner le moindre signe d'une déception qu'il ne pouvait manquer d'éprouver.

— Même si Phil nous a dit qu'on ne pouvait rien forcer,

le fait de te voir à un endroit et à un moment précis devrait libérer quelque chose dans ton esprit.

— Non, dit-elle. Ce serait plutôt l'inverse. Avoir une preuve telle que celle-là et ne rien y comprendre me rend malade.

Jason la serra rapidement dans ses bras, l'embrassa sur le front et dit d'une voix douce :

— Cesse de te miner, ma belle. Je suis certain que tes souvenirs finiront par te revenir.

— Vraiment ? lui renvoya-t-elle sans chercher à dissimuler son amertume. Je commence à en douter. Tu te rends compte que je ne sais même pas ce que je faisais en Afghanistan ?

Elle le vit se pencher vers elle pour une nouvelle étreinte qu'elle évita. Elle avait besoin de bouger, et l'espace était trop réduit pour lui permettre de faire quoi que ce soit d'autre qu'un aller-retour jusqu'à la cuisine.

— Tu as raison sur un point, cependant, dit-elle en revenant. On sait enfin que ce qui nous lie est le fait d'avoir été au même moment au même endroit.

— C'est possible, seulement nous ne nous connaissions pas et je ne vois toujours pas comment tu es arrivée jusqu'ici.

— C'est une des réponses que j'aimerais avoir, répondit-elle en se tournant vers lui. Ainsi que mon nom et autres peccadilles du même genre. Existe-t-il un moyen d'obtenir la liste des blessés ? Si j'y vois mon nom, ça m'aidera peut-être.

— Je n'en sais rien, répondit Jason au terme de quelques secondes de réflexion. Je peux me renseigner, cela dit, ne perd pas de vue que l'attentat a fait des centaines de victimes. Et comme à en juger par ton accent, tu es américaine, je vais commencer par demander la liste de nos compatriotes qui ont été blessés.

— Merci, murmura-t-elle en s'intimant l'ordre de se calmer.

Ce ne serait pas facile : se voir ainsi sur une photo prise par Jason après une attaque terroriste était un sacré traumatisme, et elle lui en fit part.

— Bien sûr, convint-il. C'est aussi une avancée qui devrait

nous permettre d'apprendre ton nom. Cette information essentielle nous aidera peut-être à découvrir ce que tu faisais à Kaboul. Il y a plus touristique comme destination...

— À mon avis, je suis allée là-bas avec la délégation diplomatique dont tu m'as parlé. J'ai le sentiment d'avoir été en lien avec le bel homme au regard cruel. Ce n'est qu'une impression, bien sûr, mais elle est fortement ancrée en moi. Pendant que tu y seras, tu pourrais peut-être aussi demander la liste des gens qui accompagnaient le Vice-Président ?

Jason l'examina un instant sans qu'elle puisse deviner à quoi il pensait.

— C'est ce que j'ai l'intention de faire dès que possible. Parce que tu as raison, Lucy. Ce serait la seule explication logique. Je ne vois pas d'autre raison pour qu'une ressortissante américaine se soit trouvée là-bas. À moins, ajouta-t-il en plissant les yeux, que tu ne sois reporter, toi aussi.

— Si c'était le cas, tu le saurais, non ?

— Probablement, rétorqua-t-il sans hésiter.

— Il me semble plus vraisemblable que je sois allée là-bas avec l'entourage du Vice-Président. Alors, tu me trouveras cette liste ?

— Je peux toujours essayer, ça ne doit pas être trop difficile à obtenir. Je ne pense pas que ce soit classé secret-défense, et en ma qualité de journaliste je devrais y arriver.

Lucy laissa échapper un petit soupir de lassitude. Les découvertes de la journée lui avaient donné le vertige. Trop de choses à assimiler, sans doute...

— On continue ? lui proposa Jason. Tu apparaîtras peut-être sur d'autres clichés.

Incapable de résister, malgré sa réticence instinctive, elle accepta, et Jason afficha la photo suivante.

Ils en visionnèrent une vingtaine, toutes plus bouleversantes les unes que les autres, avant de se rendre à l'évidence : Lucy ne figurait sur aucune d'entre elles.

Sa déception dut se lire sur son visage, car Jason lui dit :

— J'en ai encore des centaines, comme ça.

Elle s'étira en secouant la tête.

— Non, je crois que j'ai eu ma dose pour ce soir. Tu es toujours partant pour un jeu ?

Jason baissa le couvercle de son ordinateur, le posa sur la table basse, puis haussa les épaules. Manifestement, la proposition ne l'emballait guère.

— J'ai une meilleure idée, dit-il, avec un regard fébrile qui ne laissait aucun doute sur la nature de l'idée en question.

Plutôt que regagner sa chambre, ils se laissèrent tomber sur le canapé. Son contact, ses baisers et la sensation de son corps musclé réveillèrent vite les sens de Lucy, et bientôt il n'y eut plus que ça. Les mains de Jason, sa peau brûlante, sa virilité.

Auprès de lui, elle n'était plus seule, même si elle ignorait sa propre identité. La pensée soudaine du couple qu'ils pourraient former quand son existence reprendrait son cours normal – si cela se produisait un jour – lui fit monter les larmes aux yeux. Et lorsque Jason la pénétra avec une ardeur qui l'amena vite à l'orgasme, elle cria son bonheur sans aucune retenue.

Ils firent l'amour avec passion ; Lucy transférant ses contrariétés et ses craintes dans le simple acte d'aimer Jason. Il accueillit sa fougue avec une rudesse encore inédite qui la bouleversa au plus profond et la laissa pantelante.

*Je l'aime*, songea-t-elle, consternée.

Comment était-ce possible, quand, comme elle, on n'avait aucune mémoire, elle n'aurait su le dire. En revanche, et même si elle ne savait toujours pas grand-chose sur son propre compte, c'était une certitude, inébranlable. Elle aimait Jason Sheffield, et elle ignorait si elle était en droit d'aimer quiconque.

Après avoir attendu qu'elle se remette de leur étreinte, Jason se remit à aller et venir lentement en elle. Lucy lui rendit toutes ses caresses pour l'amener à l'orgasme à son tour. Lorsqu'il y parvint, elle l'étreignit sauvagement en s'étonnant de l'intensité de son amour pour lui. Dans l'état de plénitude qui s'ensuivit, Lucy comprit autre chose : peu importaient les éventuelles complications qu'entraînerait leur rencontre. Quoi que leur réserve l'avenir, elle ne pourrait pas s'interdire d'aimer Jason. C'était devenu impensable.

Presque convaincu que le monde avait cessé de tourner pendant quelques minutes, Jason se raccrocha à Lucy, le temps que son cœur se remette à battre normalement et que sa respiration se stabilise. Il s'imprégna de son parfum en essayant de comprendre ce qui venait de se produire.

Lucy avait bouleversé son univers. Au risque de verser dans le cliché, Jason devait admettre qu'elle lui avait fait éprouver des sensations inédites, et que leurs ébats avaient été bien au-delà de l'attirance qu'ils éprouvaient l'un pour l'autre. Cette fois, ils étaient passés au niveau supérieur. Ils s'étaient aimés comme si c'était la dernière fois – et Jason ferait tout pour l'empêcher, même si sa raison lui dictait que la réalité ne tarderait plus à les rattraper et à mettre à mal le délicieux mode de vie qu'ils commençaient à instaurer, ici, dans son refuge éloigné de tout.

La vie en commun… Et, bien qu'il sache que cette félicité était trop factice pour durer, Jason décida d'en profiter tant qu'il en avait l'occasion. Dès que Lucy recouvrerait la mémoire, leurs vies changeraient du tout au tout. Jason pourrait continuer à se ressourcer seul dans ce chalet, cependant il devait s'avouer qu'il n'avait aucune idée de la manière dont il réagirait au départ de Lucy.

Qui arriverait sans doute plus vite qu'il ne le pensait.

Après avoir déposé un baiser sur sa joue soyeuse, il lui proposa de le suivre jusqu'à son lit, bien plus confortable.

S'il se savait bien trop préoccupé pour dormir ou même somnoler, un peu de repos ne pourrait qu'être bénéfique à Lucy. Quant à lui, il avait à réfléchir. Sérieusement.

S'il avait réussi à dissimuler son effroi en voyant la photo de Lucy sur cette civière à Kaboul, cette vision l'avait à la fois choqué et perturbé. Maintenant que le mystère de son arrivée inopinée dans son chalet était moins épais, il lui restait à découvrir son identité, ce qui l'aiderait à son tour à comprendre qui l'avait amenée jusqu'à lui et pourquoi.

Malheureusement, il y aurait un prix à payer. Et, bien qu'il n'en connaisse pas encore le montant, il lui paraissait clair que tout était étroitement lié. L'attentat, la présence du Vice-Président et de sa suite à Kaboul, le NCIS, la disparition de Rick et le fait que Lucy ait été en Afghanistan, elle aussi, avant de se réveiller dans le Colorado sans savoir pourquoi... Jason avait l'impression d'être un pantin manipulé par une main inconnue.

Il aurait le fin mot de l'histoire, cependant. Et sous peu.

Même si la plus grande prudence était de mise, avec l'armée qui le harcelait pour avoir ses photos, il pensait pouvoir obtenir sans trop de problème la liste des Américains présents à l'hôtel le jour de l'attentat. Le véritable nom de Lucy y figurerait forcément, ainsi que quelques indications biographiques.

À partir de là, peut-être trouveraient-ils un compte sur un réseau social quelconque, et parviendraient-ils à démêler, petit à petit, l'écheveau de son passé.

Ce serait une bonne chose, Jason en avait conscience. Mais d'où lui venait cette impression qu'il y perdrait une partie de lui-même ?

Il secoua la tête et, plutôt que se laisser aller au sentimentalisme, s'efforça de se concentrer sur la question du NCIS. S'il concevait sans peine que l'organisme s'inquiète de la disparition de Rick, il avait du mal à comprendre que les efforts de ses agents soient centrés sur lui, simple reporter, qui n'avait pas vu son ami depuis une éternité. Leur acharnement à vouloir voir ses photos lui paraissait des plus suspects et plus vraisemblablement lié à la visite du Vice-Président et de son entourage... dont Lucy faisait sans doute partie.

Il profita de ce qu'elle dormait pour lui caresser les cheveux, étudia un instant son visage parfait et regretta de ne pas avoir son appareil-photo à portée de main. Hélas, d'ici peu le moment serait passé et, bien qu'il soit toujours allé de l'avant, il se prit à vouloir arrêter le temps.

Encore une pensée égoïste... Lucy méritait de reprendre possession de sa personnalité.

À l'extérieur, le vent continuait à souffler à en faire trembler les murs. Jason s'accorda un instant de répit : après tout, la paix intérieure que lui avait procurée son moment d'intimité avec Lucy serait sans doute vite dissipée, et il ne se sentirait peut-être pas serein avant longtemps.

Dès demain, il commencerait à enquêter sur son identité réelle. Et s'il n'avait toujours pas accès à Internet, il se résoudrait à attendre la fin de la tempête. Une fois qu'il saurait qui était Lucy, il s'attacherait à assurer sa survie sans se préoccuper du reste.

Ils étaient à deux doigts de découvrir la vérité, Jason le pressentait. S'il voulait conserver son avantage sur le NCIS, cependant, il lui restait quelques points à éclaircir avant sa comparution – et surtout avant qu'une nouvelle assignation de la part de l'organisme l'oblige officiellement à céder ses photos.

Les photos... Jason avait dû, par inadvertance, capturer un incident incriminant – une scène qui, selon l'armée, devait rester cachée. Un incident lié au Vice-Président, sans aucun doute, et même s'il n'avait aucune idée de ce qu'il cherchait, il ne désespérait pas de trouver la faille rapidement.

Lucy s'agita dans son sommeil, se tourna de l'autre côté du lit, et Jason put enfin déplier son bras sans crainte de la réveiller. Il continua à ruminer, néanmoins.

Lucy s'était trouvée à Kaboul en même temps que lui, ce qui pouvait laisser supposer que c'était l'une des raisons pour lesquelles on était venu la déposer au chalet. Restait à savoir qui la lui avait amenée, et pourquoi.

Malheureusement, Jason allait devoir attendre la fin du blizzard pour commencer ses recherches. Par ce temps, il n'aurait aucun accès ni à Internet ni au satellite. Il se dit que c'était un des rares inconvénients du chalet, et finit par s'endormir.

Il se réveilla très excité, Lucy toujours dans les bras. Elle se tourna vers lui, écarquilla ses grands yeux bleus, eut un sourire coquin et lança :

— Bonjour, dis donc, on dirait que tu es content de me voir... J'en suis ravie !

Ils refirent l'amour, lentement, avec sensualité, cette fois. Ils somnolaient tous deux dans la semi-obscurité lorsque le courant fut rétabli.

Aussitôt, Lucy se précipita vers la salle de bains. Jason la suivit du regard, puis se leva à son tour et resta devant la porte comme un adolescent éperdu d'amour, jusqu'à ce qu'il entende couler l'eau de la douche.

Il entreprit ensuite de se préparer un café et de mettre la table pour le petit déjeuner.

Lorsque Lucy réapparut, les cheveux humides et radieuse, elle s'exclama :

— Hum, ça sent drôlement bon, par ici !

Après s'être servi un café, elle s'installa à la table tandis qu'il disposait deux assiettes devant eux.

Ils mangèrent de bon appétit, dans le silence complice qu'observent parfois les vieux couples. Lorsqu'ils eurent terminé et que la cuisine fut rangée, Jason alla jeter un coup d'œil au-dehors. Il neigeait toujours, et l'épaisseur du manteau blanc avait augmenté de dix bons centimètres pendant la nuit. Quand il rentra à l'intérieur, Lucy avait déjà commencé à visionner des photos sur l'ordinateur de bureau. Jason s'empara du portable et fit de même.

Un bip lui indiqua qu'on venait de lui laisser un message, alors que le téléphone *n'avait pas* sonné. Il fut un peu surpris, mais se souvint que sa boîte vocale était la seule chose qui fonctionnait par tous les temps, c'était la raison pour laquelle il la gardait : les appels qui ne lui parvenaient pas allaient directement dans la messagerie.

Et celui-ci était d'importance.

— Jason, c'est moi. Il faut que je te parle au plus vite. Je t'appelle d'un téléphone jetable dont je ne peux pas te donner le numéro et que je détruirai immédiatement après avoir raccroché. Je réessayerai avec un autre, sous peu, et j'espère vraiment réussir à t'avoir. Tu es en danger, vieux. En fait, nous le sommes tous.

S'ensuivit un clic sonore.

Jason examina l'appareil, les yeux ronds. *Rick*... qui était porté disparu. Le cœur battant, il réécouta le message.

— Qui est-ce ? s'enquit Lucy en s'approchant de lui pour lui poser une main sur l'épaule.

L'espace d'une nanoseconde, il hésita à lui répondre, puis il se souvint qu'ils faisaient équipe et dit :

— Mon ami Rick Engles. Avec qui j'avais rendez-vous le jour de l'attentat et qui est recherché par le NCIS.

— Eh bien, ça signifie qu'il est vivant, répondit-elle. C'est plutôt une bonne nouvelle, non ?

— Certes. En revanche, c'est le type le plus fiable que je connaisse, et s'il se cache, c'est qu'il se passe quelque chose de très grave.

Le visage de Lucy s'assombrit.

— De plus, si j'ai bien compris, tu ne peux pas le rappeler...

— C'est en partie ce qui m'inquiète. Il m'a parlé d'un téléphone jetable, le genre d'appareil dont on ne se munit que si on craint d'être repéré.

Lucy hocha la tête et dit :

— Je commence à penser que, l'attentat, tes photos, ton ami pas si disparu qu'on le pense et le NCIS... Tout cela est lié.

— Moi aussi, renchérit Jason, titillé par le sentiment qu'un détail important lui échappait.

Ils passèrent les heures suivantes à visionner les photos sans que rien n'attire leur attention. Jason ne put s'empêcher de surveiller le téléphone, comme si cela pouvait le faire sonner.

Il ne se passa rien de tel, et l'attente lui parut d'autant plus interminable qu'il ignorait si Rick essayait de le joindre sans succès ou s'il était trop préoccupé par sa propre survie pour réessayer.

Après un déjeuner frugal, Lucy et Jason se remirent au travail. Et, bien que Lucy en ait sûrement assez, elle ne se plaignit à aucun moment, ce qui força l'admiration de Jason.

La neige commença à diminuer d'intensité après le dîner.

— On dirait que le plus gros est derrière nous, commenta-t-il avant d'aller allumer la télévision qui, par bonheur, fonctionnait.

S'il avait accès au satellite, il devait en aller de même pour le téléphone, ce qui favoriserait la réception d'un éventuel appel de Rick.

Lucy et Jason venaient de s'installer sur le canapé pour regarder un film quand la sonnerie retentit enfin.

— C'est moi, dit Rick à Jason lorsqu'il décrocha. Je n'ai pas beaucoup de temps. Dis-moi, la femme est toujours avec toi ? Je veux seulement savoir si elle est indemne.

— La femme ? répéta Jason, intrigué. Comment sais-tu qu'elle est ici ?

— Tu n'as pas encore compris ? demanda Rick d'un ton vaguement méprisant. C'est moi qui l'ai déposée au chalet. Il fallait que je l'éloigne de Kaboul avant qu'ils ne la tuent.

Malgré toutes les questions qui se bousculaient dans son esprit, Jason se contenta de demander :

— Qui, *ils* ?

— Pas le temps. Dis-moi simplement qu'elle est saine et sauve.

Jason jeta un nouveau coup d'œil à Lucy qui écoutait attentivement la conversation, et répondit :

— Elle va bien. Qui est-elle, Rick ?

— Comment ?

La ligne se mit à grésiller, et Jason crut avoir perdu son interlocuteur.

Son soulagement fut grand lorsque Rick reprit :

— Comment ça, qui est-elle ? Elle ne te l'a pas dit ?

— Non. Elle a perdu la mémoire.

— Complètement ? Remarque, c'est peut-être une bénédiction, en fin de compte. Vu ce qu'ils lui ont fait subir, je m'étonne même qu'elle soit encore en vie. Ils voulaient sa peau, j'en suis certain. Elle s'est trouvée au mauvais endroit, au mauvais moment.

Jason ne put réprimer une grimace. En clair, Lucy n'était pas tirée d'affaire.

— Explique-toi, vieux, dit-il. Pour commencer, qui est-elle ?

Lucy se raidit, puis se leva pour aller le rejoindre. Il tendit un bras et l'attira à lui, dans l'espoir de la réconforter.

— Elle s'appelle...

De nouveaux grésillements l'empêchèrent d'entendre la suite.

Jason attendit avec impatience que la friture diminue, avant de demander :

— Rick ? Tu es toujours là ?

Seul le silence lui répondit. La communication avait été interrompue.

Frustré, Jason se pencha vers Lucy pour lui annoncer :

— Il n'a pas eu le temps de me dire grand-chose. Tout ce que je sais, c'est que c'est lui qui t'a amenée ici. Apparemment, tu as été sauvagement battue et on a tenté de te tuer.

— Ce qui signifie que mes blessures ne sont pas dues à l'attentat, lui fit-elle remarquer.

— Tout à fait. Il n'a pas eu le temps de me dire comment tu t'appelais. Désolé.

Malgré sa déception manifeste, Lucy demanda d'une voix mal assurée :

— Mais il sait qui je suis, hein ?

— Il semblerait, oui.

— Et tu lui fais confiance ?

— Nous avons grandi ensemble, ce qui explique qu'il connaissait l'existence de ce chalet et comment y entrer. Rick est l'une des rares personnes à savoir où je cache ma clé de secours.

Les magnifiques yeux bleus de Lucy s'agrandirent encore.

— Où est-il ? Tu crois qu'on pourrait essayer de le voir sans trop s'exposer ? J'ai hâte d'entendre ce qu'il a à nous dire.

— Moi aussi. Malheureusement, il se sent menacé et je crains...

Elle ne le laissa pas finir sa phrase.

— La convocation du NCIS ! s'exclama-t-elle. Ses agents vont t'interroger sur Rick. Il ne faudrait pas qu'ils apprennent qu'il t'a contacté !

— Bon sang, grommela Jason. Tu as raison Il faut que je trouve un moyen de gagner du temps.

— Et si tu ne te présentes pas à la date prévue ?

— Je suppose qu'ils seront en droit de m'arrêter

L'esprit en ébullition, Jason se rassit, avant d'ajouter :

— Il faudrait que je prévienne Rick, et je n'ai aucun moyen de le contacter.

Sur cette triste constatation, il attira Lucy à lui pour l'embrasser.

— Dans l'immédiat, je suggère qu'on grappille quelques heures de sommeil. La tempête donne des signes de faiblesse, et avec un peu de chance il aura complètement cessé de neiger demain matin.

— Dormir ? répéta Lucy. Comment peux-tu envisager une chose pareille après ce que tu viens d'entendre ?

La question le fit sourire.

— Disons que ça vaudra mieux que se ronger les sangs à propos d'un problème que nous ne pouvons pas résoudre.

— D'accord, dit-elle lentement. Je vais me rafraîchir, et je te rejoins. Je suis vraiment déçue de ne pas savoir qui je suis. J'étais convaincue que ton ami te le dirait.

# 12

Lucy examina son reflet dans le miroir de la salle de bains et secoua la tête avec tristesse. Comme elle l'avait avoué à Jason, elle se sentait terriblement frustrée d'avoir été si proche de la vérité et d'en être au même point deux heures plus tard.

Elle restait partagée, néanmoins : le fait que l'énigmatique Rick Engles détienne la clé du mystère la perturbait d'autant plus qu'elle n'était pas la seule personne concernée. Rick avait mêlé Jason à cette affaire, et Jason risquait gros, semblait-il, simplement parce qu'il s'était lancé dans l'aventure.

Il avait été d'un soutien infaillible, et Lucy ne pouvait envisager qu'il lui arrive malheur par sa faute.

Le cœur en berne, elle comprit que la décence exigeait qu'elle quitte le chalet et mette un maximum de distance entre Jason et elle.

Malheureusement, elle s'en sentait incapable. Comment aurait-elle pu renoncer à lui, alors qu'elle n'était encore que la moitié d'elle-même ? Plus tard, peut-être, quand elle saurait qui elle était. Peut-être... Car son instinct lui disait que rien n'était moins sûr.

Elle fit sa toilette, se brossa les dents, puis s'attarda dans la salle de bains aussi longtemps que possible, attendant de s'être ressaisie avant d'aller retrouver Jason. La dernière chose qu'elle voulait, en cet instant, était s'effondrer complètement.

Quand elle se sentit enfin prête à sortir de la salle d'eau, elle était toujours sous le coup des événements de la journée, et bien trop tendue pour dormir. Une étreinte passionnée l'y aiderait peut-être, et encore... dans l'état d'hypersensibilité où elle était, un rien suffirait sans doute à la faire craquer.

Aussi, au lieu de gagner directement la chambre, se dirigea-t-elle vers la cuisine pour se servir un verre d'eau qu'elle but devant l'évier, toutes lumières éteintes, pour pouvoir regarder par la fenêtre. L'ampoule qui brillait sous le porche dispensait juste assez de clarté pour qu'elle puisse contempler les flocons de neige qui continuaient à voltiger. Le spectacle était magnifique, et elle ne tarda pas à s'apaiser. Elle était bien, là, au chaud dans le silence de ce chalet...

Elle s'étonna momentanément de l'épaisseur du manteau blanc qui recouvrait le sol, puis elle se dit qu'elle n'avait aucune idée de ce qui était normal à cette altitude et à cette période de l'année.

Soucieuse de ne pas faire attendre Jason plus longtemps, elle termina son verre et le reposa dans l'évier. Elle se sentait beaucoup mieux, au point d'avoir franchement envie de faire l'amour avec lui. Et lorsqu'elle poussa la porte de la chambre, ce fut avec quelques idées sur la manière dont elle pourrait l'exciter.

Hélas, une fois sur le seuil de la chambre, elle comprit qu'elle avait trop tardé. Étendu sur le dos, les yeux clos, il s'était endormi.

Plutôt que se glisser à côté de lui, elle prit le temps de le contempler. Dieu, qu'il était beau ! Mieux encore, elle savait qu'en dépit de sa haute taille et de sa carrure impressionnante, il se mouvait avec une souplesse infinie. Plus étonnant encore, même dans son sommeil, il semblait sûr de lui.

Plus fascinée que déçue, Lucy étudia son profil parfaitement détendu.

Elle envisagea brièvement de le réveiller en le couvrant de baisers, puis elle y renonça. Jason avait manifestement besoin de sommeil, et elle allait mettre à profit ce moment de solitude.

Elle regagna la pièce principale, ajouta deux bûches à celles qui brûlaient dans le poêle, et s'assit en tailleur sur le canapé. Là, les yeux mi-clos, elle tenta de faire le vide dans son esprit, dans l'espoir qu'une bribe de son passé lui revienne.

Elle dut s'assoupir, malgré sa position inconfortable, car ses jambes engourdies et son dos douloureux la ramenèrent à la réalité. Sans savoir combien de temps elle avait passé ainsi, elle se releva péniblement en tapotant ses jambes pour y réactiver la circulation du sang.

Elle arpenta la pièce, fut prise de bâillements et s'aperçut qu'elle était épuisée, elle aussi. Et, bien que le poêle diffuse toujours une chaleur douce, elle l'alimenta de nouveau, de façon qu'il remplisse sa fonction pour quelques heures supplémentaires.

Le canapé était confortable et si tentant qu'elle hésita quelques secondes à y passer le reste de la nuit. C'était ça ou rejoindre Jason, dont la chaleur corporelle présentait beaucoup plus d'attraits.

Du coup, elle retourna dans la chambre et, aussi silencieusement que possible, se glissa dans le lit.

Le cœur gonflé d'amour, elle prit appui sur son coude et se remit à contempler Jason toujours inerte, dans le but d'immortaliser ce moment béni, avant de se rendormir.

Ce qu'elle fit très lentement, car ses pensées continuaient à la hanter.

*Elle avait été blessée avant l'explosion… qu'elle avait vue de loin. Partie chercher Russell, elle avait assisté à une scène cauchemardesque qu'elle n'aurait jamais dû voir. Là-bas, au bout du dédale d'allées étroites qui sinuaient derrière l'hôtel, quelques portes de bois, fermées pour la plupart, donnaient accès à ce qu'elle pensait être des résidences privées. À travers l'une des portes, restée entrouverte, elle avait perçu la voix de son fiancé.*

*Elle était sur le point de pousser la paroi de bois pour aller vers lui, lorsque quelque chose dans son intonation, l'avait fait hésiter. Il semblait en colère, ce qui lui paraissait presque contre-nature, tant Russell était posé en temps normal. Pourtant, c'était bien lui qu'elle entendait parler de ce ton menaçant, dans des termes à la faire frémir. Incapable de résister à la tentation, elle avait fini par ouvrir entièrement la porte, pour se trouver confrontée à l'horreur. Trois femmes, nues, les mains ligotées derrière le dos étaient agenouillées devant un Russell, nu lui aussi, et armé d'une sorte de fouet. À en juger par son état d'excitation, il prenait plaisir à s'en servir pour les frapper, ce qu'il avait commencé à faire, à en juger par leurs corps tuméfiés.*

*Lucy avait dû laisser échapper un cri d'épouvante, car Russell avait pivoté sur lui-même, et l'avait atteinte à l'épaule avec son fouet. Lorsqu'il s'était rendu compte que c'était elle qu'il avait frappée, il avait tenté de reprendre contenance ; trop tard. Lucy avait hurlé sous le coup de la douleur, il avait refermé un bras autour de sa taille avant de la bâillonner d'une main et de lui ordonner de se calmer. Son emprise sur elle avait été si forte que, convaincue qu'il allait l'étrangler, elle l'avait défié du regard tout en tentant de lui échapper.*

*Au lieu de la relâcher, il l'avait poussée en arrière avec une telle violence qu'elle avait heurté le mur de briques. Dévastée par ce qui était en train de se passer, elle avait failli s'effondrer. Comment l'homme qu'elle devait épouser pouvait-il se comporter ainsi ? Quel monstre se cachait derrière la façade que Russell offrait au monde ?*

*Elle s'était souvenue – tardivement – de ses cours d'autodéfense et avait tenté de riposter. En vain. Russell l'avait immobilisée et avait continué à la frapper jusqu'à ce qu'elle n'en puisse plus et s'évanouisse...*

Lucy cria, agita les bras, repoussa fébrilement les couvertures et se redressa. Un rêve... Ça n'était qu'un rêve. Sa mémoire était venue la chercher jusque dans son sommeil.

Jason tendit un bras vers elle, certainement dans l'intention de la réconforter, mais tout ce qu'elle vit fut le poing de Russell prêt à s'abattre sur elle.

Au lieu de riposter, elle recula, avant de se lever précipitamment, en nage et trop affolée pour faire comme si de rien n'était.

— Lucy, ça va ? demanda Jason, que s'est-il passé ?

En frissonnant, elle tenta de reprendre son souffle. C'était Jason qui lui parlait, et il ne lui ferait pas de mal.

— Lucy ? répéta-t-il, sans faire mine de l'approcher. Qu'est-ce qui t'arrive ? Je t'en supplie, dis-le-moi. Tu as fait un cauchemar ?

— J'ai vu..., commença-t-elle péniblement, ce qui m'est arrivé à Kaboul. Et l'homme que j'ai remarqué sur tes photos était mon fiancé.

Elle poursuivit son récit d'une voix saccadée, et vit le visage de Jason s'assombrir quand elle lui parla des coups que Russell lui avait infligés.

— Russell comment ? demanda-t-il, manifestement prêt à en découdre avec son tortionnaire.

Curieusement, la fureur qu'elle perçut dans la voix de Jason l'apaisa quelque peu.

— Je n'en sais rien, avoua-t-elle, avec un sourire penaud. Son nom ne me revient pas. En revanche, je l'ai entendu prononcer le mien, et je m'appelle Abby, pas Lucy.

Jason hocha lentement la tête et dit :

— Abby... Ça te va bien.

— Tu trouves ? s'enquit-elle d'un ton de doute.

En son for intérieur, elle préférait Lucy.

— Oui, affirma-t-il avec un sourire bienveillant. Tu aimerais que je t'appelle ainsi, dorénavant ?

Abby. Son véritable prénom. Elle hésita un instant avant de répondre, un peu malgré elle :

— On essayera... plus tard. Pour l'instant, restons sur Lucy, si tu n'y vois pas d'inconvénient. Je te dirai quand je me sentirai bien dans la peau d'une Abby.

Ce que Rick leur avait annoncé dans la journée lui revint à l'esprit, et son sourire s'évanouit. Entre ses révélations et le cauchemar dont elle venait de s'extraire, il y avait de quoi reconstituer toute l'histoire.

— J'aimerais bien entendre ce que ton ami Rick a d'autre à nous apprendre, dit-elle, songeuse.

— Nous le saurons probablement la prochaine fois qu'il

parviendra à me joindre. Autant te prévenir, toutefois : ce qu'il nous dira risque de te bouleverser encore davantage. Tu crois être en état de supporter la vérité ?

— Je n'en sais rien, répondit-elle avec franchise. Je préférerais me souvenir toute seule, mais j'ignore combien de temps cela prendra...

Jason tapota la partie vide du lit et murmura :

— Viens. J'aimerais te serrer dans mes bras, si tu veux bien.

Lucy haussa un sourcil et chercha ses mots.

Son expression avait dû parler pour elle, car Jason ajouta :

— En tout bien, tout honneur, rassure-toi. Il est tard et tu n'es pas remise de tes émotions. Je veux simplement t'assurer de mon soutien. Si tu n'en as pas envie, je ne m'offusquerai pas. Viens près de moi, et essayons de nous rendormir.

Lucy continua à tergiverser et à se demander si le contact de Jason suffirait à effacer le souvenir de son calvaire.

Au lieu d'insister ou de réitérer sa demande, il leva la tête vers elle et attendit qu'elle prenne sa décision.

— Je n'ai pas sommeil, dit-elle en s'avançant malgré tout vers lui.

Une fois qu'elle fut étendue à ses côtés, Jason se lova contre elle et, miraculeusement, finit par s'endormir.

Elle se réveilla à 9 heures dans la chambre baignée de lumière. Elle était seule dans le lit. Au terme d'une petite minute de félicité, ses souvenirs refirent surface.

Abby. Pas Lucy. Battue comme plâtre par un dénommé Russell, puis amenée dans ce chalet par un certain Rick Engles qu'elle ne connaissait probablement pas. Et surtout, en danger.

Elle se leva, courut prendre une douche et, une fois prête, gagna la cuisine. Jason, qui avait posé son ordinateur sur la table, l'accueillit en soulevant sa tasse de café à moitié vide.

— Tu trouveras un porridge tout chaud, sur le poêle, annonça-t-il.

— Quand j'aurai bu mon café. Tu es debout depuis longtemps ?

— Quelques heures. J'en ai profité pour visionner d'autres

photos. J'essaie toujours de comprendre ce que le NCIS tient tant à garder secret. Et s'il me paraît évident que c'est en rapport avec le Vice-Président, je n'arrive pas à établir le lien.

— À mon avis, ça a plutôt à voir avec Russell, rétorqua-t-elle.

— Le type qui t'a battue ? s'enquit Jason, la mine sombre.

— Oui, répondit-elle en déglutissant péniblement. Ce que j'ai vu dans mon cauchemar... était un souvenir. J'en suis presque sûre.

— Je t'écoute, dit Jason d'un ton posé.

— Je suivais Russell. Il s'était évaporé depuis un bon moment sous un prétexte quelconque, et je l'avais vu sortir.

Elle but une gorgée de café avant de poursuivre :

— Je me suis retrouvée dans une ruelle. Tu sais comment elles sont, à Kaboul. Étroites, avec des portes donnant on ne sait où.

Jason hocha la tête.

— Une de ces portes était entrouverte. J'ai entendu la voix de Russell, à l'intérieur. Il...

Sa voix se brisa et elle dut se faire violence pour continuer :

— Il était en train de brutaliser des femmes.

Puis, sans mâcher ses mots, elle raconta la suite.

Le visage crispé par la colère, Jason garda le silence pendant les quelques minutes qui suivirent le récit de Lucy.

Elle refoula les larmes qui lui étaient montées aux yeux, but une nouvelle gorgée de café et eut une nouvelle idée :

— Je pense que c'est pour cette raison que ton ami Rick m'a tirée de là. Je suis en danger de mort à cause de ce que j'ai vu. Ce Russell doit être haut placé, au gouvernement.

— Ce qui expliquerait l'acharnement du NCIS, commenta Jason avant de secouer la tête d'un air désabusé. On n'a toujours pas de connexion à Internet, mais dès que ça sera le cas, j'essaierai de savoir qui est ce type.

— Je ne comprends pas comment j'ai pu me commettre avec un personnage aussi odieux, murmura Lucy.

— Tu ne savais rien de sa perversité, répliqua Jason sans

hésiter. Pour le reste, j'ai hâte que Rick se manifeste. J'ai le sentiment qu'il a les pièces manquantes du puzzle.

Bien que la neige ait cessé de tomber, Rick ne rappela pas de la journée, et Jason n'avait toujours aucun moyen de le contacter.

Lasse d'attendre que le téléphone sonne, Lucy finit par enfiler sa parka et ses gants pour sortir.

Le ciel avait pris une belle couleur bleue et le soleil rendait féeriques les environs du chalet. À l'autre bout du terrain, Lucy aperçut un petit troupeau de biches en quête de nourriture.

Le spectacle était d'une beauté à couper le souffle, et Lucy envisagea un instant de descendre du perron pour aller patauger dans la neige. Le bonhomme était complètement gelé, à peine reconnaissable. Lucy aurait entrepris d'en faire un autre si elle avait eu l'assistance de Jason : sans lui, l'exercice perdrait tout intérêt.

Cette pensée ne l'empêcha pas de s'attarder sous le porche et d'examiner les environs, jusqu'à ce que le froid l'oblige à rentrer.

Jason avait vu Lucy ronger son frein et il se dit qu'une sortie l'aiderait à dépenser son trop-plein d'énergie. Pourtant il ne voulait pas prendre le risque de manquer un éventuel appel de Rick. Aussi, lorsqu'elle s'emmitoufla pour aller sous le porche, continua-t-il à passer ses photos en revue.

Il avait toujours adoré son travail. Obtenir une vue parfaite demandait à la fois du talent et de la chance. Tout dépendait de la lumière et de l'angle du sujet. Après l'attentat de Kaboul, il s'était fié à son instinct plus qu'à son talent en sachant que, sur cent photos, seules une ou deux sortiraient éventuellement du lot...

La sonnerie du téléphone finit par retentir, en toute fin d'après-midi, et il s'empressa d'y répondre.

— Jason ? Shérif Jeffords à l'appareil.

Jason ravala sa déception, salua son vieil ami et se renseigna sur l'objet de son appel.

— Je voulais t'annoncer que notre chasse-neige de secours est tombé en panne. Du coup, il va nous falloir plus longtemps que d'habitude pour arriver jusqu'à toi. Tu as de quoi tenir encore quelques jours ?

— Oui. Combien environ ?

— Au moins trois. Durant cette période seule une motoneige pourra accéder au chalet.

— Je vais surveiller ça, répondit Jason. Merci de m'avoir prévenu, shérif.

Le téléphone retentit de nouveau, une heure plus tard. Cette fois, Jason décrocha avec empressement. Et, bien entendu, la voix de Rick se fit entendre à l'autre bout de la ligne.

— Où es-tu ? lui demanda-t-il aussitôt.

— En un endroit sûr, lui répondit son ami. Et moins tu en sauras, mieux ça vaudra.

Jason le crut sur parole, mais ne put réprimer un soupir.

— Peux-tu au moins m'expliquer pourquoi tu te caches ? demanda-t-il. Je t'avoue que je suis un peu perdu, là. Le NCIS insiste pour voir mes photos, sous prétexte que tu as disparu.

— C'est du flan, rétorqua Rick.

— Ah ouais ? Dans ce cas, pourquoi t'être évaporé dans la nature ?

— Pour sauver ma peau, quelle question ! se récria Rick. Abby ne t'a pas expliqué ce qui s'était passé ?

— Elle n'a toujours pas retrouvé la mémoire. Alors vas-y, je t'écoute.

— Le fils du Vice-Président est impliqué dans un énorme scandale, et comme le Vice-Président entend se présenter aux élections, les autorités concernées éliminent tous ceux qui sont au courant. C'est pour cela que j'ai dû évacuer Abby et que je continue à me cacher.

— Le fils du Vice-Président, répéta Jason, songeur. Il ne se prénommerait pas Russell, par hasard ?

— Gagné. Bref, Abby est – ou plutôt était – sa fiancée, et il semblerait qu'elle ait vu quelque chose de gênant pour lui.

— Effectivement. Ça lui est revenu la nuit dernière.

— Comme des Afghanes emprisonnées, torturées et violées, par exemple ? s'enquit Rick d'un ton en parfait contraste avec l'horreur de ce qu'il décrivait.

Jason jeta un coup d'œil à Lucy avant de répondre :

— Exactement. Comme je viens de te le dire, Abby a revécu la scène dans toute son abomination, et elle s'est également rappelé avoir été sauvagement battue.

— C'est le moins qu'on puisse dire. Elle a failli y rester. Russell s'est servi de l'attentat pour couvrir son méfait. Je pense que son intention était de la tuer, et il l'aurait fait si deux sauveteurs ne l'avaient pas entendue crier.

Jason était tellement tendu que sa mâchoire commençait à lui faire mal.

— Et comment t'es-tu retrouvé embarqué dans cette histoire ? s'enquit-il.

— J'étais là quand on l'a tirée des décombres. Russell et ses gardes du corps ont tenté d'intervenir pour éviter qu'elle ne soit envoyée à l'hôpital. Et comme j'avais entendu parler des tendances... disons sadiques de Russell, j'ai compris de quoi il retournait. L'un des hommes de Russell m'a pris à part pour m'expliquer que si je ne m'occupais pas d'Abby, elle mourrait. Une crise de conscience, j'imagine, qui lui aurait sans doute coûté cher si son patron l'avait appris.

Malgré sa fureur, Jason réussit à demander calmement :

— Comment as-tu réussi à la faire évacuer ? Les membres de la délégation américaine auraient été informés de son départ, tôt ou tard, non ?

— C'est probable, en effet. En outre, ils auraient fait en sorte de l'arrêter. Et c'est là que ça paye, d'avoir des relations. J'ai habillé Abby avec un uniforme et l'ai mise dans un avion qui transportait des militaires blessés. Je suis monté à bord, on a atterri sur la base aérienne de Ramstein, d'où j'ai pris un charter piloté par un ami. L'absence d'Abby est passée inaperçue.

— Contrairement à la tienne, fit remarquer Jason. Tu crois que les autorités savent ce que tu as fait ?

— Il y a de grandes chances, oui, répondit Rick d'un ton léger. Malheureusement, sans preuves tangibles, je ne peux pas faire grand-chose. Le NCIS tient simplement à s'en assurer en muselant les éventuels témoins.

— D'où cet acharnement à voir mes photos, commenta Jason. Cela dit, nous sommes en train de les passer en revue, Abby et moi, et jusqu'à présent nous n'avons rien trouvé d'un tant soit peu incriminant.

— Là, tu m'étonnes, répliqua Rick. Attends, tu as des clichés du Vice-Président ou de Russell ?

— Oui. J'en ai même une de Lucy – d'Abby, je veux dire – sur une civière.

— Mince ! Ce sont certainement celles que le NCIS veut effacer. Qu'est-ce que tu vas faire ?

— Les classer dans des dossiers séparés, répondit Jason. Le NCIS ignore que je sais ce que veulent ses agents et n'aura aucun moyen de savoir si je lui en cache certaines. Je t'accorde que c'est un peu faible comme plan, mais je n'en ai pas de meilleur dans l'immédiat.

— Fais attention, lui recommanda son ami. Les autorités sont sur les dents, ta vie pourrait être menacée, et celle d'Abby l'est dans tous les cas de figure.

— Je ferai en sorte qu'il ne lui arrive rien, promit-il à Rick, d'un ton ferme.

— Je suis ravi de l'entendre, lui répondit ce dernier. On dirait que ça a fait tilt entre vous deux, je me trompe ?

— Disons que je n'ai rien entendu, lui renvoya Jason.

Rick partit d'un grand rire et mit fin à la conversation :

— Il faut que je te laisse, vieux. Je te rappelle dès que je peux.

— Entendu. À plus tard.

Jason raccrocha, attendit d'être calmé, puis se tourna vers Lucy pour lui résumer son entretien avec Rick.

— C'est bien ce que je pensais, dit-elle, lorsqu'il eut terminé. Il faut que je m'en aille.

— Pas question, objecta Jason.

Il alla vers elle et lui chuchota à l'oreille :

— Nous sommes sur le même bateau, dans cette affaire, quoi qu'il arrive.

Elle acquiesça sans le regarder, et murmura :

— Tu en es sûr ? Parce que j'ai l'impression que ta vie serait beaucoup plus simple sans moi.

— Trop tard, dit-il en étouffant un petit rire.

Derrière son apparente insouciance, Jason était terriblement frustré. En sa qualité de journaliste, il s'était toujours attaché à lutter contre la corruption à tous les niveaux. Or, si le Vice-Président et son fils étaient corrompus, pour l'instant, ni lui, ni Rick, ni Lucy ne détenaient de preuves suffisantes pour exposer leur duplicité. Tant pis. Il trouverait un moyen d'y parvenir. En attendant, il devait veiller à leur sauvegarde à tous.

Lucy et Jason restèrent dans les bras l'un de l'autre pendant quelques minutes silencieuses, au terme desquelles il la relâcha à regret.

Elle marmonna quelque chose d'inintelligible avant d'aller se réfugier dans la salle de bains. Au lieu de la suivre, Jason jeta un coup d'œil à la télévision, envisagea de l'allumer pour voir si le satellite fonctionnait, puis décida d'attendre le retour de Lucy.

Il regagna sa chambre où son regard s'arrêta sur la convocation du NCIS, posée sur la commode. Comme il le faisait chaque jour, il s'en empara pour l'examiner. Qu'espérait-on apprendre de lui une fois qu'on aurait ses photos ?

Soudain, il comprit qu'il avait un nouveau problème : selon Paul Groesel, le but du NCIS était de retrouver Rick. Or, à présent qu'ils avaient été en contact, il allait devoir prêter serment et serait forcé d'avouer que son ami lui avait téléphoné.

Il décida de passer outre la convocation. Il serait sans doute alors sous le coup d'un mandat d'arrestation, toutefois ça lui ferait gagner un temps précieux.

Lorsqu'il regagna le salon, il vit Lucy dans la cuisine. Elle lui tournait le dos et fouillait le garde-manger à la recherche d'un aliment quelconque. Il prit le temps d'admirer ses formes et, alors qu'il ne s'était jamais considéré comme gâté par le sort, il eut soudain le sentiment d'avoir une chance extraordinaire. Dès qu'ils seraient tirés d'affaire, il amènerait Lucy à envisager un avenir avec lui.

Maintenant que la neige avait cessé de tomber, ils allaient pouvoir sortir en raquettes ou en skis. Pourtant, et bien qu'il commence à souffrir de leur confinement, il rechignait à s'éloigner du téléphone, même s'il n'attendait aucun coup de fil en particulier.

— Tu as pu parler à Rick ? lui demanda Lucy lorsqu'elle le surprit à regarder le combiné.

— Oui, et il ne devrait pas me rappeler avant un petit moment.

— Dans ce cas, qu'attends-tu avec une telle impatience ?

— Je ne sais pas, avoua-t-il. Un appel du shérif pour m'annoncer que quelqu'un me recherche à Cedar ou que le chasse-neige va monter jusqu'ici.

— Ou encore un petit coup de fil du NCIS qui, à mon avis, ne te lâchera pas de sitôt, rétorqua Lucy. Je ne sais pas ce qu'il en est pour toi, mais je mettrais bien le nez dehors. On pourrait refaire un bonhomme de neige ou marcher en amont, qu'en penses-tu ?

Jason ne put réprimer un sourire. Après avoir consulté sa montre, il répondit :

— Allons-y. Une heure ou deux d'air pur nous feront le plus grand bien.

— Super, dit-elle, radieuse. Donne-moi le temps de m'équiper, et je suis à toi.

# 13

Tout en s'habillant, Lucy se surprit à repenser à ce qui s'était passé à Kaboul. Les images qu'elle avait vues pendant son sommeil avaient fait leur chemin, et elle se souvenait à présent d'un certain nombre de détails, ainsi que de son état d'esprit à ce moment-là.

Elle avait déjà compris qu'elle ne pouvait pas épouser Russell. En plus de ne pas l'aimer comme on aimait un fiancé, elle s'était aperçue qu'il était cruel, insensible et qu'il la traitait comme sa chose. En essayant de se conformer à ce qu'il voulait, elle avait changé, et pas en mieux. De vive et chaleureuse, elle était passée à un état de prostration presque inquiétant.

Si elle avait suivi son fiancé en ce jour fatidique, c'était avec l'intention de lui annoncer calmement qu'elle souhaitait rompre. Et, bien qu'ils soient arrivés en Afghanistan avec un convoi militaire, elle espérait que Russell la laisserait repartir par un autre moyen dès que possible.

Jamais, même dans ses pires cauchemars, elle n'aurait imaginé la suite.

Elle repoussa ces horribles souvenirs, finit de s'habiller et alla retrouver Jason, déjà prêt à partir.

La pureté de l'air, au-dehors, la rasséréna, et elle ne tarda pas à se réjouir de la compagnie de Jason.

— Tu dois vraiment adorer la nature, commenta-t-il, apparemment ravi de la voir aussi bien disposée.

— Tout à fait, confirma-t-elle.

Et, comme par miracle, tout lui revint. Ce qu'elle avait été, son enfance, son adolescence, la mort de ses parents, douze années auparavant..., sa rencontre avec Russell.

Russell dont elle avait d'abord refusé les avances parce que quelque chose en lui la dérangeait, et qui s'était acharné tant qu'il n'avait pas eu gain de cause. Russell qui avait tenté de garder secrète l'identité de son père jusqu'au jour où, l'ayant découverte par les informations, Lucy l'avait mis au pied du mur.

Ça avait été leur première dispute vraiment sérieuse. Elle avait rompu une première fois en lui expliquant qu'elle ne pouvait se commettre avec un menteur. Russell s'était excusé avec force bouquets de roses, et s'était présenté à son travail à une fréquence qui lui avait valu un avertissement de la part de son supérieur. Pour une raison qui continuait à lui échapper, Lucy avait repris la relation où ils l'avaient laissée.

— Lucy ? Abby, je veux dire, tout va bien ?

La voix de Jason lui parvint comme de très loin. Elle revint à la réalité du moment, et répondit :

— Oui, je... Ça va.

Elle avait besoin de réfléchir avant de lui raconter son histoire. Son récit ne manquerait pas de susciter un certain nombre de questions, et elle voulait d'abord faire le point sur son passé. Alors, et alors seulement, elle pourrait décider de la trajectoire à suivre.

Une chose lui paraissait certaine, néanmoins : Russell ne céderait pas. S'il voulait sa mort, rien ne l'arrêterait tant qu'il ne l'aurait pas obtenue.

Et, bien sûr, Rick avait toute sa gratitude. Sans lui, Russell aurait réussi à faire croire qu'elle avait péri pendant l'attentat.

Elle était la raison pour laquelle il se cachait. Il connaissait la vérité, Russell en avait conscience, ce qui signifiait que Rick était en danger, lui aussi.

— Tu en es sûre ? lui demanda Jason en lui prenant le bras. Tu avais l'air d'être à des années-lumière d'ici.

— J'ai encore eu un flash-back. Je te raconterai ça quand

nous serons rentrés. Pour l'instant, profitons de notre promenade, si tu veux bien.

— D'accord, dit-il après quelques secondes d'hésitation.

Ils avaient gravi une bonne moitié de la colline lorsque le son d'une motoneige leur parvint, sans qu'ils puissent en déterminer la provenance, car il y avait trop d'écho.

Jason pivota sur lui-même, tendit l'oreille et dit :

— Cet engin, quel qu'il soit, est beaucoup trop près de nous.

Lucy fut parcourue d'un frisson qui n'avait rien à voir avec la température ambiante.

— Qu'est-ce qu'on fait ? demanda-t-elle. On rentre ?

— Non. J'ai mon revolver, répondit Jason, dont la mâchoire crispée indiquait qu'il ne plaisantait pas. J'en ai assez. Allons plutôt nous réfugier dans la futaie, d'où nous pourrons voir le chalet. En restant cachés, nous devrions parvenir à prendre le conducteur de cet engin par surprise.

Le moteur de l'engin continuait à gronder. Jason et Lucy venaient d'atteindre leur but, quand le silence se fit.

— Il a éteint le moteur pour qu'on ne l'entende pas approcher. Si on avait été à l'intérieur, il aurait réussi son coup.

Lucy hocha la tête.

— Sache que c'est à moi que cette personne en veut, murmura-t-elle.

— Explique-toi, rétorqua Jason.

— Pas maintenant.

— Si, justement, insista-t-il d'un ton sans réplique. L'heure est trop grave pour que tu gardes le silence.

À contrecœur, Lucy se tourna vers lui et releva la tête.

— Russell veut ma mort. C'est pour cela que Rick m'a emmenée aussi loin de Kaboul.

— Ça, on le savait déjà, bougonna-t-il. Et alors ?

— Russell me pourchassera jusqu'à ce qu'il ait vu mon cadavre, ainsi que celui de Rick. Il ne laissera rien au hasard ; tous les témoins sont devenus ses cibles.

— Je te l'accorde, commenta Jason. Seulement Russell ignore que tu es ici. Comment veux-tu qu'il te retrouve ?

— Je n'en sais rien, avoua Lucy. Je le sens, c'est tout.

Sans faire le moindre commentaire, Jason enchaîna :

— Dans ce cas, on va se fier à ton instinct. Attendons de voir ce que fait notre visiteur, et nous aviserons.

Ils patientèrent en silence.

— Là-bas, murmura Jason au bout d'un moment. À une centaine de mètres du chalet. Il se dirige vers l'endroit où se trouve notre bonhomme de neige. Et comme il est entièrement vêtu de blanc, il se confond avec l'environnement. Seules ses lunettes de soleil le trahissent. Regarde bien.

Lucy finit par voir l'étranger, qui, chaussé de raquettes, s'avançait résolument vers le chalet.

— C'est sûrement lui qui a essayé de mettre le feu à la maison, déclara Jason. Il va sans doute tenter autre chose.

En retenant son souffle, Lucy regarda l'homme évoluer vers son but. Il gagna directement le perron et retira ses raquettes avant de frapper à la porte.

Jason sortit son revolver, puis se tourna vers Lucy.

— Quoi qu'il arrive, tu restes ici, lui ordonna-t-il. Compris ?

Elle hocha lentement la tête.

— Tu me le promets ?

À contrecœur, car elle craignait de le regretter, Lucy promit.

Comme personne ne lui ouvrait, l'individu recula d'un pas et, l'espace d'un instant, Lucy crut qu'il allait rebrousser chemin. Au lieu de quoi il retourna frapper à la porte, attendit quelques secondes et activa la poignée.

— C'est fermé à clé, murmura Jason. D'un autre côté, ce type de serrure n'est pas difficile à forcer. Et si notre visiteur a un peu plus de mal avec le verrou, il devrait quand même parvenir à ses fins avant peu.

Comme Jason l'avait prédit, l'homme tira quelque chose de sa poche et s'attaqua à la serrure dont il vint rapidement à bout.

Jason jura en le voyant sortir une arme et pousser la porte.

Après avoir regardé autour de lui, il pénétra à l'intérieur du chalet et s'y enferma.

— Ne bouge pas d'ici, réitéra Jason avant de s'élancer vers le chalet.

Lucy le regarda avec effroi traverser le terrain couvert de neige. On ne voyait que lui, avec sa parka bleu marine. Fort heureusement, l'individu devait être occupé à visiter les lieux, et Jason parvint sans encombre jusqu'à un des côtés de la bâtisse.

Le souffle court, Lucy attendit. Que ferait-elle, si son adversaire lui tirait dessus ?

À son grand soulagement, Jason s'accroupit sous le porche et se mit à siffler avec une insouciance qu'elle savait feinte.

Sa ruse fonctionna à merveille : l'intrus sortit comme une flèche et Jason lui sauta dessus dès qu'il eut mis un pied dehors.

La détonation qui s'ensuivit acheva de terroriser Lucy. Elle vit les deux hommes rouler dans la neige et plissa les yeux, certaine qu'elle allait voir du sang.

Liée par la promesse qu'elle avait faite à Jason, elle attendit, impuissante, de voir le résultat de la mêlée.

Et bientôt Jason se releva, indemne apparemment, tandis que son adversaire gisait à ses pieds. Jason regarda dans la direction de Lucy, puis retourna à l'intérieur du chalet dont il ressortit, équipé d'une corde. Après avoir ligoté l'intrus, il le traîna jusqu'au salon.

Quelques minutes plus tard, il ressortait pour faire signe à Lucy que la voie était libre.

Elle se précipita vers lui et demanda s'il avait été blessé.

— À peine, répondit-il, malgré la tache de sang qui maculait son jean. Ce n'est qu'une égratignure.

— Qu'est-ce que tu en sais ? protesta-t-elle. Tu n'as même pas regardé. Montre-moi un peu ça.

Bien qu'elle ne connaisse rien aux blessures par balle, il était hors de question qu'elle laisse Jason se vider de son sang.

Il se fit tellement prier qu'elle dut réitérer sa demande.

— C'est ça, ricana l'individu étendu au milieu du salon.

Assurez-vous que je ne lui aie pas bousillé une artère. Ce serait dommage.

— La ferme, lui renvoyèrent Lucy et Jason de concert.

— Quant à toi, Jason, montre-moi ta jambe, ajouta-t-elle.

En secouant la tête, il se dirigea vers la salle de bains, Lucy sur les talons. Une fois qu'ils eurent allumé, Jason entreprit précautionneusement de baisser son pantalon, dont l'étoffe lui colla à la peau, ce qui le fit grimacer.

Après l'avoir aidé à se débarrasser du vêtement, Lucy nettoya la plaie et constata que ce n'était effectivement pas grand-chose.

— Merci, lui dit-il quand elle eut fini de s'occuper de lui.

Tandis qu'il se changeait dans sa chambre, Lucy regagna le salon où leur prisonnier les attendait.

Jason considéra l'intrus avec angoisse. Soit il était plus gravement blessé que Lucy et lui ne le pensaient, soit il s'était endormi. Une chose semblait certaine, néanmoins, il n'était pas conscient.

— Comment va-t-il ? s'enquit Lucy à mi-voix. Tu crois qu'il a été blessé, lui aussi ?

— Je ne pense pas, non. Il ne s'est plaint de rien et il ne saigne pas.

Les paupières de leur visiteur battirent puis s'ouvrirent sur des yeux bleu-gris. Il foudroya Jason du regard, avant d'inclure Lucy dans son champ de vision.

— Si vous avez l'intention de me tuer, grommela-t-il, finissons-en tout de suite. Je n'ai pas que ça à faire.

— Commence par parler, on verra ensuite, lui renvoya Jason. Qu'est-ce que tu lui veux, au juste ?

— À qui ? À elle ? Rien, pourquoi ? Je ne la connais pas. C'est pour toi que je suis ici.

Jason parvint à dissimuler sa surprise.

— Je ne te crois pas, dit-il calmement.

— Ça m'est égal, grommela l'inconnu.

Son intonation indiquait qu'il commençait à fatiguer.

— Qu'est-ce que tu me veux ? s'enquit Jason. Explique-toi.

— On m'a dit que tu avais été témoin d'un incident que tu n'aurais jamais dû voir, à Kaboul. En outre, il semblerait que tu détiennes des photos qui pourraient servir de preuve. J'avais pour mission de m'assurer que personne ne les voie jamais. J'ai échoué, voilà tout, ajouta-t-il avec résignation.

— Tu travailles pour le NCIS ? poursuivit Jason, sans chercher à dissimuler sa stupeur, à l'idée que l'armée en soit à engager des subalternes.

— Le NCIS ? dit l'homme en secouant la tête. L'armée, tu veux dire ? Sûrement pas. Je suis sous contrat.

— En d'autres termes, vous êtes un tueur à gages, intervint Lucy. Pourquoi ne pas appeler les choses par leur nom ?

— Sous contrat, insista l'homme. Je ne tue les gens que si j'y suis obligé. La plupart du temps, je suis chargé de glaner des informations, et dans le cas présent, on ne m'a pas laissé le choix.

— Le NCIS m'a assigné à comparaître, s'acharna Jason. De toute évidence, ses agents connaissent la nature de l'affaire que tes employeurs essayent d'étouffer.

Comme l'homme ne réagissait pas, Jason reprit :

— Cela signifie qu'ils finiront par mettre la main sur ce que tu es venu chercher.

— Détrompe-toi. J'ai tout détruit, rétorqua l'individu avec une assurance surprenante, dans sa situation.

Son attitude mit Jason mal à l'aise. À l'idée que l'homme pouvait attendre des renforts, il referma sa main sur son arme et ordonna à Lucy de s'équiper d'un revolver, elle aussi.

— Si ce sont mes photos, que tu veux, reprit-il ensuite, autant te dire tout de suite que j'ai des sauvegardes. Alors tu peux me tuer et incendier mon chalet – parce que c'était toi, hein ? Ça ne changera rien. D'autant que je peux très bien avoir envoyé le tout à un proche, au cas où je disparaîtrais.

— Ce n'est pas le cas, hein ? Les gens comme toi sont beaucoup trop confiants, en général.

— Tu ne sais rien de moi, répliqua Jason, furieux. Je suis photoreporter, spécialisé dans les reportages de guerre. J'ai passé les huit dernières années à regarder des gens s'entre-tuer. Alors, ton commentaire débile, tu peux te le garder.

L'homme cilla à plusieurs reprises, puis hocha la tête.

— Écoute, on m'a payé pour faire un boulot : t'éliminer, ainsi que tous tes biens. Je me fiche que tu aies sauvegardé ton travail. Je ne toucherai l'argent que lorsque j'aurai accompli ma mission. Si j'échoue, ils enverront quelqu'un d'autre.

*Ils*… Jason saisit la balle au bond.

— Qui sont-ils ?

L'homme comprit qu'il en avait trop dit et se mura dans le silence.

— Je devrais te tuer, tu en as conscience, demanda Jason ?

Lucy étouffa un petit cri. Elle n'avait pas compris qu'il bluffait, manifestement.

— Mais je préfère appeler le shérif pour qu'il vienne te chercher.

— Ne te gêne pas, rétorqua l'individu avec un soulagement manifeste.

— Vos employeurs ne risquent pas de vous rechercher ? s'enquit Lucy, les sourcils froncés. À vous entendre, tout à l'heure, votre vie ne valait pas cher en cas d'échec.

— Je n'en sais rien. C'est la première fois que je me retrouve dans cette situation.

Après avoir appelé le shérif, Jason s'installa sur le canapé et, son revolver à portée de main, attendit l'arrivée des autorités. Avec un peu de chance, le pauvre type étendu à ses pieds serait hors d'état de nuire pendant un bon bout de temps.

Jeffords avait prévenu Jason qu'il viendrait avec sa propre motoneige et s'arrêterait en chemin pour prendre un de ses adjoints, ce qui lui prendrait plus de temps que la normale.

Constatant l'état de tension dans lequel se trouvait Lucy,

Jason alla vers elle et, sans cesser de pointer son arme vers leur captif, l'attira à lui pour la serrer dans ses bras. Elle en profita pour lui chuchoter à l'oreille qu'elle se réfugierait dans la chambre dès l'arrivée du shérif.

— Tu n'es plus obligée de te cacher, maintenant que nous savons que tu n'es pas la cible de notre « invité », lui fit-il remarquer.

— Uniquement parce que nos adversaires ignorent que je suis ici, lui répondit-elle à voix haute.

— Patience et courage, lui renvoya-t-il. Nous finirons par apprendre la vérité.

— Eh bien, bonne chance, ricana leur prisonnier. Vous n'avez pas compris à qui vous aviez affaire ! Quant à vous, ma petite dame, si je ne connais rien de votre histoire, je ne saurais trop vous conseiller de prendre vos jambes à votre cou.

Jason fut surpris de voir Lucy relever le menton et défier le captif du regard.

— C'est hors de question, dit-elle simplement. J'ajoute qu'à votre âge, vous devriez savoir que le bien l'emporte toujours sur le mal.

Cette dernière remarque fit rire l'intrus, qui dit :

— Pas toujours, mon petit. Avec des principes pareils, vous allez mal finir !

— Je suis là pour la protéger, déclara Jason, avant de se demander pourquoi il tenait tant à garder Lucy cachée.

Tout en la serrant contre lui, il pensa à la joie qu'il aurait eue à exposer leur relation au monde entier, afin qu'on sache qu'ils formaient un couple.

Un couple… Jamais jusqu'alors il n'avait envisagé une relation stable, mais à présent il se voyait bien vivre le restant de ses jours auprès de Lucy.

Malheureusement, il lui faudrait attendre qu'elle ait retrouvé complètement la mémoire.

Le rugissement d'une motoneige, au-dehors, annonça l'arrivée du shérif. Aussitôt, Lucy courut s'enfermer dans la chambre.

Un deuxième engin suivait le premier. Jeffords avait amené deux adjoints, qui menottèrent le prisonnier, tandis que le shérif prenait la déposition de Jason.

Impassible, le captif écouta son récit en évitant tout contact visuel avec quiconque.

Le couteau à cran d'arrêt qu'il portait sur lui alla rejoindre son revolver dans un sac plastique. En revanche, on ne trouva sur lui aucun papier d'identité.

— On va être obligés de le garder avec nous jusqu'à l'arrivée du juge, commenta Jeffords.

— Vous m'en voyez d'autant plus ravi qu'il m'a plus ou moins assuré qu'il reviendrait, commenta Jason.

Jeffords jeta au captif un regard qui en aurait fait trembler plus d'un, sans obtenir la moindre réaction de sa part.

Il lui demanda son nom puis, confronté à son silence, décida que la plaisanterie avait assez duré, et aboya :

— Allez, les gars. On l'embarque. Je te tiendrai au courant, Jason.

Une fois que l'homme fut debout, Jason vit à sa posture qu'il avait été blessé, lui aussi, et en fit la remarque au shérif.

Celui-ci recommanda à ses adjoints de maintenir le captif dont il souleva la chemise pour exposer un flanc violacé.

— Il s'en remettra, grommela-t-il avant de faire signe à ses hommes.

Au moment où le trio arrivait sur le seuil, le prisonnier s'immobilisa, tourna la tête vers Jason et lança, avec un regard appuyé en direction de la chambre :

— Et la femme ?

Les adjoints de Jeffords le poussèrent au-dehors, et Jason suivit le mouvement en espérant sans trop y croire que la question avait échappé au shérif.

Il regardait la motoneige des adjoints s'éloigner lorsque le shérif vint le rejoindre sous le porche.

— Comme tu le sais, les commentaires vont bon train, en ville. Alors, tu m'expliques ou tu me laisses deviner ?

# 14

Lucy recula d'un pas en voyant la porte s'ouvrir.

Jason apparut, et elle poussa un soupir de soulagement.

— J'ai cru..., commença-t-elle.

— C'est bon, dit-il en levant une main. Notre visiteur a vendu la mèche, et j'ai dû parler de toi au shérif.

— Tu as confiance en lui ? demanda-t-elle, atterrée.

— Entièrement. Viens m'aider à lui raconter ce que nous savons.

Elle le suivit jusqu'au salon, où Jeffords les attendait. Une fois les présentations faites, le shérif tendit la main à Lucy.

— Votre visage m'est familier, déclara-t-il. Je crois vous avoir vue à la télévision. Vous êtes journaliste, vous aussi ?

— Non, répondit-elle timidement. Je m'appelle Abby Tomblin. Lucy est le nom que m'a donné Jason en attendant d'en savoir plus.

Elle remarqua que Jason s'était crispé et espéra qu'elle ne l'avait pas froissé en donnant une information dont elle venait tout juste de se souvenir.

— Tomblin, répéta le shérif. Ça ne me dit rien. Je dois confondre.

— Sûrement, intervint Jason. Lucy, ou plutôt Abby, a une histoire incroyable à nous raconter, et je ne veux pas qu'elle s'y sente contrainte.

Elle hésita quelques secondes.

— Tu peux y aller, lui dit Jason avant de lui glisser un bras autour de la taille. Je connais le shérif depuis toujours, c'est un homme intègre.

Respectant son silence, ses interlocuteurs attendirent qu'elle se décide. Elle finit par se lancer, encouragée par la bienveillance qu'elle lisait sur le visage de Jeffords.

— J'étais à Kaboul avec Russell Stovall, commença-t-elle.

— Le fils du Vice-Président ? demanda le shérif en haussant un sourcil broussailleux.

Lucy acquiesça lentement, puis se tourna vers Jason qui s'était raidi sous l'effet de la surprise.

— Je viens de m'en souvenir. C'est vraiment bizarre, tous ces détails qui me reviennent par bribes.

— Tu tiens le coup malgré cela ? lui demanda Jason sans relâcher son emprise.

Bien que touchée par sa délicatesse, Lucy releva le menton et suggéra :

— Et si on s'installait un peu plus confortablement ? Mon récit risque d'être long, shérif.

Une fois qu'ils furent tous assis, Lucy et Jason sur le canapé, Jeffords dans le fauteuil, elle se mit à parler. À aucun moment de sa narration, Jason ne lui lâcha la main.

Quand elle eut terminé, elle attendit la réaction des deux hommes. Jason avait, lui aussi, appris un certain nombre de choses dont elle n'avait pas eu le temps de lui faire part.

— Eh bien ! dit le shérif. Vous en avez bavé, mon petit ! Quant à toi, Jason, je ne comprends pas ton silence.

— Nous avons joué la carte de la prudence, rétorqua Jason en haussant les épaules.

— Quoi qu'il en soit, je suis content d'être au courant, maintenant. Pour commencer, je vais contacter le NCIS. Je peux prendre une photo de cette fameuse assignation ?

Lucy le regarda faire en se demandant si Jason avait l'intention de parler de Rick à Jeffords. Elle avait à peine évoqué son rôle dans l'histoire en précisant toutefois que c'était à lui qu'elle devait sa sauvegarde.

Jason passa le reste sous silence, puis demanda à Jeffords de ne parler de Lucy à personne. Le shérif promit de n'en rien faire, sauf si on lui demandait de prêter serment.

Lorsqu'il fut reparti, Jason et Lucy s'installèrent dans la cuisine, devant un chocolat chaud.

— Je n'ai pas insisté sur les problèmes de Rick parce que je voulais éviter que Jeffords aborde le problème avec Groesel, expliqua Jason.

— Comment as-tu deviné que je me posais la question ?

— À ton expression, ma belle. Et crois-moi, si je n'avais pas été convaincu que la vie de Rick dépendait de mon silence, je n'aurais pas hésité un instant.

Sa réponse mit Lucy mal à l'aise :

— J'espère que je n'ai pas mis Rick en danger en parlant de son rôle dans mon départ d'Afghanistan, murmura-t-elle.

— Ne t'en fais pas pour ça. Jeffords est assez intelligent pour savoir que s'il doit omettre de signaler ta présence ici au NCIS, il ne doit pas non plus évoquer Rick.

— Plus je retrouve la mémoire, plus mon passé me paraît trouble, poursuivit-elle, songeuse.

— Parle-moi de toi, lui dit Jason avec sérieux. D'après ce que j'ai compris, tu te souviens d'à peu près tout, maintenant, alors dis-moi ce que tu faisais avant l'épisode de Kaboul. Tu devais travailler, avoir des passe-temps, des amis...

— Oh ! rien de bien excitant, au fond. Je vivais à Washington DC où je travaillais pour un concessionnaire de voitures de luxe. J'étais plutôt douée pour ça, même si ce type de véhicule se vend tout seul. C'est ainsi que j'ai rencontré Russell. Il a acheté un coupé Maserati qu'il a payé comptant, sans doute pour m'impressionner.

— Combien de temps êtes-vous restés ensemble ?

— Six ou sept mois, pas plus. Quand son père a décidé de rendre visite aux troupes basées à Kaboul et qu'il m'a invitée à me joindre à la délégation, j'ai failli refuser.

— Et comment est-il parvenu à te convaincre de le suivre ?

— En mentant. Selon lui, c'était une bonne action, un geste civil qui ferait le plus grand bien au moral de nos soldats. En réalité, il s'agissait surtout d'une opération de charme, destinée à préparer la campagne électorale du Vice-Président. Nous étions censés passer une seule nuit sur place.

— Sur ce, il y a eu l'attentat, poursuivit Jason à sa place, et Russell s'est fait pincer en train de maltraiter des Afghanes.

— C'est à peu près ça, mais ça ne s'est pas passé dans cet ordre-là. J'ignore où il a trouvé ces malheureuses et combien il a payé l'individu qui les lui a amenées. Je crois qu'elles s'attendaient à tout sauf à subir une telle violence.

Émue, Lucy reposa sa tasse et attendit que Jason l'interroge plus avant. Elle savait que Russell avait passé sa rage sur elle, mais elle ne se souvenait que de la première étape de son assaut.

— Comment occupais-tu tes loisirs, à DC ? lui demanda-t-il, à sa grande surprise.

— Je faisais du bénévolat pour le refuge animalier de mon quartier. Je promenais les chiens plusieurs fois par semaine. J'aimais aussi lire et aller à la salle de sport.

— Ou à tes cours d'autodéfense, lui rappela Jason avec un sourire en coin.

— Oui, et on ne peut pas dire que ça m'a beaucoup servi, quand Russell s'en est pris à moi. J'ai été trop surprise pour riposter.

— J'imagine, convint Jason. En général, la dernière chose à laquelle on s'attend de la part d'un fiancé est qu'il vous moleste, surtout quand il ne l'a jamais fait auparavant.

— Tu as raison, murmura Lucy. C'était la première fois qu'il levait la main sur moi. Je lui avais toujours trouvé un regard froid, mais de là à le soupçonner d'être capable de me frapper...

— Quoi d'autre ? s'enquit Jason avec empressement. Qu'est-ce que tu aimes comme musique ? Quel est ton plat préféré ?

— Pourquoi toutes ces questions, Jason ? Je n'en sais pas autant sur ton compte, loin de là !

— On va réparer ça, dit-il. Alors voilà : j'aime lire, moi

aussi, j'adore le rock et je suis friand de fruits de mer. À ton tour, maintenant.

— Moi, je suis adepte de musique country et de cuisine mexicaine.

— Super. J'aime beaucoup ça aussi. Pour le reste, pendant que tu soulèves des poids, je fais du jogging.

— Ah oui ?

Lucy réprima un sourire, avant d'expliquer :

— Pas moi. Si tu me vois courir, ce sera pour fuir.

Jason s'étira comme un gros chat, et dit :

— Si tu courais avec moi, tu finirais peut-être par aimer ça.

— J'en doute, rétorqua-t-elle d'un ton léger. Et tu n'as pas répondu à ma question. Pourquoi tiens-tu à savoir tout ça ?

Jason ne répondit pas tout de suite. Il se redressa, puis se tourna vers elle pour lui demander, d'un ton solennel :

— Abby, as-tu eu le temps de penser à l'avenir ?

*L'avenir...*

— Tu veux dire quand cette folle histoire sera terminée et que je pourrai reprendre le cours de ma vie ?

Sa vie à Washington. Sans Jason.

À cette pensée, tout en elle se révoltait. Elle se tourna vers lui et crut lire une pointe de tristesse dans ses yeux.

— Et toi ? demanda-t-elle. Tu vas retourner au cœur de l'action meurtrière des hommes ?

— J'ai beaucoup réfléchi à la question, et j'envisage d'arrêter. Une fois que mon éditeur aura publié mon recueil de photos, je lui en proposerai un autre, beaucoup plus léger. Des paysages, des animaux... ce genre de choses. J'ai vu trop d'horreurs, ces dernières années. Il est temps que je prenne des mesures susceptibles d'en effacer le souvenir.

— Bonne idée, répondit Lucy. Tu vivrais ici ?

— Je ne sais pas encore, répondit-il en soutenant son regard. Probablement, dans un premier temps.

Lucy baissa la tête pour qu'il ne lise pas dans ses pensées. Même après sa rencontre avec Russell, elle n'avait pas eu le sentiment d'avoir trouvé l'homme de sa vie. À présent, si. Restait à savoir si Jason la suivrait sur ce terrain.

L'espace d'une seconde, Jason avait cru Abby prête à discuter avec lui d'un éventuel avenir commun. S'il était resté évasif sur ses projets, c'était dans l'unique but de lui offrir une occasion de dire qu'elle aimerait rester au chalet, avec lui.

Et si, à son grand désespoir, elle n'en avait rien fait, il parvint à sauver la face : comment aurait-il pu lui en vouloir, après les épreuves qu'elle avait traversées ?

Peu enclin à l'interroger sur ce qu'elle avait éprouvé pour Russell Stovall, il s'était muré dans le silence, plutôt que de lui décrire le genre d'homme qui, à son sens, la méritait.

Jason avait passé sa vie à explorer le monde, sans jamais penser à se fixer nulle part, et l'idée de prendre un long congé le révulsait avant de faire son chemin. La brutalité des hommes lui était devenue si insupportable qu'elle lui donnait des sueurs froides, la nuit venue.

Jason savait enfin ce qu'il devait faire. Son avenir lui paraissait tout tracé, et s'annonçait glorieux... À condition qu'Abby reste avec lui.

Le shérif les rappela après dîner. Les empreintes digitales de leur visiteur l'avaient renseigné sur son nom – Stephen Colter. Il avait un casier long comme le bras pour divers méfaits mineurs.

— Parfait, shérif. S'il vous dit qui nous l'a envoyé, faites-le-moi savoir.

Abby, qui avait déjà compris, soupira.

— Patience, ma belle. Jeffords le fera parler, dit Jason, malgré ses doutes. En attendant, soyons vigilants. Le ou les employeurs de ce type pourraient nous envoyer un autre émissaire.

— On ferait peut-être bien de décamper. Je ne me sens pas en sécurité, ici, murmura Abby.

— Pas tout de suite. Leur tueur est en garde à vue et ils

n'ont pas encore eu le temps d'en recruter un autre. Je refuse de baisser les bras avant même de m'être battu.

Malgré tout, Jason ne put se débarrasser du sentiment que le danger guettait, et qu'il n'était pas loin. Comme il se fiait à son instinct, il fut incapable de se détendre de la journée.

Rick rappela en fin d'après-midi, et se mit à jurer lorsque Jason lui eut raconté les derniers événements.

— Bon sang ! On serait morts tous les deux, si on n'avait pas fui Kaboul. Je suis en train de dresser l'inventaire des preuves qui m'aideront à sauver ma peau, parce que figure-toi que maintenant on essaie de me faire passer pour un traître.

— Toi ? Personne ne le croira !

— Je sais, seulement ça donnera une certaine latitude aux autorités. Si elles me retrouvent, elles pourront m'abattre sans sommation. Malin, n'est-ce pas ?

Soudain, Jason comprit la vérité.

— Tu as été témoin de la scène, toi aussi, hein, Rick ? Abby n'est pas la seule...

Son émoi dut être perceptible car Abby sortit de la cuisine et vint se poster derrière lui.

— Je suis toujours là, dit Rick, au bout d'un moment qui leur parut interminable. Et tu as deviné juste, Jason. Je ne te l'ai pas dit tout de suite parce que je ne voulais pas te mêler à cette affaire, surtout si on te demandait de prêter serment. Bref. Je t'appelais pour te dire que j'ai constitué un dossier destiné à la presse et que je compte aussi l'envoyer à divers médias à travers le monde. J'ai un article et une vidéo. Ça devrait suffire.

— Rien de tout cela ne m'explique ce qui a déclenché cette crise, marmonna Jason.

— Russell Stovall est le fils du Vice-Président. Quand sa perversité sera connue du monde entier, et qu'en plus on saura que son père a tenté d'étouffer l'affaire, Stovall senior pourra dire adieu à la présidence. Il n'aura même pas l'occasion de se présenter.

— Je n'avais pas pensé à ça, admit Jason. Remarque, la politique n'est pas mon truc.

— Et tu ne t'en portes pas plus mal, rétorqua Rick. Bref. Je t'appelais pour te demander de m'envoyer tes photos les plus parlantes.

— Le problème, vieux, c'est que j'en ai des tonnes. Sur l'une d'entre elles, on voit même Abby sur une civière. Je n'ai pas assisté aux exactions de Stovall junior. Quant à Abby, elle était en première ligne et elle n'a pas pris de photos.

Une nouvelle pensée lui vint à l'esprit, et il ajouta :

— Tu ne m'as toujours pas dit comment tu t'es retrouvé mêlé à cette affaire. On devait se retrouver pour dîner à l'hôtel, et tu n'es pas venu. Puis la bombe a explosé, et j'en ai déduit que tu te tenais prudemment à l'écart. Mais tu es resté là, c'est bien ça ?

Sa question fut accueillie par un silence pesant, et lorsque Rick lui répondit, ce fut d'une voix rauque.

— Oui, j'étais là… en tant que garde du corps du Vice-Président, qui m'avait demandé de veiller sur son fils. J'ai vu Russell sortir et je l'ai suivi. Puis j'ai entendu une femme crier et je me suis précipité à son secours. Abby est arrivée juste après. Le souteneur qui avait amené ses proies à Stovall junior a filmé la scène avec son téléphone. Je lui ai racheté la vidéo pour cinq cents dollars.

Rick reprit son souffle avant de conclure :

— C'était une horreur, vieux. Un soldat ou même un civil auraient été arrêtés pour moins que ça… J'ai voulu lui sauter dessus quand il s'est mis à frapper Abby, mais ses gardes du corps m'ont neutralisé. J'ai eu beau me débattre, rien n'y a fait. Russell Stovall a failli tuer Abby. Je ne pouvais pas la laisser comme ça, alors je l'ai emmenée à l'endroit où les secours triaient les urgences consécutives à l'attentat, le tout en sachant que Russell reviendrait.

— Du coup, tu t'es débrouillé pour la ramener aux États-Unis. Chapeau ! Comment t'y es-tu pris ?

— Je te raconterai ça plus tard. Et demande à Abby de te raconter la suite, puisqu'elle commence à s'en souvenir. À propos, il semblerait que Russell la croie morte et enterrée sous les débris de l'hôtel.

— Espérons qu'il n'apprendra pas qu'elle est encore en vie.

— Ne t'inquiète pas. Le temps que la nouvelle lui parvienne, j'aurai orchestré sa perte. Ah, pendant que j'y pense, si tu as une photo d'Abby après qu'il l'a battue, envoie-la-moi.

Jason nota l'adresse mail que Rick lui donna ensuite, promit de lui envoyer ce qu'il voulait, et les deux hommes raccrochèrent.

— Rick a enfin réussi à m'expliquer comment il a été mêlé à cette histoire, annonça Jason à Abby.

— Ça m'est revenu, ça aussi, répondit-elle. Il faisait partie de la sécurité de Russell, c'est bien ça ?

— À peu près, oui. On l'avait nommé garde du corps du Vice-Président, mais il s'est retrouvé chargé de surveiller Russell.

— Oui. Sur le moment, je n'ai pas compris pourquoi, vu qu'il était dangereux de sortir seuls.

— Ça ne vous a pas empêchés, Russell et toi, de vous aventurer dans les ruelles de Kaboul. Heureusement que Rick n'était pas loin derrière !

— C'est juste. Cela dit, je ne me souviens pas de ce qui s'est passé après que Russell s'en est pris à moi. Rien que d'y penser, j'en suis malade.

Comment Jason aurait-il pu s'empêcher de la prendre dans ses bras, après un aveu pareil ? Quand Lucy fut blottie contre lui, il s'imprégna de sa douce odeur en se disant que Stovall avait une sacrée chance de ne pas se trouver là. L'idée de ce que ce déchet de l'humanité avait fait à Abby le rendait fou, et le fait que le Vice-Président tente de le couvrir encore davantage. Tout comme Rick, il s'attacherait désormais à causer la perte du fils et du père.

— Fais-moi l'amour, murmura Lucy. Je veux me perdre dans tes caresses.

Jason lui laissa les commandes, et ne le regretta pas car elle était déchaînée. Plus tard, lorsqu'ils eurent regagné le salon, il envoya la photo d'Abby sur sa civière à Rick qui l'en remercia aussitôt, lui conseilla de ne pas manquer le journal télévisé et lui annonça un probable appel du FBI.

Très agité, il alla s'installer sur le canapé avec Abby, et alluma la télévision.

— Tu crois qu'il a déjà rendu l'information publique ? lui demanda Abby, une fois qu'il lui eut donné la teneur du mail de Rick.

— Ça m'en a tout l'air.

Il avait vu juste : l'indicatif de *Breaking News* à peine terminé, le présentateur annonça :

— Nous avons reçu une vidéo dans laquelle le fils du Vice-Président Stovall se livre à des actes de violence contre des femmes. Attention, certaines images sont susceptibles de vous heurter.

Abby agrippa la main de Jason et tous deux regardèrent la vidéo avec consternation. En dehors du martyre des pauvres femmes, la caméra explora l'intérieur de la salle, puis Abby dont l'ahurissement se muait en franche terreur.

— Ils n'ont pas tout montré, protesta-t-elle, sans lâcher Jason. Je voulais voir ce qui s'est passé ensuite.

— Ne t'inquiète pas, le FBI détient sans doute l'intégralité du document.

Comme le Vice-Président venait d'apparaître sur l'écran, Abby ne répondit pas tout de suite. Stovall senior niait l'évidence en arguant qu'il devait y avoir une explication rationnelle à cette regrettable affaire.

— Je crois qu'il peut renoncer d'emblée à se présenter à la présidentielle, commenta Jason.

— Moi, ce qui m'intéresse, c'est que Russell soit traduit en justice, répondit-elle, la mâchoire serrée. Et condamné.

Jason se rembrunit. Il était fort probable qu'Abby ne soit pas au bout de ses peines, aussi lui demanda-t-il :

— Tu es prête à porter plainte contre lui ?

— Et comment ! s'exclama-t-elle en relevant le menton.

— Même si ça t'oblige à aller au tribunal où tu seras confrontée à des avocats chargés de te faire passer pour une menteuse ?

Abby déclara d'un ton ferme :

— J'ai des preuves physiques, il y a cette vidéo et tes photos. Je ferai tout mon possible pour que Russell paie pour ses actes.

# 15

À présent, Abby Tomblin avait deux certitudes : elle ne reculerait devant rien pour faire tomber son ex-fiancé, et elle espérait passer le restant de ses jours auprès de Jason. À condition qu'il en ait envie, lui aussi, bien sûr.

Jason ne courait aucun danger, tant que personne ne s'apercevait qu'elle n'avait pas péri à Kaboul. Son témoignage et celui de Rick suffiraient à anéantir Russell, et elle se demandait déjà si la police penserait à se pencher sur les affaires de viol non résolues, dans la région de DC. Dans le cas contraire, elle le leur conseillerait.

Son expérience de la vente de voitures de luxe lui avait appris à se présenter au public, et elle n'avait peur, ni de s'exprimer devant un tribunal ni de témoigner à la télévision.

— J'ai très envie de sortir, déclara-t-elle à Jason. Pas toi ?

Il leva la tête d'un air distrait. Il avait repris son ordinateur et semblait passer des dossiers en revue.

— Tout à l'heure, peut-être, répondit-il.

— Qu'est-ce que tu fais ? s'enquit-elle en se rapprochant de lui.

— J'essaie de trouver une photo où figure Rick. Je suppose qu'il était plus ou moins déguisé, mais si je peux prouver sa présence, ça fera un élément de plus en notre faveur.

— Très juste. Tu as vérifié sur le cliché où j'apparais ? J'ai l'impression que Rick a toujours été à mes côtés.

— C'est le premier que j'ai examiné. Il y a bien un type qui tourne le dos à l'objectif, mais comment prouver que c'est Rick ?

— Fais voir ?

Jason afficha un agrandissement du cliché en question, et Abby l'étudia avec attention. La première fois qu'elle l'avait vu, elle avait été trop choquée pour s'y attarder. La femme étendue sur la civière – elle-même – était dans un état si pitoyable qu'on aurait effectivement juré qu'elle avait été victime de l'attentat.

Dire que c'était l'œuvre de l'homme qu'elle avait failli épouser !

Pour la première fois depuis son arrivée au chalet, elle fut prise de fureur.

Cela dut se voir, car Jason se pencha vers elle pour lui déposer un baiser sur la joue.

— Il le paiera, lui dit-il.

— Je sais. J'ai la ferme intention de m'en assurer.

La sonnerie du téléphone fixe la fit sursauter. Après avoir décroché, Jason lui passa le combiné. Un certain Derek Leahy, du FBI, désirait lui parler. L'homme alla droit au but : après s'être assuré qu'elle entendait porter plainte, il lui demanda où elle se trouvait, afin de pouvoir lui envoyer un autre agent.

Abby refusa tout net : Russell était le fils du Vice-Président, et elle ne faisait encore confiance à personne.

Leahy fut d'autant plus compréhensif qu'il préférait, lui aussi, qu'elle ne voie personne.

— Je ferai de mon mieux, l'assura-t-elle. De toute façon, je suis toujours sur mes gardes. Je n'ai aucun moyen de vérifier vos dires, et vous pourriez très bien être au service du Vice-Président et de sa clique.

Une fois qu'elle eut raccroché, Lucy rapporta la conversation à Jason qui réagit à peu près comme elle s'y attendait :

— A priori, il ne t'a pas menti. Cela dit, face à des gens aussi influents que les Stovall, on n'est jamais trop prudent.

— D'autant qu'en me faisant disparaître, ils élimineraient un témoin clé. Je ne dois pas perdre ce détail de vue.

Jason haussa les épaules, et dit :

— Certes, toutefois ça l'obligerait à se débarrasser de Rick, ce qui lui donnerait sans doute à réfléchir.

— N'empêche que je préférerais que tu vérifies que ce Derek Leahy est bien un agent du FBI. Qui nous dit qu'il ne s'agit pas d'un tueur à gages, lui aussi ?

— Je te rappelle que Colter est en garde à vue, lui fit remarquer Jason.

— Pour combien de temps ? Nous n'en savons rien contra-t-elle, avant de se mettre à arpenter la pièce et d'ajouter :

— J'ai besoin d'agir. On ne va pas rester là, à attendre l'épilogue, si ?

— Sans motoneige, nous sommes un peu coincés.

— Et si on descendait à Cedar ? Il y a quelle distance d'ici au centre-ville ? Trois kilomètres ?

— Au moins six, et même si tu étais une excellente skieuse, ça me paraîtrait trop risqué. Et puis, qu'irions-nous faire à Cedar ? Il n'y a plus grand-chose d'ouvert, à cette heure-ci.

— Tu as raison, admit Abby en grimaçant. En même temps…

Ils furent interrompus par un nouvel appel, Jason mit le haut-parleur en route.

— Salut, fiston, lui dit le shérif. Je t'appelle pour vous prévenir, tous les deux, que Colter a été relâché sous caution.

— Bon sang, c'est bien ce que je craignais, grommela Jason en se passant une main dans les cheveux. Et je suppose qu'il va vouloir finir son travail. Il faut que j'emmène Abby à l'abri, loin d'ici.

— Vous ne croyez pas que son contrat a été annulé, après ce que *Breaking News* a diffusé ? demanda Abby au shérif.

— Pour cela, il faudrait que ses commanditaires réussissent à le joindre, lui répondit Jeffords. Quoi qu'il en soit, la prudence s'impose. Tu veux du renfort, Jason ?

— Ce n'est peut-être pas une mauvaise idée, répondit ce dernier tandis qu'Abby hochait la tête.

— Attends que je réfléchisse… Il ne va pas tarder à faire

nuit, et je ne pense pas que vous risquiez grand-chose ce soir. Je vous envoie un homme demain matin à l'aube.

Abby, qui avait écouté la fin de leur conversation de l'autre bout de la pièce, demanda à Jason s'ils pouvaient aller prendre l'air, et fut ravie lorsqu'il lui proposa un aller-retour en raquettes jusqu'à la corniche.

Tout en se harnachant, elle constata qu'elle bouillait d'énergie et regretta presque de ne pas avoir invité Jason à la rejoindre sous la couette.

Elle songea ensuite que si cette balade avait l'effet escompté, ils pourraient faire l'amour au retour ; une pensée qui lui fit un bien fou.

Au dehors, les derniers rayons du soleil l'obligèrent à plisser les yeux. Elle inhala profondément, se régala du passage de l'air glacial dans ses poumons, et releva la tête vers Jason qui l'attendait.

L'activité physique était exactement ce dont elle avait besoin : le temps qu'ils atteignent la corniche, ses jambes la chauffaient, et son souffle légèrement court lui indiqua que l'exercice avait été bénéfique.

Du sommet, Jason et Abby observèrent un instant le chalet.

— Il va bientôt faire nuit, dit Jason. On ferait bien de rentrer.

— Oui, murmura Abby, peu décidée à bouger. Dans un instant. Je me sens tellement bien, ici...

Cela lui valut un baiser, et si les lèvres de Jason étaient aussi glacées que les siennes, ils ne tardèrent pas à se réchauffer l'un l'autre. Avec une telle ferveur qu'Abby faillit avouer son amour à Jason. Malheureusement, il se dégagea, ce qui l'arrêta dans son élan.

— Allons-y, dit-il en pivotant sur lui-même avant de se remettre en route sans même s'assurer qu'Abby le suivait.

Le ronronnement du moteur d'une motoneige les immobilisa sur place. Ils étaient exposés, à une certaine distance du chalet, et leurs raquettes allaient retarder leur progression.

— On fonce ! dit Jason, d'un ton pressant.

Ils progressèrent aussi vite que possible, tous deux conscients que l'engin se rapprochait dangereusement.

Ils étaient encore à quelques mètres du chalet quand il apparut au sommet de l'allée. Abby plongea vers le porche, le manqua et atterrit dans la neige.

— C'est Jeffords, lui annonça Jason avant de l'aider à se relever.

Prise de frissons, Abby fit avancer les deux hommes vers la porte. Une fois qu'ils furent au chaud, le shérif leur dit avoir été contacté par un certain Derek Leahy du FBI qui lui avait annoncé qu'aucun agent du NCIS ne répondait au nom de Paul Groesel. Manifestement inquiet, Jeffords proposa ensuite à Jason et Abby de les emmener à Cedar et de les héberger quelques jours. Tous deux refusèrent, Jason par entêtement, semblait-il, et Abby par loyauté.

— Rentrez chez vous, shérif, dit finalement Jason. J'ai fait installer des caméras à l'extérieur, si quelqu'un s'approche, on le verra arriver. Abby, occupe-t'en, si tu veux bien. Moi je vais m'installer dans l'obscurité avec mes lunettes de vision nocturne.

Il faisait nuit noire à présent, et Jason fit le tour du chalet pour éteindre toutes les lumières.

— Tiens-toi tout de même à distance respectable des fenêtres, lui conseilla Jason, avant de s'accroupir à côté d'elle et de lui reprocher, pour la deuxième fois, de ne pas avoir accepté la proposition de Jeffords.

— Il était hors de question que je te laisse te débrouiller tout seul. Tout cela est arrivé par ma faute et…

Une détonation déchira l'air, suivie par son écho qui se réverbéra dans les montagnes. Jason laissa échapper un juron et ordonna à Abby d'aller se cacher dans le dressing, ce qui lui valut un refus catégorique.

— Non, donne-moi l'arme que j'avais l'autre jour. Je te rappelle qu'on fait équipe, Jason, ajouta-t-elle quand elle le vit hésiter.

Son courage et sa détermination le firent sourire. Il entra le code de sécurité de l'artillerie, fit ce qu'Abby lui demandait, s'équipa à son tour et referma le coffre.

— Tu es prête ? demanda-t-il à Abby après l'avoir brièvement embrassée. Il faut qu'on sorte, on est trop exposés, à l'intérieur.

Ils chaussèrent leurs raquettes et il ordonna :

— Suis-moi de près. Il y a une petite caverne, non loin d'ici, on va aller s'y abriter.

Nouveau coup de feu, beaucoup plus proche que le précédent. Jason et Abby s'empressèrent de contourner le chalet et parvinrent jusqu'à la futaie où ils se réfugièrent, car Jason avait renoncé à gagner la grotte.

— Je veux pouvoir voir ma maison, expliqua-t-il à Abby.

— J'avais deviné. Mais que vas-tu faire, s'il y met le feu ? La regarder brûler ?

— J'y serai peut-être obligé, admit-il. À moins que j'arrive à coincer Colter avant qu'il atteigne l'entrée.

Un homme émergea des arbres qui bordaient l'allée. Il aurait été invisible sans la petite lampe dont il se servait pour se déplacer. *Un amateur*, songea Jason avec mépris.

Arrivé près du chalet, l'homme sortit quelque chose de sa poche. Une seconde plus tard, l'objet s'enflamma et, en plissant les yeux, Jason parvint à discerner un cocktail Molotov de fortune que Colter projeta à travers la fenêtre du salon.

Il dut se faire violence pour ne pas se précipiter vers le pyromane. Si le feu mit un peu de temps à prendre, les flammes, elles, ne tardèrent pas à lécher les façades en bois.

C'était le moment.

Posté devant la porte, Colter attendait qu'ils sortent de leur tanière. Jason fit signe à Abby de rester où elle était et avança discrètement jusqu'à son adversaire, qui n'avait pas bougé et ne remarqua pas son arrivée.

— Plus un geste, lui ordonna-t-il. Jette ton arme ou je t'abats.

Colter se figea sur place, sans faire mine de lâcher son revolver pour autant.

Jason venait de réitérer son ordre lorsque Colter se laissa tomber au sol en pivotant sur lui-même et tira, ce qui obligea Jason à riposter. Colter s'écroula dans la neige et perdit son revolver. Jason s'approcha pour mettre sa cible sur le dos. Atteint en plein cœur, le tueur était mort.

Le chalet continuait à flamber, et Jason comprit qu'il ne parviendrait pas à le sauver, cette fois-ci. Son chagrin fut toutefois tempéré par la certitude qu'il le reconstruirait.

— Ne bougez plus, cria une autre voix qui lui parut vaguement familière. Et laissez tomber votre arme.

Jason reconnut Groesel, le prétendu agent du NCIS.

Il s'exécuta et, les mains en l'air, se tourna pour faire face à son adversaire.

— Qui était ce type ? lui demanda ce dernier sur le ton de la conversation bien qu'il le tienne toujours en joue.

— Un tueur à gages chargé de m'éliminer. Il ne travaillait pas pour vous ? Ça m'étonne !

Groesel ricana. Il ne ressemblait en rien à l'image que Jason s'était faite de lui lors de leurs échanges téléphoniques. En fait, il paraissait si inoffensif que la plupart des gens ne devaient pas se méfier de lui.

— Qu'est-ce que vous voulez ? s'enquit Jason sans baisser les mains. Et, puisqu'il semble que Groesel ne soit pas votre véritable nom, pour qui travaillez-vous ?

Derrière l'intrus, il vit Abby sortir lentement de la futaie.

— Bien que ça ne vous regarde pas, rétorqua Groesel, je vais vous le dire. Après tout, vous n'en avez plus pour longtemps.

— Vous suivez les instructions du Vice-Président, c'est ça ? poursuivit Jason, dans l'espoir de le distraire jusqu'à l'arrivée d'Abby.

— Pensez-vous ! répliqua Groesel, je nage dans les hautes sphères, et c'est le Président lui-même qui veut étouffer ce malheureux épisode.

Jason en resta momentanément sans voix, ce qui sembla amuser beaucoup son adversaire. Il aurait sans doute ri de bon cœur si Abby n'avait pas pressé le canon de son revolver sur sa nuque, avant de lui ordonner de jeter son arme.

Dès qu'il se fut exécuté, Jason s'en empara à son tour, le pointa vers Groesel et dit en désignant Colter, à leurs pieds :

— Pas de mouvements brusques ou vous allez terminer comme lui. Abby, sors mon téléphone portable de ma poche, prends la lampe torche de Colter, remonte vers la corniche et appelle le shérif. Demande-lui de monter avec des renforts.

Groesel se remit à ricaner, et Jason comprit qu'il n'était pas plus inquiet que ça. Ses soupçons furent confirmés quand le faux agent du NCIS lui lança :

— Vous ne croyez tout de même pas que c'est un petit shérif de province qui va m'arrêter !

— Erreur. J'en suis convaincu, au contraire.

— Attendez que j'aie passé un ou deux coups de fil, moi aussi.

Jason haussa les épaules. Il n'avait pas vraiment le choix. Si Abby n'avait pas suffisamment de réseau pour joindre le shérif, il ne savait trop ce qu'il ferait. Ligoter Groesel et le surveiller les obligerait tous à passer la nuit dehors, au risque de mourir de froid, sauf s'ils restaient à proximité du chalet en feu.

Abby revint sur ces entrefaites, avec une bonne nouvelle : Jeffords et plusieurs de ses hommes étaient en route.

L'annonce ne déstabilisa pas Groesel qui continua à regarder l'incendie, un sourire suffisant aux lèvres.

Ce fut finalement l'équipe de pompiers volontaires de Cedar au grand complet qui arriva sur des motoneiges. Le camion n'avait pas pu suivre à cause de l'état des routes. Les hommes du shérif prirent le prisonnier en charge et, après l'avoir menotté, lui lurent ses droits. Il repartit dans l'un des engins puis, les pompiers ne pouvant rien faire faute de matériel, tous regardèrent avec impuissance des années de l'histoire familiale de Jason partir en fumée.

— Je vais vous ramener en ville, annonça le shérif. Deux de mes hommes vont véhiculer le corps de Colter jusqu'à la morgue, d'où j'appellerai le coroner. Quand j'aurai pris ta déposition et celle d'Abby, je vous accueillerai chez moi en attendant que vous vous organisiez.

Jason jeta un dernier coup d'œil à son chalet en feu, et hocha la tête. Bien qu'il ait perdu gros, il espérait déjà profiter du sinistre pour prendre un nouveau départ, de préférence avec Abby.

— Quand le shérif aura pris notre déposition, j'aimerais m'adresser à la presse, lui dit cette dernière. Tu resteras dans les parages, pendant ma conférence ?

— Bien sûr, dit-il en se demandant néanmoins si Abby n'était pas en train de préparer son départ.

Peut-être avait-elle prévu de lui faire ses adieux pour reprendre le cours de sa vie, ce qu'elle ne manquerait pas de faire s'il ne lui avouait pas ses sentiments.

« Qui ne risque rien n'a rien. » C'était sa devise, et elle lui avait bien servi jusqu'à présent. Il allait donc se lancer, faire l'achat d'une bague et demander Abby en mariage. Comme il n'y avait pas de bijouterie à Cedar, il lui faudrait aller jusqu'à Colorado Springs. Restait à savoir quand et comment. Il ne pouvait laisser Abby seule, et il tenait à lui faire la surprise.

De retour en ville, le shérif s'occupa d'abord d'Abby. Jason profita de leur absence pour feuilleter un magazine qui traînait sur la table basse du poste de police. Il y trouva une publicité pour une bijouterie. La photo qui l'accompagnait était celle d'une magnifique émeraude sur une monture toute simple – tout à fait le genre de bijou qui conviendrait à Abby. Sans prendre le temps de réfléchir, il déchira la page, la replia soigneusement et la glissa dans sa poche.

— Me revoilà, annonça Abby, souriante, en pénétrant dans la pièce. Qu'est-ce que tu fais ?

Jason reposa le magazine et répondit :

— Je viens de laisser un message à ma compagnie d'assurances, à propos du chalet.

— C'est vrai, dit-elle en s'asseyant sur le bras du fauteuil dans lequel Jason s'était installé. Quant à moi, je ferais bien d'appeler mes collègues, à DC.

— Et peut-être tes amis et ta famille, lui suggéra-t-il.

— J'ai perdu mes parents il y a douze ans. Et des amis, je n'en ai plus. Russell a réussi à les éloigner de moi.

— Ça règle la question. On dirait que tu n'as pas beaucoup d'attaches à DC, lui fit remarquer Jason, le cœur battant.

— Effectivement, et de toute manière, je ne m'y sentirai pas en sécurité tant que Russell ne sera pas derrière les barreaux. Il a beaucoup trop d'influence.

Elle tourna son beau visage vers lui et l'étudia avant d'enchaîner :

— Et toi ? Tu vas retourner travailler au cœur des conflits, maintenant que tu n'as plus ton antre ?

Bien qu'elle ait parlé d'un ton léger, Jason sentit que la question était d'une importance cruciale. Ils en étaient toujours à se sonder, à essayer de voir l'importance qu'ils avaient l'un pour l'autre.

— Je vais le faire reconstruire, annonça-t-il calmement.

Puis, soucieux de mettre fin au suspense, il tira de sa poche la publicité découpée dans le magazine. Il aurait préféré avoir la bague, bien sûr, mais Abby comprendrait, il le savait. En outre, si elle acceptait de l'épouser, ils auraient tout le temps d'aller chez le bijoutier ensemble.

*Si* elle acceptait, or il refusait de penser à ce qu'il adviendrait de lui, dans le cas contraire.

Aussi s'agenouilla-t-il devant elle.

— Abby, je voudrais reconstruire le chalet avec toi. L'agrandir et le réaménager pour qu'il ressemble davantage à un foyer que nous pourrons partager.

Il inspira longuement avant de continuer :

— Et comme je n'ai pas de bague, je me suis dit qu'en attendant mieux, ceci pourrait te convenir.

Il se faisait l'effet d'un idiot et se sentait beaucoup plus vulnérable qu'il ne l'avait pensé. Pourtant, il lui tendit la page pliée en quatre, et conclut :

— Je t'aime, Abby. Je veux passer le restant de mes jours à te le prouver. Me ferais-tu l'honneur de devenir ma femme ?

Les yeux ronds, elle déplia la feuille, vit de quoi il s'agissait et éclata d'un rire franc. Puis, une lueur suspecte dans le regard, elle étudia longuement la photo avant de relever la tête vers Jason.

— Il n'y a pas de bijouterie à Cedar, expliqua-t-il, et comme nous sommes coincés ici, je n'ai pas pu attendre.

Abby ne disait toujours rien. Pour finir, à son grand soulagement, elle reposa la feuille sur la table, puis s'agenouilla face à Jason.

— Oui, dit-elle simplement. Oui et mille fois oui.

Et puis elle se jeta dans ses bras en riant et en pleurant à la fois. Jason sentit ses larmes salées sur sa joue et la supplia :

— Ne pleure pas, ma belle. S'il te plaît, ne pleure pas. Je t'aime.

— Ce sont des larmes de joie, murmura-t-elle contre ses lèvres. Des larmes de joie.